U0507024

国家社科基金西部项目"东欧新马克思主义文艺理论研究"（项目编号：12XWW002）最终成果

国家社科基金重大项目"东欧马克思主义美学文献整理与研究"（项目编号：15ZDB022）阶段性成果

GRADUATE SCHOOL OF
LITERATURE AND JOURNALISM,
SICHUAN UNIVERSITY

主编 ◎ 曹顺庆

四川大学文学与新闻学院研究生导师丛书

东欧新马克思主义文艺理论的核心问题

傅其林 ◎ 著

中国社会科学出版社

图书在版编目(CIP)数据

东欧新马克思主义文艺理论的核心问题／傅其林著.—北京：中国社会科学
出版社，2017.12

(四川大学文学与新闻学院研究生导师丛书)

ISBN 978-7-5203-1931-7

Ⅰ.①东…　Ⅱ.①傅…　Ⅲ.①新马克思主义-文艺理论-研究-东欧　Ⅳ.①I0

中国版本图书馆 CIP 数据核字(2018)第 004825 号

出 版 人	赵剑英
责任编辑	任　明
责任校对	周　昊
责任印制	李寡寡

出　　　版	中国社会科学出版社
社　　　址	北京鼓楼西大街甲 158 号
邮　　　编	100720
网　　　址	http://www.csspw.cn
发 行 部	010-84083685
门 市 部	010-84029450
经　　　销	新华书店及其他书店

印刷装订	北京君升印刷有限公司
版　　　次	2017 年 12 月第 1 版
印　　　次	2017 年 12 月第 1 次印刷

开　　　本	710×1000　1/16
印　　　张	14.5
插　　　页	2
字　　　数	236 千字
定　　　价	85.00 元

凡购买中国社会科学出版社图书，如有质量问题请与本社营销中心联系调换
电话：010-84083683
版权所有　侵权必究

序

朱立元

　　傅其林教授的新作《东欧新马克思主义文艺理论的核心问题》即将出版，我感到非常兴奋。作为其林博士后的指导教师，我了解他是一位勤于钻研、善于思考、勇于创新的年轻学者，所以，一直关注着他学术上的新进展。本书关注的是国内学界研究相对薄弱的东欧新马克思主义文艺理论，作者抓住其中几个核心的理论问题，不局限于西方马克思主义和苏俄马克思主义的传统视野，而是在后马克思主义的问题域中展现了世界马克思主义文艺理论的一个新视野。我认为，这可以为马克思主义文艺理论的当代发展提供某些有益的启迪。

　　东欧新马克思主义自从 20 世纪 60 年代以来，在哲学、政治学、美学、社会学、经济学等各个方面涌现了丰富的研究成果，彰显出较为特殊的问题意识、现实基础和个人兴趣，在世界马克思主义话语系统中独树一帜。这些新马克思主义理论家对文艺问题的思考有着深刻的哲学基础，既继承经典马克思主义的哲学思想，努力阐发、挖掘其经典文本深邃而博大的意义，又充分吸纳现代新型的知识形态，开拓马克思主义文艺理论的知识视野，形成了具有当代特色的马克思主义文艺理论形态，推进了马克思主义文艺理论的发展。本书较为深入地阐发了这种新的理论形态。作者抓住实践存在论、语言符号学、文艺样式三个核心问题，深入东欧新马克思主义文艺理论的肌理，作了条分缕析的新阐释，颇有启发性。

　　首先作者阐发了立足于实践哲学新阐释的文艺实践存在论，显示了实践哲学与存在论、现象学碰撞、交融的矛盾与可能性，为人道主义实践美学建构提供了理论资源。我本人是国内实践存在论美学的提出者，看到自己的想法与东欧新马克思主义美学理论有某些相通之处，感到十分亲切，也坚定了我继续走向实践存在论美学的信念。

其次，语言符号论一直是纠缠于马克思主义文艺理论的问题。作者系统地论述了东欧新马克思主义文艺理论如何以人的实践存在为基础重新汲取语言学与符号学的研究成果，建构马克思主义符号学理论的学术创新，赋予符号交往与符号意义以新的维度、新的内涵。显而易见，这对符号学的发展和马克思主义文艺理论的建设都是非常必要的。而中国马克思主义符号学还在起步阶段，东欧新马克思主义文艺理论的这方面成果值得我们反思和借鉴。

第三个核心问题是如何理解现代文艺样式，小说样式如何进行社会历史的把握，历史小说又是如何得以可能的，戏剧样式的基本特征与历史基础是什么，歌剧样式是否是一种合法的艺术，等等。这些问题如何在马克思主义文艺理论中得到解决，能否得到解决，是考验马克思主义文艺理论的合法性的重要问题。东欧新马克思主义对以上诸问题提供了较为深刻的阐释，确立了马克思主义文艺样式理论的合法性基础。

本书的核心问题始终联系着经典马克思主义文艺理论，尤其关注这种"新"与卢卡奇文艺理论的关系。东欧新马克思主义文艺理论极大地受到卢卡奇的直接影响，也受到卢卡奇的直接指导和激励。卢卡奇曾经给予匈牙利新马克思主义的布达佩斯学派以很高的期望，甚至说是它呈现出代表马克思主义未来的迹象。不过，这种新马克思主义实际上不断超越卢卡奇的理论框架、问题领域和价值取向，在某种意义上呈现出当代批判理论的特征，与后现代主义、后马克思主义有着不解之缘。故此，我以为，阅读此书不仅能够了解东欧新马克思主义文艺理论本身的新主张，而且带来了马克思主义文艺理论所关切的当代一系列具有普遍性的问题，也提供解决中国马克思之文艺理论面对的困境与机遇问题的若干启示。

当然此书还有一些有待进一步辨析和思考的问题。比如东欧新马克思主义文艺理论的实践存在论，我认为这与我提出的实践存在论美学既有相同之处，也有很大的差别，我当然也从胡塞尔现象学、海德格尔存在论那里获得某些思想资源，但更多地是从马克思的著作中建构马克思主义实践存在论美学，而且很重视存在论在"Ontology"的意义上的阐释，而根据此书的论述，东欧新马克思主义更多关注此在分析。

《东欧新马克思主义文艺理论的核心问题》是其林教授10余年致力于

马克思主义尤其东欧新马克思主义文艺理论研究的力作。从 2006 年与其林认识,他入复旦大学中国语言文学博士后流动站,专攻布达佩斯学派美学研究。他在马克思主义文艺理论与美学方面持有浓厚之兴致,不懈追求,不言放弃,为马克思主义文艺理论开拓了新的研究领域。2006 年我主持了"马克思主义文艺理论的当代发展"的国际会议,其林邀请了东欧新马克思主义主要代表之一阿格妮丝·赫勒教授与会,并进行了深度交流访谈,实属难得。本书可以说是其林有关东欧新马克思主义文艺理论研究的第四部专著,之前他完成了《阿格妮丝·赫勒审美现代思想研究》(2006,巴蜀书社)、《宏大叙事批判与多元美学建构——布达佩斯学派重构美学思想研究》(2011,黑龙江大学出版社)、《东欧新马克思主义美学研究》(2016,商务印书馆)。本书的出版可以这样说,其林完成了东欧新马克思主义文艺理论研究的"四部曲"。作为其林的老师和朋友,深表祝贺。

是为序。

2017 年 4 月于复旦大学

目　　录

导论

东欧新马克思主义文艺理论概况

　　东欧新马克思主义是几十位著名学者的马克思主义思想的凝聚。这些马克思主义哲学家主要有南斯拉夫实践派的彼得洛维奇（Gajo Petrović）、马尔科维奇（Mihailo Marković）、弗兰尼茨基（Predrag Vranicki）、坎格尔加（Milan Kangrga）和斯托扬诺维奇（Svetozar Stojanović）、苏佩克（Rudi Supek）、格尔里奇（Danko Grlić）等；匈牙利布达佩斯学派成员赫勒（Ágnes Heller）、费赫尔（Ferenc Fehér）、乔治·马尔库斯（György Márkus）、瓦伊达（Mihaly Vajda）、托马斯（G. M. Tamás）、弗多尔（Géza Fodor）、拉德洛蒂（Sándor Rádnóti）等；波兰的新马克思主义代表人物沙夫（Adam Schaff）、科拉科夫斯基（Leszak Kolakowski）等；捷克斯洛伐克的科西克（Karel Kosik）、斯维塔克（Ivan Svitak）等。它是 20世纪 50 年代以来在东欧社会主义体制中萌生的对斯大林主义进行深入反思和批判的一种新型马克思主义批判理论，它在当代世界马克思主义格局中占据着重要地位。① 南斯拉夫实践派的成员斯托扬诺维奇指出："从 50 年代后半期开始，对真正马克思主义的重新认识在南斯拉夫、波兰、匈牙利和捷克斯洛伐克出现了。在'回到真正的马克思'的口号下，一种富有创造性的理论倾向发展了起来。"② "回到真正的马克思"就是重新认识马克思的批判性的核心价值，"回到马克思就是回到批判

---

　　① 这一重要的马克思主义领域已经引起了国内哲学界的高度重视，尤其是以衣俊卿等学者为代表的系列研究。参见衣俊卿《论东欧新马克思主义的理论定位》，《求是学刊》2010 年第 1 期。

　　② ［南］马尔科维奇、彼德洛维奇编：《南斯拉夫"实践派"的历史和理论》，郑一明等译，重庆出版社 1994 年版，第 87 页。

的思考，任何现代思想都不能无视马克思"。① 这些通常被视为"异端"或者"修正"的新马克思主义对文化艺术和审美问题展开了多维度的思考，把美学整合到其哲学思想中，发表了极为众多的文艺美学著述，丰富、深化并发展了马克思主义文艺理论。遗憾的是，这一领域尚未得到深入研究。本书导论主要从南斯拉夫"实践派"、匈牙利"布达佩斯学派"、捷克"存在人类学派"、波兰"哲学人文学派"的文艺美学思想的分析来把握东欧新马克思主义文艺理论的基本面貌，挖掘其人道主义美学的核心命题。

一　南斯拉夫"实践派"美学

20 世纪 60 年代在南斯拉夫以《实践》杂志（1965 年创刊）和科尔丘拉夏令学园（1963 年开始）为中心形成了具有世界影响力的实践派，代表了南斯拉夫当代马克思主义哲学的最高成就。此学派会聚了一大批的马克思主义哲学家、美学家和文学艺术家②，把具有审美性的实践（praxis）作为基本范畴，形成了颇具特色的马克思主义实践美学。

第一，实践的审美性。南斯拉夫实践派的哲学出发点不是正统辩证唯物主义所信奉的物质存在与精神的基本问题，而是马克思所提出的根本问题，即在创造一个更加人道的世界的同时如何实现人的本质。这一根本问题所内含的基本的哲学假设就是实践基础，"人本质上是一种实践的存在，即一种能够从事自由的创造活动，并通过这种活动改造世界、实现其特殊的潜能、满足其他人的需要的存在"。③ 因此，人是一种实践的存在。这是南斯拉夫实践派主要代表之一马尔科维奇所总结的"公认的马克思主义人道主义的共同基础"。这种实践概念不同于纯粹认识论范畴的实践 practice，而是借用希腊语 praxis，"来源于希腊字'poesis'（诗歌）和'praxis'（实践）的意义"。④ 实践具有规范性，指的是一种人类特有的理想活动，这种活动就是目的本身。它是一种基本的价值过程，对人类其他

---

① Karel Kosik, *The Crisis of Moderntiy*, Ed. James H. Satterwhite, London：Rowman & Littlefied Publishers, Inc., 1995, p. 144.

② 参见贾泽林《南斯拉夫当代哲学》，中国社会科学出版社 1982 年版，第 293—294 页。

③ ［南］马尔科维奇、彼德洛维奇编：《南斯拉夫"实践派"的历史和理论》，郑一明等译，重庆出版社 1994 年版，第 23 页。

④ ［南］穆·菲利波维奇：《论哲学的社会作用及其与社会的关系》，载《南斯拉夫哲学论文集》，生活·读书·新知三联书店 1979 年版，第 56 页。

一切活动形式赋予批判的标准。这种体现人类自由创造性和目的性本身的实践是审美的，"实践有明确的审美性质，它是除了其他法则外还'服从美的法则'的一种活动……当美变成目的本身时，活动就达到了实践的水平"。① 实践不同于人类为了生存的必要条件进行的劳动、工作和物质生产，它是个人自我实现和自我完善的艺术性活动。阿格尔解释东欧马克思主义修正主义时说："劳动将成为一种艺术，因为它能够表现工人的意图、想象和价值。由于人类学会了在为使用而生产和为交换而生产的两个领域中表现自身，因而劳动和艺术之间的区别最终将逐渐消失。"② 实践不纯粹是功能性活动，而是康德意义上本身就是目的活动，是人类本质力量的对象化，如尤里奇在《政治的人》中所强调的"完整的、活生生的人"。③ 实践派也是在实践的这个意义上来理解艺术的自由创造性。马尔科维奇认为，艺术与科学不同，它不是累积性，它拒绝现有的规则和成就，通过对全新的表现形式的探索来确证自己的存在和价值，因而现代艺术形式与古典形式毫无关系。这表明，艺术不存在一种唯一进步的标准。但是从人的全面的自我创造的实践观点来看，艺术具有累积性和进步意义，"最优秀和最富有创造性的现代艺术却证明了在古典艺术中未被发现的一种极为精致的敏感性以及思想、感情和冲动的丰富性。现代艺术已经构造了大量新形式，创造了一种如此丰富并充满了细微差别的语言，以至于任何人都可以以一种更为个别、更为精细的方式表达任何事物。进步不过是创造一种广泛的可能性，不过是增进人的自由"。④ 艺术的进步意味着自由的增长程度和各种有效的表现形式的增长。因此艺术表现的可能性会越来越普遍，人类将不断整合历史与现实的各种元素，实现艺术的进步和自由的进步的统一。

第二，人道主义的文化理论。南斯拉夫实践派把真正的文化视为实践的表现，关乎人及世界的人道化的过程。格鲁博维奇在《文化：乌托邦与现实之桥》中提出了作为乌托邦和现实之桥的文化概念，认为"文化总

---

① ［南］马尔科维奇：《马克思的社会批判理论》，载《南斯拉夫哲学论文集》，生活·读书·新知三联书店1979年版，第269页。

② ［加］本·阿格尔：《西方马克思主义概论》，中国人民大学出版社1991年版，第301页。

③ ［南］马尔科维奇、彼德洛维奇编：《南斯拉夫"实践派"的历史和理论》，郑一明等译，重庆出版社1994年版，第120页。

④ 同上书，第45—46页。

是处于概念与现实、理想与实在、新事物与既有事物之间"。① 这种文化概念不同于社会人类学把文化视为社会制度中的社会遗产的概念。在他看来，林顿把文化视为习得行为或习惯，米德认为文化是传统的行为方式，他们的文化概念都具有片面性，他们强调标准化的文化意义，把艺术和哲学视为"异端行为"，从而否定了生活和创造性。格鲁博维奇借助于鲍曼在《作为实践的文化》中提出的对文化概念的理解，认为文化是使物对人有意义的东西，并作为一种标准内在化于人格的结构中。这样，文化就意味着人如何思考，如何理解他的世界。鲍曼的文化概念意味着在人的活动之中，"不论对文化概念如何精心阐述，它都属于代表人类实践术语的家族"②，意义、模式、价值是与人的目标联系在一起的，社会人类学或功能主义的文化概念忽视了文化与人道化过程的关系，忽视了文化的乌托邦，忽视了文化作为"自由王国"的本质特征。因此格鲁博维奇认为："原则上，只有通过超越既定的、已经构造和确定了的制度，文化才能实现其人道化功能。"③ 格鲁博维奇明确地提出自己的具有人道化意义的文化理论："文化是这样一种过程和结果，即通过人对一种更人道的生活的设计而转变为一个新的世界来实现人的人道化。在创造文化的过程中，人能够更好地觉得其存在的问题，不断地发展其新的生活方面，以满足其基本的需要，丰富其动机，并发展为一个更全面的人。"④ 因此，文化不仅是社会结构的因素，也是人格的组成部分，格鲁博维奇采用雷蒙·威廉斯类似的分析思路论述了基础与上层建筑的关系。传统观念认为，文化作为上层建筑与基础是分离的，文化仅仅意味着精神活动的客观化，这种观念把文化和实践性人类活动割裂开来，这是对人类实践之基本特征的误解，离开了人类实践指向的意义和价值，因为文化形成了现实走向乌托邦以及乌托邦走向现实的桥梁，成为两个世界相通的纽带，它一方面调节了生物学存在和人之基本的社会性之间的关系，另一方面调节了人的存在和可能性之间的关系，成为现实与乌托邦的调节器。文化是个人存在的一个根本

---

① ［南］马尔科维奇、彼德洛维奇编：《南斯拉夫"实践派"的历史和理论》，郑一明等译，重庆出版社1994年版，第195页。

② ［英］齐格蒙特·鲍曼：《作为实践的文化》，郑莉译，北京大学出版社2009年版，第217页。

③ ［南］马尔科维奇、彼德洛维奇编：《南斯拉夫"实践派"的历史和理论》，郑一明等译，重庆出版社1994年版，第199页。

④ 同上书，第200—201页。

的组成部分，它以符号交换的现实创造了人的实践，借助经验整体的累积过程促进个体生物有机体的人道化，扎根于人的生活本身之中，扩展了个体多层次的需要系统。因此，个体必须过双重的生活，既要适应现实又要超越现实，成为一种文化的存在。这种文化理论也是对一种新型的社会主义的文化理论的建构，通过现实和乌托邦的纽带构建起文化共同体："超越文化的阶级功能，并回到长期被阶级社会窒息了的文化的一种丰富的人类意义之中。这正是作为一种人类共同体的社会主义的真正意义，是文化在一种新社会中的现实的人道主义功能。"① 这种社会主义文化理论也是苏佩克所主张的克服单一文化标准的多元决定阐释（*polydeterministic interpretation*）的文化理论。②

　　第三，对非人道化的文化艺术观念和现象的批判。南斯拉夫实践派通过实践确立了人道化的美学与文化理０论，并以此为价值规范展开了对非人道化的文化艺术观念和现象的批判，体现出东欧新马克思主义作为批判理论的特色，也就是实践派的宗旨"致力于对现存一切进行毫不留情的批判"。③ 实践派成员科西奇在《文化与革命》中指出："没有对现实以及不利于创造性的人类需要和力量之世界的自觉否定，没有对不自由和非正义以及对束缚并削弱人、把人的思想和想象归结为一种纯粹的工具性的'贫乏'与强制力量的精神反叛和道德反叛——文化便宣判了自身的无意义，宣判了自身的死刑。"④ 实践派对非人道的文化艺术的批判主要有：一是对社会主义文化的批判，认为这种文化并没有承担起人道化的功能。这种文化成就来源于阶级立场，同时又被统治阶级所操纵，为特权阶层所控制，甚至文化表达的语言作为一条规则只能被某些贵族阶层所理解。基于此，实践派提出对社会主义现实主义的质疑，因为这种现实主义使文化局限于一定的社会制度，局限于党的现行政策，局限于现有的政治意识形态，失去了文化的创作自由。这种为现存制度服务的文化失去了文化的批

---

　　① ［南］马尔科维奇、彼德洛维奇编：《南斯拉夫"实践派"的历史和理论》，郑一明等译，重庆出版社1994年版，第217页。

　　② Rudi Supek, "Freedom and Polydeterminism in Cultural Criticism", *Socialist Humanism: An International Symposium*, Ed. Erich Fromm, Garden City, NY: Doubleday, 1965, pp. 280-298.

　　③ 南斯拉夫《实践》杂志发刊词：《〈实践〉的宗旨何在?》，载《南斯拉夫哲学论文集》，生活·读书·新知三联书店1979版，第329页。

　　④ ［南］马尔科维奇、彼德洛维奇编：《南斯拉夫"实践派"的历史和理论》，郑一明等译，重庆出版社1994年版，第259页。

判现实、超越现实的功能："现存的社会主义国家当局不允许文化执行其作为乌托邦和现实之间的调节者的功能，不允许文化充当一种表达创造性的不满和反叛，并为现实的革命化服务的领域，而要求文化融其自身于现实之中，而且文化只能服务于现实（即证明现实而不是批判现实）。它宣布，乌托邦是一个不合时宜的、无用的梦幻领域。"① 在苏佩克看来，真正的社会主义文化应该对新文化和新的人物进行最自由的探索、调查和实验，现实主义本可以在社会主义社会起到十分积极的作用，但是"给现实主义加上一个'社会主义'的修饰语，并提出什么'社会主义典型'论，这就使理论家和批评家们弄钝了它的批判刃锋，赋予它歌功颂德的护教功能了"。② 因而社会主义现实主义的根本缺陷在于是丧失真正的总体性的辩证法，成为一种本体论空谈的本体，即是说沦为一种抽象的总体。二是对现代文化中的极权主义文化和享乐文化的批判。实践派成员日沃蒂奇在《在现代文化的两种类型之间》中指出，这两种文化随着官僚社会和富裕社会的出现而产生，均具有压抑性。极权主义文化作为非自治的规范和价值调节着个人行为，人在这种价值体系中被视为一种自觉适应现存生活和社会环境的野性动物，体现出人的不平等性和人对人的支配性。这种文化"不是一种人对其总体性的对象化关系的形式，一种通过它显示出自由的人类精神能量的形式，一种人的自我意识的形式"。③ 极权主义文化没有达到理性和感性、需要和义务、美德和幸福之间的和谐。享乐主义文化是对极权主义文化的补充，一种功利主义文化，其价值是指向消费，人的需要被归结为消费需要和商品贮藏的需要，所以这种文化追求感官而抛弃精神，追求无忧无虑的生活和无聊的消遣，"人发展了一种不受控制的占有欲，即他的一个有利于消费价值的非生产性关系的方面。这种人为的需要使人丧失了对真正的精神价值的全部敏感性"，这种文化"推进了人的意识的分化与分解，为新神话的出现提供了沃土。现代享乐主义是人默认他所生活的异化世界的一个主要方面"。④ 日沃蒂奇指出，这两种现代文化

① ［南］马尔科维奇、彼德洛维奇编：《南斯拉夫"实践派"的历史和理论》，郑一明等译，重庆出版社1994年版，第213页。
② ［南］苏佩克：《社会实践的辩证法》，载《南斯拉夫哲学论文集》，生活·读书·新知三联书店1979年版，第307—308页。
③ ［南］马尔科维奇、彼德洛维奇编：《南斯拉夫"实践派"的历史和理论》，郑一明等译，重庆出版社1994年版，第219页。
④ 同上书，第223页。

类型是资产阶级文化的典型特征，也是社会主义文化异化的两种类型，文化政策的官僚制度对精神生活进行限制和控制，文化政策的商业观又催生了低水平的文化产品，为追求利益而忽视了人道化的文化功能。

南斯拉夫实践派以实践的自由创造作为规范性价值，对社会主义文化艺术建设提供新的思考，对非人道的异化的文化现象加以批判，张扬以人的存在和自由为核心的人道主义美学。在某种意义上，这种美学思想是南斯拉夫自治社会主义理论和哲学思想的具体体现。但是由于以理想的价值规范来面对社会主义初期现存的具体问题，实践派的批判也因过分激进而失去了自己的现实力量。

二　匈牙利"布达佩斯学派"的重构美学

布达佩斯学派是 20 世纪 60 年代在匈牙利首都布达佩斯，围绕着卢卡奇而形成的一支具有重要影响的马克思主义哲学流派，它的成员绝大多数属于犹太血统的后代，有着东欧社会主义和法西斯极权主义的切身体验。他们在卢卡奇美学思想的影响下对美学问题进行了多方面的思考，代表了东欧新马克思主义美学的最高成就。此学派最重要的哲学家阿格妮丝·赫勒指出："审美维度的确在我的著作中无处不在，对它的分析可以很好地理解历史、社会、政治和哲学维度。不过，在过去几年里，我越来越直接地转向美学和艺术的问题。"[1] 此学派的美学从马克思主义复兴到后现代主义逐步嬗变，立足于人的存在命运和选择的自由性在批判中建构，形成了具有世界影响力的多元主义美学。[2]

第一，批判现代美学的宏大叙事特征。现代重要的美学范式都是一种历史哲学，具有宏大叙事、救赎与希望、总体性特征。从诞生开始，"美学就已经成为一种普遍哲学，它根据自己的体系推论出来的普遍意识形态和普遍理论的偏爱来评价和阐释'审美领域'、'美学'、'客观化的美'以及在这个框架之内的艺术。对'（客观化的美、艺术、各种艺术）的审美在生活、历史中的地位是什么'的回答，不可分割地联系着第二个问题

---

① Agnes Heller, "Preface"，载傅其林《阿格妮丝·赫勒审美现代性思想研究》，巴蜀书社 2006 年版。

② 见拙著《宏大叙事批判与多元美学建构——布达佩斯学派重构美学思想研究》，黑龙江大学出版社 2011 年版。

'审美在哲学体系中的地位是什么'的回应"。① 因此，美学首先关注的并不是审美本身，而是哲学上的普遍的意识形态。美学不是仅仅关注艺术作品与愉悦的审美感受，而是联系着更为普遍性的本质问题。现代哲学美学都是历史哲学，这不是说历史的基础外在于美学体系的有机体，而是成为其核心的因素，史学的特征内在于美学体系之中。现代重要的美学都是世界历史意识的对象化表达。美学一直把艺术及其活动置于活动与对象化类型等级之中，并且这种"置于"关乎资产阶级社会现实。青年谢林把美学置于哲学等级的顶端连接着他哲学之外发生的巨大实验，这种实验试图超越资产阶级等级，建立一个有机的集体主义社会。每一种史学特征的美学把艺术置于人类活动的体系之中，虽然不是每一种理论都在体系中创造一种等级，因为等级或非等级特征取决于史学的视角。目前采纳审美巫术的立场或者支持审美退化的立场的视角认为，等级本身是令人反感的。但是赫勒与费赫尔认为："在美学自身的世界中，等级是不可避免的。"② 赫勒说："历史哲学以一种统治支配的方式排列文化。"③ 对艺术是什么，它有什么用的普遍问题的回答都要求在艺术作品中选择，创造一个等级的答案。如果美学作为一种历史学的学科忠实于它自己的原则，那么它不得不根据它曾经给定的概念来把各种艺术整理成一个等级。也就是说，各种艺术的审美价值最终将取决于哲学体系。所以具有史学起源与特征的美学不仅仅意味着价值中立的和社会学的陈述与阐释，根据这些陈述与阐释，某个时期能够创造体现历史有效价值的艺术作品样式，而在另外的时期不能在艺术样式中创造这样的作品。它也不是纯粹地列举时代发展变化而导致的对立的艺术样式。重要的是，"真正充满历史学精神的美学是足够傲慢的，也就是说，仅通过创立一个历史时期的等级，它就足够地确信其创造一个艺术等级和艺术分支的普遍排列原则的价值"。④ 黑格尔、卢卡奇、阿多诺、克尔恺郭尔等哲学家的美学理论都体现出价值等级设置，并根据这种价值等级来安排艺术，形成艺术的等级。无疑这就出现了哲学美学的困境及其审美判断的较高的错误率。现代哲学美学研究者都是"神圣家

---

① Ferenc Fehér and Agnes Heller, "The Necessity and the Irreformability of Aesthetics", *Reconstructing Aesthetics*, Eds. Agnes Heller and F. Feher, Oxford: Basil Blackwell, 1986, p. 5.

② Ibid. , p. 6.

③ Agnes Heller, *A Theory of History*, London: Routledge and Kegan Paul, 1982, p. 226.

④ Ferenc Fehér and Agnes Heller, "The Necessity and the Irreformability of Aesthetics", *Reconstructing Aesthetics*, Eds. Agnes Heller and F. Feher, Oxford: Basil Blackwell, 1986, p. 7.

族"的成员，表现出激进普遍主义的特征，他们根据哲学体系演绎出对文学艺术的认识，并排列不同艺术样式的等级，或者是追忆古希腊的艺术理想，或者迷恋未来的跳跃，形成弥塞亚式的美学，充满悖论。

第二，文化、艺术概念的重构。尽管现代艺术和文化面临诸多悖论，但是布达佩斯学派并没有放弃重构的意图。赫勒为高雅文化概念提供了两个建设性的主张，这两个主张是她关于现代性的双重束缚即技术想象制度和历史想象制度理论在文化方面的阐发。现代技术想象在于面向未来，强调知识的累积，涉及艺术作品的技巧的完美程度，这可以作为一个判断的标准。但是仅仅如此，赫勒还不能避免现代趣味判断的矛盾，因为现代高雅艺术在技巧上虽然强调一些知识的累积，但是也强调一种非累积的技术。赫勒通过历史想象的引入，目的在于抑制第一种建议的技术想象。根据赫勒的意思，提供趣味的标准日益涉及解释的任务。文化作品的解释无论涉及什么，关键的问题不再是美的，而是愈来愈成为有意义的或者有意思的。普遍上的高雅艺术与高雅文化的解释是关于说得通与提供意义。既然有实际上不可穷尽的艺术作品，所以这些艺术作品将会成为解释的持续不断的主题对象："高雅艺术作品是这样的作品，它能够被每一代人以一种新的方式解释，它对那些新时代的人——通过解释的行为——提供不断的新的阅读、意义与启示。"[1] 这不是关于个人趣味的。相反，不断更新的解释行为正逐步形成一种共同的趣味。拉德洛蒂面对现代艺术概念的悖论也提出了自己的重构性的意见，主张结束现代艺术的解放之战，调整艺术的概念，挖掘大众文化的潜力。他说："我自己的观点是，艺术的普遍概念的缓和，结束艺术解放之战，现在是必要的了。"当然，"我们不需要艺术的废除，而是一种改革。这种改革将消除艺术与大众文化的对立的互补性，并且把小群体的审美的民族精神视为一种文化上革新的浅薄，这种审美的民族精神就其能够普遍化的艺术价值的整合来说，同样必须始终受到批评"。[2] 因此文化的重构必须正视大众文化的积极性。借助于审美与艺术的实践，马尔库斯批判了阿多诺对大众文化的蔑视，认为在当代有一些理论家开始注意到大众文化的细微性与积极价值，不是说对所有大众文化的积极肯定，至少认为某些大众文化形式具有高雅艺术同样的价值与

---

[1] Agnes Heller, *A Theory of Modernity*, London: Blackwell Publishers, 1999, p. 124.

[2] Sándor Rádnóti, "Mass Culture", *Reconstructing Aesthetics*, Trans. Ferenc Feher and John Fekete, Eds. Agnes Heller and F. Feher, Oxford: Basil Blackwell, 1986, p. 93.

意义，这尤其表现在摄影、电影与爵士乐方面。早期先锋派代表如未来主义者和诗人阿波里耐（Apollinaire）热衷于电影这种新型艺术的可能性。从 20 世纪 20 年代起，电影技术与美学理论随着成熟的电影批评被阐述，引发了广泛的文化共鸣与活生生的讨论，一些重要的电影导演，最重要的是爱森斯坦、普多夫金（Pudovkin）和克莱尔（Rene Clair）在这些方面发挥着先锋作用，也有一些知识分子、美学理论家、作者与诗人、艺术家都对"电影经验致以敬意"。① 甚至有一些艺术家积极地参与到实验性或者激进的电影的制作之中，如布莱希特等。爵士乐也是如此，20 年代"交响的爵士乐"被视为高雅艺术的形式。

第三，美学的多元主义思想。布达佩斯学派对宏大叙事的历史哲学的美学范式的批判使其不断走向多元主义美学，从经典马克思主义美学过渡到后马克思主义美学，这是他们后现代转向的美学特征。可以说，多元主义渗透到布达佩斯学派的社会学、政治学、哲学、美学等广泛的领域，其多元主义美学也只有在这些领域中才得以深刻地理解。这种美学来自他们对历史哲学的批判与重建，后现代历史哲学的重构形成了多元主义美学的哲学基础。由于布达佩斯学派抛弃了救赎的希望哲学或者未来哲学，而关注于绝对的现在，这种现代性或者后现代意识就必然走向多元主义。一是阐释学与多元主义美学的问题。布达佩斯学派的阐释学是建构现在与过去、未来的时间关系的学科，提出了诸多具有特色的阐释学理论，如拉德洛蒂的赝品阐释学，赫勒提出的"存在主义阐释学"、"激进阐释学"、"实践阐释学"、"伦理阐释学""社会科学阐释学"等命题，体现出匈牙利当代哲学的阐释学转向。他们的阐释学蕴含着多元主义思想。赫勒认为："我们生活在阐释学的魔力之下：阐释学与主体间性的意识彼此多元决定。"② 他们从阐释真理的多元主义出发思考艺术真理的多元主义。在赫勒看来，海德格尔虽然试图尝试调和真理的普遍性与历史性，但也坦然承认他的包罗万象的真理观念不等于真理，而认识到"真理的开放"："'真理的开放'是海德格尔美丽的、显示内心活动的表达。"③ 赫勒以视

---

① György Markus, "Adorno and Mass Culture: Autonomous Art agains Culture Industry", *Thesis Eleven*, No. 86, August, 2006, pp. 67-89.

② Agnes Heller, *Can Modernity Survive?* Cambridge, Berkeley, Los Angeles: Polity Press and University of California Press, 1990, p. 6.

③ Agnes Heller, *A Philosophy of History in Fragments.* Oxford and Cambridge, MA: Blackwell, 1993, p. 257.

角主义的立场赋予了解释的多元化。她指出，只要一个名称具有象征的维度，那么这个名称就不是指向唯一的文学解读，而是具有解释的多种可能性："所指本身是多方面的，因为它不仅代表了意义的不同深浅，而且代表了在完全不同水平，在不同的话语领域里展开的各种不同的意义。"①二是康德交往美学的多元主义。赫勒认为，康德在分析作为一种共通感的趣味时，引入了人类理解力的三个原则，即自己思想、站到每个别人的地位思想、时时和自己协合一致。其中，第二个原则是"见地扩大"，属于判断力。②事实上这就是康德所称为的多元主义。赫勒认为，趣味多元主义与共同人类理解方面的多元主义是社会性文化的两个方面。康德提出的"社会的社会性"正是现代社会的特征，是启蒙运动的原则，它强调了自律性、多元性。虽然在封建时代存在多元主义，但是这种多元主义与自我主义没有完全区分，因为个人的"我"与其阶层的"我们"不可分离。而现代的多元主义不同，"正是自由的理想产生了自律思维的原则，正是政治平等的观念要求多元化的思维类型的实践，这种实践预设了人们乐意自己保持独立，而不仅仅是和他们的社会阶层的标准的他者一起思维"。③在现代社会，无限制的自我主义与最精细的人性同时出现。无限欲望的野蛮主义凭借技术的文化生存，不断被快速膨胀的需要所强化；但是意志规训的文化，通过自由而平等的个人交往/对话，能够获得一种前所未有的精致，而这种交往性可以在审美判断中找到根基，这种交往也同时预示了多元主义。

　　布达佩斯学派从马克思主义复兴到后马克思主义与后现代主义的转向既显示出马克思主义美学的危机，同时又彰显出马克思主义美学的当代发展。他们提出的重构思想在某种意义上可以理解为是一种新型的社会主义美学形态，其中蕴含着对人存在意义的表达和坚守，这是东欧新马克思主义美学的重要特征。

三　捷克"存在人类学派"的具体总体性理论

　　捷克斯洛伐克的新马克思主义主要体现为存在人类学派，以科西克、

---

　　①　Agnes Heller，"Friction of Bodies，Friction of Minds"，*Hermeneutics and Science*，Ed. Marta Fehir，Kluwer Academic Publishers，1999，p. 94.

　　②　［德］康德：《判断力批判》上卷，宗白华等译，商务印书馆2000年版，第138页。

　　③　Agnes Heller，*A Philosophy of History in Fragments*，Oxford and Cambridge，MA：Blackwell，1993，p. 147.

斯维塔克等人为主要代表。此学派立足于捷克传统知识分子对人的存在的真理和"捷克问题"的关注，通过现象学、存在主义和马克思主义人类学的融合追求海德格尔式的本真性存在，"存在主义和现象学对科西克尤为重要，因为它们集中于人，集中于人的活动方式。因而科西克的重要性在于为人的新理解提供系统的理论基础"。① 科西克把存在人类学探讨和文学艺术的思考结合起来，提出了一些基于具体总体性的美学思想。

第一，具体辩证法的确立。科西克 1963 年出版了一部堪与卢卡奇的《历史与阶级意识》媲美的经典著作《具体的辩证法》。此书以实践与人类存在的关联性来建构人类的价值理想，认为实践是人类存在的领域，没有存在就无所谓实践，"实践渗透了人类的整体，并总体性地决定着人类"。② 实践既是人的对象化也是对自然的掌握，又是人类自由的实现。人类在实践中建立起总体性的联系，但是这种总体性不是抽象的总体性或者虚假的总体性，而是具体的总体性。具体性、总体性和辩证法内在地联系在一起。辩证法作为批判性的思维，追求事物本身，系统地追求领悟现实的道路，它通过现象的中介性消除现象的虚构性，"从抽象上升到具体，这相当于唯物主义认识论，它是具体总体性的辩证法，在这里现实在各个层面和维度被理智地再生产"。③ 在科西克看来，总体性概念在历史上事实上被扭曲，发生了变异以至于不再成为辩证的概念。马克思主义的总体性概念不是笛卡尔式的原子主义—理性主义概念，也不是整体优于部分的有机主义概念，而是一个辩证概念，就是把现实视为一个被结构的和自我构形的整体，是强调历史与逻辑的统一的总体性概念。因此在科西克看来，总体性、具体性、现实存在和辩证法是内在一致的。这种具体总体性的现实是人道化的世界，是真理敞亮的世界，"真理的世界也是每一个作为社会存在的人类个体的自我创造。捣毁虚假的具体性，就是要形成一个具体现实和以具体现实生产现实的过程"。④ 这个真理的世界包含着人类精神再生产的因素，体现出审美的维度。

第二，作为人类现实之实质的艺术。科西克把艺术的实质性问题的思

---

① James H. Satterwhite, "Editorial Preface", Karel Kosik, *Dialectics of the concrete*, D. Reid Publishing Company, 1976.

② Karel Kosik, *Dialectics of the concrete*, D. Reid Publishing Company, 1976, p. 137.

③ Ibid., p. 15.

④ Ibid., p. 8.

考与具体总体性辩证法联系起来，形成了其独特的艺术理论，即认为艺术的实质是人类现实，立足于世界的总体性基础之上。"世界的总体性包括人，涉及人类有限存在与无限性的关系，涉及人类向存在敞开的开放性。语言和诗，质疑和认知的可能性就建立在这个基础上。"① 但是这不是传统马克思主义意义上的现实主义美学观，而是立足于具体总体性辩证法基础上的新型现实主义艺术理论。科西克认为，每一种现实主义和非现实主义观念都建立于有意识或者无意识的现实概念基础上的，均取决于现实是什么以及现实如何被设想。马克思主义强调社会意识涉及主体生产和再生产社会现实的过程，强调社会意识的真理处于社会存在之中。人不仅通过成为客观对象而存在，而且他在客观活动中呈现出他的现实性。在生产和再生产社会活动时，在人把自己构形为一个社会历史存在时，人生产物质商品、社会关系和制度，并在此基础上生产观念、情感、人类质性和相应的人类感觉，人类实践作为主客体的统一成为艺术生产的基础。不同于反映论的实践观念，即认为艺术是社会存在的反映，科西克的艺术实践理论不仅强调艺术反映现实，而且主张艺术同时是对现实的投射，是对现实的建构。中世纪的大教堂作为一种建筑艺术既是封建世界的表现或者图像，也是这个世界的构成性元素，它不仅艺术性地复制中世纪的现实，而且也是艺术性地生产这个现实。科西克认为："每一部艺术作品具有不可分割的二重性特征。它再现现实但也构形现实。它构建一种现实，这个现实没有超越作品本身，也不在作品之前，严格地说只存在于作品之中。"② 正是艺术的二重性，它成为认识整体的人类现实、揭示现实本身的真理的手段。在伟大的艺术中，现实本身向人类敞亮，使人类脱离了关于现实的观念和偏见，进入现实本身和现实的真理："真正的艺术和哲学揭示了历史的真理，它们使人类面对自己的现实。"③ 如此看来，艺术和社会现实不是反映和被反映、决定和被决定的简单关系，而是共在的，"艺术作品是社会现实的有机的结构成分，是这种现实的建构性元素，是人的社会—理智生产的表现"。④ 如果把现实和艺术视为两个独立的实体，则割裂了主客体的统一关系；如果把作品作为意义结构，它没有进入现实分析和考

---

① Karel Kosik, *Dialectics of the concrete*, D. Reid Publishing Company, 1976, p. 140.

② Ibid., p. 71.

③ Ibid., p. 73.

④ Ibid., p. 78.

察，那么社会现实就沦为纯粹抽象的框架，具体总体性也就沦为虚假的总体性；如果不把作品视为扎根于社会现实的瞬间性而存在的意义结构，那么具有相对自律的作品就沦为绝对自律的结构。这些都是把具体的总体性转变为虚假的总体性。真正的艺术作品的真理处于特有的人类存在的主客关系发展的现实之中。

　　科西克不仅从主客辩证关系的实践总体性理解艺术的实质，而且还深入地分析了艺术实质的普遍性和瞬间历史性的辩证统一问题，深化了马克思关于古希腊艺术的理解的难题。马克思说："困难不在于理解希腊艺术和史诗同一定社会发展形式结合在一起。困难的是，它们何以仍然能够给我们以艺术享受，而且就某方面说还是一种规范和高不可及的范本。"①这事实上是艺术的永恒性和瞬间性的现代性命题。科西克抛弃了历史主义和唯社会决定论的解释，把这一问题置于现实存在的真理的辩证分析之中，认为艺术作品离不开社会条件，它要反映社会条件或者环境，这就是艺术的瞬间性或者历史性，但是社会条件本身不是社会现实，作品所表现的现实是人类存在的结构，是人类存在的构成性元素，作品通过超越诞生的条件和情景获得了其本真的生命力，在接受过程中作品的内在力量在时间过程中被实现了，作品的超历史的生命力不是作品作为人工制品的物理属性，而是社会—人类现实的艺术存在的特有模式，涉及人类现实存在的问题。因此，艺术是永恒性和瞬间性的辩证统一，是事实和规范的统一。不仅古希腊艺术是如此，所有真正的艺术皆如此。

　　显然，科西克的艺术理论不同于唯社会决定论的艺术观，后者以普列汉诺夫的艺术理论为代表，主张把艺术视为经济因素的反映，艺术是社会条件的表现，用社会条件取代社会存在。科西克认为："如果把社会现实和艺术作品的关系理解为时代的条件、环境的历史性或者社会的对等物，那么唯物主义哲学的一元论就会土崩瓦解。"②普列汉诺夫艺术理论的失败在于，"从来没有克服条件和心理的二元论，因为它从来没有理解马克思的实践概念，他分析艺术的失败在于他的分析建立在缺乏客观的人类实践的构成性元素的现实概念之上"。③科西克在另外的文章中更精辟地指出了普列汉诺夫艺术理论的问题，认为"普列汉诺夫的艺术理论从来没有

①　《马克思恩格斯文集》第 8 卷，人民出版社 2009 年版，第 35 页。
②　Karel Kosik, *Dialectics of the concrete*, D. Reid Publishing Company, 1976, p. 73.
③　Ibid., pp. 76–77.

到达艺术的真正分析的深度或者某些艺术作品的实质的界定，相反，它在社会条件的一般性描绘中消除了其自身"。①

第三，对文化艺术异化的批判。这涉及对异化的艺术观的批判和文学作品对异化世界的揭示。科西克认为，传统的艺术观念是把艺术视为人类一种出类拔萃的活动，一种区别于劳动的自我创造。黑格尔把真正的劳动置于艺术创造的空间，谢林认为艺术是唯一的实践类型，他们强调艺术活动的自由实践，但是这些观念忽视了艺术的真正的现实存在，把人类活动区分为功能性的劳动和非功利性的艺术活动，把劳动视为必然王国，把艺术视为自由王国，这样人类活动被割裂为两个独立的王国，就出现了劳动和自由、客观活动和想象、技术和诗分别作为满足人类需要的两种独立的方式。如此不仅劳动被异化，艺术也被异化了，文化沦为形而上学的东西。可以看出，科西克不仅关注艺术本身的理解，更注重艺术与人类自由存在、具体的本真性存在的关系，既是艺术的问题，又是人的存在问题，也是涉及艺术的批判性和革命性的，正如他所说，"艺术这个词的正确意思是既是去神秘化的，又是革命的"。② 真正的艺术要归结于人的本真性存在之中，揭示了世界的虚假的具体性和异化存在，科西克分析了伟大作家创造的批判异化、揭示异化的功能。布莱希特的史诗剧理论和实践立足于陌生化原则，是一种捣毁虚假的具体性的反异化的艺术形式。捷克出生的作家卡夫卡和哈谢克（Hašek）以不同的方式揭示了现代性的异化问题，表现了"古怪的世界"，显示出非人道的荒诞世界，体现了个体与社会体制之间神秘性的扭曲，荒诞和喜剧性都来自"古怪的世界"。③ 卡夫卡的文学世界是荒诞的人的思想、行为和梦想的世界，这个世界是可怕的无意义的世界，人在官僚体制和物质装置的异化网络中无能为力。但是哈谢克的世界不同于卡夫卡的世界，因为那里人虽然成为物，但是仍然是人，"人自身中包含着不可捣毁的人性力量"。④ 在科西克看来，这些真正的文学作品以特有的艺术形式表现异化世界的存在，揭露着现实世界，本真的现实也就敞亮了。这种对现实的荒诞性的揭示尤为科西克所重视，这

---

① Karel Kosik, *The Crisis of Moderntiy*, Ed. James H. Satterwhite, London: Rowman & Littlefied Publishers, Inc., 1995, p. 63.

② Ibid., p. 73.

③ Ibid., p. 82.

④ Ibid., p. 86.

些艺术带来的喜剧性、笑是涉及人类存在的，笑"不是人类存在的附属物，而是人类存在的构成性部分"。① 笑揭示了不合理的东西，表达了人类的脆弱性、有限性和自身的荒诞性，同时也证明了自己的尊严、平等和非异化的人性，所以科西克认为民主内含着幽默，体现出一种生活方式，透视出人类存在本身的真理。

四　波兰"哲学人文学派"的个体存在论

波兰新马克思主义以哲学人文学派为代表，主要体现为科拉科夫斯基和沙夫的马克思主义。他们立足于波兰的哲学人文传统，借鉴结构主义方法论、现象学和存在主义思想探询人存在的个体性和本真性，深入考察个体意识和文化艺术的复杂问题，对文化异化进行批判，形成了与其他东欧新马克思主义相关但又有自身特征的新马克思主义美学。

第一，个体存在的审美性。波兰新马克思主义颇为关注人的存在的个体性，把个体范畴视为其马克思主义哲学和美学的核心，认为个体也是马克思所极为重视的。沙夫在《马克思主义与个体》一书中清理了马克思关于个体存在的思想，认为1843年的《黑格尔法哲学批判导言》强调了现实个体及其对象化问题，黑格尔把神秘的实质赋予现实的主体，而马克思寻求"去神秘化的个体存在"，② 1844年的《巴黎手稿》清晰地表明，个体问题应该用来作为对抗黑格尔主义的强有力的武器。马克思的个体存在是自然属性和社会属性的统一，这是具体的历史的感性的个体，而只定位在神学内涵或者自然属性的个体都是抽象的存在："个体是社会的存在"，"人是特殊的个体，并且正是人的特殊性使人成为个体，成为现实的、单个的社会存在物"。③ 人类个体的特征具有自我创造即人类劳动的特征，如果没有对人类的劳动的理解，就不可能领会人类个体的概念的基本特征。人类的劳动把客观现实转变为人类现实，在转变自然和社会现实中，人改变了他自己的存在的条件，把自己转变为物种的存在，"从人这个角度看，人类创造的过程是自我创造的过程"。④ 在沙夫看来，马克思

---

① Karel Kosik, *The Crisis of Moderntiy*, Ed. James H. Satterwhite, London: Rowman & Littlefied Publishers, Inc., 1995, p. 183.

② Adam Schaff, *Marxism and the Human Individual*, McGraw-Hill, 1970, p. 56.

③ 《马克思恩格斯文集》第 1 卷，人民出版社 2009 年版，第 188 页。

④ Adam Schaff, *Marxism and the Human Individual*, McGraw-Hill, 1970, p. 79.

主义关于个体存在的创造性理解确立了实践概念的重要性。个体创造在马克思主义哲学，尤其是人类学和认识论中具有多方面的意义。个体也就是自我设定命运的个体，是自我创造的个体，是作为历史的创造者的人的实践活动的产物，这些观点被沙夫视为"马克思的个体概念的基础"。如此理解，个体就不是超人或纯粹客观的，在其生成的主客体关系中包含着创造性和价值观念。沙夫还重视马克思关于个体的结构主义分析，但是这不是阿尔都塞忽视人的个体性、社会性、历史性的伪结构主义和伪马克思主义，不是宣称作为意识形态的《巴黎手稿》和作为科学理论的《资本论》的断裂或者两个马克思的存在，而是充分地认识到"生产关系是生产者之间的关系"。① 科拉科夫斯基也是从哲学和文学理论的结构主义出发来研究个体的存在，集中关注"思维的个体"。② 但是这种结构主义不是恒定的封闭系统，而是始终保持开放性和多元性的结构主义，实质上是类似罗兰·巴特的后结构主义。他和沙夫一样坚持对个体的结构主义或者后结构主义分析，但是没有脱离主体性和历史性。在科拉科夫斯基看来，任何结构都没有最终的形式，没有可以穷尽的意义，人类个体作为结构永远是开放性的、未完成的、未完美的，其本身始终具有创造性和审美表现性。个体存在的审美性在科拉科夫斯基对人格的表现性的阐述中显得尤为突出。他拒绝笛卡尔的人的观念，也抛弃消费主义社会的虚假人格的概念，而是追求一种人格的动态性的表现性的理解。表现在社会意义上就是创造，创造性和表现性是个体存在的内在元素，因为人的存在是偶然的，未完美的，人在客观世界中实现主体的意愿，在创造性和自我实现中找到个体的地位并自我实现，这是人类个体的艺术性、审美性的实质，所以科拉科夫斯基指出："我们设想，表现不仅是艺术性地表现或者与之相关的东西。个体在自我表现中实现自己，也能够在最广泛的生活领域中，在各种社会行为和人类关系中获得。"③ 个体在表现中涉及个体与外在世界的关系，从而克服了孤独和存在的异化，这是去神秘化的人道主义思想，所以评论家认为科拉科夫斯基"不追求绝对、人类存在的本质、神圣性。他关注

---

① Adam Schaff, *Structuralism and Marxism*, Pergamon Press, 1974, p. 118.

② Joachim T. Baen, "Leszek Kolakowski's plea for a nonmystical world view", *Slavic Review*, 1969, Vol. 28, No. 3.

③ C. F. Joachim T. Baen, "Leszek Kolakowski's plea for a nonmystical world view", *Slavic Review*, 1969, Vol. 28, No. 3.

人、价值，关注人道主义的、非宗教意义的人类自我实现的可能性"。① 创造性和表现性是人类本身的神话创造属性，是自由的表现，但是人类本身又是不完美的，并没有最终的和谐，所以个体又是焦虑的存在。可见，沙夫和科拉科夫斯基皆注重对个体存在的建构，强调个体的创造性和表现性，这种个体性理论为理解文化艺术打开了一个切入口。

第二，作为自由和焦虑的文化理论。科拉科夫斯基对文化的实质性及其生成方式和机制进行深入辨析，文化理论成为个体理论的组成部分，因为文化涉及个体的图像和自我实现的可能性，关涉着个体的存在，其《神话的呈现》一书实质是其文化理论的代表作，其旨趣在于探讨人类意识结构特征中的神话诗性创造产物的文化。他认为神话诗性是人类文化的基本特征，"世界的神秘性组织（即把经验现实理解为有意义的规则）永远呈现在文化之中"。② 他把神话理解为广泛意义的超越性的意义规则，理解为使现实经验相对化的领域，是一个意义萌生的价值或者规则的宇宙。这个文化价值王国与个体的自由的关系具有二重性。一方面，在科拉科夫斯基看来，把人转向自我相对化的神话之中在某种意义上不利于自由，因为扎根与神话组织世界的欲望使个体进入了超个体的世界，不能面对个体存在的时刻，脱离了个体的可见的经验世界。个体在对神话的凝视之中既悬置了自己，也悬置了人性，因而文化作为创造价值意义的神话意味着自由的放弃，意味着人性的丧失。从这个意义上说，文化的神话价值意义是不合理的，尤其对本身自由表达的个体存在来说是不合理的。如果个体意识能够在自己的存在的瞬间性碎片中建立自己的自由，个体意识可以抛弃物化的现状，那么文化的神话诗性创造的特征就应该加以批判。另一方面，人的存在始终是未完美的，个体的经验存在始终不可能脱离偶然性，"我们不能消除经验库的不可解说的偶然性"，③ 这样作为规范性价值意义的文化就是必需的，哲学、艺术、宗教等文化就是不断地解决个体存在的偶然性，使个体走向自由王国。所以科拉科夫斯基认为，人类要生存下来就需要文化的神话，人类文化与神话价值的呈现为人类经验现实的行为赋予意义，人类历史的更新从神话的根源获取能量，但是文化又是人类未完美

---

① Joachim T. Baen, "Leszek Kolakowski's plea for a nonmystical world view", *Slavic Review*, 1969, Vol. 28, No. 3.

② Leszek Kolakowski, *The presence of myth*, University of Chicago Press, 1989, p. 3.

③ Leszek Kolakowski, *Main Currents of Marxism*, Oxford University Press, 1978, p. 42.

的体现，始终是不完美的，不可能达到最后的完美或者最终的和谐，所以焦虑同时在文化之中存在，在个体中存在。

　　科拉科夫斯基作为很年轻时就能阅读波兰文学以及德语诗歌、法语诗歌的哲学家，在反思文化的神话呈现的问题中也集中探讨了艺术。虽然艺术和其他文化领域相比更难以得到理解，但是它们都具有共同性。艺术作品是对已经呈现在集体想象中的神话的一种有意向性的投射，艺术创作和接受扎根于人类存在的神秘层面，也就是说，艺术来自人类自身存在的神性创造属性。在科拉科夫斯基看来，艺术是一种宽恕世界之罪恶与骚乱的方式，但是这不意味着艺术和罪恶是一致的或者对罪恶不加以抵制，不意味着认可罪恶的合理性，也不必然促进基督教意义的神正论，而是意味着揭示的意义："艺术对罪恶和骚乱的感受进行组织，把它们纳入对生活的理解，以至于罪恶和骚乱的呈现成为我原创性地走向带有其自己的善恶的世界的可能性。由于这种情况的发生，艺术就不必须在世界中揭示出不能直接感受到的东西，即揭示世界丑陋中隐蔽的魅力、世界之美掩盖下的累赘、世界崇高性中的荒谬性、富裕中的悲苦、灾难中的珍贵性。"① 艺术世界是具有偏见的、不公正的、不可容忍的，它排斥了所有命名为大写存在的可能性，但是这种不可容忍性始终包含着希望，"我们的偏见性经验能够转变为一种价值，在我创造性的时刻，我能够把这种价值置于既定世界的对立面"。② 这种希望正是个体的神话诗性创造能力的体现，"特有的人类意识在世界中的呈现生产了文化中的不可消除的神话诗性创造能量"。③ 但是这同样不能避免艺术作为文化价值的二重性，既有自由又有罪恶的可能性，因为对科拉科夫斯基来说，"每一种神话诗性可能包含着恐惧这种腐败性的根源，但是也能够注入激进地导向意识自身的繁花盛开的树枝之中"。④ 因而文化的形而上学带着恐怖的可能性，这主要体现为两个极端，即绝对者和笛卡尔意义的"我思"："两者都被认为是遮蔽了关于存在观念之意义的堡垒。前者，一旦我们力图把它还原为它的完美形式，没有因与未升华的实在的接触而被玷污，它就变为无。后者，根据进

---

① Leszek Kolakowski, *The presence of myth*, University of Chicago Press, 1989, p. 32.
② Ibid., p. 33.
③ Ibid., p. 118.
④ Ibid., p. 60.

一步考察，似乎也遭到了同样的命运。"① 科拉科夫斯基通过构建个体存在和文化价值规范的内在联系，超越了形而上学的恐怖，由此艺术也事实上搭建了个体与价值之间的纽带，但是这种纽带也是不完美的，完美的和谐只是一种虚幻。文化试图征服经验存在的偶然性和个体的生物性，整合神话欲望和经验生物存在，调和文化的神性和理性化秩序，但是文化繁荣都不是最终完美地达成融合，而是永远的焦虑，"文化的繁荣在于以综合这两种冲突性因素为最终追求目标，但是不能进行这种综合，综合的达成意味着文化的死亡，文化的故事是一部具有脆弱性的辉煌史诗"。② 科拉科夫斯基对文化、艺术的神性和经验世界之关系的理解，与青年卢卡奇的美学和本雅明的神学美学有类似之处，后两者强调艺术在偶然性与价值神性的跳跃，但是科拉科夫斯基与之不同的是他始终从人类个体的存在的角度来考察文化神性的呈现及其生成机制，把文化价值规范性归属为人的个体的偶然性、未完成性的需求结构，看作人类个体本身的创造属性，而不是归属为一个超验的他者，这是对宗教神学的人道主义阐释，也可以说是马克思主义的宗教神学的文化建构。

第三，文化与异化理论。波兰新马克思主义美学对文化异化问题倾注了大量的心力，正如沙夫所指出的，"文化异化延伸到人类所做所思的一切事情之中，它涵盖了人类所有的社会生活"。③ 这涉及文化异化、拜物教等问题，也涉及真正的文化对人类异化的消解。科拉科夫斯基1967年出版了以《文化与拜物教》为名的论文集，认为真正的文化指人自我实现的可能性，而异化文化即"偶像"指的是"限制人和人的视野的思维方式或者价值体系"。④ 1972年他的《神话的呈现》一书也涉及文化异化和个体的神话诗性创造的某些问题，文化走向极端，追求文化的完美性、绝对性、永恒性，这些都是宗教神话的体现，具有形而上学的恐怖，这实质上是文化的异化。科拉科夫斯基还专门创作了三个文学故事集即《关于来自洛尼亚王国的十三个童话集》《天堂的钥匙》《与魔鬼的谈话》，在这

---

① 莱斯泽克·柯拉柯夫斯基：《形而上学的恐怖》，唐少杰等译，生活·读书·新知三联书店1999年版，第62页。

② Leszek Kolakowski, *The presence of myth*. University of Chicago Press, 1989, p. 135.

③ Adam Schaff, *Alienation as a social phenomenon*, England：Pergamon Press Ltd., 1980, p. 180.

④ Joachim T. Baen, "Leszek Kolakowski's plea for a nonmystical world view", *Slavic Review*, 1969, Vol. 28, No. 3.

些故事中他揭示了神的荒谬性和脆弱性，实则是对文化异化的批判和嘲讽，也在确立他自己的文化观念。他还涉及自己熟悉和高度赞赏的波兰著名诗人米罗斯（Cseslaw Milosz）之死，认为这位诗人的悲剧不是世界政治问题，而是个体存在的世界的文化问题，"他没有归属感"①，没有文化的归属感，始终处于被放逐的生存状态。沙夫对异化进行了专题性研究，认为异化问题是马克思整个理论的核心，从《巴黎手稿》贯穿到《资本论》。1977 年出版的《作为社会现象的异化》探讨了马克思主义的异化理论、客观异化、主观异化以及社会主义社会的异化问题。其中文化与异化问题成为焦点之一。在他看来，文化异化在中世纪都表达出来了，在那时的神学文本中，异化不仅具有有罪的人脱离上帝的异化含义，而且具有"在凝神观照和迷狂中精神脱离身体的异化"。②马克思的异化概念包含着客观的异化和主观的异化，涉及文化的异化。沙夫揭示了文化的客观异化和主观异化。前者涉及意识形态的产物的文化对象问题，意识形态作为特殊社会目的而产生的东西成为其对立面，就出现了异化，宗教作为人类思想的产物却反过来支配人类思想，艺术作为自由的表达却沦为支配个体的产物，沦为商品，沦为政治的工具或者手段，而忽视了创造者的真实意图，"一旦它被创造和加密，它就成为客观的存在，开始表现它自己的生命。它不仅忽视其创作者的意愿和意图，而且明确地和这种意愿和意图作对，它阻碍意图实现之路，威胁着创造者和跟随者的生命"。③沙夫借助杜克海姆的"失范理论"（anomie theory）进行了主观异化的阐释，认为主观异化内在地联系着个体脱离既有的文化价值规范和社会结构体系，表现为对整个传统文化价值的拒绝，表现为文化的无政府主义，表现为激进的文化的革命姿态以及艺术实验或者逃遁于虚幻的消极空间之中，文化个体也就被异化了。沙夫在马克思和弗洛姆的基础上尤其指出了文化个体在市场机制中的自我异化，指出具有艺术倾向的个体为了生存被迫从事蹩脚文人的工作，丧失真正的生命意识，个体希望成为作曲家或画家，但是在市场经济条件下，"这个个体为获得公众的掌声，甚至为了从活动中挣钱过活，使活动成为他的职业，他就不能按照自己的愉悦来行动，而必须注意为他的活动和他的可能的成果寻找消费者。因而，他必须为获得批评家

---

① "Dialogue between Leszek Kolakowski and Danny Postel", *Daedalus*, 2005, Vol. 134, No. 3.
② Adam Schaff, *Alienation as a social phenomenon*, England：Pergamon Press Ltd., 1980, p. 26.
③ Ibid., p. 137.

和公众的支持而作曲"。① 这样，艺术创作由于屈从于市场经济的规律而失去了自发性特征，不再能够满足人类的创造需要，而且在艺术家内心唤起自我实现失败的情感和各种挫折感，结果，"不仅活动的产品而且活动本身成为一件商品"。② 但是真正的艺术也是反异化的，不仅揭示客观的异化而且暴露最深层的自我异化，从而具有艺术真理的意义。在沙夫看来，卡夫卡的《城堡》、奥威尔的《1984》揭示了官僚体制的异化，卓别林的电影展现了人沦为机器的螺丝钉的劳动异化，陀思妥耶夫斯基的《卡拉玛佐夫兄弟》揭露了宗教审判的意识形态的异化，而海塞（Hesse）的《荒原狼》、加缪的《局外人》不仅揭示了社会与他人的异化，而且呈现了个体的自我异化。因此，真正的艺术仍然是为个体去异化提供了根本性的路径，不仅艺术活动可以揭橥现实个体存在的异化，也可以真正地达到非异化的本真性的存在。文化异化确立了文化革命的必要性和永恒性，但是文化也能够具有真正现实个体的可能性，满足人类真实需要的可能性。这就是波兰新马克思主义的文化与异化的辩证理论。

东欧新马克思主义文艺理论是丰富的，尽管它们侧重点有所不同，但是皆以马克思主义人道主义为旨归，继承并试图超越马克思主义传统美学研究，"实践""人道""存在""异化""自由"是其关键符码。它们的主要特色在于：首先，在理论上它们充分地吸纳现象学、存在主义的成果，思考实践的存在意义、现实存在的总体性、个体存在的文化性，它们重新赋予了马克思主义关于自由存在的价值意义，深度地整合了马克思主义和现象学，这在《现象学运动》中得到了关注。其次，东欧新马克思主义文艺理论体现出突出的批判性。这不仅是对资本主义文化异化的批判，而且对东欧社会主义的文化异化进行批判，对整个社会现象进行批判，尤其体现出反极权主义美学③，这体现出一种与法兰克福学派的批判理论相关但又有东欧社会结构和文化特色的批判理论。再次，在美学形态上，东欧新马克思主义颇为关注喜剧性问题，赫勒、科西克、科拉科夫斯基等重要代表都发表了相关喜剧的异质性、文学的古怪、荒诞、笑等研究著述，他们对喜剧性的重视不仅意味着美学的兴趣，而且具有自由民主政

---

① Adam Schaff, *Alienation as a social phenomenon*, England：Pergamon Press Ltd. , 1980, pp. 185-186.

② Ibid. , p. 202.

③ 冯宪光：《"西方马克思主义"美学研究》，重庆出版社1997年版，第414页。

治的诉求，更有对人类本质存在的呐喊，这可以说是一种真正的社会主义的文化美学的建构。不过，它们的美学思想也有一些极端和悖论性的因素，有的以马克思的人的自由解放之名加以唯心主义的阐释，有的从批判马克思主义走向了后马克思主义，甚至抛弃了马克思主义的立场，这是研究者应该加以批判和反思的。

　　在把握了东欧新马克思主义文艺理论概况之后，本书主要从实践美学的存在维度、语言符号学转向、艺术样式理论及其批评实践来探究东欧新马克思主义文艺理论的核心问题。通过对核心问题的把握，来蠡测其文艺理论思想的价值及其缺陷，并反思中国马克思主义文艺理论的全球化与本土化问题，促进中国当代马克思主义文艺理论的发展，在对当代中国人的生存关注中建立马克思主义的意义阐发的路径。

第一章

实践美学的存在维度

　　东欧新马克思主义文艺理论的核心基础是对实践概念的创造性理解，在对实践的存在论和现象学、符号学等维度的理解中展开对文艺理论的建构，但是存在维度不是形而上学的宏大叙事，而是体现此在的存在价值和人道主义的人性关怀。本章从实践存在论、反映论批判与重构、从存在向此在的嬗变、喜剧现象的此在分析来清理东欧新马克思主义对实践美学的存在维度的思考。

第一节　实践存在论美学

　　哲学家沙夫在分析波兰的哲学现状时指出："在 1956—1957 年——存在主义却首先在马克思主义哲学界中成为一种现实的力量。"① 可以说，这种现象在以捷克的"存在人类学"派、南斯拉夫"实践派"、匈牙利"布达佩斯学派"、波兰的"哲学人文学派"为代表的东欧新马克思主义中皆有突出的表现。东欧新马克思主义作为 20 世纪 50 年代以来形成的具有重要国际影响的当代马克思主义思潮，其以实践（praxis）为核心概念，接受现象学与存在主义的影响，提出了作为存在的实践理论，蕴含着深刻的实践存在论美学思想。

一　科西克的存在与现实论

　　以科西克为代表的捷克新马克思主义被称为"存在人类学派"。科西

---

① 沙夫：《人的哲学》，林波等译，生活·读书·新知三联书店 1963 年版，第 6 页。

克试图把海德格尔的现象学和青年马克思思想结合起来，建构人道主义现象学。

科西克把实践理解为迥异于技巧、操纵活动的存在，具有认识论和本体论的意义，彰显出实践存在论思想。他认为，实践与人的存在密切相关，人的实践融合了主观和客观、理论与实践、人与世界的总体性关系，社会现实是立足于实践的本体性构形基础上的，人的存在是实践的存在，人与存在、实践、现实构成了具有目的性本身的具体整体。如果说劳动是实践的一个重要元素，那么实践还包含着存在的时刻，它呈现于转变自然以及把人类意义铭刻到自然材料中的客观活动之中，而且呈现于人类主体的过程中，在这个过程中，诸如焦虑、恶心、快乐、希望等存在的时刻不是作为积极的"体验"而是作为认识而斗争的一部分即作为实现人类自由的过程的一部分而呈现出来，"如果没有存在的时刻，劳动就不再是实践的构成部分"。① 因而科西克认为，实践是人的对象化和对自然的控制，是人类自由的实现，既是认识论的又是本体论的，"人类实践的本体—构形的过程是本体论可能性的基础，即是理解存在的基础"。② 实践是形成人类现实的过程，也是发现宇宙和现实的过程，因而可以超越人类自身的动物性，成为具有建构力量的中介因素："实践已经被视为现实的活动中心的基础，作为精神与物质、文化与自然、人与宇宙、理论与行为、存在物与存在、认识论与本体论的现实历史的中介。"③ 在实践中，人超越其动物性，与世界建构起总体性的联系，有限性联系着无限性，走向存在的澄明与开放性。

人与世界形成的现象学关联，透视出人的现实性存在的事实与价值的统一性，体现出历史性与自由超越性的统一性，正是在这种总体性存在基础上，文学艺术等对象化活动才具有可能性，因此实践与艺术构成了内在的同质性。科西克对实践存在论的阐释不仅从发生学方面阐释了审美活动现象，也阐释了审美活动的实践存在论意义。既然实践也是人的存在，是事实与价值的融合，那么审美或艺术作为实践，就体现了人类建构现实、发现现实的过程，表达人类超越有限性迈向无限性与自由的价值理念，也

---

① Karel Kosik, *The Crisis of Moderntiy*, Ed. James H. Satterwhite, London：Rowman & Littlefied Publishers, Inc., 1995, p.138.

② Ibid., p.139.

③ Ibid.

就是说审美或艺术不仅仅认识现实，还构建现实，构建人类自身的自由存在，是一种把自己作为目的性本身的存在，这无疑超越了纯粹的认识论实践和实践美学概念，体现出实践存在论美学的特征。它促进了马克思主义美学从认识论向本体论的转型，从体验心理学认识审美启蒙功能向基于人的存在价值、本体性、本真性方面确认审美艺术活动的转型。

二　实践派的存在维度

科西克的实践存在论分析在东欧新马克思主义实践哲学中具有典型性，直接影响到南斯拉夫"实践派"的新马克思主义哲学思想。1965 年《实践》杂志第 1 卷第 1 期刊发了实践派重要成员加约·彼德洛维奇的文章《实践与存在》。实践派重要成员马尔科维奇在总结实践派的基本观点时指出，"人在本质上是一种实践的存在"。① 这种表述是实践存在论思想的集中体现。

南斯拉夫实践派并不排斥现象学和存在主义，而是将其整合到实践概念的阐释之中。我国学者贾泽林在 20 世纪 80 年代初揭示了这点："'实践派'居然'发现'马克思和胡塞尔对哲学的看法是一致的，而且还由此得出这样的结论：说什么马克思主义和现象学'十分相近'，彼德洛维奇把"海德格尔看作真正揭示了马克思主义的人道主义性质及其意义的第一个人"，"海德格尔认识并懂得了异化的意义，并能够用异化的精神来解释马克思主义"。② 贾泽林对马克思主义与现象学的融合明显持否定的意见，并没有充分地认识到实践的存在论阐释的积极意义。实践派从马克思那里找到了现象学与存在主义的根基。其主要成员之一坎格尔加根据马克思关于人的本质力量对象化思想阐释了实践作为人的本质存在的哲学意义。马克思在《巴黎手稿》中指出："我的对象只能是我的一种本质力量的确证，就是说，它能够像我的本质力量作为一种主体能力自为地存在着那样才对我而存在。"③ 马克思讨论音乐感与音乐之间的对象性关系的观点，对坎格尔加来说可以阐释人的存在本质的问题。他认为，人在积极行动之中，在实践过程之中，对象成为人的对象，在人化自然的过程中，人

---

① ［南］马尔科维奇、彼德洛维奇编：《南斯拉夫"实践派"的历史和理论》，郑一明等译，重庆出版社 1994 年版，第 23 页。

② 贾泽林：《南斯拉夫当代哲学》，中国社会科学出版社 1982 年版，第 213 页。

③ 《马克思恩格斯文集》第 1 卷，人民出版社 2009 年版，第 191 页。

有一种本体论的优先地位。① 赫勒的日常生活理论则是通过日常生活的个人之特殊性建构具有德行的自为个体人格。这种人格建构实则是具有存在的自由和本真性，又促进了社会的建构，个体的建构是走向实践的建构，走向一种"为我们"的生活和好生活的世界。这种人道的世界的建构在现代性的历史意识中形成，立足于现代性偶然性的存在条件。只有在这种基于偶然性条件中，现代人格与好生活才能有选择性地生成，走向实践存在之维，走向日常生活的革命。这种融于实践与理论之维的哲学包含着现象学的存在主义思想，正如布达佩斯学派另一成员马尔库斯所说，"赫勒的日常生活概念在结构上类似于胡塞尔的生活—世界概念"。② 当然，赫勒并不认为日常生活等同于生活世界，认为生活世界是一个对立于制度和科学思维的自然的行为和思维态度，而日常生活是每一种社会行为、制度和社会生活的基础。尽管如此，赫勒在《日常生活》中谈及了胡塞尔对她的影响，并强调了该书融合了"现象学的方法和分析性的程序"。③ 马尔库斯指出了生产模式的技术性特征，强调了诗性与理性融合的社会实践，凸显社会活动的诗性特征，认为"社会个体的活动不仅具有再生产而且具有诗性—创造的特征"。④ 布达佩斯学派成员瓦伊达展开了卢卡奇、海德格尔、胡塞尔的对话研究，对个体与实践进行了独特的思考，认为人作为为唯一性的单子存在，形成具有实践性的个体，构建起主体间的世界，从而消除了异化的存在。

布达佩斯学派对个体与实践的辩证关系的理解与波兰新马克思主义流派"哲学人文学派"颇为相似。沙夫 1962 年的《人的哲学》一书的副标题为"马克思主义与存在主义"，它通过对萨特的存在主义化的马克思主义的批判性分析强调了马克思主义与存在主义的差异，但同时看到了两者的近似，都围绕着个人的概念这个中心轴展开，讨论人的问题和人道主义问题，而马克思主义对存在主义战胜的举措必须思考人的独立与自由的问题，关心人的命运与生活的意义。在沙夫看来，马克思主义把存在主义关

① Agnes Heller, "Theorie und Praxis", *Individuum und Praxis*, Suhrkamp, 1971, p. 20.

② György Márkus, "The Politics of Morals", *The Social Philosophy of Agnes Heller*, Ed. Burnheim, John, Amsterdam: Rodopi, 1994, p. 275.

③ Agnes Heller, *Everyday Life*, Trans. G. L. Campbell, London, Boston, Melbourne and Henley: Routledge & Kegan Paul, 1984, p. ix.

④ György Márkus, *Language and Production: A Critique of the Paradigms*, Dordrecht: D. Reidel Publishing Company, 1986.

于人的存在的结果研究作为出发点，融合人的社会和自然的行动的存在和
精神的存在，"把存在当作主观因素和客观因素的统一"。① 人的存创造性
体现出创造性有选择的实践，形成自己的世界，但是这种创造性又受到客
观因素的制约。沙夫认为，马克思主义的重要定理就是通过实践实现人道
主义的目的，"最大限度地扩大作为通向人的个性最充分发展的道路的自
由的范围"。② 但是波兰的新马克思主义并没有在实践存在论美学思想上
得到较大发展，布达佩斯学派却有丰富的著述。对后者而言，个体实践理
论同样是存在意义的，也是审美意义的。这种现代性实践存在之维也成为
此学派文学艺术研究的理论基石，赫勒对文学、艺术与日常生活的喜剧现
象的研究渗透着海德格尔的此在分析的特征，同时它们的文学艺术研究又
具有马克思主义实践的革命性、社会历史性、伦理实践理性的品格，体现
出实践存在论美学的特征。

　　东欧新马克思主义尽管丰富且复杂，但是其核心之点在于人的实践存
在论的建构。这些学者从现代性、后现代性的人类存在条件来建构新型实
践行为理论与美学阐释，充满着对人的自由存在与创造性建构的强烈关注
与思考，具有鲜明的社会批判性和人道主义特征，实现了从认识论、反映
论向存在论、本体论、建构论的转型。不过，尽管其实践存在论美学思想
较为深刻，并体现出理论的开放性，但是并没有明确地提出"实践存在论
美学"这一命题，没有形成中国学者的系统的知识学辨析和系统性研究。

第二节　反映论批判与重构

　　20 世纪 60 年代在东欧社会主义国家中涌现的一大批新马克思主义思
想家，面对社会主义思想文化制度化的历史状况，以"马克思主义复兴"
为旨归，对正统的马克思主义哲学与美学进行深入的反思与批判，不断从
认识论向人类本体论、现象学、存在论进行范式转型。这种转型过程中的
一个重要命题则是反映论美学范式的问题。下面从东欧新马克思主义对列
宁反映论模式和卢卡奇反映模仿论的批判以及对新艺术观念建构的探讨，
思考反映论美学的历史意义及其局限性。

---

① 沙夫：《人的哲学》，林波等译，生活·读书·新知三联书店 1963 年版，第 93 页。
② 同上书，第 126 页。

一　对列宁反映论模式及其制度化之质疑

反映论虽然由来已久，但是作为重要的理论话语，首先是在列宁的马克思主义哲学认识论框架中确立的，其《唯物主义与经验批判主义》无疑是马克思主义反映论哲学与美学的基本文献。① 东欧新马克思主义不仅揭示了列宁反映论的局限性，而且从社会政治的视角剖析了其被斯大林主义制度化而带来的问题。对此，波兰和南斯拉夫的新马克思主义者的批判具有代表性。

波兰著名的新马克思主义者科拉科夫斯基在其影响深远的代表著作《马克思主义的主潮》中分析了列宁的反映论模式的问题。他指出《唯物主义与经验批判主义》作为对马赫、阿芬那留斯、波格丹诺夫等人的唯心主义认识论的尖锐批判，极有偏见性地提出了唯物主义认识论哲学，这种哲学的基本部分是反映论或图像论，也就是认为"感受、抽象理念以及人类认识的所有其他方面，都是物质世界的事实性在我们头脑中的反映"。② 列宁从恩格斯关于物及其在思想上的模写或反映等观点的基础上提出的反映论，把物质世界、客观现实视为不以人的意志为转移的客观存在，人通过感官对其加以复制、反映和摄影。他基于认识论的反映论试图解决人类认识的普遍问题，尤其契合自然科学的命题，"唯物主义和自然科学完全一致，认为物质是第一性的东西，意识、思维、感觉是第二性的东西"。③ "任何科学的思想体系（例如不同于宗教的思想体系）都和客观真理、绝对自然相符合，这是无条件的。"④ 列宁反复强调"复制"，认为我们的感受是事物的图像，不纯粹是效果或者象征符号，其本质就是拒绝相对主义，追求传统的作为与现实一致性的真理观念。在科拉科夫斯基看来，列宁的反映论思想既存在着内在的不一致，又缺乏原创性的哲学思想，是对前—德谟克利特之前对图像信赖的思想的天真的重复。更为重要的是，没有人能够在物自身与其纯主观的图像之间找到类似性，无法弄清楚复制品

---

① 见原苏联学者对列宁的反映论的文艺学、美学建构的代表性论文，如博列夫的《列宁的反映论与围绕形象思维认识论问题的斗争》、谢尔宾纳的《列宁的反映论与现代派的唯心主义文艺观》、安德列耶夫的《从列宁的反映论看社会主义现实主义形成的若干问题》等，董立武、张耳编选《列宁文艺思想论集》，中国社会科学出版社1986年版。

② Leszek Kolakowski, *Main Currents of Marxism*, Vol. II. Oxford University Press, 1978, p. 453

③ 《列宁专题文集·论辩证唯物主义和历史唯物主义》，人民出版社2009年版，第10页。

④ 同上书，第42页。

与原本事物之间的比较方式。因而列宁不仅没有思考图像与现实相关的机制问题，更没有认识到主体意识、创造性意义，也没有达到维特根斯坦的语言图像理论的逻辑深度，列宁的认识论的逻辑性问题局限于古典的形式逻辑的思维框架之中。

科拉科夫斯基还进一步揭示了列宁反映论的制度化的生成机制，主要是作为国家领袖的斯大林的政治权力话语建构的结果，"《唯物主义与经验批判主义》在十月革命前后一段时间没有产生特别的影响（尽管 1920年发行了第二版）。后来，它被斯大林宣布为马克思主义哲学的基本轮廓，它和斯大林自己的一本小册子在大约 15 年的时间里成为苏联哲学学习的主要资源"。①

南斯拉夫实践派成员弗兰尼茨基在梳理马克思主义历史过程中，同样涉及对列宁反映论及其形成机制的批判。他认为，列宁是从古典的关于主体和客体的关系出发来思考物质和意识的关系，并把自己的观点即"感觉、思想、意识是按特殊方式组成的物质的高级产物"视为马克思和恩格斯的观点，这是对马克思思想的简化，所以《唯物主义与经验批判主义》根本没有达到马克思的《巴黎手稿》和《关于费尔巴哈的提纲》的高度。虽然列宁在此书中涉及实践，但它是认识论意义的具有功利性和客观真理特征的实践，没有顾及人的存在的根本问题，而是证实唯一的、最终的客观真理，"认识只有在它反映不以人为转移的客观真理时，才能成为生物学上有用的认识，成为对人的实践、生命的保存、种的保存有用的认识。在唯物主义者看来，人类实践的'成功'证明着我们的表象同我们所感知的事物的客观本性相符合"。② 俄国马克思主义者在斯大林主义的笼罩下则把列宁简化的具有浓厚的自然科学色彩的反映论进一步制度化、绝对化，"他们把一般唯物主义的认识论观点宣布为马克思主义特有的观点，其次又把实践的范畴片面地理解为仅仅是认识论的范畴，同时在认识论内部把它片面地理解为真理的标准"。③ 这些马克思主义者局限在"主观反映客观"的一般原理之上，结果"'反映'的问题和原理，由于种种原因，已被现代马克思主义者，特别是斯大林主义化了的马克思主义者弄得

---

① Leszek Kolakowski, *Main Currents of Marxism*, Vol. II. Oxford University Press, 1978, p. 458.

② 《列宁专题文集·论辩证唯物主义和历史唯物主义》，人民出版社 2009 年版，第 46 页。

③ ［南］普·弗兰尼茨基：《马克思主义史》上册，生活·读书·新知三联书店 1963 年版，第 305 页。

声誉扫地"。① 弗兰尼茨基在批判巴甫洛夫的心理学著作《反映论》时指出，"主观反映客观"的一般反映论公式不能解决具体的反映问题，认为应当对"反映"的不同阶段进行唯物主义的分析，要明确区别不同的反映形式，应该对颜色的感觉、形式的感知、颜色或声音的感知、逻辑概念形式的反映以及文艺作品或者整个意识形态的反映进行特殊的分析和说明，"而这种分析和说明却是一般公式无法作出的。苏联的思想家们、巴甫洛夫以及与他们相似的人的错误正在于此"。② 事实上，南斯拉夫实践派对列宁的反映论模式进行了激烈的批判，正如贾泽林所总结的，"'实践派'极力想从马克思主义哲学中排除'反映'这一范畴，从而取消整个马克思列宁主义的反映论"。③

东欧新马克思主义对列宁反映论模式的批判主要集中于《唯物主义与经验批判主义》及其制度化，这不仅涉及反映论尚未解决的认识论问题，而且关涉到对政治制度化所带来的思想文化枯竭现象的揭露。这种理论模式以"科学真理""普遍确定性""唯一标准"等话语规范着文艺反映的客观性，以自然科学的客观真理忽视人文社会科学的复杂意义，人的创造性和意识的主体性屈居于次要地位，反映话语成为政治话语的有机部分。譬如，虽然对艺术形式进行过细致的关注的卢那察尔斯基，在1932年的《列宁与文艺学》一文中高度肯定了列宁的《唯物主义与经验批判主义》，认为"不仔仔细细钻研这本书，就不能成为一个有教养的马克思主义者"，"由列宁论证过的马克思主义一般哲学原则，对无产阶级科学的一个支脉的文艺学自然也有着奠基的意义"。④ 他把列宁的反映论运用于文学，认为"反映论所注意的，与其说是作家隶属的家系，不如说是他对社会变动的反映，与其说是作家主观上的依附性和他同某个社会环境的联系，不如说是他对于这种或那种历史局势的客观代表性"。⑤ 不过，东欧新马克思主义对列宁《哲学笔记》中关于反映论的复杂性、扭曲性的观点是持有一定的肯定态度的，认为虽然此书也被共产党作为讨伐机械唯物主义的支持性著作，但是它与《唯物主义与经验批判主义》是相矛盾的，

---

① ［南］普·弗兰尼茨基：《马克思主义史》上册，生活·读书·新知三联书店1963年版，第62页。

② 同上书，第77页。

③ 贾泽林：《南斯拉夫当代哲学》，中国社会科学出版社1982年版，第117页。

④ ［苏］卢那察尔斯基：《论文学》，蒋路译，人民出版社1983年版，第4—5页。

⑤ 同上书，第6页。

在某种程度上切合了东欧新马克思主义的真理的多元性思想。更进一步说，虽然《哲学笔记》提出了人的意识的主动性、能动性的观点，遵循黑格尔所言"人的意识不仅反映客观世界，并且创造客观世界"①，但是其认识论和反映论仍然局限在对客观真理的认识框架中，主体性问题处于沉默或边缘地位。即使在 20 世纪 50 年代开始的苏联美学大讨论中对艺术本质的深入辨析，对艺术的主体性、个性甚至符号结构的理解，仍然没有摆脱审美意识形态的认识论框架，譬如波斯彼洛夫提出的"作为对于社会生活规律之反映的艺术"观点②以及赫拉普琴科立足于列宁反映论而提出的"反映世界上和人们生活中发生的过程"的"综合艺术形象"理论。③

二　对卢卡奇反映模仿论的反思

东欧新马克思主义对反映论美学模式的批判通过对卢卡奇的反映论及其现实主义文学观念的反思更鲜明地透视出来。他们对卢卡奇的反映模仿论的反思是较为复杂的。一方面，他们在很大程度上是在卢卡奇开创的西方马克思主义的知识视野中成长起来的，其对反映论的批判深受卢卡奇的启发，"卢卡奇在二十年代就曾积极反对过反映论，'实践派'在六十年代反对反映论，想要以'实践'为核心创造一种新的哲学体系，显然是同卢卡奇一脉相承的"。④ 这比较切合弗兰尼茨基的分析，他认为卢卡奇的《历史与阶级意识》"对反映论作了很尖锐的批评，在他看来，反映论和柏拉图的感觉论一样，也是一种神话理论"。⑤ 他指出，卢卡奇与科尔施一样都正确地看到"过去对反映的种种解释以及列宁在《唯物主义和经验批判主义》中所做的解释，实际上都是马克思以前的唯物主义"。⑥ 卢卡奇在此书中明确提出以现实的生成性论点来讨论思维与存在的哲学难题，这一难题通过人的思维意识与现实的相互生成的现象学视角得到了解决，从而超越了反映论，"当生成的真理就是那个被创造但还没有出世的

---

① 《列宁专题文集·论辩证唯物主义和历史唯物主义》，人民出版社 2009 年版，第 138 页。
② ［苏］格·尼·波斯彼洛夫：《论美和艺术》，刘宾雁译，上海译文出版社 1981 年版，第298 页。
③ 《赫拉普琴科文学论文集》，张捷等译，人民出版社 1997 年版，第 244 页。
④ 贾泽林：《南斯拉夫当代哲学》，中国社会科学出版社 1982 年版，第 113 页。
⑤ ［南］普·弗兰尼茨基：《马克思主义史》下册，生活·读书·新知三联书店 1963 年版，第 361 页。
⑥ 同上书，第 378 页。

将来，即正在（依靠我们自觉的帮助）变为现实的倾向中的新东西时，思维是否为反映的问题就显得毫无意义了"，"思维与存在都是同一的，就不是说它们是否'相符'，互相'反映'，它们是互相'平衡'或者互相'叠合'的"。① 另一方面，尽管东欧新马克思主义对反映论的批判源于卢卡奇的基本思路，但是他们并没有袒护他，而是对他的反映模仿论美学进行深刻的反思。

　　科拉科夫斯基从"总体性"和"中介"范畴切入卢卡奇的艺术反映论，认为他以这些范畴作为传统反映论的批判，以建构马克思主义的唯物辩证的反映论。科拉科夫斯基颇为重视卢卡奇的作为审美范畴的模仿理论建构，也就是《审美特性》（又称为《美学》）的模仿理论。艺术是对现实的模仿，这是立足于特有形式的模仿之上的，因此只有现实主义才称得上艺术之名。在科拉科夫斯基看来，卢卡奇的模仿具有描述性和规范性的意义。就描述意义而言，任何小说或戏剧在某种程度上反映世界、社会条件和冲突，每件艺术作品在社会学意义上都是完成了的；在规范的意义上，"模仿"是作品的质性，这种质性"正确地"模仿现实，呈现时代的问题如"真正"的那样，这部作品的作者就是站在"正确"或进步一边的，这是卢卡奇最频繁使用的模仿意义。这种作为模仿的反映涉及社会生活的总体性，联系着所有人类事件，更关涉到社会主义艺术所追求的理想。但是它还必须根据个体的图像，艺术不仅从属于总体性原则，而且从属于特殊性原则，这就是艺术的中介部分。按照科拉科夫斯基的理解，"卢卡奇的特殊性可以视为作家借以把个体经验转变为普遍有效的类型或者图像的过程"。② 这样，卢卡奇以总体性、中介、模仿三个核心范畴重建了艺术反映论或者审美反映论，可以说为马克思主义审美反映论做出了独特贡献。但是，在科拉科夫斯基看来这种反映论是立足于现实主义基础上的反映论，是质疑现代主义的，因为现代主义的问题是不能领会总体性、贯彻中介的行为，它不是对艺术的丰富而是对艺术的否定。所以，虽然卢卡奇的反映论美学超越了列宁的《唯物主义与经验批判主义》的反映论模式，但它还是局限于斯大林主义的制度化藩篱之内，"卢卡奇的美学，至少就其独特的马克思主义特征，特别是就社会主义的和批判的现实

---

　　① ［匈］卢卡奇：《历史与阶级意识——关于马克思主义辩证法的研究》，杜章智等译，商务印书馆 1992 年版，第 299 页。

　　② Leszek Kolakowski, *Main Currents of Marxism*, Vol. III. Oxford University Press, 1978, p. 291.

主义以及先锋派文学而言，是斯大林文化政策的完美的理论论证"。① 卢
卡奇铸就了文化专制主义的理性工具，虽然他批判了斯大林主义但是并没
有走出斯大林主义的阴影，可以说就是科拉科夫斯基论卢卡奇的标题所标
明的"卢卡奇：服务于教条的理性"。南斯拉夫实践派成员苏佩克尖锐地
指出总体性观念带来的文化集权主义后果以及文化批评的贫困，认为这个
概念本身陷入本体论现实主义或者本体论唯名主义的矛盾和偏见之中，本
体论现实主义的一个最核心的观念就是反映论。他指出，通过类似于主体
对"客体"的反映，反映论设想文化上层建筑仅仅是社会的物质基础的
反映，整个"社会现实"就价值而言被认为是更为真实更为重要的东西，
文化创造始终是对现实的反映，这个理论是"客观现实"的柏拉图式的
理想化，认为文化必然落后于现实。结果，"文化创造，以及整个美学领
域就本体论意义而言仅仅是物质现实的副现象"。② 当然，这种激进的批
判包含着武断的成分。

　　作为匈牙利最著名的新马克思主义的布达佩斯学派，对卢卡奇的反映
模仿论美学进行了更为具体、深入，也更为复杂的批判性反思。此学派的
主要成员赫勒、费赫尔、马尔库斯、瓦伊达等一致认为，虽然他们从来没
有激进地拒绝自己的老师卢卡奇，但是他们"拒绝认识论（甚至在面向
现实的认识论进行尝试的框架）的反映论。这可以从赫勒和费赫尔在20
世纪60年代写作的关于卢卡奇的《美学》和具体的美学问题的许多著作
中看到，我们已经长期扩展并转变了这个概念"。③ 费赫尔剖析了卢卡奇
中年的文学批评中的反映论模式，认为他在《现实主义辩》等文学批评
中把现实主义的文学观念和古典主义结合起来，排斥现代主义艺术。这种
古典主义模式的现实主义是贵族式的、本质主义的，内含着反映论的机
制，"一种特有的认识论机制即卢卡奇的反映论连接着这种本质主义的观
念"。④ 这种反映论对费赫尔来说是根本站不住脚的，其基本概念经不起
分析和批判，"我们必须询问，反映的主体和合适的器官是什么？如果我

———————————

　　① Leszek Kolakowski, *Main Currents of Marxism*, Vol. III. Oxford University Press, 1978, p. 305.

　　② Rudi Supek, "Freedom and Polydeterminism in Cultural Criticism", *Socialist Humanism: An International Symposium*, Ed. Erich Fromm, Garden City, NY: Doubleday, 1965, pp. 280-298.

　　③ Ferenc Fehér, Agnes Heller, György Márkus, Mihály Vajda, "Notes on Lukács' *Ontology*", *Lukacs Reappraised*, Ed. Agnes Heller, New York: Columbia University Press, 1983, p. 134.

　　④ Agnes Heller and Ferenc Feher, *The Grandeur and Twilight of Radical Universalism*, New Brunswick, NJ: Transaction, 1990, p. 264.

们认为创造性的大脑是这种器官，那么我们就面临着众多认识论—方法论的困窘"。① 费赫尔揭示了卢卡奇文学批评的内在的古典现实主义模式与伦理民主的矛盾，前者就是理性主义和普遍主义的认识论与反映论，问题丛丛，而后者是支持多元主义的民主自由观念，这也是费赫尔所认同的。也正是后者的民主观念使卢卡奇在《审美特性》中以"模仿"取代"反映"概念，从而具有重大的意义，"从现实主义和反映向模仿的术语转移对卢卡奇的整个理论具有决定性的影响"。②《审美特性》使卢卡奇摆脱了贵族式特征，积极走向伦理民主的人类物种的确认，审美活动把创作者和接受者从整体的人提升到人的整体，这种由模仿带来的物种特性向每一个人敞开。因此在费赫尔看来，《审美特性》为 20 世纪 30 年代和 40 年代的文学批评中勾勒的伦理民主的多元主义提供了普遍的哲学基础。卢卡奇从反映向模仿的转移也受到赫勒的关注。在赫勒看来，卢卡奇来自马克思的本体论立场所理解的反映观念在本质上突破了 18 世纪的反映论解释与反映论在 20 世纪的庸俗化，"它主要不是认识论的范畴，更准确地说，卢卡奇探究的不是其认识论维度，而是本体事实的表达"。③ 卢卡奇不是立足于自文艺复兴时期以来的对自然的模仿观念，而是回到亚里士多德对"民族精神的模仿"④，建构起"本体论—人类学基础"。⑤ 具有本体论—人类学意义的模仿是普遍的社会现象，在日常生活、科学等领域发挥重要作用，但是只有在艺术领域才得到最经典的表达。模仿作为掌握现实的积极形式，具有激发的特征，因为在模仿中形式始终是实质性的，必然联系着并引起情感与震惊的激发的效果，这种情感激发性与模仿形式使艺术区别于科学，并建构起人类物种的价值领域，诚如席勒所言，实现对人类的审美教育，走向个体的自我完善的总体性。

事实上，布达佩斯学派对卢卡奇的反映模仿论的批判性分析把他的美学导向了对个体存在的完善的看重，这恰恰符合东欧新马克思主义的个体

---

① Agnes Heller and Ferenc Feher, *The Grandeur and Twilight of Radical Universalism*, New Brunswick, NJ: Transaction, 1990, p. 262.

② Ibid., p. 272.

③ Agnes Heller, "The Aesthetics of Gyorgy Lukacs", *The New Hungarian Quarterly*, No. 7, 1966, pp. 84-89.

④ Agnes Heller, *Renaissance Man*, Trans. Richard E. Allen. London, Boston, Henley: Routledge and Kegan Paul, 1978, p. 409.

⑤ Agnes Heller, "The Aesthetics of Gyorgy Lukacs", *The New Hungarian Quarterly*, No. 7, 1966, pp. 84-89.

性理论，这意味着反映论的转型，也透视出传统反映论的危机。虽然东欧新马克思主义在一定程度上肯定以模仿代替反映论或者对反映论进行拓展，但还是逐渐抛却了卢卡奇的反映模仿论，"在美学方面，我们尽力用模仿概念取代反映概念（卢卡奇的著作事实上沿着这条路线提供了一些启示），但是我们最终还是发现这个范畴也是无用的"。①

三　新艺术观念的崛起与反映论的式微

东欧新马克思主义对列宁反映论和卢卡奇的反映模仿论的反思与批判以"马克思主义复兴"为旨趣，主要是以青年马克思的著作尤其是《巴黎手稿》的哲学美学思想的创造性理解为基础。虽然他们的批判在20世纪60年代遭遇到马克思主义内部的反批判，但是在其美学思想中不同程度地昭示了反映论模式的式微，其哲学美学范式不断从认识论话语体系向实践存在论、后马克思主义、后现代主义等话语与思维模式转型，焕发出马克思主义美学的当代活力与阐释效力，彰显出复杂而多元的人道主义美学特征。

第一，作为"能动阐释的反映论"（an activistically interpreted theory of reflection）。虽然在一些东欧新马克思主义的著作中仍然保留着反映的概念，但是这个概念的意蕴开始发生巨大的转变。波兰的新马克思主义者沙夫对反映论的独特性的重建则是有价值的尝试。他通过对认识过程的模式的理解和客观真理的批判提出了"能动阐释的反映论"，他在批判作为对客体的模写的机械唯物主义反映论和作为主体性建构的唯心主义认识论的基础上，重新确立主体与客体的交互关系即"彼此互动"（mutual interaction）的反映论模式，"主体和客体具有客观和真实的存在，同时彼此互动"。② 如此，人类个体作为反映的主体就不是被动的、接受的，而是创造的、能动的，在认识过程中具有重要的不可或缺的意义，阐释的差异性、个体性、多样性也就成为必然。沙夫的反映论深化了列宁反映论模式，其追求的真理也不是客观的真理而是作为过程的历史真理，因为客观真理是要求与现实一致，内在地联系着古典的机械唯物主义反映论，而历史真理是主体和客体相互建构的"作为过程的真理"，"毕竟，一个既定

---

① Ferenc Fehér, Agnes Heller, György Márkus, Mihály Vajda, "Notes on Lukács' *Ontology*", *Lukacs Reappraised*, Ed. Agnes Heller, New York: Columbia University Press, 1983, p. 134.

② Adam Achaff, *History and Truth*, Oxford: Pergamon Press, 1976, p. 51.

的客体的认识绝非只产生一个单一的判断；相反，当它提供对客体的不同侧面、维度和发展阶段的反映时，它是由许多判断构成的；它是一个过程"。① 可以说，沙夫的反映论建构融合了主客体交互作用的现象学理解和语言哲学的思路，超越了纯粹认识论意义的反映论范式。

　　第二，作为实践的艺术观念。实践范畴是东欧新马克思主义最为重要的一个范畴，它主要不是从认识论反映论意义上来理解的，而是被视为人作为人的存在的本体论意义，"人在本质上是一种实践的存在，即一种能够从事自由的创造活动，并通过这种活动改造世界、实现其特殊的潜能、满足其他人的需要的存在"。② 因而，实践把自由和自我实现的规范意义作为内在的属性，区别了可以异化的劳动与功利性的实践活动，这种实践的界定本身包含着审美的维度，也是艺术活动的基础。捷克新马克思主义者科西克明确地提出，真实世界是人类实践的世界，是生产和产品、主观和客观、起源发生和建构的统一体。他从现象学和存在主义的视角重新阐释了物的概念，转变了不以人的意志为转移的纯粹客观的物的概念，认为物的结构即物自身不能直接地也不能通过沉思或纯粹的反思或者反映加以掌握，而只能借助于某种活动才能掌握。这些活动是人类掌握世界的不同类型或者方式，艺术也是人类掌握世界的方式之一。科西克认为，这里主要不是唯物主义认识论的问题，而是唯物主义现象学③的意向性的问题："现象学诸如'面向物的意向性'、走向物的意义的'意图'或多种感知模式的描述所阐述的问题已经被马克思在唯物主义基础上被理解为人类掌握世界的不同类型。"④ 物、现实、社会结构都不能脱离人的意识而存在，不能脱离实践而存在。实践建立了主体与客体的交互关系，都具有两重性，既是一种反映，又是一种投射，既是反映又是预测，既是接受的又是积极的。在科西克看来，实践是主体和客体交互的生成过程的自由的活动，本身就属于艺术活动或是说艺术就是实践，"艺术始终被认为是一种

---

　　① Adam Achaff, *History and Truth*, Oxford: Pergamon Press, 1976, p.71.

　　② ［南］马尔科维奇、彼德洛维奇编：《南斯拉夫"实践派"的历史和理论》，郑一明等译，重庆出版社 1994 年版，第 23 页。

　　③ 里夫希茨提出了"唯物主义现象学"概念，"在马克思主义经典作家的著作中包含着一种关于社会存在和意识的唯物主义现象学——这就是哲学，同时也是政治学"。见里夫希茨《马克思论艺术和社会理想》，吴元迈等译，人民出版社 1983 年版，第 12 页。

　　④ Karel Kosik, *Dialectics of the concrete*, D. Reid Publishing Company, 1976, p.10.

出类拔萃的人类活动和人类作为区别于劳动的自由创造",① 是一种自由的实践。这种艺术实践是本体建构的过程,也是本体论的可能性的基础。如此理解,寻求与现实一致性的真理观念的反映论不再处于核心地位。

第三,作为创造现实的艺术观念。东欧新马克思主义强调个体性、自由创造的实践,避免了反映论对主体性的漠视,形成了艺术的创造性与建构力量的观念。科西克通过社会现实的实践建构性的探讨,摆脱了现实主义与非现实主义长期纠缠的困境,重新阐发了社会意识与社会存在之间的复杂的动态的过程,尤其注意到意识对具体主体生产与再生产社会现实的动态过程,也就是如阿尔都塞所说的意识形态建构经济基础的过程。这样,意识本身就成为实践的一部分,本身就是现实,艺术也可以说是一种现实,"诗不是一种比经济学低级的现实。它同样是人类现实,虽然是不同类型和形式的现实,带有不同使命和意义"。② 艺术现实不是客观的现实,而是创造出来的现实,而且会构建出新的现实,具有构形现实的力量。中世纪的大教堂建筑是封建世界的图像,同时也是这个世界的构成性元素,它不仅是艺术性地复制中世纪的现实,也是艺术性地生产这个现实,"每一部艺术作品具有不可分割的二重性特征。它表现现实但也形成现实"。③ 完美的艺术作品所形成的现实超越了各自时代的历史性现实,这就是艺术作品的建构性、创造性。因此,虽然艺术是社会决定的,但是艺术作品是现实的有机的建构因素。科西克对作为建构性、创造性的艺术作品的理解超越了社会决定论的反映论模式,因为社会决定论意味着把作品视为外在于作品的现实所决定的,作品是次要的、被推论出来的、被反映出来的,把真理视为作品之外的东西,这无疑无视了艺术作品的创造性和建构力量,无视了艺术作品作为人类自由创造的本体论意义。弗兰尼茨基也肯定艺术的创造性本质,人类杰出的思想与艺术作品是思维创造的结果,"人的想象并非只是反映,它本质上是创造","哲学以及艺术是有独立见解的独立的和创造性的个体的创作"。④

布达佩斯学派成员瓦伊达从绘画美学角度通过探讨再现与装饰的关

---

① Karel Kosik, *Dialectics of the concrete*, D. Reid Publishing Company, 1976, p.124.

② Ibid., p.67.

③ Ibid., p.71.

④ 弗兰尼茨基:《马克思主义多样化意味着什么》,见衣俊卿、陈树林主编《当代学者视野中的马克思主义哲学·东欧和苏联学者卷》,北京师范大学出版社 2008 年版,第 378 页,第 384 页。

系，消解了幻觉主义的反映论，确立了作为创造的艺术观念。他并不认同卢卡奇把抽象的形式作为装饰以及把艺术作品的再现对象视为不可脱离现实的环境存在的做法，认为卢卡奇关于再现与装饰的区分设置了装饰艺术与再现艺术的对立，最终转变为装饰与艺术之间的根本区别。瓦伊达敏锐地看到，在卢卡奇的美学思想中实际上隐藏着一种特有的审美概念，也就是把绘画视为再现世界的任务，这也是卢卡奇的《美学》的起点，"艺术是认识，而不是对世界的创造——更准确地说，创造从属于复制"。① 这种美学观念正是文艺复兴时期兴起的资产阶级幻觉主义绘画时代的理想，因此卢卡奇关于再现与装饰的区分不是建立在客观区分的基础之上的，而是一开始就隐藏着关于视觉艺术的特有的审美立场，因为再现的尝试只是一个有限时期的绘画追求。具体地说，只有欧洲文明才成功地达到了幻觉主义绘画的顶峰，并且只有这种绘画才能够在可能性的框架内最充分地复制可见世界，而 20 世纪的绘画之梦不再是复制可见世界。瓦伊达通过揭示幻觉主义的再现艺术观念与中产阶级的世界观的关联，借助于 20 世纪兴起的现代主义绘画，突破了卢卡奇的认识论意义的艺术观念，主张具有存在主义色彩的艺术创造论思想。他说："我的明确观点是，艺术（包括绘画）不是认识（即不是对外在于艺术的某物的复制），而是生产、建构，或者如海德格尔所说，是'世界的建基'。复制的元素作为一个次要的关键词始终出现在生产中，在这并不重要。艺术作品之所以是艺术作品，在于它始终是从虚无中创造，即便某些元素（材料、母题）在它之前就呈现了出来。毕竟，一旦这些元素是艺术作品的构成'部分'，它们就不再是之前的东西了。"②

此外，赫勒提出的作为自为对象化的艺术、作为个体性尊严的艺术、作为历史性意识的表达的艺术、作为交往互惠性的艺术、作为内在于人类喜剧性存在的艺术观念等，也代表了东欧新马克思主义艺术观念的新方向。③

总之，东欧新马克思主义以"重构美学"为名的新的艺术观念逐步

---

① Mihály Vajda, "Aesthetic Judgement and the World-View in Painting", *Reconstructing Aesthetics*, Eds. Agnes Heller and F. Feher, Oxford: Basil Blackwell, 1986, p. 125.

② Ibid., p. 148.

③ 参见拙著《宏大叙事批判与多元美学建构——布达佩斯学派重构美学思想研究》，黑龙江大学出版社 2011 年版。

摆脱了反映论美学模式，走向了建构论、存在论、实践论。虽然他们还在一定程度上保留着反映概念，认识论的思维与话语体系仍不时闪现，但是不再处于核心角色，新的阐释性符码诸如存在、实践、自由、公正、对话、话语、创造、建构、异化、人类条件、个性、个体性、多元主义、自律、现代性、历史性、后现代性、偶然性、多元决定、意义等关键性范畴的喷涌，逐步淡化了唯物唯心、进步与反动、认识、客观性、图像、再现、复制、反映、普遍性、理性、物质、绝对真理、客观真理、谬误等范畴。东欧新马克思主义对反映论美学的批判性反思不仅意味着话语模式与艺术观念从宏大叙事模式向微观话语模式的变化，透视出从真理的证明与推演模式向意义的阐释模式的转型，从制度化规训向独立思考的位移，而且彰显其意识形态、政治哲学、伦理价值的嬗变。不过，他们的反思和批判存在不少对马克思主义反映论的误解，没有历史地评价反映论的历史价值、复杂形态与诸多探索性的建构，尤其是对苏联一些重要的反映论美学的新思想没有认真对待①，有的激进地拒绝马克思主义认识论美学模式，从批判的马克思主义或者马克思主义复兴走向后马克思主义，甚至脱离了马克思主义的基本范式，这是我们应当加以仔细辨析的。

第三节　从存在向此在的嬗变

在东欧新马克思主义群体中，布达佩斯学派最出色的哲学家阿格妮丝·赫勒（Agnes Heller）所探讨的此在（Dasein）美学思想格外引人注目，可以说深化了实践美学研究，建构了具有后现代特征的实践美学形态。作为卢卡奇最优秀的学生，她深受老师的存在（Being）美学的启迪与影响，但是她大胆地摆脱了导师的框架，建立起不同于正统马克思主义美学、西方马克思主义美学的东欧新马克思主义美学形态，显示出马克思

---

① 虽然科普宁在1966年的《马克思主义认识论》一书中坚持列宁的反映论，但是认为形象反映既是复制，又不是复制，"艺术家在复制大师们的绘画时，力求做到使复制品与原作丝毫无差。认识的形象反映对象，在这个意义上才是复制，然而它的反映是创造性的，根据主体的要求，综合客观现实的内容，在这方面认识就不同于复制"。见衣俊卿、陈树林主编《当代学者视野中的马克思主义哲学·东欧和苏联学者卷》，北京师范大学出版社2008年版，第332页。弗里德连杰尔则解释了列宁反映论中关于意识的创造性，"意识本身在创造世界，它是积极的改造力量。艺术意识在创造艺术世界，这样或那样地反映现实，并在一定方面影响现实"。见程正民、邱运华、王志耕、张冰《20世纪俄国马克思主义文艺理论研究》，北京大学出版社2012年版，第120页。

主义美学在当代语境下不同于意识哲学和结构主义范式的第三种可能性，为后现代主义的马克思主义美学建设做出了突出的贡献。下面试图借用海德格尔的范畴，从"存在"向"此在"的嬗变来分析赫勒摆脱卢卡奇美学框架的内在肌理及其合法性问题。

一 作为"存在"话语的卢卡奇美学

要清晰地理解赫勒的新马克思主义美学的独特性及其意义，首先就要深入地把握卢卡奇美学的内在框架。卢卡奇作为 20 世纪最重要的马克思主义美学家、文艺批评家，不仅影响了西方马克思主义美学，而且对社会主义国家的马克思主义文艺理论做出了不可磨灭的创造性思考。其巨大魅力之一则是或明或暗地走向海德格尔的大写存在的价值取向，他的美学和文艺批评试图从现象走向本质性的真理，表现出克制欲望、漠视情感的清教主义或者斯多葛主义，正如有学者所指出的，卢卡奇对艺术和戏剧的态度是清教的，"因为他强烈而公开地厌恶生活、情爱和情感的浪漫化"。[①]我们从卢卡奇青年的美学设想、中年的文学批评实践以及晚年的审美特性的建构中，都可以寻觅到从此在走向存在的路径。

青年卢卡奇的美学以《现代戏剧发展史》《心灵与形式》《艺术哲学》《海德堡美学》《小说理论》等为主要代表，其中蕴含着克尔凯郭尔存在哲学、黑格尔的历史哲学、新康德主义、现象学等复杂的思想。青年的激情涌动于这些著述之中，但是表现出对此在的漠视和对超越此在的形而上学的苦苦寻觅，试图从现代性的骚乱的、枯燥的日常生活中建构心灵的栖息之地，在形式的考辨中探索奇迹的呈现，这与黑格尔的绝对精神或者克尔凯郭尔的伦理、宗教思想有着内在的联系，只是以不同的方式和不同的表述走向心灵的救赎。赫勒的概括是颇为切中肯綮的，"《艺术哲学》是《心灵与形式》的观念的凝聚，也是《小说理论》的基础。人类存在的主要两极始终是本真性—非本真性，艺术作品被视为最本真性的形式，被视为大写的真理，无意义的大写的意义。当成为大写的真理和意义时，艺术作品揭示出世界和生活是完全或者最终是无意义的；或者说艺术作品只是隐蔽的不为人知的大写意义的印迹"。[②] 这种本真性的存在犹如戈德曼所

---

① Arpad Kadarkay, *Lukács Reader*, Oxford&Cambridge, USA：Blackwell, 1995, p. 68.

② Agnes Heller, "The Unknown Masterpiece", Agnes Heller and Ferenc Feher, *The Grandeur and Twilight of Radical Universalism*, New Brunswick, NJ：Transaction, 1990, The Grandeur, p. 213.

谓的"隐蔽的上帝"。在现代小说中，充满问题的个体持续寻找自己存在的总体性，小说形式是心灵寻找自己实质性的冒险，而此在的个体"只是一个纯粹的工具"。① 这也是卢卡奇所看重的悲剧所蕴含的意义，悲剧作为征服日常生活的形式，涉及人类心灵最内在的本真性和完美性，所以，"人类存在最深层次的渴求是悲剧的形而上学的根基"。② 可以说，青年卢卡奇的美学思想奠定了他一生的美学的基本框架，这种超验的总体性的存在不同阶段以不同的审美经验来实现，这既构成了他的美学的神秘性，也造就了他的美学的辉煌，同时也框定了其思维的限度。

中年卢卡奇从虚构性的美学书写转入政治伦理实践行为的展示，其美学成为马克思主义伦理行为的表达，文学批评成为这种伦理行为的有机组成部分。不过，他对"存在"问题的追问并没有改变，只是以马克思主义文学批评活动进行马克思主义存在问题的建构，是马克思所提出的"存在决定意识"的范式的具体化，按照卢卡奇的理解，"存在"的概念包括了对社会的矛盾运动和由于矛盾所引起的社会发展的观察与认识。在这里，存在问题不是青年时期的普遍存在主义的悲剧性救赎，而主要是从光怪陆离的现象后面所透视的社会总体性诉求。现实主义文学观念的坚守及其具体的文学批评实践最终不是文学现象本身，而是成为总体性存在价值揭示的路径或者工具。这种具有总体性的真理性是对社会现实与历史趋势的本质性的洞察，这种洞察成为人类与社会存在的价值设定的基石，所以卢卡奇的文学批评事实上是基于本真性的人类存在的又一次尝试。卢卡奇反对超现实主义注重表面现象的刻画，反对自然主义非"叙述"的"描写"，而认为伟大的真正的现实主义注重客观的总体性问题。客观的社会总联系能够认识到现象与本质之间的真正的辩证统一。艺术典型在现实关系中寻找到社会发展的客观倾向，即在人物和现实的各种联系中，在丰富的多样性中寻找持久性的东西。他指出，现实背后的潜在的潮流是真正的先锋派也就是现实主义在文学方面所承担的伟大历史使命。卢卡奇的现实主义文学批评所透视的存在模式同时也是集体的人类存在，设想了"人民"的集体性存在的归属。无论是在托尔斯泰还是陀思妥耶夫斯基的作品中，他看到的本质性问题仍然是这些伟大小说家与人民的存在关联，认为

---

① Georg Lukács, *Theory of Novel*, Trans. Aanna Bostock, London: Merlin Press, 1971, p. 82.

② Georg Lukács, *Soul and Form*, Trans. Anna Bostock, Cambridge, Massachusetts: The MIT Press, 1974, p. 162.

作家作为人和作为艺术家，都要和一个伟大的、进步的人民运动打成一片。卢卡奇以马克思主义的理性的光芒照亮人类的存在的终极性归属，"不管一切暂时的黑暗，都知道我们是从哪儿来的，我们将往何处去"。① 他的存在性的文学批评与他对马克思主义大写的历史哲学的理解是一致的，"马克思主义的历史哲学把人当作一个整体来进行分析，并且把人类的进化史当作一个整体……它力求揭露那支配着一切人类关系的潜在的法则"。② 这种潜在的法则就是卢卡奇的文学批评的存在话语的根本性表述，在某种意义上就是一种神学的存在模式，卢卡奇以杜勃罗留波夫的话来阐明恩格斯所言的现实主义的胜利，"情形正像巴兰要诅咒以色列人一样，在神灵降临到他身上的庄严时刻，从他口中不由自主地说出的却不是诅咒，而是祝福"。③ 因此，文学作为上层建筑对现实的反映，不是现实本身而是现实潜在的普遍性的存在原型。卢卡奇指出，巴尔扎克的《农民》没有以直接的方式而是间接地揭示资本主义发展过程的总概念，显示出黑格尔所谓的资本主义的"精神动物王国"，透视了社会的总体存在状况。巴尔扎克和司汤达虽然持有不同的世界观，但是现实主义对于他们来说都是一种隐藏在表面之下的、深藏不露的现实本质的探索。卢卡奇分析托尔斯泰的作品也遵循同样的模式，认为托尔斯泰作品中的世界之所以具有深刻的现实意义，就在于他能够把错综复杂的千差万别的世界表现出来，而且还能够运用诗意的手法清楚地阐明，在这一切错综复杂的多种多样的表现下面隐藏着一切人的命运的统一的基础。因此，托尔斯泰的伟大之处在于"在创作过程中必须摆脱粗野的赤裸的偶然性，必须把偶然性扬弃在必然性之中"。④

　　晚年的卢卡奇不仅重拾早年的美学问题，而且延续着中年的现实主义文学批评，其内在的框架并没有因立场的改变而中断，存在命题仍然有意识地凸显了出来。《审美特性》的思考是从日常生活借助巫术和劳动走向审美领域，审美成为不同于宗教的自为领域，但是审美以感性进入总体性的存在空间，人类以模仿的行为达到解异化的世界，成为审美乌托邦的王国，现实的矛盾化为乌有，个体成为柏拉图的理念的实现载体，成为"人

① 《卢卡契文学论文集》（二），中国社会科学出版社 1981 年版，第 43 页。
② 同上书，第 47 页。
③ 同上书，第 82 页。
④ 《卢卡契文学论文集》（一），中国社会科学出版社 1981 年版，第 40 页。

的整体"① 的阶梯，这正是诸如亚里士多德所设定的最完美和幸福的"人的目的"（telos of man）。② 因此，虽然卢卡奇美学显示出对海德格尔的思想的尖锐批判，在《审美特性》中批判了后者对日常生活的歧视性理解，但是他们皆隐藏着相同的框架模式，这就是在推动从此在向存在的运动中最终淡化了此在，大写的存在与此在的关系的链接在两者的美学中都只是神秘的瞬间，他们并不能找到此在与存在之间的内在的文化逻辑。他们作为一代大师神奇地断言从此在走向大写的存在，这种断言是不可分析、不可论证的，这犹如本雅明所提出的"批注"和"批判"的关系，"批注"的客体内容奇迹般地走向"批判"的真理性内容，瞬间见出亘古，坟墓的骸髅照亮了天使的救赎面容。我们可以用卢卡奇批判海德格尔的话来理解他自己的美学，这就是说，有限的此在只是作为存在的跳台，日常生活的存在状态"事实上是非存在"。③ 赫勒认为，卢卡奇和海德格尔的"本真性在于竭力地抛弃在世界中的存在"。④ 卢卡奇的大写的存在话语使其美学有着牢固的传统文化基础，形成其独特的神秘力量，满足了现代人的无限渴求的欲望。赫勒要摆脱这种框架不知要付出多少力量与代价？

二　此在审美结构的建构

赫勒作为卢卡奇引领的布达佩斯学派最重要的哲学家和美学家，无疑受到卢卡奇美学话语的框定与濡染，但是她在这种框定中逐步扭转方向，走向了此在的审美建构的道路，在"马克思主义复兴"的浪潮中建立起基于此在的新马克思主义美学形态。从根本上说，这是一种个体的"日常生活转型"⑤ 的美学思考，因为"没有个体再生产就没有社会"。⑥

20 世纪 50 年代末，卢卡奇针对马克思主义领域的诸多困境提出回到马克思的主张，在东欧社会主义国家引起了马克思主义复兴的浪潮，无疑

---

① 卢卡契：《审美特性》第二卷，徐恒醇译，中国社会科学出版社 1986 年版，第 276 页。

② Agnes Heller, *A Theory of Modernity*, UK：Blackwell Publishers, 1999, p. 222.

③ Arpad Kadarkay Ed., *Lukacs Reader*. Oxford&Cambridge, USA：Blackwell, 1995, p. 275.

④ Agnes Heller, *Everyday Life*. Trans. G. L. Campbell, London, Boston, Melbourne and Henley：Routledge & Kegan Paul, 1984, p. 257.

⑤ Agnes Heller and Mihaly Vajda, "Communism and the Family", Agnes Heller, Andras Hegedus and others, *The Humanisation of Socialism*, London：Allison and Busby, 1976, p. 8.

⑥ Agnes Heller, "Marx's theory of revolution and the revolution in everyday life", Agnes Heller, Andras Hegedus and others, *The Humanisation of Socialism*, London：Allison and Busby, 1976, p. 43.

给马克思主义研究注入了新的活力，在一定程度上带来了马克思主义及其美学的兴盛。赫勒的美学建构在这种浪潮中形成，在重新解读马克思的经典著作尤其是《巴黎手稿》中，开创了马克思主义美学的新维度，就是所谓的"日常生活的社会本体论"。① 赫勒称之为一种独特的"社会人类学"，从此在的本能、情感、需要、道德、人格、历史六个维度确立个体的社会结构性的动态行为。她指出，一个人并没有天生的"类本质"或"人的本性"或"人的本质"，这些只是社会的可能建构："没有两个潜藏着的存在，本真的和非本真的存在，并且对象化的作用不是促成了非本真性存在的发展，或者阻碍了本真存在的发展。在我看来，特性意义或个体的人格是关系，就是人对于他的世界的对象化以及对于他自己对象化的关系；个体关系的形成不是'内在的实质'的发展，'内在的实质'的发展产生于积极的对象化中，产生于对价值的选择和不断的转变中。"② 赫勒早在卢卡奇指导的关于车尔尼雪夫斯基的伦理学的博士论文中指出，车尔尼雪夫斯基"把人的每一种质性以及道德性都归源于人的自然建构"。③因而在回到马克思的过程中，卢卡奇的存在话语框架逐步受到质疑，新的此在的美学也就彰显出来了，这在需要理论、情感理论、日常生活现象学等审美问题方面表现得较为昭然。

　　通过探讨马克思的需要理论，赫勒确立此在的需要及其审美问题。她认为，马克思在《巴黎手稿》中揭示了此在的日常性需要以及资本主义社会中人的需要的扭曲或者异化，包括文化艺术的需要的异化，但是仍然存在着超越资本主义经济意义的单一需要的可能性。此在的需要不仅有物质需要，还有社会需要、精神需要，后者更多是个体意义的需要，包括个体想象的审美需要。在赫勒看来，马克思设想了此在需要的丰富性，"对马克思而言，人性的富有的前提条件是人类存在所有能力和感觉的自由发展的基础，是个体的自由的、全面的活动的基础。作为价值范畴的需要正是这种富有的需要"。④ 真正的艺术涉及满足个体的实质性需要，也是人的实质性需要的对象化，是个体人格的自我实现。人的需要的实质性满足

---

① Michael Gardiner, *Critique of Everyday Life*, London and New York：Routledge，2000，p. 128.

② Agnes Heller, *On Instincts*, Assen：Van Gorcum，1979，pp. 85-86. 译文参照中文版《人的本能》，邵晓光、孙文喜译，辽宁大学出版社 1988 年，第 110 页。

③ Heller Ágnes, *Csernisevszkij Etikai Nézetei*, Budapest：Szikra，1956，p. 133.

④ Agnes Heller, *The Theory of Need in Marx*, New York：ST. Martin's Press，1976，p. 38.

是此在的基本的要求，但是人的需要受到多方面的控制，这是资本主义社会以及东欧社会主义文化政治的突出问题。尽管个体有形而上的渴求与需要，但是此在的需要的多样性、丰富性是重要的标准，是个体性建构的重要维度。在需要理论的建构中已经表现出赫勒对卢卡奇框架的转变，但还是没有脱离卢卡奇的框架的影响，她在某种程度上认同马克思"表达了成熟人性的最美的渴求，这种渴求属于我们的大写的存在（Being）"。① 情感是赫勒建构此在的审美结构的重要维度之一，它不是形而上学的问题，而是涉及个人卷入某种事物或者对象的状态，是个体与他者的互惠性联系。审美情感是个体与对象的审美性的交往性的关联。在赫勒看来，情感的人类学是此在的生理与文化的建构，但是此在的情感不是资本主义社会或者某些文学作品中呈现的异化情感或分裂的人格的情感，不是个体与群体的割裂，而是马克思所设想的个体的情感的丰富性、人的潜力的多元展开以及感性的敏锐性，是对生理本能的社会性建构，欲望的合理化生成，是友谊的情感与个体之爱的文化本能的"筑入"。赫勒的此在的审美情感建构不再寻求情感的终极意义，因为个体的情感及其需要是不能得到充分满足的，是不可完美的，因为"我们实质需要的完全（总体）的满足将终结我们的存在，将终结卷入我们自我的广度"。②

因此，在赫勒的马克思主义复兴中，呈现出基于日常生活的此在的个体性的审美观念，这种个体性是立足于日常生活，基于在家经验、需要和情感的丰富性，这是她建构的个体的新人形象，是一种新型的主体性的设想。就艺术而言，此在与艺术的关联不再把宏大叙事的规范与规则视为唯一的标准，"单一艺术家不再加入学派或者群体——不再有'主义'。他们不必注意审美的严格性或者外在的尺度，似乎他们仍然处于高级现代主义时代。他们能够做最适合天赋的事情；他们都循着个性化的人格构想一个世界"。③ 不难看出，赫勒具有社会人类学特色的此在美学，赋予了马克思主义美学新的可能性，真正推进了马克思的感性的个体性思想的发展。不过，这种日常生活的个体性的美学思想逐步摆脱了卢卡奇的存在框架。她对审美情感的思考从主体间的关系，来建构个体与他者对话的互惠

① Agnes Heller, *The Theory of Need in Marx*, New York: ST. Martin's Press, 1976, p.130.

② Agnes Heller, *A Theory of Feelings*, Assen: Van Gorcum, 1979, p.58.

③ Agnes Heller, *A Philosophy of History in Fragments*, Oxford and Cambridge, MA: Blackwell, 1993, p.209.

性关系。主体间性的情感理解摆脱了从此在向存在的追问，而是涉及主体的意义生产与共享的可能性，犹如康德的午餐会形成一种话语文化，建构在世的个体之间的社会群体。在这里，我们可以触摸到赫勒的思想之流，这股思想之流不注重从现象到隐性存在的认识论、本质论框架，突破了此在走向大写存在的卢卡奇框架，而是在此在的社会结构关系、个体与社会的情感、需要的共时性的机制中建立起审美文化的基石与价值意义，彰显出功能社会学的建构主义思路。此在的审美结构的分析使传统美学受到挑战，美学重构势在必行。当然，此在的审美结构不仅仅在于本能、需要、情感、人格，还在于道德，尤其是历史性的问题。我们循着赫勒的美学思路的历史性思考，将看到她把马克思主义美学引向更为可靠的日常生活的此在领域。

三　此在时间意识的美学阐释

人是不可能离开历史的，但卢卡奇美学是把特殊性作为普遍性的载体，表现出大写历史哲学的"反思的普遍历史意识"①的框架，最终的存在话语消解了此在的历史性，其美学就如传统的历史小说一样体现出为了未来牺牲当下的宏大叙事的特征。赫勒的新马克思主义美学对卢卡奇框架的摆脱不仅是建立其个体此在的本能、情感、需要维度，搭建起日常生活可能的个体之间的公共空间，而且把个体置入不可根除的历史意识的时间牢笼之中，进行此在的时间意识及其美学阐释，从而与卢卡奇的存在美学框架形成更大的张力，与之拉开更大的距离，实现从存在向此在的美学嬗变。赫勒对此在的历史性理解涉及人类条件的偶然性的时间意识，她以此作为基点探讨审美文化与文化政治的可能性，把后现代性和现代性的时间意识融入到美学建构与文艺批评中，形成具有后现代主义特征的马克思主义美学形态。立足于现代性的时间经验，一切固定的东西就烟消云散了，代之而起的是对当下行为与可能性的选择，确立此在的在场意识，从根本上说这源于个体遗传和社会磨合之间不可消除的"张力"。②赫勒在此在的时间意识的基础上展开了对美学的细致分析，形成了一种对文艺审美思

---

①　Agnes Heller, *A Theory of History*, London：Routledge and Kegan Paul, 1982, p. 24.

②　Agnes Heller, *An Ethics of Personality*, Cambridge：Basil Blackwell, 1996, p. 271.

想及其现象的"此在分析"。① 这主要体现为对美的概念的重新理解，对莎士比亚作品、当代历史小说等文艺作品的解读以及对喜剧现象的分析，这也是赫勒 20 世纪 90 年代美学与艺术转向后的主要探索。

赫勒对美的概念的清理与对喜剧观念及其现象的理解是在此在的偶然的存在条件中展开的②，从而脱离了以悲剧性的大写存在作为价值依赖的卢卡奇框架，因为悲剧从根本上来说隐含着形而上学的命题。赫勒清楚地认识到，"把形而上学和悲剧融合起来的尝试，一直是哲学的实践操练"。③ 美的概念也涉及形而上学的概念，"美的概念诞生于哲学，尤其是诞生于形而上学"，④ 这种美的概念是冷酷的、理性的、有秩序的普遍形式。但是赫勒在从柏拉图到当代的美的概念的清理过程中寻觅到一条此在之美的潜流，也就是日常生活的、生命之爱的、温和的美的概念，"形而上学的价值等级的解构孕育着美的新概念"。⑤ 这种美的新概念抛弃了等级排列，漠视升华，关注日常生活的此岸性。启蒙运动以趣味为美的思想是对柏拉图的超验美的解构，也是柏拉图设想的温和之美的现代展开，因为人类本身决定什么是美，人本身作为美的最终的尺度。趣味的精致化与陶冶取代了升华的阶梯，休谟的趣味的标准意味着与传统形而上学的决裂。康德关于美的概念是一种哥白尼式的革命，美的经验归属于判断力而不是诸如上帝或者理念的绝对对象。判断力不是接近某种大写的存在的东西而是一种建构，具有偶然性。赫勒认为，随着偶然性的意识，审美教育的使命就出现了，"依赖于审美教育的那些人是偶然的男男女女，他们一出生就被偶然地抛到一个地方，他们没有接到要去履行的正义理念或者已有的使命，而是自己努力选择他们的任务和德行，就像他们选择自己的生活一样"。⑥ 美的经验是有限的过渡性的此在的特权，不仅仅意味着此在欣赏着美，而且意味着美本身是过渡的、暂时的，而不是永恒的。虽然黑

---

① Agnes Heller, *Immortal Comedy*. Lanham：Rowman& Littlefield Publishers, Inc. , 2005, p. 21.

② 对赫勒的喜剧现象的此在分析的详细论述，请参见拙文《喜剧的异质性存在及其哲学意义》，《文艺争鸣》2011 年第 11 期。

③ Agnes Heller, *A Philosophy of History in Fragments*. Oxford and Cambridge, MA：Blackwell, 1993, p. 89.

④ John Rundell (ed.), *Aesthetics and Modernity：essays by Agnes Heller*. New York, : Lexington Books, 2010, p. 30.

⑤ Agnes Heller, *The Concept of the Beautiful*. Ed. Marcia Morgan, Lexington Books, 2012, p. 27.

⑥ Ibid. , p. 53.

格尔的美的概念强调了历史哲学的绝对精神的特征，美成为永恒的、孤独的星星，表现出对此在的忘却，但是他仍然以自律的艺术作品来理解此在的时间性，蕴藏着对美的新的理解，按照赫勒所说，"艺术作品能够被感觉所体验，因而艺术作品能够视为日常生活的感性经验。在这种意义上，所有美的经验都是直接体验"。①黑格尔之后，虽然美的概念已经碎片化，但是潜在的趋向是走向美的此在的时间意识的建构。克尔凯郭尔不能把美的突然性印象和永恒性联系起来，因为在美中没有永恒性，没有启示性的跳跃，永恒性只是个体生命的持续性。当然，美的救赎概念在现代仍然存在，阿多诺的作为幸福诺言的美的概念虽然不是本雅明的神秘主义，但是也是一种弥赛亚的救赎。当美在艺术和哲学中边缘化之后，当美被逐出形而上学的神坛后，赫勒建构了此在与美的内在的时间性联系，美的新家主要不再是在艺术之中，而是在日常生活的此在的建构中，成为此在的好生活的重要维度之一："具有成熟需要和能力的、多维的和谐个人是美的个人。"②

以此在的时间意识回到莎士比亚的文学世界，赫勒阐发了文学作品中所彰显的历史哲学的意义，但是这并非卢卡奇文学批评中的大写的历史哲学的存在，而是触及此在的多种可能性的展开。她敏锐地感受到，作为历史哲学家的莎士比亚的作品呈现出此在的历史性意识，尤其凸显了断裂的时间意识，这事实上是作家对此在的偶然性的洞察，所以赫勒认为，在莎士比亚的所有悲剧和历史剧以及许多喜剧中，时间是断裂的。莎氏的剧场是从一个家到另一个家，是四个维度的时间舞台，它是历史时间的舞台，是生命时间的舞台，是政治时间的舞台，还是赤裸裸的存在的舞台，这四种舞台形成处理断裂的时间意识的不同方式。赫勒指出，正是由于时间意识的把握，莎士比亚赋予了每个人物形象以独特的语言，呈现人物各自的洞见瞬间，在那一瞬间，超验性被消解了，此在的历史的命运突然呈现，诸如一个纯粹的军人想到"时间必定会停止"，哈姆雷特所说的"无所谓好，也无所谓坏，只是思使其然"。这呈现出此在的语境化的时间选择意识，是此在的偶然性的表达，"在莎士比亚的故事中，一个人在突然洞见

---

① Agnes Heller, *The Concept of the Beautiful*. Ed. Marcia Morgan, Lexington Books, 2012, p. 102.

② Agnes Heller, *Radical philosophy*, Trans. James Wickham, England：Basil Blackwell, 1984, p. 170.

时刻所做的事情，属于偶然的元素"。① 在对当代历史小说的分析中，我
们仍然可以看到赫勒对此在的偶然性时间意识的体察。她认为卢卡奇所分
析的传统历史小说是一种宏大叙事，描写历史重大力量冲突中的人物形
象，展示纯粹理想化的所谓"人民"的阶层，采用全知全能的叙述，而
以艾科的《玫瑰之名》、布朗的《达·芬奇密码》等为代表的当代历史小
说展现出丰富的多元的历史图像与个体的可选择的此在图像，也表现出新
的叙述视角，"在当代历史小说中（正如在大多当代小说中一样）全知叙
述者消逝了，故事通常由第一人称单数来讲述"，② 这些现象正是对此在
的时间意识的凸显。

赫勒的新马克思主义美学以此在的日常生活的个体性建构和时间意识
的人类条件为基础，从马克思主义复兴中形成新的美学思想，逐步摆脱了
卢卡奇的存在美学之框架，最终超越了经典马克思主义美学的宏大叙事。
毋庸置疑，在 20 世纪上半叶急剧转型的社会结构与欧洲文化危机的历史
境遇中，卢卡奇的存在美学曾经发挥过巨大作用，成为迷失方向的人们救
赎的明灯。但是他把现实主义作为最终的美学原型以及呈现的大写的存在
话语，在某种意义上丧失了美学的阐释能力与现实活力。而赫勒的此在的
美学建构是存在美学的逆转，在人道主义美学中实现了从现象到本真的意
识哲学向日常生活的多元选择性建构的可能性的嬗变，在当代社会主义发
展阶段与晚期资本主义或者后现代的生存处境中具有崭新的意义和话语合
法性，可以说形成了不同于西方马克思主义的意识哲学和阿尔都塞的结构
主义的第三条马克思主义美学的可能性路径。它启示我们，在成熟的社会
主义社会，个体日常生活的审美结构的建构或者说此在与美学的关系的建
构是社会政治及其文化生产的不可或缺的维度。如此理解，赫勒突破卢卡
奇框架所形成的此在美学，才是真正意义的马克思主义美学。

第四节　喜剧现象的此在分析

在国外马克思主义美学中，西方马克思主义侧重对悲剧美学的研

---

① Agnes Heller, *The Time is Out of Joint: Shakespeare as Philosopher of History*, Maryland: Rowman & Littlefield Publishers, Inc., 2002, p. 4.

② John Rundell ed., *Aesthetics and Modernity: essays by Agnes Heller*, New York: Lexington Books, 2010, p. 98.

究，试图从悲剧中找到哲学意义的话语空间，而源于"西方马克思主义"的东欧新马克思主义对喜剧美学颇为重视，从喜剧的哲学分析中找到解决人类存在困境的路径，设想出个体自由解放的文化政治想象。本节主要关注布达佩斯学派哲学美学家赫勒对喜剧现象的异质性阐释、波兰哲学人文学派哲学家科拉科夫斯基又译为科拉柯夫斯基或柯拉柯夫斯基关于柏格森喜剧理论的重构以及捷克斯洛伐克存在人类学派杰出思想家科西克的喜剧文学批评。这三位哲学家的喜剧美学思想显示出东欧新马克思主义美学在当代马克思主义美学中的独特性，重建了一种新型的人道主义喜剧美学。

一　喜剧现象的异质性阐释

赫勒是布达佩斯学派最出色的哲学家、美学家和文学批评家，从卢卡奇的思想体系中获得了新的思想的增长点。她对喜剧现象进行了持久的关注，发表了不少著述。在 20 世纪 50 年代，她关注俄国喜剧大师果戈理的文学作品及其女性观众问题，1960 年在匈牙利《大世界》（*Nagyvilág*）杂志上发表论文《荒诞与距离》（"Az abszurditás és a distancia"），讨论瑞士剧作家迪伦马特（Friedrich Dürrenmatt）作品的荒诞手法和道德意义。在 1979 年的专著《情感理论》中，赫勒涉及资产阶级情感悖论时谈及了喜剧与理性的现代性关系。在资产阶级时代，目的理性取代价值理性，理性的决定性地位使喜剧成为现代艺术的重要样式。赫勒认为，在资产阶级社会诞生以前事实上不存在喜剧。亚里士多德认为，小人物是可笑的，伟大人物是悲剧的。但是在资产阶级时代，喜剧不纯粹是小人物的描写，也有高贵人格。赫勒关注的是喜剧的笑与理性的关系。她借鉴匈牙利著名马克思主义哲学家麦莎诺斯（István Mészáros）把喜剧界定为以理性为面孔的非理性的突然揭露以及伯格森、普勒斯勒尔（Plessner）把笑视为"理智的"的认识，认为喜剧揭露的不是罪恶与渺小，而是非理性："指向喜剧的东西的笑是一种理智的反应。最重要的是，理性嘲笑非理性。"[1] 非理性的东西使令人可笑。赫勒通过对喜剧的关注揭示了资产阶级的情感与理性的二元对立，从而建构了理性与情感不可分离的理论，是对一个完美的全面发展的马克思的人格的建构，以克服资产阶级时代不断高涨的可计

---

[1]　Agnes Heller, *A Theory of Feelings*, Assen: Van Gorcum, 1979, p. 210.

算理性与不断内在化、私人化的自我主义情感世界。1980 年赫勒与费赫尔发表的论文《喜剧与合理性》①也是这种思想的继续。在 1993 年的《破碎的历史哲学》中，赫勒论述康德的午餐讨论会的文化理想时涉及喜剧现象与文化多元主义、交往理论的关系，笑成为建构公共领域的一种文化话语。这促使赫勒在新世纪专门探讨了玩笑文化与公共领域的问题，在《玩笑与公共领域的结构转型》一文中，她立足于哈贝马斯的《公共领域的结构转型》的理念，追寻开玩笑的社会—文化习性，"玩笑文化在俱乐部、咖啡馆、酒吧，在围桌而坐的友善的圈子里发展起来，人们这时品味着香烟、咖啡、美酒。它在公共的空间形成，因为玩笑文化的参与者不只是参与玩笑，而且参与到涉及公共事务的价值和兴趣所建构的文化之中。也就是说，他们普遍地参与到文化话语之中"。②文化话语正是现代性的特有的文化形态，是建立于语言基础之上的公共领域。

2005 年出版的《永恒的喜剧》是赫勒喜剧美学最集中的体现，她在著作中把喜剧现象纳入其历史哲学的视野中，"进行喜剧现象的阐释学的重构"，③建构了具有后现代主义非确定性、异质性、多元性色彩的喜剧理论。赫勒所关注的焦点是喜剧现象的人类存在本体建构及其文化政治思考。赫勒带着后马克思主义的理论身份，现象学地直观高雅的喜剧作品，把喜剧推向哲学反思的中心地带，揭示了喜剧之不可界定的实质、"家族相似"的存在方式及其与人类存在条件的本质性联系，从而借此诊断出哲学从传统向后现代的转型，第一次赋予喜剧以崭新的哲学意义。④喜剧的实质究竟是什么？这是赫勒在《永恒的喜剧》首先提出并在全书集中回答的问题。她在悲剧和喜剧比较中揭示了喜剧的异质性。悲剧以同情和怜悯唤起强烈情感，具有同质性，它同质化了主人公的灵魂以及最终走向困境的总体性行为；喜剧则是黑格尔言及现代社会的散文性和异质性，不可

---

① Agnes Heller and F. Feher, "Comedy and Rationality", *Telos*, St. Louis, No. 45, Fall 1980, pp. 160-169.

② Agnes Heller, "Joke Culture and Transformations of the Public Sphere", *Aesthetics and Modernity: essays by Agnes Heller*, Ed. John Rundell, Lanham: Rowman& Littlefield Publishers, Inc., 2011, p. 82.

③ Agnes Heller, *Immortal Comedy*, Lanham: Rowman& Littlefield Publishers, Inc., 2005, p. 70.

④ 具体请参见拙著《宏大叙事批判与多元美学建构——布达佩斯学派重构美学思想研究》，黑龙江大学出版社 2011 年，第 282—290 页；拙文《喜剧的异质性存在及其哲学意义》，《文艺争鸣》2011 年第 11 期。

能明确地加以界定。赫勒没有像柏格森那样自信地提出滑稽的定义[①]，而是纠结于界定的困惑之中。赫勒认为，高雅的喜剧不可能脱离同质化，舞台喜剧、喜剧长篇小说、存在喜剧等艺术样式都拥有相对固定的、不断重复的结构，包含着稳定的人物类型。不过，喜剧样式虽有这种基于媒介的同质性，却是异质的。喜剧的接受效果呈现出异质性。如果说悲剧的接受效果在于唤起接受者的激情，从恐怖心理转化为灵魂净化，那么喜剧接受效果不具有这种明确性，而是复杂的。接受者也许大笑，也许不笑，也许是不可感知的内心微笑。喜剧的接受效果不是情感性的，而是理智的，带有后续变化性和反思性。别林斯基观看果戈理的喜剧作品忍俊不禁，但是演出后反思，感觉到的却是俄国的悲哀；一个人观看《答丢夫》演出时心情愉快，然而沉思之余不免萌生凄凉。一部喜剧的后续效果可能截然不同，有时悲哀，有时快乐，有时升华，有时绝望，其效果深受接受者的理智、道德和情感的影响。接受者不仅决定着欣赏喜剧的程度，而且决定着一部喜剧作品是否是喜剧。此外，喜剧经验本身也是不可界定的。赫勒从喜剧经验的时间性特征进行论述，她认为："各种类型的喜剧经验是绝对现在时间的经验和有关绝对现在时间的经验。"[②] 人们观看着、聆听着甚至嗅着所笑之物，杂技小丑在观众眼前耍花招，愚蠢者把真理吹入国王耳里，这些皆发生于现在。人们可以为过去的事情哭泣或哀悼，但是喜剧经验没有面向过去或未来的结构性元素，它不关涉想象，虽然喜剧作者运用想象来创造滑稽可笑的情景和人物，但是作品本身不是喜剧经验，它们只能在接受者不断涌现的现在时间里才能引发喜剧经验。悲剧也把舞台经验视为绝对的现在，但是它给我们带来的是没有见过或体验的事物，古希腊和古罗马悲剧是由遥远的神话或半神话的故事构建起来的，这些事件在过去发生，不可能发生于现在，不会在索福克勒斯、欧里庇德斯的时代里发生。悲剧的条件是无条件的幻想，我们观看的是"他者"，不能参与到他者的行为中去，不能影响甚至干预其行为。而喜剧经验可以在舞台上即兴演出，插科打诨、讽刺、滑稽模仿、重写模仿，过去的作品、人物和观念均在现在上演。对《蒙娜丽莎》的嘲笑不是针对坐在达·芬奇面前的那位妇女，也不是涉及达·芬奇的绘画，而是针砭当代公众崇拜"再现"

[①]　参见柏格森《笑——论滑稽的意义》，徐继曾译，中国戏剧出版社 1980 年版，第 30 页。

[②]　Agnes Heller, *Immortal Comedy*, Lanham：Rowman& Littlefield Publishers, Inc., 2005, p.13.

的观念或者行为。所以喜剧样式对现在言及现在，呈现现在，始终在现在时间里发生。因为当下是不断出现的偶然、差异、碎片，所以喜剧经验的绝对现在特征再次表明喜剧难以界定。

喜剧现象构成了以喜剧之名的家族，在这种维特根斯坦所说的家族相似成员之间，并没有一个稳定的共同实体，没有一种统摄所有现象的特有属性。赫勒试图界定喜剧最终归于失败，"喜剧现象不能被界定或决定。它是不可能接近的。它摆脱了所有的束缚"。[1] "喜剧现象甚至不是一个概念或一种理念，而是涉及原初性的、开放性的聚丛，我们经验地懂得其存在，但是我们不可能从经验存在中确切地推演出实质内容。"[2] 喜剧界定的困难在于它的异质性，在于它和高雅艺术一样没有内在的规范性和同一性，没有一个固有的实质来切合"喜剧"这个概念符号。在某种意义上说，赫勒关于喜剧的异质性观点来源于卢卡奇的审美理论，后者认为审美反映不同于科学的一元化倾向，它"就其本质而言是多样化的。这一特征突出地表现在每一部艺术作品以自身为基础的存在上，对于它的规范性作用是任何其他作品所无法替代或补救的"。[3] 但是赫勒把异质性作为根本性的范畴，超越了卢卡奇的总体性的美学范式。

赫勒喜剧美学理论与布达佩斯学派对宏大叙事的批判和后现代的多元文化思想保持着内在的一致性。她通过对喜剧现象的细密的剖析，最终回到一个核心的问题：人类条件如何、为何本身是喜剧的？这不仅仅是一个美学问题、一个美学重构的问题，而是涉及赫勒的哲学基础问题。人类存在有着遗传和社会两种先验，但是个体以独特的方式与这两种先验发生作用，这两种先验不会完全融合，它们之间存在着张力，存在着不可沟通的深渊，这就是存在的张力和存在的深渊。笑和哭"都是对真正跳过这个深渊之不可能的反应；笑和哭对完全融合社会先验和遗传先验的失败的反应"。[4] 因为人类存在本身就是实质性的不调和，赫勒最终是深深地认同存在主义喜剧的洞见。喜剧现象关注绝对的现在，重视时间性，注重异质

---

[1] Agnes Heller, *Immortal Comedy*, Lanham：Rowman& Littlefield Publishers, Inc., 2005, p. 15.

[2] Ibid., p. 204.

[3] ［匈］乔治·卢卡契：《审美特性》第二卷，徐恒醇译，中国社会科学出版社1991年版，第139页。

[4] Agnes Heller, *A Philosophy of History in Fragments*, Oxford and Cambridge, MA：Blackwell, 1993, p. 201.

性，这不同于宏大叙事，不同于救赎模式，而是在偶然性中与矛盾同在，和复杂性、悖论与共。赫勒的喜剧的后现代主义重构也存在问题，她把喜剧现象延伸到艺术的普遍界定中，但是悲剧又被排除在外，而事实上不论是卢卡奇还是赫勒，仍把悲剧作为绝对现在的艺术经验。这是其理论内在的阐释矛盾。而且她关于喜剧的归属人类生活的特征与社会交往性的特征也与柏格森的认识有一致之处，后者认为喜剧现象是人类生活之中的，它要求理智，但是一种理智也联系着其他理智，"如果一个人感到自己脱离了他人，他就几乎欣赏不到喜剧。喜剧似乎需要一种呼应"。[①]

二　对柏格森喜剧理论的重构

科拉科夫斯基是波兰最出色的新马克思主义者，其哲学思想也没有脱离美学问题，其中喜剧问题是一个重点。他以新的人道主义观念和人类存在的价值意识重构了柏格森的喜剧理论，从而展开了对异化现象的批判。

柏格森的生命哲学事实上是依赖于美学的基础，其喜剧理论也是立足于富有诗意的生命哲学之上的。科拉科夫斯基从人类本真存在的意义方面清理了柏格森的核心思想与方法论，认为柏格森始终坚持时间是真实的，人真正的存在是在时间的绵延之中，"真实时间既不是同质的，又不是可分的，不是从运动中抽象出来的某种属性，而实际上是我们个人的存在，我们通过直接的经验直觉到它"。[②] 真正的时间即人类的意识的特性是通过记忆才是可能的，在真正的绵延里，每一瞬间自身汇聚着整个过去之流，每一瞬间是新的和不可重复的。也就是说，人类存在以意识的存在为基础，以时间的绵延为特征，以记忆为机制，形成了具体个体性、本真性、创造性、偶然性等特质，并以之形成宇宙的进化。科拉科夫斯基把柏格森的生命哲学重构为人类存在的基本模式，也借助柏格森对唯物主义的批判表达了自己的新马克思主义特征，强调心灵的创造性，认为生命本身不是自然规律的副产品，而是创造性的显现。在科拉科夫斯基看来，柏格森以"生命"的强有力的话语，表达了对机械论、决定论的批判，对理性的尖锐抨击，他摒弃了自然科学、实验科学、数学方法以及立足于之上

---

① Henri Bergeson, *Laughter: An Essay on the Meaning of the Comic*, Kessinger Publishing, 2004, p. 4.

② ［波兰］科拉柯夫斯基：《柏格森》，牟斌译，中国社会科学出版社 1991 年版，第 8 页。

的科学认识论、物理学，超越了科学，走向了人类存在的生命本身，人通过物的存在来衡量，最终是以空间性来评价人的存在，失去了人本身的时间性这一本真性的生命存在。而在直觉中，人类人格获得了深层体现，超越了表层自我，走向深层自我，从而获得自由感，进入本真性存在："直觉能使我们进入本源的世界，而对功利的考虑弃之不顾。"① 事实上，这种非功利的直觉经验就是审美经验。柏格森的生命哲学事实上是人的本真存在的美学表达。科拉科夫斯基对柏格森的生命美学进行了存在主义的阐释，肯定人的无限创造力，"就存在主义和宇宙论的这两个目的而言，柏格森试图维护独一无二性和个体存在的自由本体论地位。他以内在经验为出发点，发现了意识是绝对的创造者，并赋以时间的特点。然后他认为，意识如同神圣的艺术家的作品"。②

　　基于对柏格森的生命哲学的深入解读与重构，科拉科夫斯基对柏格森的喜剧美学思想进行了再阐释，实质涉及生命存在与物质的关系，"柏格森运用生命和物质的对立来解释各种审美感受尤其是滑稽现象"。③ 由于生命是本真的时间意识之绵延，所以凡是与之对立的形式结构与话语形态都脱离了生命存在之本，而落入非存在的物的状态，构成生命与物质的对立性，"人的灵魂绝对不可规约为它的物质条件"。④ 因此生命是根本，是目的本身，"生命，像我们的意识一样具有无限的创造力和独创力，并能不断产生新的形式。生命是一种必需与呆滞的物质的阻碍力做斗争的运动，是一种必须求助于各种手段，为了与物质无关的目的而使用物质的运动"。⑤ 而喜剧的产生就在于人的物性的存在，科拉科夫斯基把喜剧美学的建构归属到人类实践行为的范畴下，认为喜剧之因根本在于喜剧对象所透视的人类行为的物质性存在、机械运动特征。在他看来，柏格森在《创造的进化》发表之前，"即在 1900 年发表的《论笑》一文中，断定各种引发笑的物体和环境——无论是在喜剧和玩笑中故意产生的笑，抑或在日常生活中无意产生的笑——最终都被归结为一种人类行为，而这种行为表现为机械运动的特征"。⑥ 因此滑稽是人类存在之为物的缘由，柏格森也

---

① ［波兰］科拉柯夫斯基：《柏格森》，牟斌译，中国社会科学出版社 1991 年版，第 37 页。
② 同上书，第 142 页。
③ 同上书，第 91 页。
④ 同上书，第 74 页。
⑤ 同上书，第 77 页。
⑥ 同上书，第 91 页。

确实认为，滑稽是一个人相似于物的某一方面，是人的活动的某种表现。这种活动以特别僵硬的方式模仿一种纯粹而简单的机械作用，即一种无意的行为和单调沉闷的运动。

科拉科夫斯基还探讨了柏格森喜剧关于手法的思考，主要涉及与生命相对立的重复手法，认为重复是最好的喜剧手法。一个规律或者规则始终被僵硬地运用，就显得很滑稽。当莫里哀笔下的吝啬鬼遇到许多反对他把女儿嫁给一个她不爱的男人的论据时，他固执地重复"没有一件嫁妆啊"，当奥根被告知他的妻子生病时重复"答丢夫怎么样了"，都是滑稽可笑的。重复性和可逆性是机械运动的特点，喜剧充分地运用这个特性，产生了一种非生命的物质性特征，所以科拉科夫斯基认为："生命不重复自己，如果一个活生生的重复自己行为的人像机器那样运转，就会发笑。"① 喜剧无疑都会带来发自肺腑的笑，笑的意义在柏格森看来就是对生命的确认，对非生命的否定，笑是个人和公众的不完善性的矫正手段。对此科拉科夫斯基进行人道主义重建，"笑是一种人的理智的矫正反应，是理性对把人和机械混同的反抗，是对人性的再次肯定"。② 这种重构的悖论就如赫勒的喜剧美学思想一样，作为接受者的笑如何得以可能？科拉科夫斯基一方面认为笑是理智而非情感，但又认为笑来自人性生命的确认。事实上可以从两个层面来进行分析：一是从喜剧内容层面看到喜剧对象的非生命特征，接受者辨认出机械特征，而确认自身或真正的生命存在，从而产生笑；二是从艺术场面来把握喜剧作为艺术的人道主义特征，真正的艺术建构了真正的人性生命存在，对此科拉科夫斯基把喜剧思想上升到整个艺术观念的理解，"艺术是特殊的灵魂所表现出来的努力，其旨在摆脱这种功利的态度，摆脱在实践上为了方便而使用的抽象概念，并在事物原始的纯粹性中领悟事物，直接面对世界"。③ 因此，喜剧对象是非生命的存在，但是喜剧形式是生命存在。

虽然科拉科夫斯基对柏格森的生命哲学的悖论进行了揭示，但是最终立足于新的人道主义美学来重建他的喜剧美学，从存在主义、现象学视角肯定了人类个体生命的创造性、自由性、意识存在的本体论意义，"人的

---

① ［波兰］科拉柯夫斯基：《柏格森》，牟斌译，中国社会科学出版社1991年版，第93页。

② 同上书，第94页。

③ 同上书，第92页。

存在是一个本体论的事实",① 超越了立足于理性基础上的模仿论美学观念，在此回响着赫勒的喜剧美学思想的声音。

三　喜剧文学批评

捷克新马克思主义哲学家和文学批评家科西克也是立足于人的价值和自由的解放，从实践的具体总体性的角度对现代世界的喜剧现象进行了深入解读，对源生捷克的著名作家卡夫卡、哈谢克的文学作品中的"古怪的世界"（the world of the groteque）进行了解读，揭示了现代荒诞文学作品的文化政治意义。

科西克喜剧文学批评也是其哲学基础的表达，他在《具体的辩证法》中提出了现实的存在是实践的存在，实践是具体的总体性，包含着审美的维度。文学艺术的创造就是来自实践，并以本真的价值意义对社会异化、虚假的具体性进行批判，所以科西克认为："在伟大的艺术中，现实向人类揭示自身。艺术这个词的正确意思既是去神秘化的，又是革命的，因为它促使人类脱离了关于现实的观念和偏见，进入现实本身和现实的真理。真正的艺术和哲学揭示了历史的真理：它们使人类面对人类自己的现实。"② 喜剧是对人类异化存在的揭示，是对现代物化的世界的展示。科西克在 1969 年关于笑的对话后来以《论笑》为题发表，文章探讨了笑的功能。笑离不开语言，没有赋予语言的存在是不会笑的，"言语和笑不是人类存在的附属物，而是其构成性元素"。③ 智慧是笑很重要的成分，它具有闪光的被普遍接纳的特点，是一种与冰冷理性不同的机趣的理性，它形成了社会笑的基础。作为基于语言基础的社会笑事实上是心灵的表达，是智慧的凸显，因而其功能具有社会批判性，揭露社会不合理的东西，戳穿欺诈和虚假的面纱，揭示真理，"无论谁高高在上，其行为、言语超越了适度，被夸大，其就随着笑回到适当的位置"。④ 这里，科西克建立批判性和肯定性功能的辩证关系，笑是对异化的批判和对人性的真理的肯定，笑的肯定性功能在于建构现代性的人道化的社群，"参与社会的笑的

①　莱斯泽克·柯拉科夫斯基：《形而上学的恐怖》，唐少杰等译，生活·读书·新知三联书店 1999 年版，第 68 页。

②　Karel Kosik, *Dialectics of the concrete*, D. Reid Publishing Company, 1976, p. 73.

③　Karel Kosik, *The Crisis of Moderntiy*, Ed. James H. Satterwhite, London：Rowman & Littlefield Publishers, Inc. , 1995, p. 184.

④　Ibid. , p. 185.

人确信自己的尊严、平等和非异化的人性",产生人与人之间的亲密性和信任,脱离了被抛状态和孤独,回到了归属感,获得解放的功能,"通过共同的笑,一个人使自己从封闭的个人主义的'我'中解放出来,这个'我'只关注自己,只集中于自己的优势。和他人在一起,他进入同样脆弱的但是同样尊贵的、平等的人群的共同性之中"。① 本真的微笑构建起母亲和孩子一般的亲密的交往关系。笑的主要功能是现代性中重建人性存在的重要手段,从而拥有批判和解放的双重功能。科西克看到,人们常常用笑告别陈旧的制度,如 1789 年法国大革命的笑,巴黎游行之笑,1968 年的笑。笑成为民主政治的表达形式,"笑的飓风越强烈地在公众中被唤起,人民就越多地卷入政治行为中"。② 科西克也认识到艺术的喜剧性和政治学的区分,认为政治不是科学,也不是艺术,而是权力游戏,它不是令人兴奋的,而是极其严肃的事情,"因此它比幽默和笑更加频繁地涉及死亡、幻觉和计算"。③ 不过,科西克在批判严肃的政治游戏的同时,重构了笑与民主政治的联姻,"政治学已经变成为使公众笑的艺术","笑是政治学的有机部分"。④ 笑能够挫败、丑化政治对手,使其处于矛盾的尴尬情境之中,使其丧失作为一个公共的元素的能力,进而从权力游行中将其排除,但是笑在政治学方面不是万能的,超过了限度就沦为天真的谎言。在科西克看来,1968 年的"布拉格之春"包含着人民之笑,这种笑包含自由的崇高民主的表达,体现了 19 世纪捷克文学中两部杰出作品即民主主义者⑤萨宾纳(Karel Sabina)的《复兴的坟墓》(*Revived Graves*)和讽刺诗人作家哈夫利切克(Karel Havlíček)的《提洛尔哀歌》(*Tyrol Elegies*)的特殊经验,压抑不可忍受,但是还没有走向极端,因而为幽默准备了可能性。虽然监狱和流放的空间是狭窄而有限制的,但是为人性留着空间,这同样为幽默提供了空间。因此,幽默是人性的表征,缺乏幽默意味着本质性东西的丧失,意味着人的外在秩序对内在秩序的取代,意味着人类存在的坚实大厦的坍塌。对科西克来说,捷克喜剧作家哈夫利切克的民主观念密切联系着三种不可分离的元素,即男性、清晰性和幽默,民

---

① Karel Kosik, *The Crisis of Moderntiy*, Ed. James H. Satterwhite, London: Rowman & Littlefield Publishers, Inc., 1995, pp. 185-186.

② Ibid., p. 186.

③ Ibid., p. 17.

④ Ibid., p. 186.

⑤ 李梅、杨春:《捷克文学》,外语教学与研究出版社 1999 年版,第 50 页。

主作为一种生活方式包含着幽默和道德的高贵性，"高贵性为解放的笑奠定了基础"。①

真正的笑表达了人性的社会建构，是蒙娜丽莎神秘的微笑所展示的理想，但是还存在着笑之异化。科西克认为，笑和幽默作为最高想象的体现，消减了罪恶，但是罪恶的笑、狡诈之笑、虚假之笑、献媚之笑是异化的，是笑的虚假化和讽刺画，这种笑把人转变为物，把人降到动物的水平。臣仆被迫迎合主子的玩笑，是屈从的笑；日丹诺夫在作家们面前说一位伟大的俄罗斯女诗人"既要当婊子又要立牌坊"是恶意的笑；集中营的士兵们为了打发时间挑选一名囚犯，把他的手脚捆缚让其逃跑而笑，这是扭曲的笑。恶意的笑汇聚了三种类型的笑：第一种是自信胜利的笑，这是"作者"满足于自我的大笑或者沉默的笑；第二种是嘲弄，犹如一支毒箭将对方置于死地；第三种是虚假的公共的笑。从旁观或者远距离观看，这些笑都是令人恐怖的。虚假的露露皓齿的"保持微笑"是现代典型的异化笑，当代大众文化明星的"保持微笑"无区别地向每一个人抛洒、献媚，似乎每个人都假想"此笑容是对我展现的"。这种微笑事实上是"炫耀压倒了真实性，表象征服了本质，扮演的性格比人本身更重要，一个人的面具和功能比其人性更重要"。② 这无疑是一种古怪的笑。

科西克通过对卡夫卡、哈谢克文学作品的比较揭示了异化的笑，即古怪的世界的笑。一些文学研究者对卡夫卡的古怪世界进行深度的多视角的分析，认为其作品表达了复杂的深刻的象征意义，而哈谢克的作品《好兵帅克》主要是为了引起笑，意义较为单一、明晰。这样，哈谢克的作品被视为幽默而非古怪，是讽刺而非悲剧，是理想化的而非戏剧化的，因而在捷克斯洛伐克对《好兵帅克》的揭示只有一种"大众呼吁"的原则。对科西克来说，这些理解无疑是误读，"哈谢克的'大众呼吁'没有照亮他的作品；相反，它妨碍了到达作品的道路，因为它使我们不能理解作品的实质"。③ 以科西克之见，哈谢克的作品表达了类似黑色幽默的古怪，接受者读到帅克的讲述开怀大笑，但是突然他的笑消失了，凝固为一个鬼

① Karel Kosik, *The Crisis of Moderntiy*, Ed. James H. Satterwhite, London: Rowman & Littlefield Publishers, Inc., 1995, p. 202.

② Ibid., p. 191.

③ Ibid., p. 78.

脸，看来不适合笑；笑消失了，变成了凄冷和恐怖，读者转移了阅读对象
回到了自身。科西克从读者的主观情感的分析切入到物的本质：现象成为
一种时间的坟墓，使观众笑的东西突然揭示自己，走向了它的对立面。科
西克指出，"在哈谢克的作品中的许多地方，古怪呈现为一个有机的部
分，因为它呈现在作品的整个结构之中"。① 这古怪的笑也是异化存在之
笑。哈谢克揭示了古怪的荒诞的世界，主要联系着对现代机制的荒诞性、
神秘性的批判。小说主人公帅克只有在伟大的机制前才能发挥作用，而机
制根据自己的需要来装饰人，强迫人采取某种行为，现代机器的运转是荒
诞的。现代社会机制作为无形的力量，把人民组织成为军队和社会秩序，
虽然人的命运可以走出社会的无形的机制来确证人类生活的意义，但是在
小说中机器的运动和人性的涌动皆被帅克的叙述所延宕，构成了作品结构
性的古怪世界。因此，科西克认为，尽管哈谢克的作品和卡夫卡的作品具
有不同的文学意义，甚至有学者指出，"所谓的荒诞的哈谢克小说与卡夫
卡的荒诞作品完全属于两种类型"，② 但是都揭示了古怪的世界，试图把
古怪的世界赋予形式，体现了复杂性，关注现代荒诞机制中的人的可能性
问题。帅克这位滑稽人物的意义在于认识到人的有限性以及由有限性而产
生的荒谬，把有限性和荒谬融入到真实的人类本质中，从荒谬中见出了人
类的伟大，从而获得解放的自由意义。科西克还分析了帅克作为世界文学
著名主人公的诗性形象的建构，尤其是反讽的探索，认为哈谢克超越了苏
格拉底的反讽模式，也超越了具有宗教意义的浪漫主义反讽，超越了女神
与人类的游戏，深刻地表现了现代真实世界的古怪，探寻出 20 世纪新的
反讽形式，这就是历史的反讽、事件的反讽、事物的反讽，忠实地写下事
件本身都是反讽的东西，"反讽的高峰处于事件之中"。③ 哈谢克忠实的反
讽手法剥去了现代人存在的虚假具体性的面纱，在真实的客观性中找到自
由的可能性，"最忠实的作家解放自己，现实摆脱了主体性的牢笼时，他
就获得了最大限度的自由"。④ 可以说，哈谢克从喜剧的角度建构了现实
与主体的辩证的总体性，从而具有文化政治的意义。所以科西克认为，帅

---

① Karel Kosik, *The Crisis of Moderntiy*, Ed. James H. Satterwhite, London：Rowman & Littlefield Publishers, Inc., 1995, p. 84.

② 李梅、杨春：《捷克文学》，外语教学与研究出版社 1999 年版，第 77 页。

③ Karel Kosik, *The Crisis of Moderntiy*, Ed. James H. Satterwhite, London：Rowman & Littlefield Publishers, Inc., 1995, p. 91.

④ Ibid..

克在捷克文学中是一个最具有政治性的人物形象，"他对任何掌控——无论新的还是旧的——不信任，为真正的政治学提供了一个坚实的基础"。①

　　通过上述梳理，我们可以看到，东欧新马克思主义喜剧美学思想具有突出的共同倾向：基于存在主义、现象学和青年马克思哲学的融合，以人的存在和价值来审视喜剧现象，表现出鲜明的人道主义特色；从喜剧的美学思考上升到对艺术观念的理解，不论是赫勒关于艺术的笑的本质的分析，科拉科夫斯基对笑和艺术本质生命的认识，还是科西克关于笑的自由解放的真理意义，都涉及艺术观念的普遍性检视；他们的喜剧美学思想同时是文化政治学，关注喜剧的政治学讨论，喜剧与公共领域、喜剧与自由解放、喜剧与社会体制、幽默与民主政治等问题是关注的重要焦点；注重把喜剧现象纳入现代性的历史哲学视野加以考察，挖掘喜剧美学的历史性特征。这些共同倾向是东欧新马克思主义哲学和美学的延伸与彰显。不过，他们的喜剧美学也有差异，成就大小也不一。赫勒的喜剧美学思想影响最大，笑的知识学谱系最为详尽，阐释也是最充分的，她紧扣海德格尔的"此在分析"，从社会基因与遗传基因的角度思考了喜剧文艺形态的异质性和永恒性；科拉科夫斯基侧重于梳理柏格森的喜剧美学思想，并从人的意识的创造性角度重构喜剧对物质存在的批判，探索性还不够；科西克侧重于笑的批判性和真理的揭示来理解捷克的喜剧文学大师，挖掘捷克政治文化传统的现代意义。虽然三者都是批判性的马克思主义者，但是从其喜剧思想可以看出，科西克是试图重构马克思主义文艺思想，注重历史与真理，坚守实践的总体性的思考，他的思想更多源自卢卡奇的马克思主义美学和法兰克福学派第一代人的批判理论，而科拉科夫斯基、赫勒立足于"人类条件的偶然性"②，走向了后马克思主义，在张扬马克思主义人道主义美学过程中逐步走向了后现代主义。虽然东欧新马克思主义喜剧美学还值得商榷，但是它的独特的思想政治意义和文化探索仍然是发人深省的，丰富了当代马克思主义美学形态。

---

① Karel Kosik, *The Crisis of Moderntiy*, Ed. James H. Satterwhite, London: Rowman & Littlefield Publishers, Inc., 1995, p. 98.

② Leszek Kolakowski, *Main Currents of Marxism*, Vol. 1, Oxford University Press, 1978. p. 11; Agnes Heller, *A Philosophy of Morals*, Oxford, Boston: Basil Blackwell, 1990, p. 5.

第二章

文艺理论的语言符号学转向

马克思主义语言学、符号学理论是 20 世纪国外马克思主义美学的新形态，它是随着 20 世纪哲学与文学理论的语言论转向而结出的重要的理论硕果，是马克思主义和语言学、符号学碰撞交融而形成的话语形态，为文艺与文化现象的马克思主义阐释提供了崭新的意义模式。东欧新马克思主义美学家经历了语言符号学转向，主要表现为沙夫的"马克思主义交往符号学"、马尔科维奇的"辩证意义理论"、赫勒的"交往话语理论"等一系列的文艺理论和美学范畴，极大地丰富了当代马克思主义美学形态。

第一节　交往符号学

亚当·沙夫是东欧新马克思主义中最早也是最有成效地开掘语言学、符号学的思想家，1946 年在波兰出版了专著《从马克思主义的观点来分析概念和语词的一个尝试》，1951 年出版《马克思主义真理论的若干问题》，并系统地对波兰语言哲学家埃图凯维兹（Kazimierz Ajbukiewicz）的"彻底约定论"展开批判，1952 年发表了《卡·埃图凯维兹的哲学观》一书，之后出版了《普通语义学》（1958）、《语义学引论》（1961）、《语言与实在》（1962）、《语言与认识》（1964）、《语言哲学论文集》、《马克思主义人道主义、语言哲学和认识论》（1975）、《结构主义与马克思主义》（1978）等，他从语言哲学、认识论和人道主义角度展开的深入思考不断从"语义学到政治符号学"[①] 转型，在马克思主义领域产生了重要的影响，在文艺理论与美学方面也不乏真知灼见的表述，这突出地体现为基

[①] Susan Petrilli and Augusto Ponzio, "Adam Schaff: from Semantics to Political Semiotics", *www. susanpetrilli.com/.../2. _ HommageAdamSchaff. pdf.*

于马克思主义语义哲学的交往符号学（又译为指号学）的建构。本节主要依据他 1961 年出版的《语义学引论》（1962 年的英译本为 *Introduction to Semantics*），从交往及其社会历史基础、符号类型理论、意义交往的可能性等方面挖掘他的交往符号学思想。虽然沙夫的马克思主义交往符号学较之马尔科维奇的辩证意义理论对审美问题关注还不够具体，但是对审美交往本身的问题的理解更为复杂、深入，这对文艺理论与美学领域的规范性思考无疑是颇有启发的。

一　交往及其社会历史基础

交往是基于符号中介的意义理解问题，是语言哲学、符号学、社会学所关注的重要问题。与马尔科维奇一样，沙夫切入世界学术领域的前沿领域来坚持和发展马克思主义的历史唯物主义，他的交往符号学思想涉及波兰语、英语、德语、法语、俄语等语种出版的语言学、符号学、语言哲学等代表性的著作和前沿性思想。但是他从社会历史视角出发对西方的语义学理论进行批判，从批判中汲取思想之营养，尝试建构一种基于马克思主义的语义学基础上的交往符号学。

沙夫对西方语义学理论即所谓"资产阶级意识"的批判不是"纯粹的否定"而是辩证的"科学的批评"①，一方面，仔细地理解语言学、逻辑学、语义哲学、普通语义学等角度的语义学理论的基本观点，指出这些观点所存在的问题；另一方面，充分地吸纳这些观点中的"合理内核"，尤其是对它们具有唯物主义因素的认识给予认可，同时对某些马克思主义者把语义学视为唯心主义或者假科学的论调进行批判。沙夫明确地指出自己的研究旨趣："著者想从马克思主义的观点来探讨和处理语义学的问题，这就是说，作者想既要使马克思主义哲学尽可能地吸收语义学的那些真正的研究问题，同时又要对关于这些问题的任何可能的哲学毁谤加以批判。"② 沙夫尤为关注以罗素、卡尔纳普、维特根斯坦、艾耶尔等为代表的语义哲学，这些人主张哲学以语言为唯一研究对象实现了转折，语言是任意约定的产物，注重对逻辑形式与建构模式的探究，被名之为新实证主义或实用主义或逻辑经验主义。以沙夫之见，把人的世界限制于语言，限制于作为一个人的内心经验的外部表现的语言实体的理论观点无疑是主观

---

① ［波兰］沙夫：《语义学引论》，罗兰、周易译，商务印书馆 1979 年版，第 62 页。

② 同上书，第 2 页。

唯心主义的，必然导致认识论的唯我论，认识论的唯我论正是接近了本体论的唯我论。但是语义哲学出现了新的变化，语言学者们引入了表达式和它所指的对象之间的关系的问题，引入了意义问题，"语义哲学已经退出了那个把形式的语言的运算看作哲学研究的唯一对象的魔术圈（magic circle）"①。也正是在语义哲学中，形成了一种对符号学理论的需求。沙夫认为，符号学虽然其历史漫长，从斯多葛学派起，经过希腊哲学、奥康（语言哲学）、莱布尼茨（普遍标记）和洛克（符号科学）到数理逻辑，但是严格意义的符号学是新实证主义和实用主义的产物，"毫无疑问，对指号（sign）的一般理论的需要，是起因于数理逻辑和新实证主义的诸倡导者对于语形学和语义学所表现的那种兴趣。这些思想倾向从语义学哲学出发，认为语言是唯一的、或者至少是主要的哲学分析的对象，就必得从指号在语言问题中的作用这个方面，来对指号进行一种全面的分析"②。美国的莫里斯是符号学最著名的代表人物，他通过区分指号过程（即指号的语义作用表现于其中的那个过程）的语形的、语义的和语用的方面，事实上已经把逻辑语形学和语义学吸收为符号学的组成部分，把符号学上升到大写的哲学学科领域，认为"指号学为了解人类行为的主要形式和了解这些形式之间的相互关系提供了一个基础，因为所有这些行为与关系都反映在中介这些行为的指号中"③。莫里斯的符号学并不纯粹是研究符号与符号之间的关系，而是在社会文化、人的自由创造、身体基础的关联中思考人使用符号的意义，认为人的自我既是生物的又是社会的，属于"生物—社会自我"。④ 莫里斯的符号学思想对沙夫来说虽然是美国实用主义和维也纳新实证主义的融合，但是持有唯物主义态度，其关于符号本质及其过程的研究从而成为沙夫的马克思主义交往符号学的重要的理论支撑点之一。

在批判的同时，沙夫也明确表达马克思主义交往符号理论对社会历史的基础性的重视，这就是立足于历史唯物主义来审视语言、符号及其意义，解决语义学所面临的诸多危机，"马克思主义哲学，有机地结合着认

① ［波兰］沙夫：《语义学引论》，罗兰、周易译，商务印书馆1979年版，第90页。
② 同上书，第91页。
③ ［美］莫里斯：《指号理论的基础》，《统一科学百科全书》，参见［波兰］沙夫《语义学引论》，罗兰、周易译，商务印书馆1979年版，第91页。
④ ［美］C. W. 莫里斯：《开放的自我》，定扬译，上海人民出版社2010年版，第32页。

识论问题和社会学问题，有机地结合着理论解释上的唯物主义和方法论上的历史主义，可以说是命定地要来解决我们在广义的语义学中所看到的那些困难和危机"，① 其中最为核心的问题是交往理论。所谓交往就是基于符号的中介而进行的意义传达和意义理解。沙夫根据美国语言哲学家厄本（Wilbur M. Urban）的《语言与实在》，把交往区分为感情交往和理智交往两种类型。感情交往也称为行为交往，指传达某种行为或者感情状态的交往活动，主要是从一个个体向另一个个体传递感情状态的交往。这种交往在动物和人类中间都可以看到，沙夫把文学艺术的交往归之于情感交往，认为音乐、视觉艺术、诗歌是这种特殊交往的特殊表现。音乐行家警告人们对音乐作"标题化"理解，防止把音乐"翻译"成一种概念或意象来思维的"语言"，认为音乐应该被理解为一连串特殊的感情状态。音乐反映情感状态也只传递情感传统，"音乐是一种不同的、特殊的交际形式"。② 视觉艺术的抽象主义也一样，主张抛弃视觉艺术的理智内容，只留存某些感情专题的"真正的"传递，达达派与其他类似的诗歌流派也声称"真正的交往"，把他们自己的感情状态和经验直接传达给其他的人。沙夫认为，这些艺术性的交往的共同特征在于是感情的交往而不是理智的交往。理智的交往是想把某些理智状态传达给别人的交往获得，交往的双方具有类似的理解，不仅双方共同涉及一个对象，还涉及同一个论域。沙夫在人类交往的理解中认识到文艺交往的特殊性、情感、感性等维度，但是他的观点具有片面性，因为他所谈及的理智交往在某种程度上也包括文艺的交往，尤其是基于语言的交往，这在他对符号的研究中可以进一步看到。如果说艺术本质上是符号化，那么它本身就具有普遍化的东西。卡西尔虽然以"人类是符号的动物"取代"人类是理性的动物"，但是仍然坚持认为"符号的功能并不局限于特殊的状况，而是一个普遍适用的原理，这个原理包含了人类思想的全部领域"③，卡西尔的追随者朗格提出的作为情感形式的符号概念意味着"将主观领域客观化的过程"。④ 因此虽然沙夫主要探讨理智的交往，但是仍然包含着文艺交往的诸多

---

① ［波兰］沙夫：《语义学引论》，罗兰、周易译，商务印书馆1979年版，第121页。
② 同上书，第128页。
③ ［德］恩斯特·卡西尔：《人论》，甘阳译，上海译文出版社1985年版，第44—45页。
④ ［美］苏珊·朗格：《艺术问题》，滕守尧等译，中国社会科学出版社1983年版，第25页。

问题。

沙夫指出，关于交往基础的问题，具有超验主义和自然主义两种主要观点，前者认为交往借助于超主体的"我"的玄想，是普遍心灵所形成的形而上学的共同体，后者认为人们之所以能够交往，是因为他们具有类似的生理和智力结构，都是在共同的现实中打交道，在沙夫看来这种去神秘化的经验主义大致是瑞恰慈的《文学批评原理》所阐明的自然主义看法，这种观点和杜威的实用主义交往理论都接近于马克思主义。不过，这两种观点都存在着疏漏与矛盾之处，不能从唯物主义角度理解个体差异与社会共同性命题。马克思主义的交往理论事实上在青年马克思那里就显现了出来，沙夫详细地阐发了《德意志意识形态》和《关于费尔巴哈的提纲》的语言交往思想。马克思在《德意志意识形态》中提出，"'精神'从一开始就很倒霉，受到物质的'纠缠'，物质在这里表现为振动着的空气层、声音，即语言。语言和意识具有同样长久的历史，语言是一种实践的、既为别人存在因而也为我自身而存在的、现实的意识。语言也和意识一样，只是由于需要，由于和他人交往的迫切需要才产生的。"① 马克思强调了语言在人类交往过程中的作用，同时强调了个体与社会的关系，表达了社会实践的基础。《关于费尔巴哈的提纲》中的第六、七、八条表述都蕴含着交往理论的精辟见解，批判了费尔巴哈关于宗教情感的孤独个体性理解，认为人的本质是"一切社会关系的总和"，类是众多个人自然联系起来的普遍性，"全部社会生活在本质上是实践的"。② 马克思关于人类交往的表述成为沙夫讨论交往问题的基础，也就是说，要充分地看到社会条件在交往过程中的重要性。自然主义交往理论分析说话者—听话者关系，但是根本没有谈到这种关系的社会联系问题，超验主义迷醉于神秘的富有宗教启示意义的瞬间交往也同样忽视了人的精神的社会历史性本质。人是社会的，人的心灵基于交往的类似性是由于社会中的教养和由于接受了社会的历史传统，主要通过语音的媒介而获得的，个体是社会的产物，"他的精神生活的所有表现如'宗教倾向'、言语、艺术趣味、一般意识是社会的产物"。③ 如果说人是使用符号和具有符号能力的过程，那么劳动的过程和使用符号的过程即人类的交往在发生上和功能上是密切联系在

---

① 《马克思恩格斯文集》第 1 卷，人民出版社 2009 年版，第 533 页。
② 同上书，第 501 页。
③ ［波兰］沙夫：《语义学引论》，罗兰、周易译，商务印书馆 1979 年版，第 147 页。

一起的，劳动和使用符号的交往是人的社会生活的同一过程的不同维度而已。因而沙夫明确把交往过程作为符号分析的起点，这种过程就是"一定的社会活动"①。从社会的交往过程来分析符号的视角也透视出了皮尔斯、米德、莫里斯等学者的行为主义、实用主义、操作主义分析的合理因素。譬如皮尔斯的符号学思想体现了人与人交往的"符号过程"，他从符号及其引起的后果来审视符号意义，提出"A 为了导致 C 而产生 B"的三种行为的关系②，包含了一定的社会性。

　　沙夫的马克思主义交往理论包括文艺交往的问题是立足于社会历史条件的交往理论。但是马克思关于交往的理解是只言片语的，并没有系统地表述出来。沙夫在马克思主义与非马克思主义的交往理论的辨析中具体地阐发，无疑发展了马克思主义的交往理论。不仅如此，他更突出地表现为对交往的符号学问题展开研究，在马克思主义交往理论与符号学的深度碰撞中催生出马克思主义的交往符号学思想。

二　符号类型理论

　　任何交往都是基于符号中介的交往，因而交往理论必然涉及符号学问题，同时符号必须在交往过程中才能得到深入分析。沙夫从社会交往视角重新阐释了符号问题或者把符号分析置于社会的交往过程中，体现出符号学的马克思主义特色。他在符号定义基础上展开了符号类型理论建构。

　　要建构符号类型理论，首先得对符号进行界定，因为在沙夫看来每一个试图提出符号类型理论的尝试，通常是从关于符号的定义开始的。沙夫不注重自然符号的研究，而重点关注人工符号或者说"严格符号"。交往中的手势、言语、书写、信号等中介物或者媒介物都是不同形式的符号，它们形成不同的体系，构成不同的语言。这些符号的共同点具有双重性，既作为一个对象、一个事物的状态或者一个事件在交往过程中出现，还作为一种关系在交往过程中出现。沙夫认为，符号的关系是符号所指的对象、使用者、现实以及其他符号构成的复杂关系，这其中尤其涉及了符号对象和交往人群的双重关系。因而沙夫认为："每一个物质的对象、这样一个对象的性质或一个物质的事件，当它在交际过程中和在交际的人们所

---

　　①　［波兰］沙夫：《语义学引论》，罗兰、周易译，商务印书馆 1979 年版，第 162 页。

　　②　C. F. Carl R. Hausman, *Charles s. Peirce's Evolutionary Philosophy*, Cambridge University Press, 1993, p. 74.

采用的语言体系之内，达到了传达关于实在——即关于客观世界或关于交际过程的任何一方的感情的、美感的、意志的等内在经验——的某些思想这个目的时候，它就成为一个指号。"① 沙夫的符号定义涉及符号所指、符号交往，既关注到符号交往的思想意义，也没有忽视符号交往的感情、审美的内在经验，可以说是厄本的感情交往和理智交往的融合。从符号定义的出发点，沙夫尝试建立一种符号类型理论，试图在符号的共同背景下描绘出各种符号所具有的特征，确立符号之间的关系，并尽可能地确立各种符号类型的等级。

　　沙夫的符号类型理论是建立在对胡塞尔符号类型理论的批判基础上的。虽然马丁纳克、比雷尔、莫里斯、卡尔纳普、卡西尔、朗格等符号学家都进行了符号分类，沙夫之所以选择胡塞尔符号分类来批判，是因为胡塞尔关于符号和意义的著作产生了巨大的影响，而且胡塞尔的符号分类缘于皮尔斯的指标、图像符号和象征符号三分法。胡塞尔在《逻辑研究》中把符号区分为指标（Anzeichen，又译为信号）和表达式（Ausdrücke）。指标是指向另外的事物，代替或者代表这个事物，是不具有意向活动属性的符号，按照胡塞尔所说，"在真正的意义上，一个东西只有在当它确实作为某物的指示而服务于一个思维着的生物时，它才能被称之为信号"②。表达式属于严格意义的符号，是指表达某种思想的符号，既包含着能够感知的物质实体，也包括"赋予意义"和"充实意义"的行为③。在沙夫看来，胡塞尔的符号分类的缺陷在于指标和表达式的界限是交叉的、模糊的，指标也有表达思想意义的作用，胡塞尔把信号、象征符号、图像符号等纳入指标范围之内，忽视了这些不同指号的特有性质，而表达式也要指示某种东西，具有指标的功能。胡塞尔符号分类的根本错误"产生于他的符号分析脱离了交际过程"，④ 脱离了社会和历史的视野，但是他对表达式的分析是所有其他符号类型理论所无法比拟的，这形成了沙夫的符号类型理论的重要基础。沙夫从符号的交往过程来确定符号类型及其不同符号的特性与等级，形成了独特的符号分类理论。他首先把符号区分为自然符

---

① ［波兰］沙夫：《语义学引论》，罗兰、周易译，商务印书馆1979年版，第176—177页。

② ［德］埃德蒙德·胡塞尔：《哲学研究》第二卷第一部分，倪梁康译，上海译文出版社1998年版，第27—28页。

③ Edmud Husserl, *Logical Investigation*, Trans. J. N. Findlay, Routledge, 2001, p. 109.

④ ［波兰］沙夫：《语义学引论》，罗兰、周易译，商务印书馆1979年版，第170页。

号和人工的或者严格符号，再把严格符号区分为语词符号和具有一个导出的表达式的严格符号，后者又进一步区分为信号、代用符号，代用符号又进一步区分为严格意义下的代用符号和象征符号。他的分类与胡塞尔的类似点在于看到语词符号的重要性和独特性，语词符号无疑就成为严格符号的第一大类。沙夫最为关注的符号类型是语词符号，这是指有声语言符号，这是不同于象征符号的严格符号类型，"语词指号（sign）既不仅仅是一个指号，也不是一个在通常意义下的和在各种理论所提出的那种意义的符号（symbol）"。① 语词符号具有意义的透彻性，是语言和思想的统一，是声音和意义组合的整体，具有高度的抽象性和精确性，因此承担起真正交往的功能。严格符号的第二大类是由信号和代用符号（substitutive signs）构成。信号是唤起、改变或者制止某人的某种行动的符号，其意义是任意的，是通过在一群既定的人的范围内有效的约定建立起来的；而代用符号是具有显著的替代作用的符号，代表某些其他的对象、事物状态或者事件。在代用符号中，属于代表具体的物质对象的符号是严格意义的代用符号，它可以根据类似性原则代表具体事物，各种形象和明喻就是典型的例子，也可以根据约定原则代表事物，如用来代表言语的声音及其组合、词语、句子的书写符号。沙夫很细致地讨论了代用符号中的另一子类即象征符号（symbol），这也是广为争议的符号学问题，因为不少符号学家把象征符号归为语词符号之中。在沙夫看来，象征符号主要有三个特征：一是物质的对象代表抽象的概念，象征符号"最深刻的意义，正是在于它们的物质形象的形式，也就是说，以一种较为容易被心灵了解和便于记忆的形式，把抽象的概念呈现在人们的面前，从而使人们对于抽象的概念感到更为亲切"②。二是以约定为基础，要进行符号交往就需要知道有关的约定，一个有教养而不熟悉东方文化的人，就不能够理解印度舞蹈的象征符号，就不能理解中国象征权力和尊严的黄色符号。三是象征符号是以用符号代表抽象概念为基础的，即以一种表面上诉诸感官的代表作为基础的，它通过举例、语言、隐喻、引用神话、以部分代整体的原则等等起作用。这种抽象概念的感性的、通常是图像性的表现或者说"视觉形象"，可以说就是黑格尔关于美的理念的感性显现。文学艺术家创造象征符号，艺术性地表现抽象的概念。沙夫指出，象征符号常常借助于图画所依据的那种

---

① ［波兰］沙夫：《语义学引论》，罗兰、周易译，商务印书馆1979年版，第196—197页。
② 同上书，第188页。

隐喻来表现抽象的概念，特别是在文学中。语词的符号意象，诸如"人生的筵席"、"痛苦之杯"等陈述都是充分地运用了象征符号。象征符号的审美意义使它在形成舆论和社会神话方面起着非常重要的作用。

沙夫的符号类型理论是独特而新颖的。他根据交往过程来区分符号的类型，提出了象征符号与语词符号的根本差异，这给文学艺术符号的深入分析带来了不少的启示价值，他对象征符号的理解颇具开创性，就如他自己所言，"人们通常用符号（symbol）来包括所有的语词指号；有时候把符号等同于那些不是信号的指号（莫里斯）；或者把符号（symbol）的意义扩大到包括一切这样的指号，这些指号的意义不是依据它们和它们所代表的对象之间的类似性的（如科达宾斯卡）；或者把一切有意用作指号的那些指号都看作符号（symbol）（如斯太宾）；等等。这些做法是有害的，不仅因为它们模糊了语词指号的极其重要的特性，而且特别是因为它们完全没有提到存在着一类显著的共同特征的重要的代用指号"。① 沙夫对象征符号的视觉性的认识对于文学符号的形象性或者说图像性的理解具有深远的意义，有助于近年关于文学图像问题的思考，如赵宪章所提出的，"'隐喻'作为语言修辞意味着语言的图像化、虚指化，即语言脱离实指功能、变身为图像（语象）隐喻，从而滑向虚拟的文学空间"。② 但是沙夫符号类型理论仍然有含混之处，他强调语词符号和象征符号的区分，反对某些符号学家把语词符号视为象征符号，而在他的论述中又把两者融合了起来。他把文学语词视为象征符号，而文学语词无疑属于语词符号，文学符号的隐喻、明喻等在沙夫那里都不是作为语词符号的象征符号来分析，这无疑导致了他符号类型理论的困境。

三　基于符号情境的意义理论

交往是基于符号中介的意义理解，这就涉及意义理论问题。沙夫和马尔科维奇都比较重视符号的意义理论，皆试图从非正统的马克思主义的观点和方法来分析意义问题。但是后者侧重意义维度的辩证性分析和社会实践基础，而前者强调意义与社会交往过程的关系，认为意义就是交往过程

---

① ［波兰］沙夫：《语义学引论》，罗兰、周易译，商务印书馆1979年版，第192页。
② 赵宪章：《语图符号的实指与虚指——文学与图像关系新论》，《文学评论》2012年第2期。另参见赵宪章的论文《语图互仿的顺势与逆势——文学与图像关系新论》，《中国社会科学》2011年第3期。

中的一个因素。

为了解决最重要也最困难的意义问题，沙夫很重视符号情境（sign-situation）概念。他认为，人的交往过程就是用符号来传达思想、感情等的过程，这就是产生符号情境的过程："当我说话、写字、装置路标或操纵十字路口的交通灯、画地图或图表、把'有毒'标签贴到瓶子上、在制服上缝上肩章、举起信号旗等，在每一种情形下我都是在应用某些符号来达到交际的目的（即便心灵的独白，就我所知，也是一种在伪装形式下的对话），而且在每一种情形下，我都是产生一种指号情境。"① 沙夫从奥格登和瑞恰慈、约翰逊（E. S. Johnson）、加德纳（Alan Henderson Gardiner）三种类似而相互补充的研究成果发展了符号情境理论。奥格登和瑞恰慈的《意义的意义》专门探讨了符号—情境与意义的问题，他们在意义的诸多维度中谈到了到"意义"的特殊用法，也就是从符号在交往过程的作用来理解意义，"指号在交往过程中的这种作用，使有可能从关于某个事物的主观思想的范围过渡到在主体间传递这种思想的范围，从而这样的思想能为有关的双方所了解"。② 他们关于符号情境的图解是经典性的，认为符号情境是由符号、对象（被指示的东西）和中介的思想（指示活动）三个因素所构成，在三个因素所构成的三角形框架中，符号表示某种东西，并且唤起那个被指示的东西（对象）的相应的思想。因而符号和被指示的东西之间的关系是一种间接的关系，"这种间接关系表现在人用它来代表所指对象"。③ 约翰逊采用了奥格登和瑞恰慈的图式，但是又用完全不同的方式解释这个图式。他的符号情境的三个因素是 A 即说话者或者符号使用者、B 即符号或者指示、C 即听话者和被指示的东西。约翰逊虽然使用了奥格登和瑞恰慈的术语，但是赋予了新的意义。虽然其做法导致了混乱，但是沙夫看到在这种图式中符号情境有了根本的转变，通过思想的"符号—被指示的东西"这种关系已经转变为"说话者—听话者"关系，这种关系就是"通过指号的中介而互相交际的人们之间的关系"。④ 加德纳从社会学角度提出了意义的符号情境的命题，认为⑤

① ［波兰］沙夫：《语义学引论》，罗兰、周易译，商务印书馆 1979 年版，第 213 页。
② 同上书，第 215 页。
③ ［英］奥格登、［美］理查兹：《意义之意义》，白人立等译，北京师范大学出版社 2000 年版，第 9 页。
④ ［波兰］沙夫：《语义学引论》，罗兰、周易译，商务印书馆 1979 年版，第 223 页。
⑤ Sir Alan Gardiner, *The Theory of Speech and Language*, The Claredon Press, 1932, p. 7.

"语言理论应该忠于的科学不是逻辑学也不是心理学，而是社会学"。他把言语行为置于原初性的现实生活背景中，揭示符号过程及其因素，提出了符号情境的说话者、听话者、说到的事物、语词本身四个主要因素。他从交往过程来思考符号情境的唯物主义立场得到了沙夫的肯定，"加德纳充分地理解了并且也明白地指出了：指号情境的产生，是作为那些互相交际的并且为了这个目的而'制造'指号的人们之间的一种关系"。① 基于此，沙夫明确提出了符号情境的概念，当至少两个人为了相互传递他们关于某个对象即论域的思想、感情和意志等的表现而应用符号互相交往的时候，符号情境就出现了，符号情境的出现是符号意义的基础。

　　沙夫以基于符号情境的意义理论对欧美的意义理论进行了批判，既指出了胡塞尔意义理论的唯心主义特征，也指出了实用主义意义的生物学色彩。但是他肯定了这些意义理论中的积极价值。这就是莫里斯的符号学意义理论，"在《指号理论的基础》中，莫里斯说明了他的关于意义的合理看法。他强调了意义这个词语的含混性，坚决反对一切柏拉图似的解释。按照他的看法，意义这个词语属于社会的指号过程的，换一句话说，是属于社会的符号情境的"。② 沙夫的意义观就是主张意义首先是行动的和互相交往的人们之间的一种社会关系，也就是说，某个人想激起另一个人的行动，想把他的思想、感情等告知另一个人，并且从这个目的出发来应用符号，如果这个想要达到的效果实现了，那么这个符号的意义已经为听者所了解了。沙夫从符号情境的角度来理解意义问题，是比较契合文艺之本质的。托尔斯泰认为艺术的本质就是情感的交往，"在自己心里唤起曾经一度体验过的感情，在唤起这种感情之后，用动作、线条、丢、色彩、声音，以及言辞所表达的形象来传达出这种感情，使别人也能体验到这同样的感情，——这就是艺术活动。艺术是这样的一项人类的活动：—个人用某种外在的标志有意识地把自己体验过的感情传达给别人，而别人为这些感情感染，也体验到这些感情"。③ 可以看到沙夫与托尔斯泰表述的类似性，但是前者以符号学的意义范畴切入交往的问题，注入了马克思主义的社会交往思想，把托尔斯泰的心灵交流降到了社会交往的坚实大地上。

　　事实上，沙夫强调从交往过程的整体性中来理解意义，从符号情境出

① ［波兰］沙夫：《语义学引论》，罗兰、周易译，商务印书馆1979年版，第224页。
② 同上书，第259页。
③ 托尔斯泰：《艺术论》，丰陈宝译，人民文学出版社1958年版，第48页。

发来审视交往过程中的各种因素的关系意义，包括互相交往的人们之间的
关系、人与现实的关系、人与符号的关系、符号与现实的关系、符号体系
中一个符号与另一个符号的关系。从根本上说他是基于人与人的社会交往
关系的角度来思考符号的意义问题，强调了符号意义的社会性与人的需
求。他的马克思主义意义理论事实上迥然不同于阿尔都塞的反人道主义的
马克思主义结构主义，而是主张"拥护人的尊严、自由、全面发展和人与
人的社会关系的价值为标志"①的人道主义的意义理论，这无疑是对符号
意义拜物教的批判。沙夫认为西方不少意义理论片面地强调符号与符号之
间的关系或者符号与对象之间的关系或者符号和思想同对象的关系，强调
语词和逻辑的演算，认为符号具有独立存在的东西。这种观点事实上是与
马克思所指出的"商品拜物教"类似的"符号拜物教"。有学者明确概述
了沙夫的这种观点："符号拜物教反映在符号之间以及能指与所指之间的
关系的物化概念之中。符号关系必须视为在特定社会条件下使用和创造符
号的人们之间的关系。"②

四　意义的真实交往的可能性

　　沙夫从社会历史出发理解交往过程，从交往过程的整体性来把握符号
类型特征，从而确立符号意义的社会关系维度，建构了一种系统的马克思
主义交往符号学思想。但是这种思想不断碰到意义的真实交往的可能性问
题，尤其是对审美领域而言这个问题显得尤为复杂。沙夫对这一命题的思
考比马尔科维奇更为深入，这对理解审美交往的问题是有所助益的。

　　通过前面的分析，我们可以认为，意义真实交往的可能性是昭然的。
既然意义出现于交往中，出现在符号情境中，那么就首先假设了交往的可
能性，而交往就是彼此基于符号的相互理解。虽然沙夫在论述中不乏循环
的重复的阐释，但是意义的真实交往、包括审美情感的真实交往在他看来
仍然是可能的，"我们要研究有效的交际，即至少在两个人中间产生实际
的了解的那种交际：其中一个人为了把他的思想或情感传达给另一个人而
应用某种语言，另一个人在感知这种语言的一些既定的指号的时候，就如

---

　　① ［波兰］亚当·沙夫：《结构主义与马克思主义》，袁晖、李绍明译，山东大学出版社
2009 年版，第 92 页。

　　② Susan Petrilli and Augusto Ponzio， "Adam Schaff：from Semantics to Political Semiotics"，
www. susanpetrilli. com/. . . /2. _ HommageAdamSchaff. pdf.

他的对话者所思想的那样了解这些指号，并且接受了这种了解的指号"。①
就有效交往而言，交往双方不仅具有相同的理解而且具有相同的信念。沙
夫的关于审美情感的交往的解释就是典型的例子，"作曲家经验到爱情的
狂喜，他就用音乐语言中的小夜曲的形式把它表现出来，或者他由于他祖
国的民族起义而经验到爱国的激情，他就用革命练习曲的形式来表现他的
心情，或者他就用雨序曲的形式来感情地传达雨天的寂寞。许多年以后，
别的人听到这些音乐作品，虽然他们不知道这些作品诞生的环境，也不知
道这些作品的名称，然而，他的确经验到小夜曲的热恋、革命练习曲的激
动和雨序曲的寂寞"。②

　　莫里斯告诫我们要警惕"完美交往的陷阱"③，沙夫对真实交往尤其
是有效交往的困境或者障碍也有清楚的认识，也就是误解时有发生，对符
号的理解和感知需要心理活动，包含着联想、推理等复杂的心理过程，经
常出现对符号的了解与对符号的使用者的意图的疏离。所以同样就音乐理
解而言，沙夫认为最伟大的音乐也不是真实的交往，不是最卓越的交往，
音乐中所体验的情感是否是作曲家所经验的同样的情感或者其他人所获得
的同样的感受是不可知的，"在对特定的音乐作品作出反应的时候，不同
的人也许经验到不同的感受"。最好的音乐语言就是在于它的灵活性。④
文学艺术的魅力也许就是就在于误解的必然性甚至本体性。误解也在于对
符号的社会文化规则的不理解，由传统所确立的那些约定的具有客观意义
的符号不一定和那些使用约定符号而不知道这种约定的人们的用意相符。
对语词本身的理解更为复杂，虽然语词符号具有意义的透明性。语言中特
别是文学语言中充满着含混或者模糊的词语，沙夫以科达宾斯基（Jania
Kotarnińska）的例子"brak yest mukh"来解释。波兰语的意思是"没有苍
蝇"，而俄语的意思则是"结婚在吃苍蝇"，意义迥然有别，"就更为复杂
的情形说，例如含糊的词语和同音异义的词语出现在某个语言的一段话
中，这就会导致对说话者的用意作出错误的解释。另外一个造成误解的原
因，可能是模糊的表达式，模糊的表达式由于缺乏精确的定义，就容许人

---

①　［波兰］沙夫：《语义学引论》，罗兰、周易译，商务印书馆 1979 年版，第 347—348 页。

②　同上书，第 129 页。

③　［美］C. W. 莫里斯：《开放的自我》，定扬译，上海人民出版社 2010 年版，第 51 页。

④　［波兰］沙夫：《语义学引论》，罗兰、周易译，商务印书馆 1979 年版，第 129 页。

们作出各种不同的解释"。① 文学语言往往是非精确定义的模糊语言，中
国古典诗词多以名词、形容词、动词直接成句，缺乏逻辑的必然性，无疑
韵味无穷，误解何能避免呢？在沙夫看来，表达式的含混性主要是使用同
音异义词和同声多义词语。就是比较抽象意义的"结构"一词也是掩盖
着不同意见的深刻歧义，"对于'结构'概念的彻底研究清楚地表明，它
是一个'同音异义词'——有多少理论运用它，它就有多少意义"。② 但
是就模糊性而言就更难以确定，语词的模糊性是一个客观的现象。按照布
莱克（Max Black）的理解，模糊词不能严格适应逻辑法则，属于"边缘
的状况"（borderline case）③。没有严格划出应用范围的普遍词语诸如"大
约100"、"有点甜的"、"大的"、"小的"、"带绿色的"等，"模糊的语
词总是有某种'交界的'区域，我们从来不能确定地说出某个词语能够
或者不能够应用于这个区域"。④罗素甚至认为，"所有的语言都是模糊
的"。⑤ 为了消除模糊性语言，罗素和维特根斯坦提出建立一种消除废话
和误解、歧义的理想语言，以一个完美的语言结构反映现实的结构，这对
沙夫来说是毫无价值的，因为语言的模糊性带来了交往的丰富性，"交际
需要语词的模糊性，这听起来似乎是奇怪的。但是，假如我们通过阅读的
方法完全消除了语词的模糊性，那么，正如前面已经说过的，我们就会使
我们的语言变得如此贫乏，就会使它的交际和表达的作用受到如此大的限
制，而其结果就摧毁了语言的目的，人的交际就很难进行，因为我们用以
相互交际的那种工具遭到了损害"。⑥ 沙夫的观点是深刻的，维护着语言
词语的诗性品格，文学语言本身具有的隐喻特点体现了布莱克所谓的说话
者和听话者的交互性，隐喻在理解上要求有能力的读者的"创造性反
应"，⑦ 很难存在着相同的理解。虽然加德纳从社会学视角理解言语行为，

---

① ［波兰］沙夫：《语义学引论》，罗兰、周易译，商务印书馆 1979 年版，第 349 页。
② ［波兰］亚当·沙夫：《结构主义与马克思主义》，袁晖、李绍明译，山东大学出版社
2009 年版，第 3 页。
③ Max Black, "Vagueness. An Exercise in Logical Analysis", Eds. R. Keefe, P. Smith,
Vagueness: *A Reader*, MIT Press 1997, pp. 69–81.
④ ［波兰］沙夫：《语义学引论》，罗兰、周易译，商务印书馆 1979 年版，第 352 页。
⑤ Bertrand Russel, "Vagueness", in R. Keefe, P. Smith, eds. *Vagueness*: *A Reader*, MIT Press
1997, pp. 61–68.
⑥ ［波兰］沙夫：《语义学引论》，罗兰、周易译，商务印书馆 1979 年版，第 355 页。
⑦ Max Black, "More about Metaphor", *Metaphor and Thoughts*, Ed. Andrew Ortony, Cambridge
Univerisity Press, 1979, pp. 19–45.

但是他甚至极端地认为，"不可能传递思想是绝对的和不可征服的"。① 以此而论，有效交往的可能性就值得怀疑了，虽然沙夫试图建立有效的交往，但是结果发现，倘若真的达到了，那么符号的异化也随之产生。因此符号作为人的自由展开和创造的工具，在有限的交往同时进行创造性的基于差异的交往，人类社会、文学艺术正是如此才丰富多彩，具有规则又生机勃勃。

事实上，倘若符号过程本身是客观性和主观性互动的过程，而且客观性本身离不开主观性因素②，那么符号意义的真实交往的可能性与不可能性的悖论是不可根除的。不难看出，沙夫的马克思主义交往符号学思想具有重要的理论价值，较之哈贝马斯的交往行为理论更有开创性意义。他深入西方符号学理论之骨髓，又能以马克思主义人道主义和历史唯物主义来理解，拓展了马克思主义文化批评的领域；他提出的符号类型理论、符号情境概念、语词的模糊性问题对符号学也是一种推进，对深入理解文学艺术符号问题可以提供很好的参照。

第二节　辩证意义理论

东欧新马克思主义特别是南斯拉夫"实践派"主要代表之一米哈伊洛·马尔科维奇的意义理论值得深入关注。他在对欧美意义理论的系统批判和吸纳中，从社会实践出发建构了具有马克思主义人道主义特征的辩证意义理论，蕴含着文艺理论和美学的规范性的深刻思考。本节基于他1961 年出版的《辩证的意义理论》（*Dialectical Theory of Meaning*）一书，从辩证的意义理论的认识论的实践基础、意义维度之剖析与意义交往的可能性三个基本问题来审视其美学阐释的价值及其局限性。

一　意义理论的实践本体论基础

意义理论是 20 世纪哲学和美学中的重要收获，是语言学和符号学最为深究的问题。马尔科维奇作为南斯拉夫"实践派"的旗手，作为南斯拉夫哲学学会主席和世界哲学学会副主席，在 20 世纪 50 年代就深入到西

---

① Sir Alan Gardiner, *The Theory of Speech and Language*, The Claredon Press, 1932, p. 69.

② Adam Achaff, *History and Truth*, Oxford: Pergamon Press, 1976, p. 237.

方意义理论尤其是英美实用主义符号学的骨髓，辨析其优劣，加强"实践派"与英美分析哲学的密切联系，[①] 开创性地推进马克思主义意义理论建构。与西方意义理论迥然不同的是，马尔科维奇的意义理论不是从语言符号本身出发而是从社会实践出发，不是以片面的静止的单一视角而是以具有客观性、综合性、动态性和具体性特征的辩证法[②]思考，从而赋予了意义理论的马克思主义新维度。

马尔科维奇的意义理论是在对西方意义理论批判与吸纳的基础上形成的。它的直接影响因素有二：一是受到英国逻辑实证主义杰出代表艾耶尔（A. J. Ayer）的影响。据马尔科维奇 1982 年所说，他在南斯拉夫贝尔格莱德大学获得博士学位后，在 1953—1954 年和 1955—1956 年期间到英国伦敦大学学院（University College）学习，师从著名的语言哲学家艾耶尔，并对意义理论产生了浓厚的兴趣。他在艾耶尔的指导下完成博士论文《逻辑的概念》，论文的一部分涉及意义的问题。英国的学习研究使马尔科维奇接触到西方较为系统的意义理论知识。1956 年 9 月回国后，他在贝尔格莱德大学开设意义理论的课程，并在 1957—1959 年写作《辩证的意义理论》。[③] 二是来自贝尔格莱德大学形成的关于意义和语言讨论的理想话语共同体，这个青年共同体主要形成于 1958—1961 年，"系统地讨论哲学史和当代语言哲学中的语言和意义问题"[④]，这构成了马尔科维奇的辩证意义理论的良好的外部环境，同时也形成了意义理论在南斯拉夫社会主义国家的问题意识与现实语境。西方意义理论的深入研究与南斯拉夫现实问题以及正统马克思主义哲学的斯大林主义化，促进了马尔科维奇基于实践本体论的辩证的意义理论的建构。

第一，马尔科维奇的意义理论立足于实践（Praxis）本体论。西方意义理论流派众多，哲学基础也是各不相同的，形式主义、唯名论注重符号

---

① David A. Crocker, "Marković on critical social theory and human nature", John P. Burke, Lawrence Crocker, and Lyman Howard Legters, *Marxism and the Good Society*, Cambridge University Press, 1981, pp. 157–181.

② 在马尔科维奇看来，许多马克思主义辩证法研究的缺陷在于缺乏批判性，不能解释创造性工作，脱离人和人的经验，"真正的辩证法是涉及人在历史中的自我实现的"。Mihailo Marković, "Dialectic Today", *Praxis: Yugoslav Essays in the Philosophy and Methodology of the Social Science*, Eds. Mihailo Marković and Gajo Petrović, D. Reidel Publishing Company, 1979, p. 23.

③ Mihailo Marković, "Preface to the English edition", *Dialectical Theory of Meaning*. Trans. David Rougé, Joan Coddington and Zoran Minderovic, Holland: D. Reidel Publishing Company, 1984, p. ix.

④ Ibid. , p. xxvii.

与符号之间的关系，试图挖掘数学、逻辑之模型；行为主义和实用主义旨在探讨符号和实际行为的关系；经验主义则把意义还原为主体之间的经验，超越唯心主义看重先验的思想形式，实在论把意义置于现存事物的某种关联，存在主义叩问存在本身之意义，如此等等。在马尔科维奇看来，这些意义理论流派无法深入全面地切入意义的问题，根本上在于研究意义的起点出现了问题，"对形式主义来说起点是符号的存在，对实证主义而言是感知经验，对观念主义而言是感受与思想的先验形式。在所有这些情况下，起点皆是不够具体和丰富的"，主观主义的意义理论"最大的问题是它们不能解释语言和语言表达的意义的客观性特征"，客观主义的意义理论不能解释主观性、创造性、历史性，因而现有意义理论"一方面是绝对主观性领域，另一方面是绝对客观性的领域"，呈现出二元对立的悖论，① 许多庸俗马克思主义也陷入了存在与思想、主观与客观的二元对立的困境之中。马尔科维奇从马克思《关于费尔巴哈的提纲》的人类实践的主—客观性②、恩格斯《自然辩证法》中关于自然影响人与人改变自然的辩证关系③、列宁《唯物主义与经验批判主义》关于认识的生活与实践的基础性④的论述中重新确立基于实践基础的意义本体论表达，但是他赋予了实践以创新性的阐释。马尔科维奇明确地提出，他的本体论的起点"既不是存在，不是概念思想，也不是经验——而是实践。我们直接充分地意识到，我们采取行动，努力实现某种目的，由于我们行动，经验在客观情境和我们自己身上发生变化"。⑤ 因此，实践以主观客观的统一成为意义的本体论基础。人作为实践的存在物是主客观的统一，通过实践的交互性，主体与客体成为历史性的存在。马尔科维奇把现象学和存在主义与马克思主义结合起来的意义理论拒绝把自在对象视为是符号指明的事物，而认为"符号只能指明实践交互的对象，这些对象是被体验和理论化的，不管多么模糊。被指明的对象是我们人类世界的对象"。⑥ 一方面，实践

---

① Mihailo Marković, *Dialectical Theory of Meaning*, Trans. David Rougé, Joan Coddington and Zoran Minderovic, Holland：D. Reidel Publishing Company，1984, p. 36.

② 《马克思恩格斯文集》第 1 卷，人民出版社 2009 年版，第 499 页。

③ 《马克思恩格斯文集》第 9 卷，人民出版社 2009 年版，第 483—484 页。

④ 《列宁专题文集·论辩证唯物主义和历史唯物主义》，人民出版社 2009 年版，第 49 页。

⑤ Mihailo Marković, *Dialectical Theory of Meaning*, Trans. David Rougé, Joan Coddington and Zoran Minderovic, Holland：D. Reidel Publishing Company，1984, p. xiv.

⑥ Ibid., p. xv.

涉及客观中的主观性，自在事物在实践过程中成为"为我们"的存在物，同时包含着"他者心灵"，在人与自然的生存斗争中形成了社会交互性维度，构建了主体间性的社会文化结构。另一方面，实践涉及主观中的客观性，主要是符号的客观性命题。马尔科维奇认为："人类心灵具有不可观察的内在维度和主体间可以观察的外在维度。后者是由符号形式和普遍意义的符号建构的。符号体系是意识存在的客观的实践的形式。"① 这样，从理解理论客观性的钥匙的人类实践出发，文学艺术等文化符号体系获得了新的理解，一旦人们拥有了符号就存在着整个文化世界的客观存在的可能性。虽然符号表达的内容始终关涉着特有的个体，但是这种心灵内容是对象化的，既有物理的空间的存在维度，又为其他解释的主体而存在。如果卡西尔说人类是符号的动物，那么马尔科维奇则进一步指出，人类的符号存在是来自人类的实践性存在，因为人类根据自己的需要和目的征服自然和改变自然，这不仅借助于新的物质生产，而且借助于新的意义生产，通过赋予与人类相关的对象更深刻的重要意义。所以符号语言不是纯粹的抽象形式，而本身实践，"语言事实上是人类实践的独特形式"②，"实践最清晰的例子就是艺术创造"。③

　　第二，马尔科维奇分析了实践概念的六个基本元素及意义理论的六个基本范畴，从而建构了特有的基于实践的符号学认识论思想。实践的六个实质性元素主要有：一是实践主要是人类存在于其中的客观形势的转变，主要指物质生产和工作；二是社会合作，涉及人们借以进行共同活动、形成组织和制度等的过程；三是用符号进行运作的交往；四是经验的创造；五是评价性活动；六是智力活动，即自然符号和语言符号的解释与理解等。这六个要素无疑丰富了实践的维度，尤其是把符号、交往、价值、创造、合作纳入到实践的基本范畴之中，这给意义的理解和分析带来了深刻的转型。马尔科维奇也因此从实践的范畴出发推论出六个认识论范畴，并形成他的辩证的意义理论的本质性表达。这六个范畴就是一般的客观现

　　① Mihailo Marković，"Preface to the English edition"，*Dialectical Theory of Meaning*，Trans.David Rougé，Joan Coddington and Zoran Minderovic.Holland：D.Reidel Publishing Company，1984，p. xvi.

　　② Mihailo Marković，*Dialectical Theory of Meaning*，Trans. David Rougé，Joan Coddington and Zoran Minderovic，Holland：D. Reidel Publishing Company，1984，p. 13.

　　③ Mihailo Marković，"Dialectic Today"，*Praxis*：*Yugoslav Essays in the Philosophy and Methodology of the Social Science*，Eds. Mihailo Marković and Gajo Petrovic，D. Reidel Publishing Company，1979，p. 28.

实、社会、交往、直接经验、价值和思想。这些范畴不能清晰地区别出主观和客观的界限，它们犹如实践一样本质上既是主观的又是客观的，彼此相互联系并以多种方式相互影响，没有一种直线型的逻辑关系，不是从思想到存在、从存在到思想、从感性认识到思想或从思想到实践的黑格尔式的线性关系，因为这是违背辩证法的综合性和具体性的。六个范畴的关系是一种多线性，每一个范畴有自己的优势。在对这些基于实践的认识论范畴的分析中，马尔科维奇剖析了意义理论的新维度，也打开了文学艺术的意义理论研究的新视野。根据他的实践六个维度和六个基本范畴，文学艺术的意义问题也包含于其中，同时也有独特之处。我认为，这主要在符号对象性、符号本身内涵、符号经验与概念思想方面体现出来，而最为核心的是对意义的客观性的把握，这是马尔科维奇整个意义理论的实践性奠基石。正如他所说："我们符号的意义是客观的，主要有两个方面原因。它们是客观的，第一是因为它们涉及对象，第二是因为它们是有效的，独立于个体的意识，也就是说，它们对于能够解释符号的群体而言是有效的。"① 他根据客观性的程度把对象区别为客观性程度较高的物质对象和客观性程度减弱的心理对象，物质对象有物理对象和社会对象之别，它们存在于空间和时间之中，心理对象有集体心理现象和个体生命现象之分，它们处于时间之中而不是处于空间之中。文学艺术领域的对象主要是心理对象，存在于时间性之中，涉及共同经验、情感、理念、价值判断、符号解释等集体心理对象以及梦幻、符号的私人意义等个体心理对象，但是作为客观存在的符号它又属于物质对象。即使文学艺术具有超越物质现实的非真实的对象，也具有客观性，因为其理想对象也是由现实对象中的各种元素建构起来的，它即使缺乏实际的永恒的存在，但是作为联系着符号的可能性和心理意向又是永恒的，它们在具体的物质过程和心理过程中不仅是真实的而且是实际存在着的东西。

　　第三，马尔科维奇对象征符号（symbol）基于实践的客观性的分析是较有启发意义的，其中涉及文学艺术符号的本质性问题的独特表达。他认为，符号在整个生活中处于支配性地位，没有语言符号就不可能进行思考。符号首先是一种物质对象，本身是物质性存在。对一些原始土族人而言，最杰出的文学作品就是涂写在白纸上面的奇怪的黑色比目鱼，现代艺

① Mihailo Marković, *Dialectical Theory of Meaning*, Trans. David Rougé, Joan Coddington and Zoran Minderovic, Holland: D. Reidel Publishing Company, 1984, p. 43.

术的图画绝不会给他们留下美的印象。法国表现主义画家布菲（Bernard Buffet）图画中的所有对象都是二维的、丑陋的、扭曲的，人物是拉长的、悲伤的、瘦削的、灰色的、黑色的，不懂得其艺术价值和商业价值的普通人不愿意把这些画挂在家里。音乐作品如果脱离了创作和解释的精神氛围也是纯粹的听觉现象，对于不理解的人来说，符号只是纯粹的毫无意义的符号，只是一些事物、词语、图画、音调或者运动等物质对象。因此马尔科维奇以美国符号学家皮尔斯的符号学思路，通过大量的文学艺术实例的分析，认为物质对象要成为符号必须存在于一种与主体有关的明确关系之中："我们已经看到，每一种对象本身存在于以某种方式意识到这个对象的主体关系之中——通过观察、想象、思考、投射等。但是除了主体与作为物质对象的符号的这些普遍的认识关系之外，主体还必须处于与作为符号的物质对象的明确关系之中。他必须解释它，必须理解它的意义。换句话说，他必须具有心理意向，根据对象的观察来想象或者体验另一个（更为重要的）对象，这个对象是前一个对象所指称的。"[1] 马尔科维奇这里充分借鉴卡西尔、苏珊·朗格等西方符号学家的理论提出了象征符号的独特界定，认为这种符号既是存在于时间和空间中的物质对象，也是涉及意义的表征性存在，它也通过主体的机制代表了另一个对象，这也构成了象征符号和一般符号（sign）的区别，"象征符号的本质特征在于，它始终指称普遍的和恒量的东西——一方面指称思想、感知或者情感的形式，另一方面指称被思考、被感知、被感受的对象的形式。这是我们称之为象征符号的那种符号和其他符号之间的基本的差别"。[2] 一般符号也可以指示某种事物，但是它指示的是处于时间和空间之中现存的对象，主体的体验只是纯粹的再现，是对符号的感知，而对艺术符号等象征的感知则充满联想与情感。譬如柴可夫斯基的《1912年序曲》中的教堂钟声作为一种象征符号意指了战胜了敌人，也意味着战胜了普遍意义的罪恶。因而它在我们心里唤起了非常复杂的心理体验，包含着许多思想和情感的元素。对象征符号的本质而言，这种声音唤起了思想和情感的普遍结构的体验，人们可以称为普遍的人类恒量。马尔科维奇不同意音乐美学家把这种结构形式称之为音乐理念的看法，也不同意苏珊·朗格的"逻辑形式"之说，因

---

① Mihailo Marković, *Dialectical Theory of Meaning*, Trans. David Rougé, Joan Coddington and Zoran Minderovic, Holland: D. Reidel Publishing Company, 1984, pp. 92–93.

② Ibid., p. 95.

为他认为艺术不是把真理作为基本价值的领域，而具有自身的独特价值，可以说属于不同的符号意义类型和价值标准，不过他的思路仍然延续着卡西尔和朗格的"符号形式"的分析框架和思路，都强调了艺术符号表达的情感和思想的普遍形式，但是我认为马尔科维奇解释得更为细致和深刻，他充分地看到艺术的象征符号的普遍形式特征，而且以之解释伟大艺术作品的超越时代性，因为这些作品符号体现了心灵和情感内容的某种普遍形式，具有了超越时间性的普遍意义。不过，这种普遍的形式结构需要与科学的推论性符号区别开来，它是一种卡西尔所称的"非推论性符号"。马尔科维奇以南斯拉夫诗人拉基奇（Rakic）的杰出诗歌《豆拉普》（*Dolap*）为例阐释艺术符号的非推理性特征，诗人在作品中表达了生命的无目的理念，一切努力和忙碌都是无用的，坟墓才是人类存在的实质，作品以词语表达了情感的普遍结构，但这是通过建构具有深层意义的意象性符号达到的，这种意象就是一匹反复拉着灌溉水轮在圆圈中打转的马的意象。因此艺术符号"同时性地设想情景的整体，没有把整体拆解为单个成分，而是使用隐喻并唤起直接的、直觉的理解和想象的力量"。① 而哲学、科学等推理性符号以逻辑形式反思同样的主题，但是它不使用意象也不表达我们的直觉和情感，而是把对象拆解为具有独立意义的恒量的结构元素，然后一个个排列起来，以概念、判断等形式表达逻辑思想。

　　更为有意思的是，马尔科维奇把这种艺术观念的符号学界定视为对传统美学的超越，不再是强调反映论或表现论的艺术美学观念，而是重新进行了整合。马尔科维奇认为，正统的马克思主义维护"反映论"。他反对此理论的三个理由是：第一，它忽视了德国古典哲学的整个经验，回到了18世纪关于物质本身和精神主体的二元主义；第二，反映是所有意识的本质属性，这种观点隐藏着一种教条主义；第三，这种理论是错误的，因为事实上意识绝不是伴随和复制物质过程，而是经常预示和投射尚未存在的物质对象。② 他补充了卡尔纳普关于艺术的表现性界定即艺术不表达瞬间的情感而表达永恒的情感和意愿，一是补充说非推论的艺术符号不仅表

---

　　① Mihailo Marković, *Dialectical Theory of Meaning*, Trans. David Rougé, Joan Coddington and Zoran Minderovic, Holland: D. Reidel Publishing Company, 1984, p. 98.

　　② Mihailo Marković, "Introduction", *Praxis: Yugoslav Essays in the Philosophy and Methodology of the Social Science*, Eds. Mihailo Marković and Gajo Petrovic, D. Reidel Publishing Company, 1979, p. xxi.

达永恒的情感和意愿而且也反映这些意愿，二是这些意愿具有主体间的共通性。这样，文学艺术符号就不仅是表达艺术家的主观情感，不仅是在理解符号的人们心中唤起类似的情绪，而且指称了情绪的普遍形式，"因而形式本身是客观的事物，是相对独立于任何单一个体的主观经验而存在的事物。每一种情感形式尽管不是推理的思想或者概念但也是一种思想"。① 这表明，艺术符号不仅是表现性而且也是再现性的，具有认识的意义，具有指向性的对象。这也是马尔科维奇对符号本质的界定，所有的符号具有"指称"与"表现"这二重关系，符号既涉及它所指称的对象，又涉及它所表达的心灵生活的形式。事实上不论是再现性还是表现性，马尔科维奇认为艺术符号皆关乎客观性，关乎客观的不以人的意志为转移的普遍形式结构。不仅直接经验的符号具有客观的基础，而且抽象的概念符号也包含着客观的社会的经验的某些不变的元素，一个抽象的概念能够相对充分地反映客观对象，但是概念也是能动的、创造的，"每一个概念是一种行动的蓝图。因而概念可以成为创造尚未存在的物质对象的工具。换句话说，概念不仅仅是反映，而且也是投射"。② 从根本上说，这些符号学思想是他基于实践本体论和辩证法的意义理论的必然结果。

二　意义的辩证分析

建构了基于实践本体的符号意义的认识论基础之后，马尔科维奇展开了对意义本身的分析，通过辩证法的综合性和客观性的切入，提出了意义作为"关系复合体"的新界定，并从心理意义、客观意义、语言意义、社会意义和实践意义五个维度展开了对这种关系复合体的分析，开创了基于实践的意义分析的新思路，也拓展了文学艺术符号意义阐释的广阔领域。

要展开对符号意义的分析，首先要清理意义的载体及其界定。马尔科维奇认为，意义始终是 x 的意义，x 作为载体可以是词语以及按照句法规则组合的语言表达式，也可以是图画、音调、舞蹈运动等非推论性的象征符号，甚至是任何可以作为一般符号（sign）的对象，但是意义载体的最低限度条件有两个：一是主体必须存在着，这个主体意识到对象（可以称

① Mihailo Marković, *Dialectical Theory of Meaning*, Trans. David Rougé, Joan Coddington and Zoran Minderovic, Holland: D. Reidel Publishing Company, 1984, p. 100.

② Ibid., p. 155.

之为对象 A），也就是他已经体验或者想象了这个对象；二是这个主体必须不断把对象 A 和另一个对象 B 联系起来，结果这种经验或者想象就意味着对象 B 的理念。显然两个条件就是上次对象征符号界定的基本条件。马尔科维奇依据皮尔斯三种符号类型，区分了意义的三种载体，第一种是质性符号（qualisigns），是完全现象的、极为可变的；第二种是个体符号（singsigns），是由稳定的、确切界定的个体对象构成，文学艺术符号主要属于这种个体符号；第三种是规则符号（legisigns），所有的科学符号都属于这种类型。在意义载体确定的前提下，马尔科维奇展开了对意义的本质性界定，他不认同罗素关于意义是代表了事情本身之外的另一物的界定，因为现代语言分析学家已经有效驳斥了这种定义，譬如指向同一对象的两个不同表达可以具有极为不同的意义，事实上这在文学作品更为普遍。他在当代许多语义哲学家所认同的作为关系的意义界定的批判性基础上，提出自己的辩证性界定："意义不是一种孤立的关系而是诸种关系的综合体。"① 对马尔科维奇来说，所有现代的意义理论都是片面的，只是从这个综合体中区分出一种关系来，只是具有部分的真理性，无法对意义有深入的全面的认识。意义综合体的关系结构主要具有五种不同但是彼此密切关联的元素：符号与主体的心理意向的关系即心理意义、符号与指向的对象的关系即客观意义、符号与其他符号的关系即语言意义、使用与解释符号的多个主体之间的关系即社会意义、符号与主体的实践行为的关系即实践意义。在马尔科维奇看来，虽然皮尔斯正确地提出 A（符号 sign）对 C（解释 interpretant）来说意味着 B（对象 object）的三位一体②的符号功能结构，但是解释元素中包含着心理意向、符号之间的关系、物理的实践行为以及主体间甚至个人意义的关系，因此可以说作为关系综合体的意义界定是对皮尔斯的符号意义结构的延伸，但是这种延伸是基于社会实践基础的，"社会性隐含在我们的语言、心理活动以及所有的实践行为之中；对象的所有模式始终是主体间的。所有意义是社会的：因此，社会意义不会作为单独的意义维度进行研究，而是作为所有这些维度的隐含的结构元素

---

① 　Mihailo Marković，*Dialectical Theory of Meaning*，Trans. David Rougé，Joan Coddington and Zoran Minderovic，Holland：D. Reidel Publishing Company，1984，p. 175.

② 　也有研究者提出四位一体之说，参见 Carl R. Hausman，*Charless. Peirce's Evolutionary Philosophy*，Cambridge University Press，1993，p. 72.

来研究"。①

马尔科维奇对意义的维度进行了细致的分析。心理意义涉及心理形式，不仅有概念，还有感知、再现、意象、情感、价值经验等。在日常生活中，大多数符号的心理意义是持久的再现，是感知和概念之间的过渡形式。科学符号的心理意义涉及较少的心理意象，最大限度地固定在认知的抽象概念层面，但是文学艺术符号则是密切关系着心理意象，具有直觉性的非推论的心理形式，如贝多芬《第五交响曲》中的"命运"所唤起的心理意向的形式。心理意义中包含着符号和情感的关系而产生的情感意义。新批评家奥格登和理查兹以及经验实证主义者将这种情感意义和认识意义截然区别开来，认识意义指"陈述"，不仅涉及心理意向而且指称对象，而情感意义关乎使用符号、解释符号的主体的情感表达，"使用词语去表达或激发情感和态度"。② 逻辑实证主义者也认为，审美判断的句子符号缺乏任何意义，只是表达主体愉快和不愉快的情感。这些观点不为马尔科维奇所认可，因为审美与伦理符号除了表现性功能之外还指称物质过程或者心理过程的某些客观结构，"伦理与审美判断不仅表达某些情感而且指明了某些人类行为和艺术作品的客观价值的水平"。③ 因此不存在所谓的纯粹的情感意义，这种意义联系着具有客观性的价值经验，表达着思想、理念以及感受—意愿元素。

符号的客观意义是指符号与其所指称的对象的关系。马尔科维奇对这种意义的普遍本质、语言指称对象的形式以及各种符号范畴等方面进行了详尽的剖析，蕴含着对文学艺术符号的客观意义的洞察。他指出，作为符号与所指称的对象的关系的客观意义具有间接性特征，符号 A 只有借助主体 C 才能意味着对象 B，A 和 B 能够不依赖任何主体而存在，但是它们两者不是在空间中共同存在的，不是彼此具有因果性关系，"月亮"这个词语和现实的月亮本身没有必然的关联。这种间接性特征的把握对文学艺术客观意义的理解颇为重要，可以清除符号对象与现实对象的直接关系的误解，"电影观众通常把演员和扮演的人物等同起来。

① Mihailo Marković, *Dialectical Theory of Meaning*, Trans. David Rougé, Joan Coddington and Zoran Minderovic, Holland: D. Reidel Publishing Company, 1984, p.177.

② ［英］奥格登、［美］理查兹：《意义之意义》，白人立等译，北京师范大学出版社 2000 年版，第 135 页。

③ Mihailo Marković, *Dialectical Theory of Meaning*, Trans. David Rougé, Joan Coddington and Zoran Minderovic, Holland: D. Reidel Publishing Company, 1984, p.180.

常常扮演法官角色的演员斯通（Lewis Stone）常常接到法律咨询的信件；演员罗宾孙（Edward Robinson）访问芝加哥时被当地黑手党誉为'真算得上一个男孩子'；一个不幸的演员在一个旅行剧场充当恶棍的角色时被观众中的一位牛仔杀死在舞台上"。[1] 不懂得符号指称对象的间接性特征无疑会导致意义的误解与审美的问题。马尔科维奇指出符号指称对象并不是现实本身，而是人类创造和意指化的结果，人类创造一个词语符号取代现实对象，文学艺术的符号指称对象不是一个物质事物，而是理想的虚构的不真实的对象，这种指称主要是投射性的事物，投射到心灵或者想象所创造的事物，"在艺术中，指称是美、和谐或者残酷力量的投射"。[2] 通过颜色、形式、声音、运动等物质手段，个体的情感思想形式不是在自然和物质现实中而是在一个时代的人类精神生活现实中获得了客观的存在。

马尔科维奇特别关注语言指称关系的惯例性、传递性和非对称性三个普遍特征，这些思考在很大意义上来自罗素的数理逻辑思想。后者在讨论数学的序时谈到"非对称性、传递性以及连通性"，认为"非对称性，即，一关心与其逆关心不相容的性质，或者，不可逆的性质，是最有趣的，最重要的"。[3] 但是文学艺术往往背离这些特征。他指出，人工的非语言符号通常缺乏传递其他符号的运动性能力，一部交响乐的第一个主题不指称第二个主题，一幅图画也不指称另一幅图画，文学语言虽然具有传递性，但是与科学语言不同，它具有隐喻性，是为了诗性语言之美而富有意义的。就科学语言指称的非对称性而言，文学语言指称关系是对称性的，虽然不是完全对称的，但是大多如绘画、音乐等人工符号的指称性一样具有颠倒的对称性关系。在绘画中，象征符号通常比符号所指称的对象本身重要得多，虽然普通照片是再现一个特殊的人，但是一经画家之手成为重要意义的符号。如果我们熟悉印象主义作品，那么见到阿尔雷斯（Arles）、阿根特衣勒（Argenteuil）、马提尼克岛（Martinique）、蒙特马尔特里（Montmartre）等地方的风景，这可能使我们认为，这些风景是梵高、莫奈、高更、雷纳尔等画家作品的风景。本来是被指称的东西现在成

---

[1] 　Mihailo Marković, *Dialectical Theory of Meaning*, Trans. David Rougé, Joan Coddington and Zoran Minderovic, Holland: D. Reidel Publishing Company, 1984, p. 189.

[2] 　Ibid., p. 191.

[3] 　《罗素文集》第3卷，晏成书译，商务印书馆2012年版，第61页。

为了一个符号。程序性音乐也通常会遇到这种指称关系的颠倒，任何迷醉
于贝多芬《田园交响曲》中的"暴风雨"的人，都可能将现实体验的暴
风雨视为音乐作品符号，现实的古旧的大门也可能成为俄国作曲家穆索尔
斯基（Mussorsky）的作品《图画会展览》的符号。在马尔科维奇看来，
文学语言符号的指称关系体现了语言指称的非对称之外的边缘性特征。虽
然怀特黑德（Whitehead）过分强调语言指称的对称性引起马尔科维奇的
不满，但是就文学艺术而言无疑是合理的，"如果某人是一位诗人，希望
创作一首关于树木的诗歌，那么他走进森林，寻求树木来启发合适的词
语。因而对写作迷狂中——也许是情感爆发中的诗人来说，现实的树木就
是符号，词语就是意义。诗人凝视树木以获得词语"。① 马尔科维奇还颇
有洞见地指出，文艺符号指称关系是深层的、多层的关系，首先是直接指
称的对象，然后又有许多间接指称的对象，一幅肖像直接指称某人，但间
接地指称客观的思想情感结构，"因而图画的意义从来不在于它直接再现
的对象。这就是为什么人们很难理解艺术作品的丰富意义，如果缺乏重要
的文化背景和特有的情感的和理智的倾向的话"。②

　　马尔科维奇认为，语言意义是指在语言系统中一个语言符号同其他语
言符号的关系。语言意义主要是定义和语境的问题，虽然马尔科维奇主要
关注科学和逻辑的语言意义，但是其理论也颇为适用于美学研究。科学语
言强调定义的意义，马尔科维奇根据罗宾孙（Robinson）对定义的研究，
批判了把定义作为事物的本质和实质的界定，因为我们不太确定"实质"
或者"本质"，而是认为"定义是人类语言中用其他语言符号来解说语言
符号意义的每一个陈述"。③ 但是语言定义具有缺陷，我们不能给出意义
的完整理解，最多只能形成一个概念。摩尔（Moore）把美界定为所有能
够被羡慕地凝视的东西即"来自凝神观照的愉悦"④，但是这个定义不能
使我们理解"美"这个词运用的许多语境，"美的雕塑"、"美女"、"美
的情景"、"美的思想"、"美的天才"等。因此定义几乎无助于词语的普
遍的多维的理解，定义对词语的运用的理解是微弱的，"摩尔关于'美'

① Alfred North Whitehead, *Symbolism*: *Its Meaning and Effect*, Cambridge University Press, 1985, p. 12.

② Mihailo Marković, *Dialectical Theory of Meaning*, Trans. David Rougé, Joan Coddington and Zoran Minderovic, Holland: D. Reidel Publishing Company, 1984, p. 258.

③ Ibid., p. 86.

④ G. E. Moore, *The Elements of Ethics*, Temple University Press, 1991, p. 91.

的定义没有提供给我来决定是布菲的绘画还是肖斯塔科维奇（Shostakovich）的交响乐为美的能力"。[1] 因此语言的意义要通过语境来丰富、具体化，语言意义的总体性是定义和语境意义融合的结果，时间、空间、作者信息、形势、信息、语言及元语言语境都是语言语境意义的具体元素。

在马尔科维奇看来，实践意义和社会意义内在于所有符号意义之中，意义都会有实践运作的程序，符号本身是某些特殊的实践运作的结果，也是新的实践运作的起点。知觉、思想、情感、图像不是纯粹既定的事件和过程，也是实践运作，是感知、思考、刺激情感、欲求等活动，同时包含着客观的规则系统。人类随着社会发展与实践改变着感觉，创造一双能够观赏美的眼睛，创造出能够聆听音乐的耳朵，符号意义的创造与接受都是实践性的存在，"符号的意义是实践，意义通过实践被创造，通过实践被使用"。[2] 意义既涉及符号与现实运作的关系即实践意义，又涉及主体之间的关系即社会意义。所以马尔科维奇强调，只有通过分析实践意义，人们才能区别并清晰地表达其他意义维度。可以看出，马尔科维奇对意义维度的细致分析既彰显了意义的丰富性、复杂性，同时又确立了社会实践的基础性，这无疑拓展了文学艺术领域的意义研究，也克服了以往意义的非辩证分析的片面性。

三　意义与交往问题

马尔科维奇的辩证的意义理论的目的在于对符号意义与交往的问题研究，这个问题切入到当代社会和谐的文化思想，根本上来说是确立意义的社会规范基础问题，其从 20 世纪 50 年代中后期提出的这一问题不仅就哈贝马斯的交往共同体理论来说具有前瞻性，而且也形成了意义交往问题的新维度，也就是基于实践的意义交往的起源及其有效性问题，这一问题无疑为文艺学、美学领域的规范性思考提供了新的理论支持点。

首先，意义交往的起源在于人的实践，正如前面所述实践本身具有交往之元素。马尔科维奇以经典马克思主义实践思想为起点确立了人的实践性本质，"马克思主义特别借助于对人的本质问题的动态的和历史的路

---

① Mihailo Marković, *Dialectical Theory of Meaning*, Trans. David Rougé, Joan Coddington and Zoran Minderovic, Holland: D. Reidel Publishing Company, 1984, p. 307.

② Ibid., p. 321.

径，导致了人的概念的根本性转型，人实质上是一种实践的存在物"。①
因此，人的历史性实践为意义交往的问题的深入打开了通道，马尔科维奇
以符号学、人类学、民俗学、语言起源研究等现代知识学谱系，清理了意
义交往的历史性演变。狗、猴子等动物中间存在着符号意义交往，但是基
本意义是指称对象、体验意向和实际行动，本质上是自然的自动的信号意
义之维度，意义交往是极为有限的。人工符号意义交往的起源是社会实践
的，其质的特征是集体的社会意义的形成。这种符号学机制可以借助莫里
斯的交往和社会意义的起源思考："倘若有机体 A 发出了一个声音，这个
声音对另一个有机体 B 来说成为一个符号，如果 B 发出一个类似的声音，
那么这个声音（通过"刺激物的普遍化"）可以得到扩展，以至于它对
B 来说是一个具有 A 发出的声音相同意义的符号。这是第一步。第二步在
于有机体 A 传递了相同的过程：B 发出的声音必须对 A 来说成为 A 为 B
发出类似声音相同的意义符号；一旦达到这一步，A 发出的声音与 B 发出
的声音就具体相同的意义。那么这个声音对 A 和 B 来说都具有相同的意
义，不管声音是 A 发出的还是 B 发出的。"② 在马尔科维奇看来，这种意
义同一性是获得通过模仿获得的，并通过模仿形成他者意识，获得社会意
义，以满足社会需求。语言符号及其意义也是基于这种机制的进一步发
展，但是更为复杂。不仅有命名的问题，也有链接言语（articulate
speech）的问题，这可以在劳作与原始仪式中突出的语言活动中见出端
倪。努尔雷（Nuare）提出了劳作中伴随着喊叫，一些是由张力所刺激，
一些表达着集体性情感，一些模仿劳作中产生的各种声音。马尔科维奇认
为，19 世纪末期的多诺万（Donovan）则在原始仪式活动中见出了这种独
特的声音，后者认为，"只有在没有为生产的功利动机情形下，在戏剧
中，在纯粹的生活之悦——换句话说在声音为纯粹审美原因而被创造出来
的时候，声音才能够具有象征符号的特征"。③ 这种与声音游戏的理想场
合就是整个社群参与的各种仪式所提供的。仪式中强化或者卢卡奇所谓的
"激发"促进了声音的链接，集中围绕着一个特殊对象的仪式，如围绕一

　　① Mihailo Marković, *Dialectical Theory of Meaning*, Trans. David Rougé, Joan Coddington and Zoran Minderovic, Holland: D. Reidel Publishing Company, 1984, p. 331.

　　② Charles Morris, *Signs*, *Language and Behavior*, New York: Prentice Hall, 1946, p. 40.

　　③ Mihailo Marković, *Dialectical Theory of Meaning*, Trans. David Rougé, Joan Coddington and Zoran Minderovic, Holland: D. Reidel Publishing Company, 1984, p. 342.

具尸体的死亡之舞、围绕俘虏的凯旋，促进了这些初步的纯粹表达的链接声音与核心形象的联系，因此这些声音及时地成为再现的象征性的符号。多诺万的理论在朗格的"仪式是语言的摇篮"的表述中得到了进一步印证。但是马尔科维奇并不完全认同这种观点，因为这些仪式密切地关系着劳作，是劳作的伴随的东西，"劳作过程的参与刺激了普遍化、抽象化和分析能力的进一步发展。在劳作中，人不断碰到多样性的同一实例：他以不同方式利用工具，把对象分解成为不同的构成部分，开始懂得他的不同能力并为不同目的发挥这些能力。相应地，他注意到，不同的工具具有相同的实际功能，各种工具具有相同的特征，可以满足相同的使用"。① 这种观点是卢卡奇在 1963 年的《审美特性》中所详尽阐发的内容，已经在马尔科维奇 1961 年出版的《辩证的意义理论》中提出来。但是两者的路径不同，卢卡奇是从现实主义美学的角度展开艺术与劳动、巫术仪式的关联，而马尔科维奇却从符号学的意义理论视角出发阐发象征符号意义交往的起源。不过，他们试图复兴马克思主义的旨趣则是一致的，其立足于普遍化的概念也是相同的。

在实践劳作的基础上，随着劳动分工及其历史性推进，符号形式与人类符号能力不断演变，持续获得理论思维的语言，意义交往获得新的高度，甚至达到元理论的高度，"对审美范畴（"美"、"丑"、"悲剧"、"喜剧"等）的意义的讨论属于元美学（meta-aesthetics）的领域"。② 马尔科维奇指出，劳动分工创造了直接从事体力劳动的群体和各种形式的脑力劳动群体，后者诸如传教士、军官、政治家、诗人、哲学家、科学家。由于普遍化、各种情感的表达以及非存在的意象的创造，脑力劳动群体日益超越直接实践思想的边界，创造一种适合其目的的语言符号，"追求已经构成的概念的普遍的种类特征"，"宗教的创造者、传教士、诗人与作家用虚构的所指物——可能存在的神、精灵、人物与情景——来创造象征符号。这些虚构的对象满足了某些理智的需求"，"特别是文学，它以对人类多种能力和虚幻的生活形式的描述满足了理智之人"，③ 虽然文学最主要的目的是满足人类的情感意义，使人获得愉悦，消解现实世界的藩篱，

---

①　Mihailo Marković, *Dialectical Theory of Meaning*, Trans. David Rougé, Joan Coddington and Zoran Minderovic, Holland: D. Reidel Publishing Company, 1984, p. 349.

②　Ibid., p. 12.

③　Ibid., p. 357.

但是它脱离不开理论思维的普遍化语言，尤其充分地使用隐喻，隐喻的使用无疑是意义的"拓展和普遍化"。① 这进一步为意义的有效交往打开了广阔的前景。

马尔科维奇基于对符号意义及交往的历史起源性考察，进一步引出了意义的有效交往的问题。他认为，意义理论的间接意义是多方面的，可以作为语言学、心理学、知识社会学、人类学以及其他专业学科的理论讨论之基础，其直接意义在于它在人际交往过程中具有直接的实践意义，消除交往中的误解，促进意义最大限度地相互理解，通过交往规则达到有效交往，"我们认为一个交往过程是有效的，是指解释者和使用符号的那个人赋予相同的意义（或者说至少成功地理解使用符号的人所赋予的意义）"。② 但是有效交往存在着符号使用的领域的差异性问题，不同领域具有不同的普遍性的层面，具有特殊的意义理论，"第一，存在着最普遍性的层面——所有符号类型都属于这个层面——自然的和人工的，语言的与非语言的，信号与象征符号。第二，有效交往更为特殊的层面是直接涉及哲学的符号领域——在艺术、道德、科学中见到的象征符号。第三，最具体的层面是哲学语言的抽象表达的领域（逻辑学、伦理学、美学和哲学史的语言）"。③ 马尔科维奇主要关注认知的语言符号的有效交往问题，提出了有效交往的九个具体规则，诸如要清楚涉及的符号功能的类型、要使用基本意义维度的符号、保持符号意义的单一性、明确界定关键术语、考虑整体语境、保持语言的意义的相对稳定性、正确看待符号与对象的关系、维持最大限度的合作等。这些规则既是科学意义、逻辑意义交往的重要规则，事实上也是文学艺术领域的重要问题，有助于促进文艺美学领域的意义交往研究，也就是说，文艺意义的交往必须考虑普遍性、相互理解问题，"美学家的任务是提供艺术符号意义的普遍的说明"④。譬如马尔科维奇提出的符号功能类型差异的交往问题是很有启发的，艺术语言与日常语言、科学语言属于不同的类型，每一种类型的语言表达式具有不同的认识地位和不同的逻辑特征，

---

① Mihailo Marković, *Dialectical Theory of Meaning*, Trans. David Rougé, Joan Coddington and Zoran Minderovic, Holland: D. Reidel Publishing Company, 1984, p.358.

② Ibid., p.373.

③ Ibid., p.374.

④ Ibid., p.10.

"无视这些差异是误解和不必要的冲突产生的共同原因之一。在一个符号活动领域中具有丰富意义的东西在另一个领域毫无意义"。① 因此文艺美学领域的有效意义交往必须考虑文艺美学符号功能的特殊类型。又譬如，他提出的对整体语境的考虑对文艺研究是有参照意义的，为了恰当地理解欧洲文学中的符号，就必须普遍懂得荷马史诗和古希腊神话，否则就会产生误解，甚至不可能恰当地翻译英国文学或者电影的题目，所以"最充分的阐释的唯一可能性条件是考虑语言的所有的文化的和社会—历史设想与条件"。② 这内在地基于对文学符号指称的客观性的认知。马尔科维奇讨论了文学叙述的交往问题，涉及罗素和梅隆（Alexius von Meinong）的描述理论。梅隆认为："只存在着一个世界，就是真实的世界：莎士比亚的想象是这个世界的一部分，他在写作《哈姆莱特》时所拥有的思想是真实的。我们阅读剧本时所获得的思想也是真实的。但文学的实质恰恰就是，思想、情感等只对莎士比亚和他的读者来说是真实的。"③ 在马尔科维奇看来，虽然罗素部分同意梅隆的观点，但是他肯定会认为在莎士比亚和读者的思想情感中存在着不以主观解释为转移的客观元素，正如罗素所言"描述的知识的根本重要性是，它能够使我们超越个人经验的局限"④，"正是因为这样，阅读或者观看《哈姆莱特》的那些人才能够彼此交往"。⑤ 因此描述的客观意义保证了交往和主体间性的可能性，就像摩尔依循康德的"共通感"所指出的，"我们无论何时凝神观照于事物时可以在我们和事物那里见出共同的东西"。⑥ 本身属于美的质性在凝神中呈现了出来，因而有效的审美交往就得以达成。马尔科维奇对意义交往的有效性规则的探索与导师艾耶尔的逻辑实证主义有相同之处，后者通过对形而上学及其神秘自我意识的批判，论析了人们彼此相互理解和交往的可能性，认为虽然每个自我具有私人

① Mihailo Marković, *Dialectical Theory of Meaning*, Trans. David Rougé, Joan Coddington and Zoran Minderovic，Holland：D. Reidel Publishing Company，1984，p. 376.

② Ibid.，p. 385.

③ Meinong, *Untersuchung zur Gegenstandstheorie und Psychologie*, Leipzig：Barth，1904. CF. Mihailo Markovic, *Dialectical Theory of Meaning*, Trans. David Rougé, Joan Coddington and Zoran Minderovic，Holland：D. Reidel Publishing Company，1984，p. 250.

④ 《罗素文集》第 2 卷，何兆武等译，商务印书馆 2012 年版，第 68 页。

⑤ Mihailo Marković, *Dialectical Theory of Meaning*, Trans. David Rougé, Joan Coddington and Zoran Minderovic，Holland：D. Reidel Publishing Company，1984，p. 251.

⑥ G. E. Moore, *The Elements of Ethics*. Temple University Press，1991，p. 91.

性，但是由于两人处于同一个世界，所以通过观察自己和别人的举止"他们原则上能够相互理解"①，而海德格尔、德里达等人则把"模糊性错认为深邃性"。②

　　应该说，马尔科维奇的意义交往理论对文学艺术的意义的有效阐释提供了充分的根据。但是就审美领域而言，误解或者理解的差异性又是必然的、不可根除的，可交往的意义只是一个层面，甚至有可能不是最根本的意义维度，因为创造性如泰戈尔在《飞鸟集》中所言是神秘伟大的、深邃的，"有如夜间的黑暗"，交往不过像"知识的幻影，却不过如晨间之雾"。③ 文学艺术家以符号充分地表达自己的思想情感，接受者也通过解读这个符号来获得意义满足，但是除了依赖于符号相同之外，两个主体（艺术家与读者）的思想情感是迥然不同的，最多可以说是基于差异性的意义交往。④ 马尔科维奇关于有效的意义交往命题就审美领域来说存在着不可调和的问题，尽管他本人的文艺审美经验是颇为丰富的，尽管他在一定程度上肯定了保罗·利柯关于文学批评无定论之说。⑤ 他清楚地意识到，语言符号不断抹杀个体思想情感的差异性，倾向于走向一体化，但是"诗歌的欲望在于表达个体存在的充实，它不断摆脱语言的贫乏"，"所以诗人们寻求新的隐喻，创造新的词语，赋予陈旧词汇以新的意义，创造看似无意义的新的词语组合"，"诗歌语言逐渐不再是清晰的和普遍上可以理解的"。⑥ 既然如此，文学意义的有效交往如何可能呢？

　　综上所述，马尔科维奇的意义理论是建立在实践基础上的交往共同体的形成，通过消除误解到达有效交往，到达哈贝马斯的理想的意义分享的世界，有学者把马尔科维奇的思考视为基于相互理解与合作、同情基础之

---

　　① A. J. Ayer, *Language*, *Truth and Logic*, Penguin Books, 1971, p. 143.

　　② A. J. Ayer, "A Defense of Empiricism", *A. J. Ayer*: *Memorial essays*, Ed. A Phillips Griffiths, Cambridge University Press, 1991, pp. 1—16.

　　③ [印] 泰戈尔：《泰戈尔的诗》，郑振铎译，中国画报出版社 2013 年版，第 10 页。

　　④ 请参见拙文《论哈贝马斯关于审美领域的规范性阐释——兼及文艺学规范之反思》，《四川大学学报》2010 年第 1 期；《基于差异性交往的文艺理论——论卢曼的社会理论视野下的文艺合法性思考》，《重庆广播电视大学学报》2012 年第 4 期。

　　⑤ Paul Ricoeur, "The Model of the Text: Meaningful Action Considered as a Text", *New Literary History*, Vol. 5, No. 1, Aut. 1973, pp. 91—117.

　　⑥ Mihailo Marković, *Dialectical Theory of Meaning*, Trans. David Rougé, Joan Coddington and Zoran Minderovic, Holland: D. Reidel Publishing Company, 1984, p. 274.

上的"社群精神"。① 他的新型的民主社会主义构想无疑超越了斯大林主义理论模式，也超越了反映论、再现论的意义分析，确立了意义交往的规范性命题，为文艺美学的规范性思考提供了深刻的启示。与西方现代意义理论截然不同的是，其意义理论并非忽视人的存在和价值的纯粹符号论，而是一开始就内在于人的实践之中。他敏锐地看到，在当代符号无处不在，没有符号我们的存在是不可思议的，但是符号化转型始终伴随着"符号异化于人的对立倾向。这些符号意义的自发性发展经常导致这样的情形：符号开始发挥着与原初意想的东西相对立的功能。……符号不是自由的工具，不是控制自然和社会力量的工具，而是成为控制人类并阻碍人类看清自己和他人的敌对力量"。马尔科维奇的辩证的意义理论就是通过符号化过程的人道化，批判符号意义的异化，对抗"词语的专政"，认为"只有通过言语、符号的使用，人类才成功地创造他的社会，成功地在物质生产和文化生产中与其他人群建立交往和合作联系"。② 正如莫里斯所言，人生活在符号世界，但是"人则以他所创造的符号来改变他自己和世界"。③ 因此人道化的符号意义及其交往的建构成为人类理想社会的重要维度。

第三节　交往话语理论

　　布达佩斯学派主要美学家赫勒的文艺理论思想包含着符号学和话语理论的维度，可以视为社会符号学和交往话语形态的美学思想。这里主要涉及她在哈贝马斯的话语理论视野下对康德交往美学的批判与重构。

　　赫勒对康德交往理论的反思有着哈贝马斯的话语伦理学的影响，她在1982年写作了论文《哈贝马斯与马克思主义》，认为哈贝马斯把人道主义和话语理论结合起来，但是哈贝马斯的理论是"完美的（总体化的）理论"。④ 在1984年的文章《哈贝马斯的话语伦理学：批判与赞同》中，赫

---

① William L. McBride, *From Yugoslav Praxis to Global Pathos*：*Anti-hegemonic Post-post-marxist Essays*，Roman & littlefield publishers，2001，p. 35.

② Mihailo Marković, *Dialectical Theory of Meaning*. Trans. David Rougé，Joan Coddington and Zoran Minderovic，Holland：D. Reidel Publishing Company，1984，p. 6.

③ ［美］C. W. 莫里斯：《开放的自我》，定扬译，上海人民出版社2010年版，第40页。

④ Agnes Heller F. Feher, *The Grandeur and Twilight of Radical Universalism*（with Ferenc Feher），New Brunswick，NJ：Transaction，1990，p. 473.

勒认为哈贝马斯分享着阿佩尔的观点，从话语程序中寻找道德原则的普遍性律令，试图从参与实际话语的程序中寻找到有效性的基础。赫勒认为虽然哈贝马斯的话语伦理学具有崭新的意义，为平等互惠的交往伦理提供了一些重要思考，"普遍化的原则与人们能够借以遵守的程序（严格意义上说是话语伦理学）能够作为社会契约理论的替代物。哈贝马斯成功地设想了一种原则以及一种程序，在这种原则下并通过这种程序，社会政治的规范可以在对称性互惠条件下可以得到检验和合法化，但这不涉及道德规范"。① 赫勒认同哈贝马斯的交往普遍性设定与普遍共识的获得，而是坚持话语交往的多元主义特征，因而对哈贝马斯的话语伦理学进行了修正，在认同话语伦理学的定义及其规范性基础的同时，注入文化多元主义的内涵，在辨识话语伦理学的规范性与有效性的同时认识到其限度、困境与负面效果，她修正的结论要充分考虑参与话语实践的个体性需要与价值，真正体现对称性互惠，"因而我也认同哈贝马斯的话语伦理学的定义，然而进行了修正：我不涉及普遍的规范，而是只涉及特有的社会政治规范。这样，我的表达如下：'在话语伦理学中，社会政治规范（法律）能够提出有效性主张，条件是，只有参与实际话语的那些人都认同（或者将会）这些规范的有效性。'话语伦理学的确是一种伦理学，因为它包含了也排除了某些价值（规范）态度，同时它提供了实践主张的认可与否认的标准。就我而言，话语伦理学是公民伦理学的核心的道德制度，尽管它没有涉及这种伦理学的全部。"② 赫勒对青年卢卡奇存在主义阐释学的分析就认识到规范的艺术作品建构了一种本真的交往，阐释学涉及解释者与他者的关系，必然也是一种交往理论。赫勒认为，阐释学具有与过去的对话关系，激进阐释学也是对话的，"它接近过去不仅仅为了寻找意义，意思，以前历史行为、对象化、手段的价值，而且为了揭示在它们与我们之间共同的东西"。③ 因此解释是一个共同交往的过程，正如鲍曼所说，解释者策略不是为了选择最佳的社会秩序，而是为了"促进自主性（独立自主的）共同参与者之间的交往"。④ 伽达默尔的普通阐释学也强调了解释的

---

① Agnes Heller F. Feher, *The Grandeur and Twilight of Radical Universalism* (with Ferenc Feher), New Brunswick, NJ: Transaction, 1990, p. 478.

② Ibid., p. 489.

③ Agnes Heller F. Feher, *A Theory of History*, London: Routledge and Kegan Paul, 1982, p. 47.

④ ［英］鲍曼：《立法者与阐释者》，洪涛译，上海人民出版社 2000 年版，第 6 页。

交往功能，对文本的阅读是一种解释，"阅读的意识必然是历史的意识，是同历史流传物进行自由交往的意识"。① 他把语言的本质视为"谈话的语言"，甚至认为只有在朋友式的关系中，解释与意义的挖掘才得以可能。② 也可以说，交往美学本身就是阐释学。赫勒的多元主义思想重新发掘了康德的交往美学思想，并与哈贝马斯、阿佩尔的交往理论进行了对话。在分析现代文化哲学时，赫勒将康德的文化哲学视为其研究的起点。在她看来，康德设想了审美的共通感与话语文化的统一，即赫勒称之为现代文化的第二个概念作为话语的文化。③ 即使在现代社会形式中，康德的设想面临着经验与理论上的严峻挑战，但她没有抛弃康德的文化哲学的理想，康德成为赫勒建构后现代微型交往话语理论的"维吉尔"。④

一　康德交往理论的美学基础

康德追求普遍人性的文化哲学是奠基于美学之上的，他通过纯粹技术的文化和意志规训的文化的区分与审美判断的辨析表达了必然性、自由与文化的关系，思考了共通感、目的性与想象，讨论趣味与处世之道（savoir vivre），这实质上是讨论人性（Humanitaet）。一个最好法制的世界如果缺乏人性就始终是枯燥的、无味的、孤独的。康德对文化哲学的重视，对审美判断的重视，正是在设想一个良性的社会。康德的美学也是一种社会学，因为它意欲强调社会性与共通感。

现代世界不断良性发展预设了良好的共和国法则、人的自由、公民的平等，也预设了人们自己构成自己的目的的过程。良性社会能够以多种形式与不同方面被增强。康德列举了三个方面：演员方面、观众方面、一群以平等的形式卷入话语行为的人们的方面。人类心灵乐意接受道德律就由这三方面强化。就演员方面而言，所有在情节发展中增强人类本质乐意接受道德律的东西本身是真实的，但仅仅是真实东西的影像。然而就第二

---

① ［德］汉斯—格奥尔格·伽达默尔：《真理与方法》下卷，洪汉鼎译，上海译文出版社2004年版，第505页。

② 同上书，第579页。

③ 此节的具体论述参照了拙著《宏大叙事批判与多元美学建构——布达佩斯学派重构美学思想研究》，黑龙江大学出版社2011年版，第251—269页。关于文化话语与高雅文化、人类学文学概念区别的研究，参见拙著《阿格妮丝·赫勒审美现代性思想研究》，巴蜀书社2006年版，第205页。

④ Agnes Heller, *A Philosophy of History in Fragments*, Oxford and Cambridge, MA：Blackwell, 1993, p. 137.

或者第三方面而言，人们不能谈及影像，因为这是真实的事物。赫勒认为："以康德的术语说，观众与话语表演者也激励反思判断的能力。这是为什么《判断力批判》仅仅讨论观众与话语表演者的态度的原因。"① 对康德来说，世界是人类的住所，是人类的剧场。在此，我们既是演员又是观众。康德对认识世界与占有一个世界之间进行了精致的区分。因为我们认识世界，所以我们理解这个戏剧，因为我们占有一个世界，所以我们是合作演员。话语表演者就是这两者的合并。他是一个观众，因为他的实用的与功利导向的行为被悬置。然而对话中他采取的态度也是实际的。他是一个演员，因为他参与这戏剧。伦理学是一场戏剧，是善的影像。康德认为，人类随着文明的进步不断成为戏剧演员。虽然在康德眼中，剧场戏剧的隐喻被货币流通的隐喻取代，但是内容仍然一样。影象虽然绝不与原创的具有同样的价值，但是它仍然具有一些价值。在道德许可范围内，影象是一种装假，但不是欺骗，欺骗脱离了道德的界限。

赫勒认为，康德对伦理与善、对话语表演者的重视在美学方面体现了出来。人们更少地强调孤独者与处于社会交际网络中的人之间的区别，就更加把注意力从演员的态度转向观众的态度。在赫勒看来，这种转向在《判断力批判》中尤其能够注意到。赫勒涉及在纯粹审美判断的演绎中对社会性的强调，尤其对主体经验与印象的可传达性的强调。康德在《对于美的经验性的兴趣》中的所言确实如此，他说："在经验中，美只在社会里产生着兴趣；并且假使人们承认人们的社会倾向是突然的，而对此的适应能力和执着，这就是社交性，是人作为社会的生物规定为必需的，也就是说这是属于人性里的特性的话，那么，就要容许人们把鉴赏力也看作是一种评定机能，通过它，人们甚至于能够把它的情感传达给别人，因而对每个人的天然倾向里所要求的成为促进手段。"② 而一个孤独的人在一个荒岛上将不修饰他的茅舍，也不修饰他自己，或寻找花卉，更不会寻找植物来装点自己。只有在社会里，他倾向于把他的感情传达给别人，不满足于孤芳自赏，他期待着和要求着照顾那从每个人来的普遍的传达，恰似出自一个人类自己所指定的原本的契约那样。康德在《判断力批判》的《关于鉴赏的方法论》中也谈到了审美的社会性与可传达性，他说："一

---

① Agnes Heller, *A Philosophy of History in Fragments*, Oxford and Cambridge, MA: Blackwell, 1993, p. 141.

② [德] 康德:《判断力批判》上卷，宗白华等译，商务印书馆 2000 年版，第 141 页。

切美的艺术的入门，在它意图达成完满性的最高程度的范围内，似乎不再设立规范，而是在于心的诸力的陶冶通过人们所称的古典学科的预备知识：大概因为人文主义一方面意味着共通感，另一方面意味着能够自己最内心地和普通地传达。"① 这构成了适合于人类的社交性，从而形成一个民主共同体。但是康德也谈及即使一个没有与他人共享经验与印象的孤独者喜爱野花、鸟等的美的形体的图像。在此，强调的是审美趣味的非社会的特征，因为孤独者喜爱野花或者鸟，没有被社会触及。虽然一只鸟儿的歌声或者一朵花的形体的模仿，人造的被称为欺骗的东西，但这不是自我欺骗，因为孤独者对非社会的自然美的沉醉是他或她的道德感的对应的情感。鉴赏真正的入门是道德感的培养与伦理观念的演进，而这种培养与演进一直是孤独者自身的任务。赫勒对康德的审美判断的考察注意到了孤独性与社会性。

趣味判断的培养直接促进了社会性，间接促进了道德性。同时审美直接促进了社会性。在社会交际中，演员占有一个世界，他们是合作表演者，然而他们不等同于他们扮演的角色。在审美判断中，也存在一种假象，考虑到崇高是善的假象。但是这是一种自由的假象，想象的自由发挥在这种假象中起作用。由于他们形成一种审美判断，所以男男女女是其所是。他们不仿造，他们不说"这是美的"，恰恰因为别人这样说过。他们不被星空的辉煌压制，恰恰为了寻求一种来自一个邻居的赞同的意见。对康德来说，通过作出审美判断，人们肯定开始更加好地理解世界，如果仅仅以一种否定的方式，通过瞥一瞥不像纯粹经验的世界的世界。但是他们也能够把这一瞥带入一个在他们的活动之上的高级世界，通过这种世界，他们占有了一个世界。毕竟，演员与观众是同样的人。因此，"审美判断作为交往，作为社会的社会性的文化（培养）的工具，它合并了观众与演员的态度"。② 恰恰这两种态度的统一，作为在一个与另一个之间来回的不断转换，出现于社会的社会性的文化中。赫勒认为，"社会的社会性"也是一种影象，一种假象，因为它是自由与幸福的统一的象征。对康德来说，每一个在"非社会的社会性"的世界中生存下来的"社会的社会性"的每一个小的壁龛在此时此地都是幸福的允诺。

---

① ［德］康德：《判断力批判》上卷，宗白华等译，商务印书馆 2000 年版，第 204 页。

② Agnes Heller, *A Philosophy of History in Fragments*, Oxford and Cambridge, MA: Blackwell, 1993, p. 145.

对康德来说，"非社会的社会性"是人类本质的矛盾，这是自然与自由的唯一性的合并。在这个"非社会的社会性"的世界，自由受制于自然。相反，在"社会的社会性"的社会中，没有矛盾，自由与自然都不被工具化。现代的共和国国家、法制国家不能消除"非社会的社会性"的世界，虽然好的共和国与法律为实践人性提供了最佳的框架，但是它不联系着人性。这样，政治文化就不同于"社会的社会性"的文化。由于政治文化是行为的文化，所以它始终是行为的形式，伦理学也是一种影象。人性不像行为的方式，不过两者具有相同点，两者要求在语言游戏方面的激进转移。它们从一种自我主义语言转向一种"多元化的"语言。多元化的语言能够是本真的也能是不本真的，即它能够是自由的呈现或者是自由的假象。在政治文化中，假象就足够了，而在人性中，这不足够。更正确地说，当使用一种多元化的语言中自由的假象不再足够时，人们就进入社会的社会性的网络。赫勒分析了康德关于逻辑、审美、伦理三种语言自我主义与三种语言多元化，自我主义的共同点在于无视他者，就审美而言，审美的自我主义就是漠视他人的趣味。而逻辑、审美多元化就是以一种非工具的方式对他人的观点与判断感兴趣。因此作为"社会的社会性"的文化的人性是有关精致的，它是一种全面的多元主义。

赫勒认为，康德在分析作为一种共通感的趣味时，引入了共同的人类理解力的三个原则，即自己思想、站到每个别人的地位思想、时时和自己协合一致。第二个原则是"见地扩大"，属于判断力。① 事实上这就是康德所称为的多元主义。赫勒认为，趣味多元主义与共同人类理解方面的多元主义是社会的社会性同一文化的两个方面。而且她认为康德的这种"社会的社会性"正是现代社会的特征，是启蒙运动的原则，它强调了自律性、多元性，所以"社会的社会性的文化属于现代"。虽然在封建时代存在多元主义，但是这种多元主义与自我主义没有完全区分，因为个人的"我"与其阶层的"我们"不可分离。而现代的多元主义不同，"正是自由的理想产生了自律思维的原则，正是政治平等的观念要求多元化的思维类型的实践，这种实践预设了人们乐意自己保持独立，而不仅仅是和他们

---

① ［德］康德《判断力批判》上卷，宗白华等译，商务印书馆2000年版，第138页。

的社会阶层的标准的他者一起思维"。① 因此，前现代不需要"社会的社会性"的网络，这种网络也不能得到发展。无限制的自我主义与最精细的人性同时出现。无限欲望的野蛮主义凭借技术的文化生存，不断被快速膨胀的需要所强化，但是意志规训的文化，通过自由而平等的个人交往/对话，能够获得一种前所未有的精致，而这种交往性可以在审美判断中找到根基，这种交往也同时预示了多元主义。

二　康德交往话语文化

如果康德认为审美判断是观众与演员的同一，体现了"社会的社会性"，表现出认识世界与占有世界的统一，那么他设想的讨论会（symposion）正是这种审美判断的具体表现。按照赫勒的理解，康德常常与朋友一起欣赏一顿午餐会（luncheon），这成为交往话语文化的影象。康德在《实用人类学》中讨论美与崇高时说："在得体的社交聚会上的一餐作为一种情景是无与伦比的，在这种情景中，感受性与理解力统一于长久持续并能够快乐地经常重复的愉快之中。"②

赫勒首先分析了康德对成功讨论会的条件。午餐会与社交聚会的优质取决主人的趣味，主人既要求有审美趣味也要有理性的思想，其趣味要具有相对的普遍性。菜品的多样性可以适应各自不同的趣味，同时各人观点也要具有多样性。这种多样性既有私人的又有普遍的判断，这些都进入相互的关系之中。赫勒说："每个人需要为他人的理性、理解与趣味贡献一些东西，以至于他们都共同认为参与了一次高质量的对话。"③ 对康德来说，主人和客人应该具有相对的普遍性，也就是多样性的普遍性，或者在多样性中呈现出普遍性，这不要求达成一种认同，虽然不可能完全排除认同。通过承认差异性，参与者获得了自由，判断具有了多元主义特征。

这种讨论会呈现出的交往的多元主义与趣味判断的多元主义相关。赫勒认为，在《实用人类学》与《判断力批判》中，康德经常回到趣味判断的多元主义的问题。虽然这对他同时代从来无法理解的批评家来说不是一个问题，然而对康德却是一个问题。当某人断言，"X是美的"时，这

① Agnes Heller, *A Philosophy of History in Fragments*, Oxford and Cambridge, MA: Blackwell, 1993, p. 147.

② Ibid., p. 148.

③ Ibid., pp. 148-149.

个趣味判断实质上是主张普遍的有效性。正如康德所说，"X 是美的"这个表达意味着，"X"不仅仅对我来说是美的，而且对每个人来说都是如此。因此，赫勒认为这是一种多元主义，因为"我"的语言说着"我们"的语言。在得体的社交聚会中某人说"X 是美的"，而另一个说 X 是丑的。在这种判断冲突的情景中，多元主义就要求他们相互尊重彼此的判断，虽然都主张普遍的有效性。相反，如果某人主张只有他的审美判断是美的，而其他人没有趣味，那么这个人操持着自我主义的方式，成为一个扫兴之人。人们不能与这个偏执的人展开高质量的对话。同样，人们也不能与那些只主张纯粹的私人的趣味的人进行成功对话。趣味能够是纯粹私人的，这主要在于缺乏精致与缺乏普遍的主张。缺乏精致使趣味判断带有粗野而他律的特征。康德支持一种防止人们赞同趣味时尚的内在审查，与只追求最新的人不能进行高质量的对话。这些人看起来是多元主义，但是他们是完全自我主义的，因为他们无视"我"与"我们"的区别。如果某人说"我喜欢它"，另一个人说"它非常好"，并且观点的整个交流以这种调子持续，那么高质量的对话一开始被捣毁了。人们能够在社交聚会中跳舞、听音乐或者玩游戏，但是人们不能进行一次真正的谈话，因为后者要求思想的交流。玩游戏也能够打开无限的自我主义表现的大门。为了进行一次高质量的对话，人们应该设置一些规则。基于此，赫勒概括了康德对一次成功讨论会的条件："一次高质量的对话的三个标准就是自律、多元主义、思想开放，如果这三个标准缺少一个，那么我们也许感到很愉快，但是没有进行高质量的对话。"[1] 这三个标准与康德对审美判断的个体性与普遍性、多元主义的特征的理解是一致的。或者说，审美判断奠定了康德的讨论会的根本性的条件。赫勒认为，虚构的桌子与契约相反，正是围绕着象征的桌子，苏格拉底进行了他的对话。拿撒勒的耶稣（Jesus of Nazarerh）偏爱桌子。他提供了大量的鱼肉，喜欢与他的追随者和朋友欣赏桌子的快乐。相反，契约是单个人的联合。一旦人们进入一个契约，它成为束缚人的，契约者被迫遵守。而围绕桌子，不同的纽带被形成。参与契约是相互依靠的，他们从相互依靠中获得利益，但不获得快乐。而对康德来说，不存在非此即彼，而是两者都需要：合法的国家与神秘的统一，这里透视出对话的多元主义。

---

① Agnes Heller, *A Philosophy of History in Fragments*, Oxford and Cambridge, MA: Blackwell, 1993, p. 150.

　　康德午餐会上对话的理想包括讲故事、推理与开玩笑三个阶段，其中推理阶段最为关键，它是热烈讨论的阶段。在此，判断、趣味与观点发生冲突，出现了争论（contestation），但不是论辩（disputation）或者打架。康德认为论辩出现于科学或者哲学概念中，在论辩中，只有一种真实的观点，只有一种可能的解决办法。赫勒认为："对康德来说，在哲学同事或者科学同事中甚至最生动、最令人振奋的论辩也不密切地联系着社会的社会性与人性。论辩不是最高的社会的、政治的善的影象，它不是'最高的道德的与身体的善'，因为它的意图是寻找什么是真理，而不是在讨论中欣赏彼此的社交聚会。"① 打架是非社会的社会性。然而争论不一样，它是康德著作中经常出现的主题。它是一种在原则上能够解决的然而一直没有解决的冲突。人们争论彼此的判断与趣味，他们不在每样事物中达成共识。赫勒解释说："在争论中，人们不把彼此工具化。"② 趣味判断就是典型的表现，它们向争论敞开。所以趣味判断不能论辩，但是能够争论。康德强调，某人无论什么时候进入关于纯粹趣味判断的争论，他就含蓄地提出了一种普遍的主张。所有的争论者都是如此。不管他们作出的判断是纯粹的趣味判断、政治判断或者是其他类型的判断，但是在这场论争中，所有真诚的参与者都会平等地主张他们判断的客观的有效性，虽然不必然像纯粹的趣味判断的普遍有效性一样。既然有道德的界限，参与者不在打斗、冲突中获得道德的、审美的、理智的利益。但是在关注他人的过程中，他们以多元主义的态度提升了自己的趣味，深化了自己的判断，领会了新的东西，得到了实践锻炼，从而欣赏论争本身。

　　赫勒认为，康德午餐会达到了自由与自然的最后的统一。午餐会与法国大革命代表了同样的诺言。康德设计了一个人性的理想世界，一个自由与自然统一的现代理想的乌托邦。赫勒把康德这种交往午餐会视为与现代文化的第一种典型概念即高雅文化不同的第二种典型文化概念即作为话语的文化概念。这个概念是现代性的动力的主要载体。它出现于启蒙运动时代。在现代，不断地出现讨论的浪潮与观点的交流中，出现于现代性的动力深深扎根的知识精英集团的日常生活中。"批判"产生了文化话语。康德在他三个批判中使哲学激进化，批判的文化是文化话语的必然的方面。

---

① Agnes Heller, *A Philosophy of History in Fragments*, Oxford and Cambridge, MA: Blackwell, 1993, p. 152.

② Ibid., p. 153.

这种文化概念与高雅文化概念始终存在区别，一方面，文化讨论范围更广；另一方面，是这种文化话语没有两极性，没有第一种文化的高雅与低级文化的区别，而且第二种文化具有伦理的规范，而第一种文化可以完全不具备这些。它也不同于现代第三种文化概念即人类学文化概念。赫勒认为，这种文化话语也不同于电视、报纸上的"观点的交流"，后者不是自发的，某人在观看或者聆听，但是不能参与，观者与听者是局外人。真正的交往要求每人都是参与者，都具有平等的机会，这种自由观点的交流是现代世界的唯一的精神交流，赫勒认为这种交流不能为商业化所触及。因此，"这个文化概念避免了两极化、商业化与商品化，它也避免了第一与第三个文化概念的命运。它不是矛盾的。自由在此也不是矛盾的"。① 不过，赫勒也认识到康德的审美判断与文化话语的内在关系，认识到文化话语与高雅文化的内在关系："文化的第二种概念能够容易地关系到第一个概念。毕竟，文化的第一个概念也被第二种理解意义的文化所生产。"② "康德的《判断力批判》对趣味判断的探讨为文化对话提供了最好的模式。纯粹趣味判断的描述，特别是它是无功利的、'无刺激与感动'（Reiz and Rührung）的预设，也可以被解读为一种隐藏的规则。一个严肃地希望他的判断被他人所接受的人，必须从他判断的立场悬置所有与自己的地位与经验相关的东西。"③ 趣味判断不能被证实或者证伪，然而我们仍然能够宣称这种判断的普遍性。所以，趣味判断能够被讨论，但不能争辩。这事实上与赫勒谈及的午餐会是一致的，都强调无功利性、普遍性有效性、讨论的交往特性、"社会的社会性"等特征。在赫勒看来，康德把审美判断的模式延伸到文化谈话，文化谈话的世界就是"另一个世界"，是"一种虚构，一种本质的现实"。④ 这类似于赫勒对高雅文化的界定。但这是一个在朋友中共享的虚构，所以这在某种意义上是真实的。在这种现实中，本质与现实存在融合在一起。并且在康德讨论会上，有一种松散的民族精神束缚着参与者，这种根除了"浓郁民族精神"的松散的民族精神对赫勒来说恰恰是现代性的特征。⑤ 因此我们认为，赫勒建构了康德的现

---

① Agnes Heller, *A Theory of Modernity*, UK：Blackwell Publishers, 1999, p. 132.
② Ibid., p. 130.
③ Ibid., p. 132.
④ Ibid., p. 133.
⑤ Agnes Heller, *General Ethics*, Oxford：Basil Blackwell, 1989, p. 157.

代文化理想，这种理想是审美判断向午餐会的延伸，是审美判断向伦理学、日常生活的渗透。赫勒这种建构比较切合康德的文化理想，但是她没有进一步分析康德午餐会的模式与康德的共和国政治理想的关系，虽然她认识到了这一点，"文化的第二种模式是建立于政治平等的模式基础上的"。① 康德在《实用人类学》中非常明显地彰显了其政治理想，个体交往形成的社会的社会性，正是一个世界公民社会的影象："人类的特性是这样一种特性：他们（作为一个人类整体）被集体地看待，是那些个体相互继承与共存的一个群体，这些个人不能脱离共同的和平共处，但同时却不可避免地处在经常的相互对抗之中。"② 因此，康德就是设计一个从审美到日常伦理再到共和国的文化理想。以此观之，康德美学不仅仅是美学本身的问题，而且是伦理学、政治学的问题。但是康德的文化理想彰显出现代性的普遍性意识，具有宏大叙事的特征。话语文化与高雅文化、人类学文化一样，都是普遍的概念。如果第一种文化概念提供了规范的普遍，第三种文化提供了经验的普遍，那么第二种文化提供了一种祈愿的普遍，即提供了普遍的平等机会。这样，它在后现代社会必然面临经验上与理论上的困境，同时也有了生机。

三 康德文化话语的困境与后现代建构

赫勒从经验上和理论上分析了康德文化理想的困境。她带着夸张的语气说，接受康德午餐会的邀请，"至少有一千零三个经验上的（社会上的）困难"。③ 不同职业的人群不再兴致勃勃地讨论同一个主题或者表达关于同一件艺术作品或者自然美的形式的观点。不同职业的人几乎不能彼此交谈。人们只对自己能力所及的事件感兴趣。即使他们有真正的好奇心，不能询问相关性的问题，更不用说与专家同等地进行讨论。赫勒认为："解说取代了讨论。"④ 人们读不同的书籍，听不同类型的音乐，不再有一种可以讨论的共享经验。人们只能给予或者接收各种信息，即使有讨论的事，但是真正的论争不再涉及，真诚性被减弱了。在国家与私人或者

---

① Agnes Heller, *A Theory of Modernity*, UK: Blackwell Publishers, 1999, p. 135.

② ［德］康德:《实用人类学》，邓晓芒译，重庆出版社1987年版，第244页。

③ Agnes Heller, *A Philosophy of History in Fragments*, Oxford and Cambridge, MA: Blackwell, 1993, p. 160.

④ Ibid. .

亲密关系之间不再有唯一标准化的社会空间。人们不交谈而是吼叫，没有秘密，没有信任。因此，围绕午餐的真正的对话无法产生。赫勒认为，康德自己可能列出了这些经验上的困境。当然，我们也许能够发现不同职业的人能够讨论相同的艺术作品，对同样的问题感兴趣，能够通过他们的意见与判断，能够优雅地进行一场交谈，能够进行论争，等等。不过，赫勒追问，他们如何会相信康德的午餐会的精神，相信一个乌托邦现实的午餐会，相信有自由与幸福能够和谐地融合的最好世界的影象呢？被邀请到午餐会而不理解康德所谓的"道德—身体的善"，事实上等于奸诈。所以康德的文化理想仍然无法实现。

今天的现代认为康德所设想的目的是一种希望，是一种"不能是的目的"（End-that-can-not-be），"而不能实现的事物的影象是无意义的，或者说这是被扭曲的理性主义思维，是启蒙运动时代留下的残羹的幻象"。①当自由与幸福的统一被质疑，其乌托邦信息不再确定时，真正的困难就出现了。叔本华的欲望理论对康德的模式进行了挑战。在康德的模式中，超验的自由是自律的，而不驯服的欲望及其源泉是他律的。人们能够颠倒这个模式，即颠倒高级与低级的欲望能力的关系，并且把男男女女视为一个自律的无个性的欲望的纯粹容器或者表现。这些欲望脱离了他律的理性。赫勒认为叔本华的挑战虽然经历了许多修正，但是其理论在当代同样具有重要性："具有'精致的趣味'的许多人把他们彼此视为欲望的机器。他们把他们的自律想象为他们无个性的欲望机器的一种不受妨碍的表现状态。"②但是这是一种扭曲，欲望机器与我们现实的欲望和思维之间的关系被扭曲了，前者成为无意识，一种自在之物。无意识的欲望机器是超验自由的滑稽模仿。在这种局面，正是非理性与非合法的超验的自由通过具体欲望的偶然对象直接地决定我们的意志。因此赫勒认为，即使从来没有读过叔本华、尼采、弗洛伊德、荣格等人著作的人也会对康德午餐会的参与者的本真性提出严肃的疑问。

正是通过康德的模式的颠倒，许多人认为康德的乌托邦是虚假的。这个午餐会上参与者是否真是自由的、幸福的，是否是平等的、互惠的，也是有疑问的。赫勒涉及真正的论争问题。康德对论争中一种整体的对称性

---

① Agnes Heller, *A Philosophy of History in Fragments*, Oxford and Cambridge, MA: Blackwell, 1993, pp. 161–162.

② Ibid., p. 162.

的信赖是天真的。斯大林的午餐，是宏观权力的最极端的运用，这种权力也可以通过微观权力被我们感觉到。赫勒借助了福柯的话语权力理论，认为康德的午餐会事实上是一场权力游戏，每场论争也肯定是权力游戏。但是赫勒认识到，在康德午餐会中的交谈应该是一场游戏，一场没有赢家也没有输家的戏剧，在解释中没有将对方杀死，没有衡量"得分"的规则，并且论争是开放的。虽然人们能够把每个交谈描述为在权力场表演的游戏或话语行为，但是对称性互惠能够实现。一个权力场是一个张力的场，并且好的交谈需要张力。

如果午餐会交谈的乌托邦不再被视为自由与幸福统一的允诺，那么我们就不想接受康德的邀请。这不是因为这个张力太大，而是因为张力太小。如果所有张力与兴奋都消失了，自由就成为无意义的，幸福萎缩到低级标准的娱乐水平而倒塌，最终变得枯燥。所以赫勒看到，进行自由判断的伦理的、审美的分量，同判断者和对话者赋予那个判断的分量成正比。虽然人们无论什么时候说"X 是美的"，实际上主张其判断的普遍有效性，但是人们也能在这个主张上添上一个离题的反面主张。现在，人们甚至不需要添加这样一个反面的主张，因为公众把一种趣味判断的普遍有效性的主张视为不可接受的夸张。

因此，如果我们想举行康德式的午餐会，就不能避免邀请文化相对主义者。他们认为，所有的标准是统治的靠山，区分精致的趣味与不精致的趣味仅仅是一种暴力行为。每种文化有其自己的标准，没有一种比另一种更优越。昨天丑的事物今天是美的事物。从"过去之井"刚刚浮出的事物获得了美的尊严，并且成为一种展品。所有个人的存在物被合法化，限制与束缚消失了。人们不再戴着镣铐跳舞。在艺术类型之间没有分界限。每天带来一些惊奇，前所未有的怪物被创造，思维平庸的句子带上引号重新呈现。赫勒认为："问题不是人们能否仍然普遍地作出趣味判断、审美判断或者反思判断，而是人们作出这些判断是否根本上重要，是为谁、对什么作出的。"① 这意味着康德的多元主义，但是赫勒认为它是一种虚假的多元主义和对称性互惠。因为在真正多元主义的情景中，每个人完全自信地表达其自己的趣味判断，这些判断是不同的，彼此不能衡量。但是它们都重要。论争一直是开放的，每个人变得更加富有。面对后现代的文化

① Agnes Heller, *A Philosophy of History in Fragments*, Oxford and Cambridge, MA：Blackwell, 1993，p.168.

相对主义以及种种审美判断动态性、个体性等特征，回到康德的午餐会面临着巨大的困难。不过，赫勒没有回避这些挑战，而是设法融合康德的多元主义与后现代文化相对主义。

赫勒还进一步从理论上说明康德的文化理想面临的困境，这是从现代哲学的"角色"即文化和意义的动态发展的分析展开的。"文化"和"意义"概念的出现是现代之事，它们进入现代哲学游戏，改变了哲学研究的范式。康德的文化理想面对意义概念的冲击，而意义的危机再一次消解了文化哲学。

康德的"文化"成为社会哲学与人类学的支配性的"角色"，但是它没有在其哲学体系中占据主要的"角色"。他维护认识和理性领域，以防止新概念入侵带来哲学的危机。在康德的哲学体系中，虽然古老的形而上学受到怀疑，但是一些古代哲学的概念的绝对性仍然被保护。康德通过维护理性等古代哲学的范畴来对抗各种形式的历史主义。为了达到这种平衡，就要引入"文化"和"意义"概念。后者以形而上学的面孔出现。"意义"作为主要角色的出现产生于康德的《判断力批判》论崇高和目的论判断中。而黑格尔对意义极为重视。绝对精神的领域作为最高的领域是提供意义的场所，包括艺术、宗教、哲学。这个领域的主要原则内在于一切事物中，赋予现实生活的一切事物以统一性。一切事物随着绝对精神领域而变化。由此，黑格尔对康德的文化哲学进行严厉责难，因为康德的构建忽视对"意义"的强调。不过，黑格尔仍然称赞了康德对崇高的讨论，因为这里与文化问题相关的意义问题出现了。因此，赫勒认为："当意义已经占据舞台的核心位置以后，将意义问题保持边缘的文化哲学在某种程度上就有缺陷了。"[①] 哲学的古老术语，诸如存在、理性、真理、善、主体通过意义范畴得到了重新阐释。意义也是多样的，"意义"是许多意义中的一种意义。在康德那儿，"文化"仍然带有"种植"的传统意义。人们愈彻底地培养一个花园，这个场所就愈加精美、更加有味、更加美。人们愈加陶冶自己的心灵，人们的趣味、判断与习惯就愈加美、更加精致。但是因为培养不赋予花园以意义，所以心灵的陶冶也不赋予心灵以意义。那么是什么赋予心灵以意义呢？康德没有作为一个问题提出来。有趣味的东西存在，美丽的花朵存在，体面的个人存在，知识存在，那儿有先验的

---

① Agnes Heller, *A Philosophy of History in Fragments*, Oxford and Cambridge, MA：Blackwell, 1993, p.170.

合成判断，并且我们希望世界有所进步，但是希望不是严格意义上的文化问题，而是类似于黑格尔的"和解的需要"，这样文化就被意义重新阐释与整合。赫勒认为："'高雅文化'的术语与其与'低级文化'的区分随着意义问题的出现获得了一种全新的意义。'高雅文化'现在被视为意义提供者（黑格尔的绝对精神），而'低级文化'被视为意义容器或者意义吸收者，虽然可以认为，意义提供的物质也能够从'下面'，即从刚刚被发现（或者发明）的所谓'人民'的低级中出现。"①

赫勒认为，意义的问题是现代的，不是因为意义是现代的，而是因为现代社会形式打开了意义问题化的可能性，并且现代人经历了严重的意义缺失，因而产生了对意义解释的深层次的需要。意义问题化与意义解释是紧密联系的。在传统文化中，意义经常被质疑，解释就成为关键性的，因为意义的问题化产生了不确定性的标准。但是只有现代人在意义提供的不间断的运用中掠夺一切事物。意义提供也是意义归属。现代史学与人类学是不断进行意义归属的事业。不过，意义提供者不管是结构主义者还是阐释者，是功能主义者还是马克思主义者，他们都把意义归属为所有过去的与现在的实践。在解释"坏的无限性"中，每个人都把意义付诸实践。结果，在这个领域几乎没有什么可掠夺的，不仅仅因为资料被耗尽了，而是因为某种阐释的饱和。一种新的循环应该被打开，重新开始进行意义归属。赫勒认为，伽达默尔的"视域融合"存在某些问题，因为我们不知道视域事实上已经被融合了，仅仅相信它们已经融合。不过，既然他者始终是死的或者根本不根据我们的意义与解释来思考，认识与信仰确实可以最终融合。从过去的深井中挖掘，汩汩的水喷涌在我们的脸上。即使有人认为从来不会有视域融合，但是也能够进行意义归属，而作为意义归属的意义解释成为最强有力的现代性想象制度。它作为"绝对精神"指引我们，让我们继续前进。赫勒认为这种想象制度直接或间接地表达了我们的偶然意识。前现代人成功地进行了意义提供，然而现代人提供意义的能力出现了危机。如果人们对文化活动的判断不重视了，如果判断形式也几乎没有意义了，这样来举行一场康德式的午餐会邀请康德和黑格尔参加讨论，结果不再是康德所设想的文化境界。赫勒认为："在此发生的讨论也

---

① Agnes Heller, *A Philosophy of History in Fragments*, Oxford and Cambridge, MA: Blackwell, 1993, p. 171.

许使我们想起尤奈斯库的一部戏剧的对话。"① 参与者仍然能够进行，至少在适当形式上能够进行，参与者能够顺利地作出趣味判断或者其他判断，虽然他们作不作判断不重要，说不说什么也不重要。他们能够提出普遍的主张，也能够继续论争而不使每个人受伤。他们也会像牵线木偶一样表演，玩着自己不理解的语言游戏，因为没有什么来理解。他们能够在这种语言游戏中培养某些技巧，但是不能培养所谓的"意志"，因为他们没有意志或者完全是超然的、未被卷入的。娱乐代替了幸福，差异取代了体面。娱乐与差异的合并始终是一种乌托邦，但是这绝不是康德意义上的乌托邦。

赫勒认为，康德是一个前浪漫主义者。他的主体不是主观的，他没有发现"主观精神"，因为这是随着黑格尔的"绝对精神"一起出现的。现代传统认为理性是普遍的，而情感、情绪、兴趣是特殊的、个体的，如果没有受到后者的影响，人们的思考、认识是相同的。超验的哲学不是这种传统的一部分，但是它使这种传统现代化。所以，康德的超验哲学是客观的。哈贝马斯的交往模式维持着康德理性与情感的二元性。但是赫勒进行了后现代的偶然性设想，把现代命运设想为自己存在主义选择的结果。假如作为一个偶然存在物的 X 意识到她的偶然性，她如此地选择自己，她选择她的存在，她进行人生跳越（leap），她成为其所是，也成为一个自律的自由的存在。就存在主义的选择而言，现代传统的偶然性方面普遍盛行，而理性方面没有盛行。选择自己的个人是自由的，在于她内在地决定自己，但肯定不被理性决定。跳越是一个整体的行为，整体的个人跳越，存在跳越，这样所有的偶然性塑造成为一个单一的命运，这不等于超验性，也不等于经验主体，因为它是自我建构的。通过这种自我建构，她"占有一个世界"，这个世界被共享，世界是每个人的世界，这些世界是相同的，但也是不同的，因此"差异与同一性一起使我们的条件成为现代的"②。占有一个世界的人成为一个主体，同时也认识世界，但是不同地认识世界。赫勒不再把主体视为笛卡儿的"我思故我在"的主体，而是成为一种个性气质（idiosyncracy）："主体是在现代性条件下对人类社会与

---

① Agnes Heller, *A Philosophy of History in Fragments*, Oxford and Cambridge, MA: Blackwell, 1993, p. 173.

② Ibid. p. 174.

自我经验进行解释的个性气质。"① 主体就是一个独特的单子，其唯一的质性就是其个性气质，就是其差异。他们不宣称他们审美判断的普遍有效性。如果康德将对他们指出"这是美的"，这个陈述就其形式暗示着一个普遍性的主张，那么他们会回答，根据他们，这个句子"这是真的"不必然意味着这样一个普遍性的主张，他们也会质疑这种主张断言无时间的普遍主张。但是不是交往与对话的消解，而是成为多样化的个性化的交往与对话，不再是宏大叙事的交往，而是微型叙事（mini-narrative）的交往："微型叙事不是封闭的而是开放的；各种叙事彼此冲突，他们参与挑战，甚至对社会变化很敏感。"② 处于一个阐释宇宙的视域中，每个人成为一个主体，即每个人居住于一个共享的世界与他自己的世界中。赫勒对南希（Nancy）、福科等后现代主义者关于主体死亡的论点进行批判，确立了新的主体概念，并以此为基础看到康德的文化理想的困境，但是并没有否定康德的交往互惠性美学思想，但是对后者又进行了后现代的转变与阐释，尤其是把康德不能把别人视为手段而要作为目的本身的伦理交往的理想作为美学与艺术界定的决定性因素。她认为："艺术品，单一的艺术品不仅是一个物，也是一个人，它被赋予了灵魂。因此为了尊重人的尊严，康德说，一个人不应该被作为纯粹的手段来使用，而是要作为目的本身被使用。如果一件艺术品也是一个人，如果它被赋予了灵魂，那么一件艺术品的尊严可以按照如下方式进行描述。艺术品是一种不能作为纯粹手段使用的物，因为它始终被作为目的本身使用。"③ 艺术接受中的个体与作品形成了交往的互惠的美："艺术中的快乐是互惠的性吸引，艺术作品献身于单一的接受者。艺术作品好像就是一个人，因为只有灵魂能互赠我们的爱。当我们爱上一部艺术作品时，它会给互换我们的感情，这是一种互惠的关系。"④

　　事实上，尽管康德的交往美学思想在后现代面临诸多困境，但是赫勒并没有抛弃它。赫勒的哲学、美学思想十分重视康德。有人将赫勒称为新

---

　　① Agnes Heller, *Can Modernity Survive*? Cambridge, Berkeley, Los Angeles: Polity Press and University of California Press, 1990, p. 77.

　　② Ibid., p. 78.

　　③ Agnes Heller, "Autonomy of art or the dignity the artwork", 此文系赫勒教授在复旦大学 2007 年 6 月 30 日举办的"马克思主义文艺理论的当代发展：中国与西方"国际学术研讨会上的发言。

　　④ Agnes Heller, "The Role of Emotions in the Reception of Artworks", 此文系赫勒于 2007 年 7 月 2 日在西南民族大学的演讲。

康德主义者。① 德斯布瓦（Phillippe Desoix）认为，赫勒 1978 年出版的
《激进哲学》表现出"'康德'的转向"。② 沃林（Richard Wolin）也注意
到赫勒在《激进哲学》中对康德观点的明显认同。③ 康德的交往理论与美
学建立于多元主义基础之上，这是有着深厚的伦理价值基础的。这就是对
自我与他者的重视，交往主体体现出对称性互惠的原则。在《激进哲学》
中，赫勒提出的"激进哲学"的理想范式的观念之一就是哈贝马斯和阿
佩尔提出的"没有支配性的交往"，这是民主得以实现的条件，每一个人
能够自由地参与社会意志的形成过程，"民主的完全实现就是所有支配性
的废除。因而它涉及权力的平等分配"。④ 观念之二就是阿佩尔提出的交
往社会的道德性问题，就是不能把别人视为自己目的的手段，这就是要认
可所有的需要，认可所有需要的满足，"考虑一切潜在的成员的所有潜在
的要求"，⑤ 而不能对需要进行专政。但是赫勒的设想不同于阿佩尔的力
图建立在真理一致性基础上的理想的交往共同体。阿佩尔追求最终的一致
性与终极性，"在作为一样理解和作为真理一致性的'主体间解释统一
体'中去发现这个'极点'"。⑥ 其抛弃了偶然性与多元主义，仍然在以
科学哲学意识构建交往的普遍的伦理基础。观念之三就是美的观念，这也
以自由价值的道德性为基础，美的哲学理想不能够脱离善的理想，"这种

---

① *A Dictionary of Marxist Thought*, Ed. Tom Bottomore, Cambridge, MA: Harvard University Press, 1983, p. 317.

② Phillippe Desoix, "On the Possibility of a Philosophy of Value: A Dialoue within the Budapest School", *The Social Philosophy of Agnes Heller*, Ed. John Burnheim, Amsterdam: Rodopi, 1994, p. 32.

③ Simon Tormey, *Agnes Heller: Socialism, autonomy and the postmodern*, Manchester and New York: Manchester University Press, 2001, p. 100.

④ Agnes Heller, *Radical philosophy*, Trans. James Wickham, England: Basil Blackwell, 1984, p. 157. 赫勒并没有完全认同哈贝马斯的交往理论，认为他具有抽象性特征。布达佩斯学派其他成员尤其是马尔库斯也不断对哈贝马斯的交往理论进行批判。他认为，哈贝马斯的交往理论误解了马克思的著述，把交往理性作为民主的条件，他和阿佩尔强调了激进目的和主张的普遍可能性，面临着诸多的悖论。事实上最根本上说缺乏多元性特征，"理想的交往共同体表现了参与民主的哲学的阐述与合法化，但是多元性看来在这种体系中没有自己的地位"。György Markus, *Language and Production: A Critique of the Paradigms*, Dordrecht: D. Reidel Publishing Company, 1986, pp. 99-100. 拉德洛蒂也认为，阿佩尔和哈贝马斯的交往理论追求共识，导致了两种交往的基本限制，"首先是把他者作为纯粹的手段，其次是对他者撒谎"。Sandor Radnoti, "A Critical Theory of Communication Agnes Heller's Confession to Philosophy", *Thesis Eleven*, No. 16, 1987, pp. 104-111.

⑤ ［德］卡尔—奥托·阿佩尔：《哲学的改造》，孙周兴、陆兴华译，上海译文出版社 1997 年版，330 页。

⑥ 同上书，第 315 页。

理想不能与最高的善即自由发生矛盾。它应该根据所有涉及自由的价值来进行设想。这就是说，涉及人类需要和能力的所有价值，也必须从价值等级中排除所有这些需要，这些需要涉及把别人作为一种纯粹手段"。① 赫勒这种激进哲学的交往美学是实现人的理想存在，构建多元主义的人类生存形式，构建了民主的个人、道德的个人与创造性的个人，这样的个人就是自律与自由的个体，在自由最高价值规范下构建了"价值的多元性和生活形式的多元性"。② 但是赫勒的交往美学与康德的交往美学不同，重新在黑格尔的历史性意识，在破碎的历史哲学的照耀下进行创建，从而形成了具有后现代主义特征的交往美学理论，重新把偶然性融入交往理论，把阐释学的历史偶然性意识纳入康德的交往理论中，重新在文化与意义范畴之间，在康德与黑格尔之间架起美学的桥梁。无疑，这也使赫勒的美学具有伦理美学的特征，这在她对审美现象的后现代阐释中也彰显了出来。

东欧新马克思主义文艺理论的语言符号学转向体现了马克思主义人道主义与语言学和符号学的深度融合，体现了马克思主义文艺理论的新气象，也克服了纯粹语言学和符号学的片面性，可以为中国马克思主义文艺理论的发展提供一些启发。

---

① Agnes Heller, *Radical philosophy*, Trans. James Wickham, England：Basil Blackwell, 1984, p. 170.

② Ibid. , p. 153.

第三章

文艺样式理论及其批评实践

东欧新马克思主义不仅在实践的哲学探讨上确立了新的存在论、语言符号学维度，而且深化到文艺特殊样式的研究和具体的文艺批评实践之中，形成了独特而新颖的文艺样式理论，揭示了文艺作品的新的价值。其对小说、戏剧、音乐的探询尤其深入，发人深省，促进了马克思主义样式理论及其批评实践的发展。

第一节　小说理论

小说作为一种重要的现代艺术样式是经典马克思主义理论家和 20 世纪以来的西方马克思主义者关注的基本文学样式之一，而从东欧社会主义国家在卢卡奇的影响下涌现出来的赫勒、费赫尔、弗兰尼茨基、科西克、斯维塔克、科拉科夫斯基等新马克思主义者，在"马克思主义复兴"的浪潮下不断推进、重构并解构卢卡奇的小说理论，在深入解读传统与现代、后现代小说文本的过程中，形成了具有伦理价值的新人道主义的小说研究范式，在某种意义上显示了经典叙事学的局限性。他们把小说作为人之存在的一种文学样式，为小说研究乃至文学研究开掘了多元意义的深度空间。本节从历史与逻辑角度审视东欧新马克思主义小说理论三个维度：总体性的小说理论复兴、宏大叙事之批判以及后现代建构，这些维度昭示了马克思主义文学理论的当代阐释活力与话语形态，可以为中国当代小说研究提供一些参照。

一 总体性小说理论的复兴

东欧新马克思主义小说理论是在卢卡奇的小说理论直接影响下展开的。青年卢卡奇的《小说理论》和中年时期的小说研究形成了其小说理论的总体性范式，对本雅明等西方马克思主义文学理论产生了重要影响，而其小说研究的理论框架与价值取向对东欧新马克思主义小说研究奠定了基础，在某种意义上形成了不可超越的阴影。随着 20 世纪 60 年代在东欧各国兴起的"马克思主义复兴"，以寻求真正的马克思为旨趣的东欧新马克思主义迅即融入当代世界马克思主义洪流，总体性的宏大叙事也被提升到新的高度，小说理论也携带着总体性的色彩。

东欧新马克思主义小说研究在卢卡奇的影响下展开，把卢卡奇的文学理论提升到极高的位置。正如南斯拉夫实践派主将之一弗兰尼茨基在 1961 年所评价的，"他的关于 18 世纪和 19 世纪的德国文学、关于歌德时代、关于这个时期的美学等的著作属于世界文学最有价值的创作之列，由于这一切，卢卡奇成为国际范围内最出色的马克思主义文学家和理论家"。① 卢卡奇在这些著作中涉及艺术反映和现实主义的若干理论问题，他"属于以拉法格、普列汉诺夫、梅林、罗·卢森堡和列宁为最光辉的代表的、文化上有广泛基础的马克思主义的最全面的继承人之列"。② 匈牙利新马克思主义流派布达佩斯学派在卢卡奇的直接指导下展开小说伦理学研究，这个学派的主要成员赫勒和费赫尔主要进行具体小说作品的价值分析，揭示小说作品与人之道德、人之存在价值的关联，可以说是进行小说主要人物的性格与人格的多维性研究。赫勒在 20 世纪 50 年代初关注俄国 19 世纪的革命民主主义小说理论及其作品，代表著作就是在卢卡奇指导下完成的博士论文《车尔尼雪夫斯基的伦理观》。赫勒从伦理学视角提出马克思主义伦理学建构的，并展开对车尔尼雪夫斯基的伦理观和小说《怎么办？》的思考，通过作品中的主人公与其他人物、环境之间关系的解读，揭示小说人物形象的伦理人格的建构与车尔尼雪夫斯基的伦理学的内在联系。在赫勒看来，车尔尼雪夫斯基的历史意义在于，他在伦理理性主义的辩证性思考中，"是所有马克思之前的唯物主义、伦理理性主义做得

---

① ［南］普·弗兰尼茨基：《马克思主义史》下册，生活·读书·新知三联书店 1963 年版，第 364—365 页。

② 同上书，第 365 页。

最远的"。① 车尔尼雪夫斯基在伦理理性主义、功利主义、俄罗斯的伦理传统基础上构建了一种新的伦理生活范式，这种真实在世生活的伦理学也是他的小说所探索的。《怎么办?》的主人公虽然与歌德的《威廉·迈斯特》的主人公都是新人形象，心胸皆有些狭窄，但是前者展示了一个市民社会积极建构自身的和谐生活的能力与可能性。赫勒在阐释中特别关注新人的伦理生存的问题，把车尔尼雪夫斯基哲学、美学融入到有机的统一体之中。车尔尼雪夫斯基对亚里士多德的《诗学》的悲剧偶然性及其不可避免性思想的批判，切合了席勒的设想的和谐之人，形成了在现实生活中建构超越资本主义个人主义或者利己主义的新人的可能性。他的小说以反讽作为手段挑战浪漫主义的虚假幻想，触及"生活"与"存在"的悖论性命题，涉及他自己的人类学原则："把人的每一种质性以及道德性都回溯到人的自然建构。人类学原则的起点在车尔尼雪夫斯基那里也就是对宗教的批判。宗教把人割裂为身体和灵魂两部分。唯物主义则认为人是由外部自然社会规律赫和人的内部自然规律相互决定的。"② 经济、道德、历史决定着人的生理及其精神需要，而人是有理性的有自由的存在，当一个人的激情变为主导时就会导致伤害或者毁灭，因而应该注重人自身与环境的和谐，这种自由理论就是车尔尼雪夫斯基所认同的"自由许可的理论"（szabadonengedés elmélet）。在《怎么办?》中，女主人公薇拉爱上了把自己从小市民家庭环境的困境中拯救出来的男主人公罗普霍夫，之后与罗普霍夫的朋友基尔萨诺夫相恋。在矛盾的困境之中，罗普霍夫选择以假装自杀的方式离开而成全了这对伴侣，后来他与薇拉的朋友卡捷丽娜结婚，两对情侣和谐地生活在一起。小说人物的伦理生活选择在赫勒看来正是车尔尼雪夫斯基的自由许可理论的文学化，在理性的自由选择中构建和谐的生存状态，在认识与自由之间达成康德式的审美和解。这种道德人格的建构是对资本主义社会及其劳动分工的批判，彰显人的丰富性存在，消解身体与心理的割裂，这是美和善结合的自由存在，又是理性的生活，正如车尔尼雪夫斯基所说的，"人的美不仅是外表匀称、线条和谐的结果，而且是客观的道德内容的发展"。③ 这种和谐的人格也是"美是生活"的具体体现。在《怎么办?》中，主人公以和谐的美的人格避免了悲剧生存，在薇

---

① Heller Ágnes, *Cserniservszkij Etikai Nézetei*, Budapest：Szikra Kiadó, 1956, p. 35.

② Ibid., p. 133.

③ Ibid., p. 179.

拉、罗普霍夫和基尔萨诺夫的情爱矛盾纠葛中，对没有理智的主人公看来必然会导致悲剧，小说中的冲突似乎以悲剧的形式解决了，罗普霍夫消失了，我们在岸边找到了他的衣服，一切迹象表明他自杀了，薇拉为丈夫的死所震动，感觉到不能与基尔萨诺夫一起生活，三人都走向悲剧的结果，但是最终是喜剧的，三人不是离开生活而是走向一种新的好生活的可能性。因此赫勒指出，"《怎么办？》证实，在旧人之间走向悲剧的冲突，对新人来说是完全可以毫无悲剧地得到解决的"。① 车尔尼雪夫斯基通过批判浪漫主义的虚幻性，吸收启蒙理性的思想成就，在小说中找到了克服现代人的困境的路径。赫勒的小说阐释突出小说人物生存的伦理观念，这种小说伦理批评既继承了卢卡奇小说理论，同时强调自由选择的人学意义。赫勒在1957年出版的著作《道德规范的消解：德热·科斯托拉尼作品中的伦理问题》仍然对小说进行伦理剖析，确立伦理美学的基本范式："伦理和审美领域如果不走向严重的扭曲，它们就不要分开。为了理解它们，我们必须在它们的相互关系中审视。……普遍意义上的艺术和特殊意义上的文学需要对基本的道德问题进行仔细的研究。没有这种研究的作品只能是垃圾作品。"② 此书主要集中于匈牙利现代著名小说家科斯托拉尼的小说研究，聚焦于作者的价值体系的阐释，关注作者的世界观的问题。赫勒以卢卡奇的现实主义标准对作家的虚无主义进行批判，以共产主义的阶级利益观分析小说人物，在一定程度上把卢卡奇的现实主义小说分析模式推向了伦理的极端，以至于忽视了小说样式的文本性和艺术性问题，正如有学者指出的，"文学作品的语言分析是卢卡奇基本上没有探索的领域，在这方面，赫勒几乎和她的导师如出一辙"。③ 与对车尔尼雪夫斯基的小说阐释相比，对科斯托拉尼小说创作的道德分析显示出赫勒小说思想的倒退。

　　在20世纪六七十年代东欧新马克思主义小说理论在追随卢卡奇的过程中呈现出新的姿态，赫勒从青年马克思关于的人格的丰富存在的视角审视现代小说，关注现代资产阶级小说中呈现的情感特征，提出了类似于雷蒙·威廉斯的"情感结构"的小说批评方式，超越了赫勒50年代的小说

①　Heller Ágnes, *Cserniservszkij Etikai Nézetei*, Budapest：Szikra Kiadó, 1956, p. 194.

②　Heller Ágnes, *Az Erkölcsi Normák Felbomlása：Etikai Kérdések Kosztolányi Dezsö Munkássában*, Budapest：Kossuth, 1957, pp. 5–6.

③　Mihály Szegedy-Maszák, "Ágnes Heller on Literature", *Ethics and Heritage：Essays on the Philosophy of Ágnes Heller*, Eds. János Boros and Mihály Vajda, Pécs：Brambauer, 2007, pp. 163–174.

研究的局限性。她通过典型的现代小说作品的人物形象的情感分析，洞察到现代情感结构的转型，揭示了资产阶级情感操持的危机。卢梭的《新爱洛伊丝》、歌德的《少年维特之烦恼》、萨德的《瑞斯丁娜》和奥斯汀的《爱玛》四部典型的小说作品再现了资产阶级情感的积极建构及其悖论。处于法国大革命时期的这些作品是资产阶级情感世界的自然呈现，情感在优雅的日常生活中构成，美的心灵和罪恶的心灵都自我呈现，上升的资产阶级认同自己的情感。不过，在20世纪20年代的转型时期的小说作品显示了资产阶级情感结构的转型，在卡夫卡的《审判》、托马斯·曼的《魔山》等小说中，人的情感抽象化，主人公变成空虚之人。在卡夫卡的小说中，人之情感转变为色情关系，难以获得人格的自我实现，"只有未实现的色情主义具有内容，然而实现了的色情主义又立即掏空了内容。生成性的外部因素导致了情感的毁灭，内在因素的维持又导致了人格的毁灭"。①赫勒的小说理论及其作品分析延续着卢卡奇小说研究的套路，但不同的是，她从情感现象学和资产阶级情感社会学的角度选择两个历史转型的关键时期的小说文本，探讨小说与资产阶级情感的内在联系及其悖论，明确提出超越资产阶级情感结构的新趋势即具体的热情主义所显示的人格情感丰富性的建构，现代好人的可能性的建构，在小说作品的选择上赫勒不再局限于卢卡奇的趣味视野，而是认识到卡夫卡等现代主义作品的价值。不过，赫勒的小说理论旨趣仍然建立在总体性视野下的马克思主义小说分析。

在70年代初期，东欧新马克思主义文艺理论家与美学家费赫尔在卢卡奇的影响下展开对陀思妥耶夫斯基小说创作的研究，这既是对卢卡奇小说理论的继承，同时也是一种开拓。卢卡奇在《小说理论》中谈到，托尔斯泰的小说《战争与和平》虽然以文化向自然的转变为目的来超越现代社会生活形式，但是最终留下的是人类存在之荒漠，"一切的精神之物被动物性所吞噬、扼杀掉了"。② 其小说对新时代的突围的暗示虽然昭然可见，但是仍然持续着欧洲浪漫主义的怀旧式的抽象表达。而在陀思妥耶夫斯基的小说中，新时代的世界第一次呈现为可见的现实性，预示了走出绝对罪孽时代的可能性。虽然卢卡奇后来进行了这方面的探讨，但是并没

---

① Agnes Heller, *A Theory of Feeling*, Van Gorcum Assen, 1979, p. 197.

② Georg Lukács, *The Theory of the Novel*, Trans. Anna Bostock, London：Merlin Press, 1971, p. 149.

有深入展开，而费赫尔以博士论文完成了《悖论的诗人：陀思妥耶夫斯基与个体的危机》，后来进一步拓展，成为东欧新马克思主义小说研究中的一部杰作。费赫尔对陀思妥耶夫斯基的小说创作及其主人公的世界观的悖论进行剖析。小说家陀思妥耶夫斯基和他的《罪与罚》中的主人公拉斯柯尔尼科夫一样，从一个对抗走向另一个对抗，充满悖论。在现代世界，一个人如果希望把自己构形为人格或者个体，那么他必然对所有的权威进行挑战，因而现代普通个体完全自律地自我选择，在尖锐的矛盾波折中沉浮，人格只能通过一次又一次对其他价值的捣毁行为才能实现，这就必然体现出个体与社会的悖论。小说主人公突破社会的强大矛盾，对权威进行挑战，但是结果是自我毁灭，这是戴着镣铐的自由。面对现代个体的悖论，陀思妥耶夫斯基面对现代世界的悖论没有走向宗教，而是不得不描绘体现世俗救赎的社会革命。在费赫尔看来，虽然陀思妥耶夫斯基没有看到马克思提出的自由选择的普遍的共同体对现代个体悖论的克服，但是他从来没有放弃对"共同体意愿"的观念。费赫尔的小说分析明显地遵循着卢卡奇的总体性与宏大叙事的小说理论。东欧新马克思主义者瓦伊达在90年代解读此书时认为，"费赫尔在写作此书时，毫无疑问地坚信黑格尔、马克思和卢卡奇的普遍历史，他确信，他的思考处于宏大叙事所限度的框架之中，——正如我们的圈子，我们导师卢卡奇所称之为布达佩斯学派，在许多年前所坚守的"。"因而我们认为，关于陀思妥耶夫斯基的书是走向卢卡奇的标志性姿态：《小说理论》的持续，更准确地说是其圆满实现。"① 但是处于马克思主义复兴浪潮下以及1968年之后的政治文化语境下，费赫尔在小说研究中表达了新的观点，不完全认同卢卡奇对小说样式贬损的价值态度，他转变了卢卡奇某些观念，尤其是《小说理论》的浪漫主义观；虽然他坚信苏联模式，但是潜在地以匈牙利小说家库斯勒（Arthur Koestler）的《中午的黑暗》走向了对斯大林主义的批判，暗示着宏大叙事所建立的合法性行为导致了斯大林的监狱。故有学者指出，"费赫尔不仅在沉思理论问题，而且在1968年之后的政治压迫语境下确定他自己的立场以及他自己的对立于体制的政治文化观"。②

---

① Mihály Vajda, "Man in Transcendental Homelessness: in Memory of Ferenc Ferher", *Thesis Eleven*, Num. 42, 1995, pp. 32-40.

② Margit Kövesm, "Ferenc Feher(1933-1994), Reflections on a Member of the Lukács School", *Social Scientist*, Vol. 23, No. 4/6, 1995, pp. 98-107.

　　捷克斯洛伐克新马克思主义者科西克关注文本性，尤其是样式的文本属性。他在《具体的辩证法》中说："我们把一种解释视为真实的，条件是在展开的解说过程中，这个文本的特殊性是它的解说原则的构成性元素……意识形态的历史可以包括戏剧、诗歌、小说和故事。它将脱离它们样式的特殊性并把它们仅仅作为不同世界观的呈现。这些方法的共同点在于它们都抹杀了小说、悲剧、史诗等作品的特殊性。文本的特殊性不是一个抽象的普遍框架，一种样式的概念化，而是作品建构的特殊原则。"①因此随着超越纯粹的反映论的文学观念的提出，科西克充分挖掘现代主义小说的真理内容。科西克与赫勒一样重点关注小说人物的存在问题，他通过哈谢克的《好兵帅克》和卡夫卡的小说作品的比较分析，揭示了两位小说家笔下不同的人物命运及世界图像。在他看来，卡夫卡的人被陷入垂死的毫无意义的迷宫，陷入异化的人际关系及其日常生活的物质主义中，而哈谢克作品中的人在被当作客观对象时仍然是一个人，"人不仅被转变为对象，而且也是对象的创造者。人超越了他自己作为对象的地位；他不再被还原为一个对象，他不仅仅是一个体制"。②尽快哈谢克与卡夫卡提供了现代人的两种不同形式，但是这两种人的类型是相互补充的，都从不同角度展示了超越异化的现代世界的可能性。科西克充分肯定了卡夫卡现代主义小说揭示真理的意义，如果说布莱希特的史诗剧以模式化的手法揭示了异化和伪具体性，"人们也可以把弗兰兹·卡夫卡的作品视为对伪具体性的艺术性的捣毁"。③捷克斯洛伐克另一新马克思主义者斯维塔克也是从人的存在出发提出马克思主义人类学文艺理论，以人的模式审视小说样式，从而对斯大林主义和苏联官僚化加以批判。后来他在此基础上把人之自由地追求的人道主义和米兰·昆德拉的著名畅销小说《不能承受的生命之轻》结合起来，探究小说中的诗性与真理的内在联系，揭示小说主人公托马斯以性爱为乐的存在之轻的意义。在斯维塔克看来，作者以托马斯为象征符号表达了捷克历史、捷克民族、文化身份不可承受的重负，构成了对苏联化的规范的尖锐批判。作为"新人"的托马斯只是把人贬低为纯粹的性欲沉醉，沦为生物性的身体存在，导致了价值的缺失、存在之虚

---

①　Karel Kosik, *Dialectics of the concrete*, D. Reid Publishing Company, 1976, p. 96.

②　Karel Kosik, *The Crisis of Moderntiy*, Ed. James H. Satterwhite, London: Rowman & Littlefied Publishers, Inc., 1995, p. 86.

③　Karel Kosik, *Dialectics of the concrete*, D. Reid Publishing Company, 1976, p. 87.

无，正式苏联化的隐喻，体现了文学与意识形态的内在关联，用斯维塔克的话说这是"文学与政治学的相互作用"。① 虽然昆德拉的小说具有后现代特征，但是对斯维塔克来说此小说正是捷克民族历史的真理性的寓言，具有历史的总体性意义。

可以看到，在马克思主义复兴的浪潮下，东欧新马克思主义在卢卡奇的小说理论基础上从总体性、人类学、宏大叙事的角度展开小说理论思考与小说批评实践，虽然有些教条主义的抽象成分，但是认识到现代主义小说的真理性意义，形成了小说人物人格分析的主导范式，对小说人物形象的伦理存在进行深入思考，体现了马克思主义小说理论的新方向。总体来说，虽然东欧新马克思主义从不同角度涉及小说样式的特殊性问题，提出了超越卢卡奇的一些具体观点，但是其小说理论还没有达到卢卡奇小说理论的高度，可以说是卢卡奇的总体性小说理论的多维度演绎实践。

二　对卢卡奇小说理论的批判

东欧新马克思主义在马克思主义复兴潮流中受到卢卡奇总体性小说理论影响的同时，也开始了对其理论范式的批判，在批判中显示出新的小说理论的涌动。在 20 世纪六七十年代，东欧新马克思主义小说理论受卢卡奇的影响较为显著，在某种意义上是对卢卡奇的小说理论进行具体化、深化，但是在具体性的历史性的小说研究中开始质疑卢卡奇的小说理论，呈现出对个体性和多样性的关注，辩证地审视现代性的潜力和小说样式，70 年代后期以来对卢卡奇小说理论的批判愈来愈彻底与深入。对卢卡奇的小说理论的批判昭示着后马克思主义小说理论的来临。

波兰的新马克思主义重要代表之一科拉科夫斯基在 70 年代初期展开了对卢卡奇小说理论的批判，他明确地表明，自己在卢卡奇的影响下开始研究，但是又抛弃了卢卡奇的观点。他对卢卡奇的《小说理论》给予了肯定性评价，认为它是到 70 年代为止卢卡奇最重要的成果之一。在他看来，卢卡奇对陀思妥耶夫斯基的解读深刻地影响了卢卡奇的后来发展。小说作为一种文学样式是物化的社会形式和制度所中介的个体之间的关系世界的表达。小说的存在见证了文化的疾病，即人与人之间不可能直接地进

---

① Ivan Sviták, *The Unbearable Burden of History*：*The Sovietization of Czeckoslovakia*，*Vol. 3*：*The Era of Abnormalization*，Academia Praha，1990，p. 260.

行交往。陀思妥耶夫斯基的伟大在于，他成功地描绘了不为社会或者阶级条件所决定的人类关系，因而他的作品根本不是小说样式。科拉科夫斯基认为："在对陀思妥耶夫斯基的'乌托邦'的讨论中，能够明确地看到卢卡奇后来的马克思主义著作所关注的问题的预见：这些问题是关于这样的社会的可能性，在这个社会，根据马克思的浪漫观，消灭了所有的社会和制度障碍，人类作为个体彼此交往。"①　但是科拉科夫斯基对卢卡奇的现实主义小说理论的斯大林主义和教条主义特征进行尖锐的批判。卢卡奇坚持现实主义小说观，对现实主义小说家巴尔扎克、托尔斯泰、法郎士、萧伯纳、罗曼·罗兰、孚希特万格、托马斯·曼等倍加赞赏，认为他们通过个体命运的中介描绘了伟大的总体的历史运动，而自然主义、表现主义、超现实主义如卡夫卡、乔伊斯、贝克特等现代主义小说家的作品不能抓住总体性，不能履行中介的行为。譬如卡夫卡所表现的"本体论的孤独"，直接描绘所见所闻，不能渗入到整体，因而现代主义小说不是艺术样式的丰富而是对艺术的否定。相反，以高尔基、肖洛霍夫等小说家为代表创作的作品体现了社会主义现实主义的伟大，显示出更高级的艺术形式。这些小说思想在科拉科夫斯基看来显示了卢卡奇与斯大林主义的内在联系，尤其是卢卡奇对索尔尼仁琴小说的教条式判断"是他整个文学理论一无是处的象征符号"。②

　　科拉科夫斯基对卢卡奇的小说理论的批判联系着他的后马克思主义转向，但是他的批判本身有些激进、有些教条。对卢卡奇小说理论的清算在布达佩斯学派那里显得更为深入与彻底，也更具有学理性和启示意义，这主要集中费赫尔、赫勒在对卢卡奇的《小说理论》及后来的以《历史小说》为主的马克思主义小说批评的批判性阐释之中。他们敏锐地认识到卢卡奇小说理论的美学困境："卢卡奇以平静的勇气对史学精神的美学的一个古老原则，作出了站不住脚的不可容忍的结论。卢卡奇在与匈牙利的诗人和电影美学家贝拉·巴拉日的通信中，用以下方式认为：既然我的历史哲学已经改变，那么在我的艺术评价中，托尔斯泰（Tolstoy）就代替了陀

① Leszek Kolakowski, *Main Currents of Marxism*, Vol. III, Oxford University Press, 1978, p. 257.

② Ibid., p. 297.

思妥耶夫斯基，菲尔丁代替了斯特恩，巴尔扎克代替了福楼拜。"① 费赫尔虽然在关于陀思妥耶夫斯基的小说研究中遵循卢卡奇的模式，并在某种程度上肯定《小说理论》的贡献，认为《小说理论》重新发现了异化的观念并把它重新整合到欧洲哲学中。但是他"采取的立场完全不同于卢卡奇自己的立场"②，"我们必须修改标准"③。他不认同卢卡奇以史诗的价值标准来评价现代小说的问题性，从而忽视了现代小说样式所具有的人性解放的自由选择的价值。小说价值与史诗价值具有根本的差异性，前者体现了现代市民社会的价值多元性，因此虽然小说样式充满悖论，但是古典史诗的复兴之梦只是一个浪漫的幻觉，因为产生史诗并传播史诗的有机共同体一去不复返了。未来的道路是资产阶级小说的转型，但是甚至在最拜物教化的样板形式中，小说也强化了读者成为"社会的社会"的产物的意识，它作为一种形式清楚地显示了人道化在这社会中可以拓展的范围。卢卡奇以黑格尔的大写的历史哲学的视角评判现代小说，迷醉于宏大叙事与神秘主义。在赫勒看来，《小说理论》与卢卡奇早期的《海德堡美学》《心灵与形式》一样，关注人类存在的本真性—非本真性，艺术作为大写的真理存在与日常生活没有关联，这就必然导致"悲剧—悲观主义和神秘性阅读"。④ 卢卡奇的现实主义小说批评观对费赫尔来说也是充满问题的。虽然现实主义小说理论包含着伦理民主的多样性，尤其触及了后来哈贝马斯关于公共领域的理论问题，但是卢卡奇受到理性主义和本质主义的影响，其批评带着鲜明的总体性特征，"他的现实主义理论复兴了总体性概念，去拜物教化不仅是一种认知行为，其意义不限于'理解整体'。总体性是劳动和劳动的产物，即实质的个体性。实质的人阐明表象世界的整个原材料，他不仅掌握整体，而且也是总体化努力本身的体现和积极结果"。⑤ 在费赫尔看来，卢卡奇的现实主义小说理论不能成为激进的新的

---

① Ferenc Fehér and Agnes Heller, "The Necessity and the Irreformability of Aesthetics", *Reconstructing Aesthetics*, Eds. Agnes Heller and F. Feher. Oxford: Basil Blackwell, 1986, p. 8.

② Ferenc Fehér, "Is the Novel Problematic? A Contribution to the Theory of the Novel", *Reconstructing Aesthetics*, Eds. Heller, Agnes and F. Fehér, Oxford: Basil Blackwell, 1986, p. 24.

③ Ibid., p. 25.

④ Agnes Heller, "The Unknown Masterpiece", Agnes Heller, Ferenc Feher, *The Grandeur and Twilight of Radical Universalism*, New Brunswick, NJ: Transaction, 1990, p. 213.

⑤ Ferenc Fehér, "Lukács in Weimar", Agnes Heller, Ferenc Feher, *The Grandeur and Twilight of Radical Universalism*, New Brunswick, NJ: Transaction, 1990, p. 262.

艺术的基础，它既被保守主义艺术观所拒绝，又被激进先锋派的大多数代表作家所排斥。这种以古典主义为模范的小说理论在解读卡夫卡的小说作品时显得牵强，充满矛盾，不乏武断性，在认识论上无法显示其理论的客观性。费赫尔重点涉及卢卡奇与卡夫卡的尴尬关系："由于卡夫卡坚持无助的人类条件并对寓言情有独钟，卢卡奇不能够把他视为'现实主义的胜利'的重要代表。同时卢卡奇又不能隐藏对卡夫卡艺术天才的钦佩，他强调，卡夫卡脱离了可以称之为'表象'或者纯粹可见的东西。这反过来意味着，卡夫卡创造了一种实质性的领域，因而满足现实主义艺术的绝对标准。不过，既然卡夫卡的实质领域正确地再现了现代宗教需要的虚假超越，它就立即被卢卡奇标示为仅仅是'虚假的实质'。前面视为武断的判断事实上是建立于武断原则的基础上的。这种现实主义理论是一种贵族式的拜物教理论：在既定的非拜物教化的阿基米德点必定有这样一位精英，他从这个阿基米德点决定一部作品是否具有实质的即现实主义的特征，决定这种实质领域是真实还是虚假的真实。"① 因而卢卡奇的现实主义小说理论无视现存的文化，带着古典的理性主义的贵族姿态，犹如阿多诺一样无视接受者，带着武断的教条主义色彩。费赫尔在深入肌理的批判性分析中揭示卢卡奇小说理论的严重问题，超越了科拉科夫斯基的简单化的断言。

对卢卡奇30年代后期在苏联写作的《历史小说》的批判分析是东欧新马克思主义小说理论的重要内容，也可以说是其小说理论的独特贡献之一。赫勒的批判最具有代表性。她以解构主义者德曼的小说时间性和晚年卢卡奇为《小说理论》所写的序言作为研究视角，探究被她认为是卢卡奇文学理论最优秀的杰作《历史小说》的贡献及其理论困境。德曼在《盲目与洞见》中谈及《小说理论》的历史进步主义时间观，卢卡奇的序言否定了《小说理论》与后来的马克思主义小说理论的内在关联。《历史小说》和《小说理论》有联系也有区别。一方面，《历史小说》延续着《小说理论》的历史分期，两部著作在小说类型学之间有直接的联系，都包含史诗与小说的比较方法的使用与史诗价值的认同。另一方面，两部著作也有明显的区别，《小说理论》的阐释模式为《历史小说》的表现方法所取代，虽然卢卡奇不断使用反映概念，但是"小说形式表现了资产阶级

---

① Ferenc Fehér, "Lukács in Weimar", Agnes Heller, Ferenc Feher, *The Grandeur and Twilight of Radical Universalism*, New Brunswick, NJ: Transaction, 1990, p. 264.

生活形式以及作者的生活体验。用表现理论来解说与马克思主义认识论是一致的，这种一致就是卢卡奇称之为左派的东西"。[1] 赫勒颇为重视《历史小说》中卢卡奇对历史小说样式的合法性的批判性论辩。卢卡奇为历史小说样式确立审美艺术结构原则，这就是他从古典历史小说的杰出代表司各特的历史小说中形成的"中间人物理论"：作为普通人物的主人公处于社会冲突力量的平衡点上，"其任务就是把小说中的极端的斗争力量联系起来，把社会艺术性表现的巨大危机性冲突彼此联系起来。这个主人公处于情节的中心，借助于这种情节，就可以寻找到并建立起中立的基础，在这个基础上，社会斗争力量的各个极端可以被引入到一种人性的彼此关系中"。[2] 赫勒将其概括为三条具体原则：第一，主要人物必须处于故事中间；第二，主要人物不是最伟大的或者最重要的人物；第三，主要人物不是极端分子，因为他必须准备去协调。在赫勒看来，卢卡奇关于历史小说的中间人物理论是一个完美的构形原则，这种艺术原则为适合卢卡奇的现实主义文学观念又引入了人民性概念，从而拯救了历史小说的困境，建立起了审美结构形式与左派意识形态的联系，因为中间人物是旁观者、参与者、历史意识的洞察者，能够把握历史的总体性，他在形成历史之后能够回到日常生活中，调整到黑格尔的现实性，散文化的时代诗意地来临了。赫勒认为卢卡奇的历史小说理论虽然对经典历史小说作品的解读具有一定的合理性和深刻性，但是面临着诸多的理论困境。虽然她认为《历史小说》涉及重要文学样式的形式特征与历史意识、伦理感知的联系，但是卢卡奇历史小说理论的主要问题在于伦理元素的缺失、人民性概念的坚守以及现实主义审美艺术观念的局限性，根本上说是无法调解其现实主义小说观念与绝对拒绝的伦理现代主义之间的悖论。对现实主义小说观念的坚守导致卢卡奇激进地拒绝现代主义小说，而其激进的伦理现代主义又抛弃现实主义小说的伦理品格。中间人物理论就涉及主人公的伦理元素的丧失，中间人物作为调解联络的功能性任务，不涉及道德伦理之重负。卢卡奇把中间人物和人民性联系起来似乎解决了历史小说与左派的意识形态的困境，但是人民性在现代历史小说中透视了困境，"既然卢卡奇的大众形象

---

[1]　Agnes Heller, "Historical Novel and History in Lukács", Agnes Heller, Ferenc Feher, *The Grandeur and Twilight of Radical Universalism*, New Brunswick, NJ: Transaction, 1990, p. 278.

[2]　Georg Lukács, *The Historical Novel*, Trans. Hannah and Stanley Mitchell, Lincoln and London: University of Nebraska Press, 1983, p. 36.

不适合现代的、西方自由和民主的社会，那么他不得不对现代历史小说的结构原则无动于衷"。① 尤其是在法国大革命之后，人民性不再是真正的人民性，而是沦为一种意识形态。如此，卢卡奇的历史小说理论也沦为意识形态的神话，作为一种意识形态的人民性构成了对艺术质性的伤害，在强烈的民众主义偏见中生产的历史小说只能是二流的作品和廉价的神学。卢卡奇历史小说理论的问题使他对现代历史小说充满误解，对历史小说乃至小说本身抱着失望的态度。也正是坚持其自身的史诗化的历史小说标准，他只选择了适合其理论困境的历史小说作品，既忽视了其他重要的历史小说，又忽视了从奥斯汀到艾略特的女性历史小说家。尽管这些作品在审美上与他的现实主义审美符码是一致的，但是不符合卢卡奇的伦理图画，这种伦理主要以崇高范畴的追求来设定。赫勒揭示了卢卡奇历史小说理论的悖论性框架及其悖论性的运用，认为卢卡奇对历史小说的理解最终只是一种误解，"虽然卢卡奇的核心概念（在理论上和政治上皆过时了）能够适用于古典历史小说的细致分析，但是在后经典的现代历史小说的分析中，它根本不起作用了"。②

赫勒对卢卡奇历史小说理论的批判是辩证的，也是切中肯綮的。她像费赫尔一样深入地洞悉卢卡奇小说理论的内在纹路，不论是对审美形式的分析还是对民主伦理政治的考量，都有启发性，在肯定卢卡奇历史小说成绩的同时指出其内在的悖论和现代困境，在批判中透视出新型历史小说的可能性。不过，赫勒的批判在某种程度上忽视了卢卡奇在批判理论中的重要性。她并没有意识到卢卡奇的历史小说理论的重要企图，就是第一次尝试地建构马克思主义样式理论（Marxist genre theory），③ 把唯物主义辩证法的反映论运用到样式分化过程的问题之中。这样，他关注的焦点不是历史小说具体的历史的流变，而是把握最重要的原则和理论及其普遍的文学原则问题。对此，詹姆孙在70年代初期审视卢卡奇的历史小说理论时强调了形式与意识形态的关联的价值与创新意义。他认为，卢卡奇在历史小说中关于内容的讨论也是形式的分析，历史小说中人物的中间地位是对人

① Agnes Heller, "Historical Novel and History in Lukács", Agnes Heller, Ferenc Feher, *The Grandeur and Twilight of Radical Universalism*, New Brunswick, NJ: Transaction, 1990, p. 286.

② Ibid. , p. 286.

③ Georg Lukács, *The Historical Novel*, Trans. Hannah and Stanley Mitchell, Lincoln and London: University of Nebraska Press, 1983, p. 15.

物叙事功能的思考。因而卢卡奇的现实主义文学批评文本都是加密的作品，历史小说作为新的形式和新的历史意识的中介，构成了一系列进一步的中介和转码，成为走向历史、政治、社会变化的中介，进而涉及经济本身，从而获得总体性的阐释能力。虽然詹姆逊的分析不乏洞见，但是他对历史小说远景的认识是浅薄的，他认同卢卡奇关于历史小说的非独立样式及其终结的观点，"历史时刻中的每件事情如果都互相连贯的话，那么，历史小说本身作为一种形式也必须最终消失，因而历史小说在其逐步追求具体的总体过程中，冲破了艺术本身生存的界限"。[①] 如此理解，卢卡奇最终没有在《历史小说》中建构起马克思主义样式理论。如果否定作为独立样式的历史小说，就不可能建立马克思主义历史小说样式理论，最多是马克思主义小说样式理论。仔细阅读《历史小说》，不难发现，卢卡奇在一定意义上成功地建立了马克思主义历史小说样式理论。虽然他对历史小说存在不同意见，但是他提出了历史小说的审美形式与民主伦理的形式意识形态的特殊性存在方式。事实上，他对作为独立的历史小说样式的认识具有模糊性。一方面，他坚决反对俄国形式主义者把历史小说作为为艺术而艺术的纯粹形式样式的看法；另一方面，他又默认了历史小说的诞生与发展，梳理历史小说的重要形态，并以"历史小说"、"历史形式"等概念自然地运用。卢卡奇虽然给予司各特的历史小说以极高的评价，认为其体现了史诗的高度，是艺术形式、历史精神与人民性的有机结合，但是他也对之进行批判，更重要的是他并没有忽略现代历史小说的转型与价值意义，尤其是反法西斯主义民主战线的德国历史小说预示着新的历史小说的可能，"我们时代的历史小说必须首先激烈地、无情地否定它的先驱，从自己的创作中大力消解它的传统。与此同时所产生的必然的与古典历史小说的接近，如我们在论述中所说的那样，绝不是这种形式的简单的复兴，绝不是简单地肯定这种传统，而是——用黑格尔的术语来表达——以否定之否定的形式所进行的革新"。[②] 因此，虽然卢卡奇反对形式主义的自律的历史小说样式理论，但是并没有无视已经存在的历史小说本身。事实上，任何一种自为的纯粹形式都是不可能的，更何况是历史小说呢？安

---

① 詹姆逊：《马克思主义与形式》，钱佼汝、李自修译，百花洲文艺出版社 2010 年版，第315 页。

② 《卢卡契文学论文集》（一），中国社会科学院外国文学研究所、外国文学研究资料丛刊编辑委员会编，中国社会科学出版社 1981 年版，第 170—171 页。

德森在讨论历史小说的文章中指出，"绝大多数文学样式已经包含许多不同的领域，正如俄国形式主义经常强调的，它们的活力就在于融合高雅与低俗、精英与大众形式之间的互动，不论是在样式的内部里，还是通过对话性的关联"。① 虽然卢卡奇对历史小说包括小说远景的预测是最终消亡，但是这种预测并没有最终实现，就如他自己所说的，"历史视角的不同也导致结构原则和性格刻画原则的不同"②。从这方面看，赫勒对卢卡奇的总体性的宏大叙事理论困境与内在悖论进行批判，对卢卡奇的历史小说消亡的批判是有理论意义和现实意义的。

东欧新马克思主义还对卢卡奇的追随者戈德曼的小说理论进行了批判。他们认为，虽然戈德曼对卢卡奇的小说理论进行了修正，从法国结构主义角度提出小说与现代资产阶级社会同构理论，突破了反映论的限制，但是重复着卢卡奇的宏大叙事的模式。戈德曼对集体意识的追求联系着卢卡奇的无产阶级的牵连意识。其理论的悖论与不一致在于：一方面，从卢卡奇的牵连意识概念出发提出集体意识，但是不能运用到资产阶级社会，这样小说与市场的同构意味着小说样式的严重问题，这使小说作为一种艺术样式是非本真的样式，即"拒绝作为本真样式的小说"。③ 同时，戈德曼以发生结构主义为范式，像列维·斯特劳斯、阿尔都塞一样，忽视了个体的价值与地位，仍然属于总体性视野下的小说理论，是对悲剧形而上学的绝对真理的思考，有着在悲剧哲学与辩证法之间的深刻悖论，所以他与卢卡奇一样都属于总体性宏大叙事的"神圣家族"的成员。但是戈德曼对法国新小说的马克思主义解读在某种意义上超越了卢卡奇的狭隘性，正如费赫尔所说："虽然市场'同构'理论被夸大了，但是它在小说形式中指出了许多结构性特征，这些特性可能形成一种新的理论解释。另一方面，这个理论第一次显示了价值论与样式理论之间的关系的问题。我们可以这样简单地表述这种关系：每一种特有的艺术形式不管是普遍的或是偶然的，它皆联系着世界历史或特殊时期，它的历史特征的一个标准恰恰是这种能

① Perry Anderson, "From Progress to Catastrophe: The Historical Novel", *London Review of Books*, Vol. 33, No. 15, 28 July, 2011, pp. 24-28.

② Georg Lukács, *The Historical Novel*, Trans. Hannah and Stanley Mitchell, Lincoln and London: University of Nebraska Press, 1983, p. 349.

③ Agnes Heller, "Group Interest, Collective Consciousness, and the Role of the Intellectual in Lukács and Goldmann", Agnes Heller, Ferenc Feher, *The Grandeur and Twilight of Radical Universalism*, New Brunswick, NJ: Transaction, 1990, p. 370.

力，即根据人类物种的价值发展，去再生产其时代的主导价值等级的能力。这个标准甚至更加准确地通过这种形式能够再生产的等级表现出来，以及在这种生产中发挥主导作用的价值表现出来。"①

可以看到，东欧新马克思主义对卢卡奇小说理论的批判集中于他的宏大叙事特征、内在的理论困境、作为小说样式的问题性论断，从根本上说在于卢卡奇忽视了小说样式的积极价值，尽管卢卡奇在文学研究中主要思考小说问题。在批判中，东欧新马克思主义透视出新的小说理论观念，在洞察小说样式悖论的同时认识到小说样式与人类自由选择的价值意义，深刻看到小说重建自由的公共领域的可能性，透视出后马克思主义的理论姿态，但是这与对马克思的新发现也是离不开的，正如费赫尔所指出的："马克思在《1844 年经济学哲学手稿》中的分析给我们提供了无与伦比的自我与他者之间偶然接触与邂逅的现象学。"②

三　后现代小说理论建构

东欧新马克思主义在批判卢卡奇、戈德曼等西方马克思主义小说理论的困境中表达了一种新的小说理论形态的可能性，这就是 20 世纪 60 年代在西方尤其是法国掀起的后现代主义文化思潮以及 1968 年之后西方政治文化的转型影响所致的后现代小说理论。东欧新马克思主义者费赫尔、赫勒、科拉科夫斯基等都明显地转向后马克思主义或后现代意识。1968 年是一个关键点，费赫尔认为："后现代条件最成功的颠覆性策略在艺术活动的去世俗化过程中表现了出来。阿格妮丝·赫勒已经正确地描述 1968 年 1 月在法国召开的具有象征意义的会议，在会上，新的一代年轻人踏上舞台，把反抗阿多诺、戈德曼和卢卡奇的示威性言辞作为历史的零点时刻，从此，后现代人诞生了。"③ 费赫尔的小说理论在批判宏大叙事中确立了小说样式的多元主义价值意义。在后现代社会，东欧新马克思主义提出了一些新型的小说理论理论问题，重建了新的概念范畴，表达新的文化政治想象，其中赫勒的后现代小说理论最具有典型意义。她在反思性的后

---

① Ferenc Fehér, "Is the Novel Problematic? A Contribution to the Theory of the Novel", *Reconstructing Aesthetics*. Eds. Heller, Agnes and F. Fehér, Oxford: Basil Blackwell, 1986, pp. 40-41.

② Ibid., p. 53.

③ Ferenc Fehér, "The Status of Postmodernity", Agnes Heller, Ferenc Feher, *The Grandeur and Twilight of Radical Universalism*, New Brunswick, NJ: Transaction, 1990, p. 544.

现代意识的视野对喜剧小说和历史小说做了出色的研究，在某种意义上走出了卢卡奇等西方马克思主义的视野，抛弃了马克思主义复兴的历史阴影，可以说形成了当代批判理论的崭新形态。

赫勒的后现代小说理论主要体现在新世纪以来的喜剧小说、历史小说研究方面。她的美学专著《永恒的喜剧》对文学艺术样式本身进行思考，认为每一种样式具有第一层次的同质化，具有相对固定的结构及其人物类型，但是异质性在不同层面体现出来，因此样式是同质和异质的共同建构，事实上就喜剧样式本身来说在于异质性，虽然赫勒仍然延续卢卡奇的异质概念，但是她更突出喜剧的异质性。就小说而言，赫勒涉及喜剧长篇小说、喜剧短篇小说、现实主义小说、存在喜剧小说等具体样式，她在不同小说样式的比较中突出喜剧长篇小说样式的特殊性及其哲学意义，在喜剧的异质性思考中对小说样式进行阐释学重构。赫勒在马克思主义复兴时期对文艺复兴的文学艺术样式的思考中就认识到了不同样式的异质性，在后现代的异质性、偶然性、多元主义的追求中，她更看重小说样式的异质性问题，避免普遍化的抽象。在某种意义上，后现代视野下的异质性小说样式理论更贴合小说样式的存在方式与价值意义的阐发。赫勒认为，喜剧长篇小说以前独特的结构模式、再现方式、叙述策略形成自身的样式特殊性，从而区别于其他小说样式。在人物再现方面，喜剧长篇小说的主人公大多为男性，而且不带鲜明的色情色彩，而喜剧短篇小说往往描写女性主人公，女性的色情和性得到理解和幽默性刻画，存在喜剧小说多是扭曲的人和物。在资产阶级现实主义小说中，人物是内在发展的不断的冒险，性格在不断生成中形成，而喜剧长篇小说的人物性格几乎没有变化："他们的性格在冒险系列故事中甚至在其世界或者形势转型中仍然保持稳定不变。"[1] 喜剧长篇小说的人物诸如堂·吉诃德、格列佛、哈克贝利、好兵帅克、克鲁尔等无不如此。在结构上，喜剧长篇小说具有特殊性与样式内在合法性的困境，也就是赫勒所说的，如何在长时间的阅读中激发喜剧效果的持续性，对此问题的克服的结果使喜剧长篇小说具有类似的结构特征。赫勒认为，每一部喜剧长篇小说都是流浪汉冒险小说，成为所有喜剧现象的百科全书。赫勒从不同叙述策略的使用说明了这种百科全书的结构性特征。在喜剧长篇小说中，作者身份的不确定性和作品人物身份的不确

---

① Agnes Heller, *Immortal Comedy*, Lanham: Rowman& Littlefield Publishers, Inc., 2005, p. 73.

定性在结构上相互交织，这使喜剧长篇小说表现出不确定性以及不可能完全解决的悖论、游戏、谜语、神秘，在某种意义说喜剧长篇小说是作者和人物之间掩饰与揭示的反讽和自我反讽的游戏，譬如塞万提斯与堂·吉诃德的共建共存的悖论状态。喜剧长篇小说把诸多的玩笑、传说、逸闻趣事等插入主要人物的叙述中，成为作品的珠链，体现出百科全书的结构特征。

赫勒认为，在喜剧长篇小说中，法国叙事学家热奈特的《重写》中所讨论的各种喜剧态度类型、喜剧模仿类型以及喜剧形式都可以再见到。赫勒重点分析了喜剧反讽基调和滑稽模仿在喜剧长篇小说中的独特运用。所谓喜剧基调是作品中作者对待普通的"人的图像"方式所决定的情绪色彩，作者对普通人的弱点是微笑或者辱骂，如何对待仁慈与厌恶，这事实上是作品的人类学观照。在喜剧长篇小说中尽管不同的小说有不同的反讽基调，但是有两种基本的喜剧反讽态度。一是以斯威夫特《格列佛游记》为代表的论辩式的讽刺性反讽（satirical irony），二是以马尔克斯的《百年孤独》为代表的倾向幽默的游戏性反讽。也有克尔凯郭尔所提出的尖酸的反讽，即玩笑中所言及的事物具有严肃的意义，这在20世纪极权主义体制下所形成的喜剧小说中频繁呈现，格拉斯的《铁皮鼓》是一个典型代表。在赫勒看来，喜剧长篇小说的反讽和幽默态度与存在喜剧小说有根本的差异。后者作为一种艺术样式备受争议，但是赫勒仍然认为有样式存在的合法性，因为这种小说颠覆了反讽与幽默的运用，形成了构成性的幽默与构成性的反讽。如果说喜剧长篇小说的反讽与幽默是调节性的，更多是作为一种技巧或者态度，而喜剧存在小说诸如卡夫卡的《变形记》、博尔赫斯的《死亡与指南针》、艾柯的《玫瑰之名》、凯尔泰斯的《命运无常》等小说则是构成性反讽与幽默，其中的荒诞是内在于其中，而不是一种技巧。

喜剧存喜剧长篇小说在滑稽模仿的运用上也是丰富多彩的，既有直接的滑稽模仿，又有间接的滑稽模仿即"滑稽模仿性再现"。滑稽性模仿再现是基于语言再现的一种间接滑稽模仿，是对某种类型、典型的滑稽模仿。在喜剧小说中，滑稽模仿与各种喜剧现象相互融合，形成极为复杂的多元方式。热奈特在日常生活中发现的"极简滑稽模仿"即完全的重复（minimal parody）在小说中也有呈现。由于语境的改变，既是纯粹的重复也具有喜剧意义，但是喜剧长篇小说中不能重复语言的语调，只能以语言的描绘来呈现。在赫勒看来，滑稽模仿能够使小说模仿人物、制度、诗歌、哲学，无论是以讽刺性反讽的基调还是游戏性反讽的基调，都可以使一个场景成为滑稽模仿的对象。滑稽模仿与喜剧小说人物特征的内在关联，形成了非身份的身份，这是喜剧长篇小说的核心。滑稽模仿和它的原初对象都在扭曲之镜中再现，但是两者不是相同的，当再现性的滑稽模仿作为一面扭曲之镜时隐藏的非理性的东西就凸显出来。滑稽模仿既是喜剧人物的呈现，又是喜剧小说的呈现，喜剧小说始终是一面扭曲之镜，讲述着它所揭露的世界和讽刺世界的真相。可见，赫勒对喜剧长篇小说的分析受到卢卡奇美学思想的影响，强调小说的真理揭示意义，也受到同质概念的启发，但是显示出她自己对小说样式的独特思考，在后现代反思意识的异质性概念引导下，体现出了小说艺术样式与偶然的人类存在条件的价值关联，认为喜剧小说不像存在喜剧小说样式，不是对人类的存在本身赤裸裸地加以描绘，而是间接地再现人类条件的小说样式。无疑她的小说样式理论不再属于总体性的宏大叙事，不再局限于现实主义小说及其价值观念，而是小说样式的后现代重建，她的小说样式理论融合了古典作品、现代主义小说，后现代主义小说作品，表现出后现代小说理论的开放性。

赫勒在历史小说样式的研究进一步体现了后现代的理论视角。她沿着卢卡奇的《历史小说》的思路走进了后现代的历史小说世界，形成了独特的后现代历史小说理论，这主要体现在匈牙利语专著《当代历史小说》(*A mai történelmi regény*) 以及英文简化论文《当代历史小说》之中。她的专著分为什么是小说和历史小说、传统历史小说的结构、"后现代"历史小说的特性、暴力、从辉煌到崩溃的罗马道路、一个新时代的诞生、美国模式等七章。赫勒在前言中明确地提出了 80 年代初的《历史理论》和 1993 年的《破碎的历史哲学》所表达的"后现代历史意识或后现代幻想"[1]，这成为其后现代历史小说理论的历史哲学基础，即"新的世界观产生新型的历史小说"。[2] 赫勒在第一章中论述了"什么是小说，什么是历史小说"的问题，明确回答了纠缠于卢卡奇的历史小说作为一种独立样式的理论问题，区别了历史小说、普遍意义的小说和史学。这三种样式都是虚构的，但是各自具有不同类型的虚构真理。普遍意义的小说作为艺术

---

[1] Heller Ágnes, *A mai történelmi regény*, Múlt és Jövö, 2010, p. 12.
[2] Ibid., p. 60.

样式不必然在艺术的揭示性真理和社会历史现实之间建立联系，当我们阅读斯威夫特的《格列佛游记》时，并不追问小人国是否存在，这种追问不关涉小说的真理。赫勒指出："历史小说同样是虚构的，即属于小说，但是它并未完全是自指性的虚构"，① 它要涉及外在的历史。历史小说作为法国大革命之后兴起的文学样式，建立了历史现实与小说揭示性真理的某种联系，但是其人物和故事大多是虚构的，所以历史小说的真理仍然是艺术的揭示性真理，而不像史学的历史逼真性的真理意义。在赫勒看来，史学与史学文学作为两种不同的样式有相关性，也是有根本区别的，史学文学把行动归因于行动者及其意愿、动机、人格，在虚构的世界体现真实性和善的结合，"它把死人转变成为我们的当代人，在道德基础上，我们（作为人之人）能够平等地与其交往"。② 赫勒从真理类型出发来思考历史小说作为一种独立样式的合法性体有独特之处，但是她的后现代历史小说理论并没有完全否定卢卡奇的成绩，而是充分融合了卢卡奇关于历史小说的审美结构形式的洞见，从而揭示了后现代历史小说的存在方式及其价值。

以赫勒之见，后现代历史小说与卢卡奇概括的经典的历史小说具有相同点，后现代历史小说仍然实践传统历史小说的中间人物理论，历史小说的核心人物居于冲突的历史力量的中间，表现出不可避免的时代错误，对人民性加以描绘。但是后现代历史小说突破了传统历史小说的宏大叙事模式，呈现出后现代的历史意识及其存在方式，拥有独特的审美形式特征。赫勒认为："传统历史小说包含着宏大叙事的精神。"③ 历史小说不同于诞生于莎士比亚时代的喜剧小说，它是随着宏大叙事一起诞生的，司各特、托尔斯泰等传统历史小说家追求历史的必然性，体现现代性的求新意识，"正是由于这种共同的宏大叙事的视野，传统历史小说讲述着极为类似的关于现在的过去和历史的过去的故事"。④ 可以把赫勒关于后现代的历史小说的独特性概括为五个方面。第一，当代历史小说瓦解了黑格尔的理性对历史作用的理解，怀疑黑格尔所谓的世界历史的个体的设想。在黑格尔

---

① Heller Ágnes, *A mai történelmi regény*, Múlt és Jövö, 2010, p. 22.

② Agnes Heller, *A Theory of History*, London: Routledge and Kegan Paul, 1982, p. 126.

③ Heller Ágnes, *A mai történelmi regény*, Múlt és Jövö, 2010, p. 92.

④ Agnes Heller, "The Contemporary Historical Novel", *Aesthetics and Modernity: essays by Agnes Heller*, Ed. John Rundell, New York: Lexington Books, 2010, p. 93.

的历史哲学中，只有三个主要的世界历史个体即亚历山大、凯撒和拿破仑，他们通过征战把当时最伟大的文化成就传播到世界各地，而当代历史小说对善和罪恶都脱离了黑格尔的宏大叙事的世界历史的视角，这些作家没有分享黑格尔的判断，而是认为在人性历史上发挥最重要作用的不是军阀，而是艺术家、商人、绘图员、哲学家、学者等各种不同类型的人群。最重要的事件不是战争，而是市民战斗、输血等科学发明，甚至是南海金融风暴。第二，当代历史小说呈现出不同类型的人的图像。匈牙利历史小说家斯皮罗（György Spiro）体现出阴暗的哲学人类学，他的文学世界的人不是有病就是天真的傻瓜；在美国历史小说家珀尔（Mattew Pearl）的世界有着正派的男男女女，也有忏悔的人群；在美国作家利斯（David Liss）的宽恕世界中，人是最弱的，人的理解也是有限的。他们在类似的历史图像中呈现出不同的人的图像。第三，当代历史小说失去了全知全能的叙述者，而是呈现出多元化的叙述视角。利斯的《纸币阴谋》（*A Conspiracy of Paper*）、英国小说家哈里斯（Robert Harris）的《庞培》（*Pompeii*）、意大利符号学家的小说《玫瑰之名》等历史小说由第一人称单数来叙述故事；英国小说家皮尔斯（Iain Pears）的《指路牌》（*An Instance of the Fingerpost*）从四个不同角度讲述同一个故事，《西皮奥之梦》（*The Dream of Scipio*）以古老的手稿来对故事解码；土耳其小说家帕慕克（Orhan Pamuk）的《我叫红色》（*My Name Is Red*）由一匹画中的马或者颜色来讲述故事。第四，与传统历史小说的封闭性世界不同，当代历史小说保持开放的文学世界。作为严格意义的历史小说，它通过偶然性走向结束，无论悲抑或喜，都只是一种特有的叙述的结束。因此，读者可以有选择的余地，不接受现有的成见，而是批判性地阅读："她尝试着不同的故事；她企图揭开作者的谎言与误解。换言之，她持续地卷入解谜的过程中。"①赫勒选择的历史小说很多具有侦探小说、恐怖小说等流行文学类型的特征，因为在她看来侦探小说体现了时代的历史意识，但是这些侦探、恐怖元素不仅以悬念吸引眼球，获得广泛的流行性，而且具有深层秘密符码的哲学意义，"正是当代历史小说家把侦探小说的一些特征融入到他们的样式之中"，"侦探故事用心理学语言来说是作为一种移置，用文

---

① Agnes Heller, "The Contemporary Historical Novel", *Aesthetics and Modernity：essays by Agnes Heller*, Ed. John Rundell, New York：Lexington Books, 2010, p. 98.

学语言来说是作为一种象征符号"。① 即使记忆本身也值得怀疑，因此故事的叙述没有封闭性。第五，当代历史小说具有时期特殊性，暴力主题与人物选择不同于传统历史小说。赫勒针对卢卡奇关于历史小说的必然的时代错误理论，提出了当代历史小说有意识地对待时代错误，当代历史小说区别了现在的过去和遥远的过去的叙述，把遥远的过去的叙述视为当代历史小说的重要选择，这主要体现在罗马帝国最后崩溃的时期和从中世纪到启蒙运动这一段现代世界诞生时期。这两个时期显示出在暴力中崩溃、在暴力中诞生的特征，切合历史小说的题材与形式的类型特征，因为没有暴力就没有历史小说。传统历史小说凸显战争的价值、男人的勇敢、女性的无用，而当代历史小说认为暴力战争是毫无意义的，战争对主要叙述而言只是外在的，对主要人物性格的道德价值而言是无足轻重的，但是暴力无处不在，铭刻在作品中妇女、犹太人、异教分子等主要人物身体上，显示出文化政治的意义，因此对赫勒来说惊悚元素本身不仅是技巧，而是故事本身的内在构成性元素。

可以看到，虽然赫勒认为她自己的思考不是审美的视角，但是她对当代历史小说特殊性的理解整合了当代历史意识和小说审美形式元素，把海德格尔的诗性真理融入到历史小说的阐释之中。当代历史小说的历史意识与审美观念切合赫勒的后现代的多元主义文学思想，从而瓦解了宏大叙事，也表现出对美国历史小说家珀尔所揭示的美国模式的认同，"在美国根本不存在'宏大叙事'，生活感受、氛围是清教主义的，是极端实用主义"。② 赫勒关于再现的文学与政治学的解读，解构了自我再现与他者再现的二元区分，瓦解了单一的再现模式，走向了再现的多元理解，"在阐释意义方面，再现的多样视角丰富了理解和自我理解"。③ 事实上赫勒的当代历史小说理论与安德森的历史小说的观念有着相同的理论旨趣，后者认为传统历史小说主要是民族身份的建构，但是"二战"之后兴盛的历史小说使卢卡奇的历史小说理论不再适用，形成了一种新的突变，新的形式标志着后现代的来临，这种来临是对卢卡奇的所有标准的颠覆："后现代人所创新发现的历史小说可以自由地混淆时代，融合或者交织着过去与

---

① Agnes Heller, *A Short History of My Philosophy*, Lanham: Lexington Books, 2011, p. 135.

② Heller Ágnes, *A mai történelmi regény*, Múlt és Jövő, 2010, p. 253.

③ Agnes Heller, "Self-Representation and the Representation of the Other", *Aesthetics and Modernity: essays by Agnes Heller*, Ed. John Rundell, New York: Lexington Books, 2010, p. 196.

现在；在叙述中卖弄作者；把领导历史的人物而不是边缘人物作为中心；设想反面的事实；散播时代错误；形成多样的不同结局；与宗教启示联系。"① 虽然赫勒和安德森都批判卢卡奇的历史小说理论并共享后现代历史小说的辉煌，但是赫勒并没有完全拒绝卢卡奇对传统历史小说的洞察力，延续着卢卡奇对历史小说中的人物形象的关注。而且赫勒的历史小说阐释不同于安德森以詹姆孙的"形式的意识形态"来审视后现代历史小说的本雅明式的寓言解读，而是从人类存在的后现代条件及其后现代历史意识的角度思考当代历史小说的独特存在方式及其人类学意义，显示出马克思主义的历史唯物主义的新发展，诸如赫勒所说的，"我所提出的历史理论能够被理解为历史唯物主义形式"。② 可以看到，无论赫勒对喜剧长篇小说样式的分析还是对当代历史小说的解读都显示出东欧新马克思主义小说理论后现代转型的标志，这无疑是对卢卡奇的历史性超越，虽然离开有时极为接近后现代理论观点，关注生活与艺术的统一，认同日常生活的艺术实践，厌恶高雅的文化传教士，看重文化市场的意义，但是"他的全部作品是对后现代条件的断然拒绝"。③

综上所述，东欧新马克思主义小说理论在不同的历史转型时期思考不同的小说问题，在马克思在复兴的60—70年代深化卢卡奇的小说理论思想，主要是坚持现实主义文学观念，70—90年代展开对卢卡奇的小说理论的批判，凸显后马克思主义文艺理论的立场，新世纪以来在反思的后现代历史意识的哲学建构中对小说样式进行重构，形成了后现代的小说理论。它的发展显示了历史与逻辑的统一，但是又具有彼此交织的因素，后马克思主义、后现代意识已经包容在马克思主义复兴的小说研究之中，在某种意义上也延续了马克思主义复兴的核心问题，这就是对小说与人的自由与价值的关注。我们看到东欧新马克思主义小说理论的转型透视出哲学思想和文学观念的转型，从现实主义小说观向多元主义的建构论转变。东欧新马克思主义小说理论显示了马克思主义的生命力，彰显出马克思主义在不同历史时期对不同现象的阐释的合法性，在世界马克思主义文学理论

① Perry Anderson, "From Progress to Catastrophe: The Historical Novel", *London Review of Books*, Vol. 33, No. 15, 28 July, 2011, pp. 24-28.

② Agnes Heller, *A Theory of History*, London: Routledge and Kegan Paul, 1982, p. 316.

③ Agnes Heller, "Lukács and the Holy Family", Agnes Heller, Ferenc Feher, *The Grandeur and Twilight of Radical Universalism*, New Brunswick, NJ: Transaction, 1990, p. 323.

中具独特的意义。但是，由于关注小说的人类学、伦理学、历史意识，东欧新马克思主义小说理论在一定程度上削弱了对文学性的关注，导致了对文学审美价值的忽视。而且由于不断与西方马克思主义经典反思偏离，在强调马克思主义的人的存在问题时偏离了马克思主义的生产范式。再者，虽然东欧新马克思主义小说理论显示出创造性的活力与阐释的合法性，但是其文学文本的选择主要考虑其哲学思想的适应性，譬如赫勒对侦探小说的酷爱却不得不放弃，而在当代历史小说中找到其理想的历史图像和人的图像的虚构空间，这在某种程度上同化了她所批判的现代美学的不可根除的悖论。

第二节 戏剧理论

马克思恩格斯的戏剧批评为马克思主义戏剧理论奠定了基础。20 世纪西方马克思主义戏剧理论获得了发展，涌现出卢卡奇、本雅明、布莱希特、戈德曼、伊格尔顿等戏剧理论家。东欧新马克思主义者对戏剧样式颇为关注，不仅对古希腊戏剧、现代戏剧、当代戏剧展开探讨，而且对戏剧理论加以分析，丰富了马克思主义戏剧理论。东欧新马克思主义戏剧理论与西方马克思主义戏剧理论密切联系在一起，但是又呈现出新的特征。我们主要从人类学戏剧理论建构、西方马克思主义戏剧理论阐释、后现代戏剧思想三方面来清理东欧新马克思主义戏剧理论的核心问题。

一 人类学戏剧理论建构

东欧新马克思主义强调人的价值与创造，哲学人类学内在于其中并渗透到戏剧样式的分析之中，形成了人类学戏剧思想。捷克新马克主义者斯维塔克和匈牙利新马克思主义者赫勒在马克思主义复兴浪潮中对此加以建构，前者提出了人的戏剧模式命题，后者从哲学人类学角度展开对文艺复兴时期戏剧中的人的图像的思考。

斯维塔克认为艺术是人的再现，艺术的转型必然关涉到人的转型问题。他认为，"艺术从来不是纯粹的模仿，不是单纯的模仿；它始终暗含着整体的世界观，具有宗教、哲学、神学或科学的含义。艺术的问题是人的能力的问题。艺术家借助人的能力创造以前还没有存在的东西。艺术的

意义因而直接关乎人自身的意义和人的活动的意义"。① 这是斯维塔克在
20 世纪 60 年代所持有的基本艺术观念。基于这种观念，斯维塔克研究从
对古希腊到当代的戏剧，总结出欧洲人的戏剧模式（Dramatic Models of
Man），其方法论是科学人类学方式，一种基于历史长时段的向后站的望
远镜的方式。要理解斯维塔克的戏剧人类学思想，首先需要把握他的人的
模式的思考。在他看来，到目前为止，欧洲人类历史已经出现了四种基本
的人的模式，即宗教模式、艺术模式、哲学模式和科学模式。这是基于思
维方式的不同而进行的分类，但是在具体历史时期，这些模式呈现出不同
程度的交织。按照文化史中的人的模式看，具有古希腊之前的非理性的神
话模式，古希腊的理性模式，中世纪的基督教模式，文艺复兴时期和启蒙
运动时期的哲学理性模式，19 世纪的科学的生物学模式。斯维塔克认为，
最古老的人类学是宗教人类学，其人的模式由超自然的力量及其对人类生
活的影响所支配。人的神话模式支配整个原始社会，并一直形成每个人最
深层的维度。神话学在古希腊获得完美性，但正是在这个时期人的神话模
式崩溃了，人的理性被创造了出来，逻各斯、理性成为人类的决定性特
征。不仅人是一种理性的存在，而且还具有潜在的世界理性。古希腊还具
有普遍价值的伦理政治观念，自由的道德存在能够使理性来抵制激情，以
便通过激情来净化自己。古希腊人的模式中还具有超越人类的、对抗人类
的、不可理解的盲目命运的力量，这是使人的意图土崩瓦解的力量，它被
超越人类维度的隐蔽的逻辑所支配，因而人的存在的悲剧特征内含于其
中。古希腊人的观念在索福克勒斯的悲剧《俄狄浦斯王》中得到具体的
艺术性再现。这部戏剧是人类命运的戏剧，是人类设想而神摧毁设想的古
典悲剧，是人类的努力被超人类的先验干预所改变的悲剧。俄狄浦斯尽力
逃避杀父娶母的预言，甚至在他出生之前，他的父母竭力阻止预言实现，
但是结果他们都实施了阿波罗的神谕，没有避免杀父娶母的结局。斯维塔
克认为，这部悲剧的意义在于人痛苦地进行自我意识，俄狄浦斯把人类自
己视为罪恶的无意识的源泉，"这部悲剧告诉我们，在竭力逃避预言的过
程中，我们实现了这个预言，结果我们的命运是不可避免的。人类的命运

① Ivan Svitak, *Man and His World: A Marxian View*. Trans. Jarmila Veltrusky, Dell Publishing
Co., Inc., 1970, p. 59.

是预先注定的，它能够从耀眼的辉煌堕入深渊，我们永远地处于命运之囹圄中"。① 因而人是命运的玩偶，是罪恶之源，同时宇宙中存在着永恒的规范。

对莎士比亚戏剧中的人的模式的挖掘是斯维塔克戏剧人类学思想的重要维度。在斯维塔克看来，莎士比亚戏剧再现了文艺复兴时期人的观念，这包括人的历史存在维度、哲学意识维度和存在之谜三个维度。他借鉴了克特（Jan Kott）的莎士比亚戏剧研究成果，认为："简·克特完美地分析了莎士比亚历史剧中的历史机制，他揭示了，历史受制于某种权力交替的可怕的循环，权力掌握者改变了，但是相同的事情反复地上演。因而，历史仅仅是历史的背景，是人与世界之间稳定的关系结构；历史是权力的机制而不是任何新事物的源泉。"② 历史对莎士比亚而言是人类利益的毫无意义的一团乱麻。在斯维塔克看来，这种历史观与现代作为过程的历史概念形成鲜明对比，但是与古代的历史观念比较，莎士比亚的历史观具有重要性。古代历史观把历史作为纯粹的事件的混团，受逻各斯因素的调节，被神圣的命运所支配。莎士比亚戏剧中的历史像自然一样残酷，本身是自然的。人好像自然一样残酷，其历史剧体现出这种"自然规律"。而哈姆雷特试图超越这种历史观，试图发现人自身更深刻的人性，但是又陷入不可能的偶然性之中，人的命运的悲剧性联系着喜剧性，他的失败在于他把自己的荒诞的价值体系和世界对立起来，灾难来自他自身。因而哈姆莱特体现了文艺复兴时期历史的荒诞性和悲剧性。斯维塔克认为，哈姆莱特体现了文艺复兴时期哲学上人的观念，人作为主体只能在他存在的限度内改变，但是他的实质本身是没有改变的。这种人的观念形成了所有莎士比亚戏剧人物的背景。人在历史的荒诞中体验理性，在宇宙的机制中体验变化。尽管莎士比亚不是一个唯物主义哲学家，但是他的文学人物的哲学框架仍然处于机械唯物主义的范围之内。不过，文艺复兴时期人的概念与中世纪的基督教人的概念构成张力，表达出人创造自己的命运并为自己的创造承担责任的意义。这在米德拉的戏剧中最清楚地得到表现。对斯维塔克而言，最能够表现文艺复兴时期人的存在状态的戏剧还是《哈姆莱特》，"在最伟大的作品中，尤其在《哈姆莱特》中，不仅文艺复兴时期的伟人

---

① Ivan Svitak, *Man and His World*: *A Marxian View*, Trans. Jarmila Veltrusky, Dell Publishing Co., Inc., 1970, p. 84.

② Ibid., p. 86.

之人类条件，不仅人的模式都找到了表达，而且生活的哲学概念的残酷的、荒诞的局限性也找到了表达"。① 在古代，生活赋予人类以痛苦，神惩罚人类，神的教义不为人类所理解，但是生活本身的价值没有被质疑。但是在《哈姆莱特》中，"存在还是不存在"成为一个重要问题，哈姆莱特从现代存在主义视角分析了世界的荒诞性。未来的不确定性追问存在是否有意义，在激情与理性的辩证法中所表现的冲突是人的内在的冲突，而不是两个人之间的戏剧冲突。哈姆莱特体现了文艺复兴时期人之存在意义的秘密，他以怀疑之天才思考着行为的价值与意义的悖论性，思考生活意义的不确定性。俄狄浦斯王的悲剧性来自更高的权力存在，涉及人与大写的绝对神灵的关系，而哈姆莱特的悲剧性来自他自身，来自他与自身的关系与任何大写的绝对神之不存在的荒诞性，这无疑进入了 20 世纪哲学悲观主义问题。没有绝对神圣存在之后，价值判断如何得以可能？斯维塔克敏锐地指出，哈姆莱特不仅发现复仇和谋杀的道德承诺是有问题的，而且做出任何价值判断的可能性也是有问题的。这样，人的存在是一个谜。可以看到，斯维塔克从 20 世纪存在主义哲学视角重新发现了《哈姆莱特》中的人的概念。

斯维塔克还看到了一种人的戏剧模式，这就是在布莱希特的戏剧中所呈现的人的模式。这种模式体现出作为实践的人类生活，是作为个体干预历史和自己生活的主观活动。这不是沉思于对象之中的世界图像，而是被充分理解的人类世界，是人的有意识的活动的世界图像："人类生活体现了主体与客体的辩证统一，作为人与世界的统一，作为人始终卷入某物、卷入某种情境的存在形式。主体在客体对象中、在行为中被感知。……一方面，人被世界建构，另一方面，人在世界上留下自己的标志；他在工作中把自己对象化，同时具有反思存在的领域。在某种意义上，布莱希特的作品提供了现代人的戏剧模式。"② 布莱希特的戏剧作品体现了自由的积极的世界存在，表现出一种新型的历史模式。这种戏剧的人的模式摆脱了历史的骚乱和人之存在的机械模式，也摆脱了古代作为命运的人类历史，从而体现了人的模式的历史性断裂。但是在断裂中仍然延续着人道主义的传统，因为戏剧乃至整个艺术都涉及人的概念的问题。

---

① Ivan Svitak, *Man and His World: A Marxian View*, Trans. Jarmila Veltrusky, Dell Publishing Co., Inc., 1970, p. 91.

② Ibid., p. 97.

　　斯维塔克具有存在主义色彩的戏剧人类学思想在东欧新马克思主义文艺理论中不是个别的。在 20 世纪 60 年代，赫勒的戏剧思想同样立足于哲学人类学，重点关注文艺复兴时期戏剧与人的理想图式的关系问题，也主要集中于对莎士比亚戏剧的解读，发表了一系列关于莎士比亚戏剧的论文。其戏剧思想在《文艺复兴时期的人》中得到综合的体现。在我看来，赫勒的戏剧人类学思想比斯维塔克的要细致得多、深入得多，也深刻地影响着赫勒后来的后马克思主义或后现代戏剧思想。赫勒认为，在文艺复兴时期，人的理想概念突破了古代静态的同质性，呈现出动态的多元的丰富存在："人的概念的动力论和人的理想的统一性的瓦解都反映了社会生活和人类生活的革命性转型。但是我这里要强调另一方面：人类理想的多元性出现在这种人的概念之中。"① 毫无疑问，莎士比亚的戏剧是呈现文艺复兴时期人的概念的重要形式之一。

　　赫勒从人类学角度切入莎士比亚戏剧作品，主要从历史和伦理角度展开对戏剧作品所表现的人的现代性的分析，彰显现代性的此岸性、世俗性、历史意识、伦理自律等因素。莎士比亚的历史剧不是对历史过去的纯粹模仿，而是把现实的事件冲突与罗马历史融合在一起，熟练地展现描写历史的新方法，"在人物及其行为、人与人的彼此关系的建构中，他能够使我们完全理解，他是否在写他的时代的现实的历史前辈，更准确地说是否在写他自己时代的冲突"。② 莎士比亚的绝大多数历史剧描写当下，但是被置于罗马或意大利的场景之中。这些作品具有当下的真实性，当下的真理找到当下的形式。在赫勒看来，莎士比亚戏剧展示了斯多葛和伊壁鸠鲁的历史生活观念，遵循当下的个体自然状态和社会自然状态，《凯撒》的布鲁图和卡伊乌斯是这种观念的代表。时间是人类存在的条件，它在莎士比亚戏剧中表现得异常丰富，莎士比亚艺术性地表现了面向过去和未来的时间性存在。具体来说，莎士比亚的戏剧透视出人的"作为时间点的时间"和"作为节奏的时间"。赫勒认为："根据自然本体论，时代点是瞬间的'现在'。不过，就社会本体论而言，时间点只在涉及人时并只有在各种具体的关系中才具有意义。在这里，时间点的'瞬间'不仅仅是可

① Agnes Heller, *Renaissance Man*, Trans. Richard E. Allen, London, Boston, Henley: Routledge and Kegan Paul, 1978, p. 20.
② Ibid., p. 93.

以测量的时间单位的'瞬间'（一秒或者一片刻）。"①古希腊悲剧的存在
与古代没有选择的时间点的静止时间联系在一起，只能是命运的悲剧，然
而莎士比亚的主人公处于时间点的行为中，尤其在人物的净化的瞬间，瞬
间的辨认成为文艺复兴时期认知的主要元素之一。莎士比亚的总体性把握
都围绕着时间的问题，这种时间点的把握在赫勒看来具有崭新的现代意
义。它提供了选择的可能性，也提出了瞬间在人的存在中的重要作用，同
时表达了现代人的悲剧性的悖论。莎士比亚《李尔王》中的暴风雨场景
是时间点的呈现，理查德二世的"时间断裂"表达是对时间错位的呈现，
而哈姆莱特的悲剧性不是主人公的犹豫不决，而是断裂的时间点。哈姆莱
特作为人的存在悖论把复仇任务、人物性格和时间点交织于一起，在时间
点上他作为复仇者又作为现代人文主义者，复仇与道德性、法律秩序交织
于一起。赫勒以本雅明式的瞬间的辩证法解读提升了莎士比亚戏剧的哲学
意义。莎士比亚戏剧呈现出作为节奏的时间，这种时间表达了社会历史发
展速度的时间观念，主要在历史剧中体现出来。赫勒认为，莎士比亚的历
史剧是真正历史的，因为历史事件序列的加速被戏剧节奏的不断加速所体
现，"这种加速是总体的，因为它不仅涉及事件的过程，而且涉及人物的
发展，人物的冲突以及情感世界和道德价值体系的重建"。②《理查德二
世》开始是缓慢的速度，但是 Boling-broke 转折之后，速度突然加快，价
值体系突然颠覆，人突然学会了以前不可预科的事情。《亨利六世》的节
奏更快，而《理查德三世》的戏剧节奏达到最高点。在历史剧终，再现
了理查德从在位到没落的快速过程，快速地体现了理查德的终结和一个时
代的终结。因而莎士比亚的历史剧清楚地再现了文艺复兴时期的历史
节奏。

　　赫勒不仅探讨莎士比亚戏剧与人的历史性、时间性的关系，还注重思
考莎士比亚对现代初期的伦理生活与道德价值的表达。《凯撒》中的卡西
乌斯是一个政治家，为了争取权力而忽视道德品性，而布鲁图是一个道德
主义者，为保持自己的道德纯粹性而努力奋斗。他们二人合谋杀害凯撒但
是争吵不断，体现出道德性和政治性存在的冲突。《哈姆莱特》里的赫拉
西奥（Horatio）是体面的人，他作为斯多葛主义的理想人物，追求积极的

---

　　① Agnes Heller, *Renaissance Man*, Trans. Richard E. Allen, London, Boston, Henley: Routledge and Kegan Paul, 1978, p. 178.
　　② Ibid., p. 186.

善，摆脱一切偏见，有理性地培养自然的本性，珍惜与朋友之间的友谊。但是他不具备悲剧的灵韵，不挑战现有的世界秩序，也不以新的世界秩序挑战现有的秩序。莎士比亚戏剧也充分地呈现出人的伦理生活辨识的困境，表现出本质与现象的矛盾性。这在一系列反面形象中得到展现。这些反面人物操纵本质与现象的矛盾，在辨识正派人的信任、忠诚以及无助的过程中，想方设法地来戏弄他们。亨利六世作为第一个篡权者，有善良的一面，但是他成为国王之后，就背弃他以前的支持者，但是这个人物缺乏莎士比亚反面人物的玩弄的游戏意识。在赫勒看来，理查德三世才是最经典的反面人物之一，"在理查德三世这个形象中，本质和现象有意识地转向对立面，这成为角色—表演，伪装成为一种生活原则"。① 他的欺骗性有时接近于喜剧，因为他不仅隐藏其真实的自我，而且隐藏其恶棍特性，还经常强调自己的忠实和天真。然而他又是一个伟大的人物。莎士比亚的反面人物懂得道德的自律，充分意识到人可以在善恶之间相对自由地选择，在这种选择中，理性发挥着主要作用。这些反面人物确信，理性扩大了人的选择和行为的自由，能够带来安全的行为，因为理性能够辨识出社会的客观规律、个体性格以及个体之间的规律，这就可以实施玩弄行为，有意识地欺骗信任他们的正派人。理性的力量得到实现，但是它被否定性的道德内容扭曲了，玩弄人始终具有否定的意义，哪怕没有恶意，因为被玩弄的人变成了被另一个人所掌握的纯粹工具。在赫勒看来，玩弄是非人性的，一个人的道德自律剥夺了其他人的道德自律，"因而伊阿古（Iago）夺取了奥赛罗的行为自由，爱德蒙（Edmund）剥夺了格罗斯特（Gloster）的行为自由，这使他们的行为不能遵循他们的本质，因而把人变成了物"。② 如果说欺骗别人的反面人物获得了存在的在家感，那么被欺骗的纯真之人感到整个世界及其价值体系就土崩瓦解了，普遍的信任逆转为普遍的不信任，觉醒转变为厌世，因为现实世界完全是罪恶，因而奥赛罗、李尔王、泰门、格罗斯特等纯真的人物失去了正确的尺度。这些纯真之人的命运显示了实质与现象、外部与内部、价值与非价值的矛盾性，显示了"人类价值的贬损"。③ 莎士比亚关于本质与现象、内在与外在的冲突不仅

---

① Agnes Heller, *Renaissance Man*, Trans. Richard E. Allen, London, Boston, Henley: Routledge and Kegan Paul, 1978, p. 213.

② Ibid., p. 215.

③ Ibid., p. 220.

体现在反面人物那里，而且也彰显在伟大的、有理性的、道德正直的主人公形象之中。赫勒指出，莎士比亚最伟大的人物形象经常把人置于考验之中，以便更好地认知，找到这些人格面具所隐藏的真实东西。这些伟大人物设计虚假的环境来审视人们的反应，以此来把握对象的真实自我。在莎士比亚戏剧中，考验具有积极的道德价值，也有玩弄人的利益性，这两者彼此亲近，界限很模糊，虽然启蒙运动的文学家不断使两者极端化。哈姆莱特体现了人文主义的道德价值观，他对人的洞察和判断深入人心，能够正确地感受善与恶，能够把对人的认识提升到普遍的层面，能够把人的认识作为伦理价值本身，具有公正性。但是哈姆莱特仍然会走错道路，犯下不可弥补的错误，"哈姆莱特在对人的认知的帮助下，努力把断裂的时间矫正。不过，断裂的时间不能再被矫正了"。① 尽管莎士比亚戏剧揭示了伦理道德价值的矛盾性，但是其戏剧最终没有走向悲观主义的生存，而是体现了价值秩序重建的可能性，反面人物的悲观主义与欺骗行为受到新价值的质疑，被欺骗的纯真人物在第二次觉醒中获得了存在的新意义与合法性。因而，道德价值的重建仍然是可能的。

可以看出，赫勒基于文艺复兴时期戏剧分析体现出戏剧人类学思想。她与斯维塔克持有共同的倾向，皆强调戏剧形式与人的观念、人的理想的关联性，具有马克思的《巴黎手稿》和海德格尔存在主义的维度，显示出东欧新马克思主义人道主义的深度。但是，我们仍然看出两者的差别，赫勒对戏剧的体验更为精细、幽微，更敏锐地洞察到莎士比亚戏剧的丰富的人类学意义，尤其是时间的多维性、伦理价值的多元性、生活选择的可能性。虽然他们的戏剧研究都及时地借鉴了波兰学者克特 1964 年出版的重要著作《当代的莎士比亚》，建立起莎士比亚与当代人的对话性解释联系，但是持有不同的意见。克特的书在西方莎士比亚研究中被称为"我们时代最有影响力的莎士比亚批评的著作"②，探讨了莎士比亚和克特时代尤其是波兰时代的密切关联。按照克特所言，"在舞台时代和舞台之后的时代之间有某种联系。一个时代是演员所在的时代，另一个时代是观众所在的时代。这两个时代的关联性是确定莎士比亚是否是当代人的东西。当

---

① Agnes Heller, *Renaissance Man*, Trans. Richard E. Allen, London, Boston, Henley: Routledge and Kegan Paul, 1978, p. 226.

② John Elsom, "Introduction", *Is Shakespeare still Our Contemporary*? Ed. John Elsom, London: Routledge, 1989, p. 8.

两个时代密切联系在一起的时候，莎士比亚就是我们的当代人"。① 斯维塔克几乎完全赞同克特的观点，认同权力交替的非历史的历史机制观。赫勒也肯定了克特的贡献，认为他的著作是她最喜爱的论莎士比亚的图书，该书不关注情节机制，甚至主要不关注戏剧样式的模式，而是关注"历史与人"②，建构了莎士比亚与当代人的联系，体现了作为人类的自我意识的艺术精神。但是赫勒不赞同克特以荒诞派戏剧的眼光来审视莎士比亚戏剧的荒诞性与古怪性，认为莎士比亚戏剧表现的是伦理意义的荒诞与古怪。以赫勒之见，克特对文艺复兴时期的人的理解是片面的，缺乏对莎士比亚戏剧的丰富的人的存在的把握。克特对莎士比亚戏剧的历史把握也是有问题的，他以永恒的权力轮回的宏大机制理论来解释戏剧，贬损了莎士比亚戏剧作品的艺术等级。克特只分析了古代的价值秩序的捣毁，没有分析道德秩序的破坏与重建，这使克特对莎士比亚戏剧的解读带有悲观主义色彩，"让·克特，波兰著名的莎士比亚学者，错误地谈及莎士比亚所有作品的悲观主义"。而赫勒认为，"正是在莎士比亚的悲剧中，悲观主义最终被抛弃了"。③ 所以她说："让·克特的莎士比亚的确是当代的。但是还有另一个莎士比亚，这一个甚至更像当代人。"④ 联系赫勒后来发展了的戏剧思想，我们可以说她 1965 年的洞见是深刻的。但是，克特从贝克特等人的荒诞派戏剧的阐释来审视莎士比亚，体现了东欧新马克思主义的共同倾向。他消解悲剧而肯定喜剧性，充分考虑到东欧新马克思主义者科拉科夫斯基关于人的存在论思想，认为《李尔王》体现了与贝克特相似的古怪性，而不同于通常意义的悲剧性，这代表了不同的存在论意义，"悲剧的世界和古怪的世界具有类似的结构。古怪取代了悲剧的主题并提出了同样的基本问题。只是回答是不同的。关于人类命运的悲剧和古怪的解释的争论，反映了两种哲学和两种思维方式的长期冲突；波兰哲学家拉斯科·科拉科夫斯基把这两种对立态度的冲突视为是传教士和小丑之间不

---

① Jan Kott，"*Is Shakespeare still Our Contemporary*？" *Is Shakespeare still Our Contemporary*？ Ed. John Elsom，London：Routledge，1989，p. 12.

② Agnes Heller， "Shakespeare and History"，*New Left Review*，No. 32，July-August，1965，pp. 16–23.

③ Agnes Heller，*Renaissance Man*，Trans. Richard E. Allen，London，Boston，Henley：Routledge and Kegan Paul，1978，p. 221.

④ Agnes Heller， "Shakespeare and History"，*New Left Review*，No. 32，July-August，1965，pp. 16–23.

可调和的对立。在悲剧和古怪之间，也有支持或反对末世论的相同的冲突，这种末世论相信绝对，希望最终解决道德秩序和日常实践之间的矛盾。悲剧是传教士的剧场，而古怪是小丑的剧场"。①

与斯维塔克戏剧人类学不同，赫勒更关注戏剧的审美问题。斯维塔克关注戏剧与人的存在，审美问题几乎是讨论的空白。虽然赫勒反复声称不注重审美问题，但其戏剧人类学思想不时地触及最核心的戏剧美学问题，这与她对莎士比亚戏剧的全面阅读体验联系在一起。譬如，她分析戏剧的时间性时谈小说与戏剧的本质性区别，这是小说和戏剧针对客观时间和体验时间的差异问题。在赫勒看来，这两种时间的差异是小说样式的结构的最重要原则之一。"体验时间的'延宕'呈现在小说中，这种延宕来自于主人公的体验的丰富性。如果一个人含情脉脉的握手在主要人物生命中具有决定性意义，那么它可以用一百页的篇幅来加以描绘。但是小说家——正如菲尔丁的精彩表达——是私人生活的记录者。而戏剧家是公共生活的记录者，因此——由于行为的总体性——在戏剧中个体生活的节奏始终近似地表达，并且必须表达历史的节奏。"② 赫勒关于时间性、文学样式的观点有着卢卡奇文艺理论的影响，虽然有待商榷但不乏启示性。

二 对西方马克思主义戏剧理论的批判性阐释

东欧新马克思主义戏剧理论与西方马克思主义戏剧理论关系密切，尤其受到卢卡奇、本雅明、戈德曼等人的戏剧思想的影响，但也对之加以批判性阐释。在批判性阐释中透射出独特的戏剧理论。其中，费赫尔的研究具有代表性。他注重对卢卡奇的戏剧理论及其对本雅明、戈德曼的戏剧思想的影响加以阐发。

卢卡奇的戏剧理论思想较为丰富。遗憾的是，在国内学术界长期受到忽视，这不仅因为其戏剧理论著作主要是匈牙利语、德语写作的，而且因为学者们很难获得到它们。费赫尔作为卢卡奇引领下的布达佩斯学派的重要成员，深入研读了老师用匈牙利母语写作的戏剧理论。学术界主要关注卢卡奇的小说理论，但不能忘记，戏剧理论也是其兴趣点。在某种意义上

---

① Jan Kott, "*King Lear* or *Endgame*", Russ MaDonald, *Shakespear*: *An Anthology of Criticism and Theory* 1945-2000, MA, OX: Blackwell Publishing Ltd, 2004, pp. 174-190.

② Agnes Heller, *Renaissance Man*, Trans. Richard E. Allen. London, Boston, Henley: Routledge and Kegan Paul, 1978, p. 188.

说，只有对其戏剧理论深入了解，才能洞悉其小说理论的精髓，才能有效地理解他的小说理论。费赫尔对卢卡奇戏剧理论的批判性阐释填补了卢卡奇文艺理论研究的空白。费赫尔探讨了青年卢卡奇戏剧理论的复杂性，他以《现代戏剧史》《悲剧形而上学》《传奇美学》三个文本来展现卢卡奇的戏剧理论及其发展路径。在费赫尔看来，青年卢卡奇的戏剧理论不是统一的，而是多向度的。《现代戏剧史》是历史哲学视野下的戏剧观照；《悲剧形而上学》是存在主义的形而上学追求；《传奇美学》则是关注非悲剧的戏剧。这可以说表达了卢卡奇戏剧理论的矛盾性。东欧新马克思主义者马尔库斯也指出了这点：在卢卡奇的早期著作中，"人们可以发现两种相似的分析方式，一种是形而上学的存在论的方式，另一种是历史的方式。这两种分析过程或层面，不仅从一部作品到另一作品都会发生变化，而且往往在同一篇论文中兼并到这一种程度，那就是在某种意义上任何鲜明的差别或对立，可能只是为了达到阐释的目的而强加的某种结构。带着几乎是周期性的规则，卢卡奇本人一直试图从原则上和方法论上阐明它们的关系。然而，在这两种分析类型之间仍然存在着，至少隐含着尚未解决的，然而是富有成果的矛盾，而这不只是方法论的问题。……因为这种方法论上'相似'的问题背后潜藏着一个更深层的问题，一种哲学的困境。那就是他（卢卡奇）所生活的时代状况到底是存在论的和本体论的文化悲剧的表达还是可能复原的历史危机的表达"。①

　　《现代戏剧史》是卢卡奇 1907—1909 年写作的，1911 年以匈牙利语出版。这本书可以说是青年卢卡奇对戏剧浓厚兴趣与深入研究的杰作。1981 年之前都无其他语种的全部翻译版本，这影响到其传播与接受。据日本学者初见基所说，卢卡奇"抱有把匈牙利语所写的这部著作译成德语出版的意图，实际上是拜托卡伦·曼海姆进行翻译的，不过，其结果只是，把从开头的理论篇到第二章'现代戏剧'部分，以'关于现代戏剧的社会学'为题，在马克斯·韦伯等作为据点的杂志《社会科学、社会政策论丛》上，于 1914 年分两次登载出来"。② 初见基只是在谈及卢卡奇作为戏剧青年的这部著作的知识要点，从齐美尔的魔力、戏剧形式悬赏论

---

　　① 马尔库什：《生活与心灵：青年卢卡奇和文化问题》，载阿格妮丝·赫勒主编《卢卡奇再评价》，衣俊卿等译，黑龙江大学出版社 2011 年版，第 7 页。

　　② ［日］初见基：《卢卡奇：物象化》，范景武译，河北教育出版社 2001 年版，第 35—36 页。

文获奖、唯一完整作品、关注形式、生命哲学、现代化的不可逆转、生命的客观化、异化论观点、市民文化疑惑等方面进行简单的介绍，并未对《现代戏剧史》深入研究。费赫尔在 20 世纪 70 年代初对该著作进行了解读，认为该著作是基于历史哲学视野下的现代戏剧观照。卢卡奇历史哲学的视角与黑格尔相关，但存在着困境。对费赫尔来说，这个困境就是解决规范性和历史经验之间的方法论悖论。卢卡奇试图解决这个困境，一方面重构本体论，另一方面立足于历史经验维度，但是这两者最终只是汇聚、综合，不能形成内在统一的概念。这应该说是卢卡奇戏剧理论的方法论悖论。这种悖论也使其戏剧理论具有多向性。《现代戏剧史》体现出历史哲学的根本悖论，但更试图从文化史的具体戏剧史的研究中获得解决的路经。在费赫尔看来，卢卡奇对现代戏剧形式的理论分析是历史哲学的实践。历史哲学必然要考虑现代市民社会与戏剧样式的可能性关系，把握时代精神与戏剧样式结合的可能性，也就涉及社会学方法。卢卡奇以戏剧样式的历史个案分析解决理论普遍性与历史社会性的裂口，解决理念与现代性的问题，解决生命与形式的矛盾性。卢卡奇通过古代悲剧与现代戏剧的对比认识到社会历史语境的巨大变化。如果说古代戏剧典型表现的是人与神斗争的主题，体现了剧场与悲剧的融和或者说体现了先有剧场再有戏剧的特征，那么现代戏剧呈现出市民社会的历史精神，表达出新的戏剧形态，也就是说，先有戏剧文本后有剧场和舞台，失去了剧场与悲剧的原始大众的存在状态。所以，资产阶级剧场是为了满足亲密剧场的需要，是宗教大众节日根源丧失之后的需要。费赫尔深刻地指出，卢卡奇揭示了现代戏剧样式的诸多悖论，主要是主观与客观的二元对立、个人主义与集体主义的分裂、审美与伦理的疏离、自然性与自由伦理的对立。因而，现代戏剧一方面倾向于精英，另一方面倾向于综合性歌剧样式；一方面导致无情的实证的自然主义的必然性之狂热，另一方面导致难以遏制的个人主义。所以在卢卡奇看来，现代戏剧是充满问题的艺术样式。费赫尔把这种历史哲学视野下的戏剧理论称为"堕落理论"，因为它揭示了现代戏剧的世界观所表现的伦理相对主义，丧失了善与恶的传统基础，具有抽象主义特征，受到新兴的必然性力量的支配。费赫尔指出，这种堕落理论并非卢卡奇原创，而是现代思想家对市民社会与文化认识的延续。施莱格尔对现代艺术的反对，黑格尔对新时代散文性的揭示，马克思的文化哲学思想，都表达了资产阶级堕落文化艺术观。通过对历史哲学与社会方法的运用，卢卡奇展示了现代戏剧的危机以及中产阶级文化的危机。对戏剧理论来说，这意味着现代悲剧样式或者戏剧样式存在的可能性问题。未来社会主义实验的可能性路径，要么抛弃悲剧，这就是高尔基的《母亲》的方式，要么走向反悲剧的喜剧，"深层的历史哲学基础摧毁了现代悲剧的可能性"。① 费赫尔在后来的文章中认为，"《现代戏剧史》可能取名为《悲剧的死亡》"。② 他认为，这部著作表达了对资产阶级文化的批判以及超越资本主义的社会主义思考。虽然卢卡奇那时还不是真正的马克思主义者，但是表现出了社会主义意识形态、马克思主义思想。事实上，卢卡奇在讨论现代戏剧史时已经深入触及非悲剧的问题，这在阐释萧伯纳的戏剧时表现明显。他认为，萧伯纳的戏剧彻底地反对浪漫主义，追求反讽和古怪的风格，展示了资本主义经济关系的决定性力量，从而消除了现代社会悲剧的可能性，"从生活和艺术中消除悲剧：这是萧的活动的主要目的"。③

青年卢卡奇的第二条道理是由《悲剧形而上学》所展示的悲剧可能性道路。这与第一条道路的非悲剧的历史哲学方法形成对比，从形而上学和存在主义本体论角度提出悲剧的可能性存在。这建立了卢卡奇与克尔凯郭尔、海德格尔的联系。费赫尔将这种视角名之为泛悲剧视角（Die pan-tragische Sicht），这是存在本体论视角，"历史哲学让位于无历史的—形而上学的存在主义本体论"。④ 悲剧要解决的问题就是克尔凯郭尔关于恐惧概念的思想，在现代性的瞬间性时间经验中如何获得永恒性。费赫尔认为，卢卡奇以克尔凯郭尔的时间范畴来理解悲剧时间是完全恰当的，这包含着对时间与超时间的先验性的理解。卢卡奇的悲剧必然性脱离了实用戏剧的因果性，也不同于神秘经验，因为悲剧经验是积极的形式构建，而神秘经验是形式的瓦解。但是费赫尔指出，卢卡奇的悲剧价值观忽视了自由和平等这些核心价值，而把本真性的生命视为核心价值。《悲剧的形而上学》表达了生命形式的本真性与非本真性充满张力的悖论。这具有形而上

① Ferenc Fehér, "Die Geschichtsphilosophie des Dramas, die Metaphysik der Tragödie und die Utopie des untragischen Dramas. Scheidewege der Dramentheorie des jungen Lukács", Agnes Heller, Ferenc Fehér, György Markus, Sándor Radnóti, *Die Seele und das Leben*, Suhrkamp, 1977, p. 29.

② Ferenc Fehér, "Lukacs, Benjamin, Theatre", *The Grandeur and Twilight of Radical Universalism*, New Brunswick, NJ: Transaction, 1990, p. 307.

③ Arpad Kadarkay ed, *The Lukács Reader*, Oxford&Cambridge, USA: Blackwell, 1995, p. 126.

④ Ferenc Fehér, "Die Geschichtsphilosophie des Dramas, die Metaphysik der Tragödiend die Utopie des untragischen Dramas. Scheidewege der Dramentheorie des jungen Lukács", Agnes Heller, Ferenc Fehér, György Markus, Sándor Radnóti, *Die Seele und das Leben*, Suhrkamp, 1977, p. 33.

学的意义，充满着对存在的本真性思考，因而悲剧是人类的形而上学。形而上学为悲剧的再创造提供了唯一的可能。费赫尔指出，形而上学是神话学的对立面，它拒绝神话学对集体想象和形式的天真性调和，表现出对祛魅的世界的现代人与死亡命运的问题，有选择生活的现代人却最终不能避免死亡，这是现代唯一能获得的悲剧。这标志着新的剧场类型的来临，人物是超验的主人公，上帝只能作为观众而存在。表现生命终结元伦理的葬礼辉煌成为卢卡奇的形而上学悲剧的可能性。费赫尔认为："卢卡奇事实上所指的，不是一种新的悲剧，而是与一位主人公进行哲学对话的复兴，这种对话脱离生活，从哲学思考中出现了。所有戏剧的基本元素即冲突是这种形而上学的悲剧所缺乏的，因为人物超越了单纯的责任和义务的伦理学。"① 但是卢卡奇的泛悲剧又限制了悲剧，因为悲剧的形而上学固定在单一的整体论的框架中。

卢卡奇戏剧理论的第三条道路是 1911—1912 所写的手稿《传奇美学》所显示的。这不是泛悲剧，也不是悲剧的死亡，而是非悲剧的戏剧样式的建构，这就是传奇剧美学。它以大团圆结束，但根本不涉及幸福，又不关乎悲剧死亡。代表作品有古印度戏剧、欧里庇得斯戏剧、卡尔德龙作品、莎士比亚的《暴风雨》、高乃依戏剧、拉辛戏剧、歌德的《浮士德》、易卜生的《培尔·金特》等。这些传奇剧的关注使卢卡奇意识到"现代性的必然的多元主义"。②

费赫尔在解读卢卡奇的戏剧理论时也关注本雅明、布莱希特等西方马克思主义戏剧理论，追寻卢卡奇文艺思想对戏剧理论的影响。费赫尔指出，本雅明戏剧理论不断回到卢卡奇的《小说理论》《历史与阶级意识》《悲剧形而上学》等著述的核心问题。本雅明和卢卡奇皆反对尼采的悲剧理论。费赫尔总结了尼采悲剧理论的四个主要特征：第一，原初意义的戏剧就是悲剧，原本的悲剧就等同于古希腊悲剧；第二，悲剧扎根于神话；第三，只要神话是前理性的，保持着活力，那么悲剧就会繁盛；第四，悲剧繁盛的潜力在于德国音乐，主要在于瓦格纳的音乐剧中。尼采的悲剧理论迥异于卢卡奇、本雅明等西方马克思主义者的理论，因为尼采能够抓住

---

① Ferenc Fehér, "Lukacs, Benjamin, Theatre", *The Grandeur and Twilight of Radical Universalism*, New Brunswick, NJ: Transaction, 1990, p. 308.

② Ferenc Fehér, "Lukács and Benjamin: Parallels and Contrasts", *New German Critique*, No. 34, Winter, 1985, pp. 125-138.

歌剧样式，并将之视为悲剧的现代传承者，歌剧能够重建观众和舞台的统一。古希腊悲剧的神话是自然的，而瓦格纳的人造的 Valhalla 是虚构的，听众和舞台上的神灵生活在一起，彼此融洽，正如古希腊的神性剧场那样，而"卢卡奇、本雅明和布莱希特没有意识到尼采所发现的这一深刻的维度"。① 尽管卢卡奇和本雅明对音乐悲剧潜力没有洞见，但是他们比尼采更深刻地探索现代剧场的可能性，都注重把世界的祛魅看作现代性的决定条件，认为祛魅是理解现代剧场是否可能的重要线索。

　　费赫尔认为，青年卢卡奇的戏剧理论以及相关的小说理论成为本雅明非悲剧的戏剧理论的重要启发。本雅明以卢卡奇的思想来反对尼采的权威性，反对尼采关于复兴古代悲剧的观念，他认为祛魅的世界绝不会导致任何古希腊时代精神的复活，"现代性具有自身的戏剧意义，这是以极为不同的、非悲剧的形式来进行表达的"。② 因而，卢卡奇的戏剧理论和小说理论使本雅明获得批判尼采悲剧思想的力量，虽然《小说理论》几乎没有论及现代性的戏剧潜力，但是分析了悲剧得以形成的古希腊悲剧精神的瓦解，把柏拉图及其对话视为悲剧精神消解的标志。虽然卢卡奇的悲剧形而上学思考悲剧的新的可能性，但这对本雅明来说不同于神话学意义的悲剧。费赫尔指出，祛魅的世界构成了本雅明所关注的悲苦剧的基础，替代了神话的历史不可能产生新型的悲剧，而是导致非悲剧的戏剧的产生，这种思想是卢卡奇的《现代戏剧史》的基本观点，尽管本雅明并没有亲自阅读到此书。因而费赫尔深刻地指出了卢卡奇和本雅明戏剧理论的密切关系。

　　本雅明戏剧理论中很重要的内容是关于布莱希特的史诗剧或者叙事剧问题。费赫尔认为，本雅明的这个问题也与卢卡奇相关，虽然卢卡奇对布莱希特的史诗剧持有褊狭的否定态度，但是并不能抹煞其早期理论与史诗剧的内在关联。本雅明看到了卢卡奇对戏剧的洞见，虽然卢卡奇并没有完全抓住史诗剧的对象本身。本雅明的史诗剧理论延续着《德国悲苦剧》的原初性方案，追求着非悲剧的戏剧理论，也就是说，布莱希特的史诗剧正是德国悲苦剧的当代发展，是历史发展中的最高成就。本雅明从卢卡奇的《心灵与形式》的第一篇《论随笔的本质和形式》中获得了柏拉图对

---

① Ferenc Fehér, "Lukacs, Benjamin, Theatre", *The Grandeur and Twilight of Radical Universalism*, New Brunswick, NJ: Transaction, 1990, pp. 306-307.

② Ibid., p. 310.

话的非悲剧的戏剧的解决方法。按照费赫尔所说，"根据卢卡奇的意图，柏拉图对话的戏剧假象涵盖了极为深刻的非悲剧的精神"。① 虽然本雅明有误解，但是导致了深刻的理解，因为这正是卢卡奇的《传奇美学》的根本追求。许多批评家都把本雅明的史诗剧理论视为本雅明的独创，没有看到本雅明艺术和文学概念的连续性。费赫尔批评了这些研究者的认识，认为本雅明的史诗剧理论和卢卡奇的文艺理论有意无意地保持着基本概念的连续性。本雅明始终忠实于德国悲苦剧研究的方案，"就戏剧理论而言，他努力创造非悲剧的戏剧，严格的现代性戏剧的蓝图，这种努力一直是他一生的主要兴趣"。② 在费赫尔看来，布莱希特和本雅明强调史诗剧的非亚里士多德的本质，取消净化观念，注重震惊和惊奇效果。这种震惊表达了对戏剧环境的道德世界存在的拒绝，显示出静止的辩证法，强调剧场的苏格拉底式的质性。净化观念的消除导致了史诗剧场的非悲剧的主人公，产生了新型的戏剧人格，也形成了舞台和观众的迷失的统一性的重构。在史诗剧中，姿态是根本性的。按照费赫尔的理解，姿态具有多重的复杂的意义，它首先是打断舞台的行为，形成一种延宕，成为史诗剧的史诗特征的形式保证，承担重要的形式功能；它是一种形而上学或者静止的辩证法进入舞台的载体，形成一种建构性的单纯化。正是在姿态的瞬间，消遣的观众感受到奇异的震惊意识，也可以说成为启示的重要渠道。所以费赫尔指出，本雅明关于戏剧的理论受到卢卡奇戏剧理论的深刻影响，两者都表达了对非悲剧的戏剧的现代性洞见，看到现代性与戏剧样式的可能性及其苏格拉底的质性，都表达了对尼采的悲剧复兴的否定。

不过，费赫尔认为，两者的戏剧理论及其发展也是有差别的，他们对戏剧的可能性历史和戏剧社会学持有不同的见解。卢卡奇深入钻研历史和社会学以获得对现代戏剧可能性的历史和社会学的拒绝，而本雅明并不看重历史和社会学；虽然他们都认同一种形而上学或者新神话来替代悲剧，但是他们对这种形而上学以及戏剧的感受是极为不同的。虽然都为即将到来的剧场而不是当代人的剧场创造戏剧理论，但是自从 20 世纪 20 年代后半期开始，这种共同性消失了，因为在马克思主义美学阶段，卢卡奇忽视了剧场和戏剧。卢卡奇在 20 世纪 30 年代对戏剧的零

---

① Ferenc Fehér, "Lukacs, Benjamin, Theatre", *The Grandeur and Twilight of Radical Universalism*, New Brunswick, NJ: Transaction, 1990, p. 313.

② Ibid., p. 314.

星评论要么不重要，要么是完全错误的。他讨论歌德的《浮士德》，完
全拒绝了作品的戏剧性特征，只是一种观念史的考察。虽然在 20 世纪
30 年代，卢卡奇重新思考了《现代戏剧史》所抛弃的毕希纳戏剧创作
的伟大性，但是比较一下《历史小说》中他对戏剧的分析与小说的分
析，不难发现他对戏剧的感受是颇为糟糕的，"他日益对这种文学形式
保持冷漠"。① 本雅明则相反，他成为即将到来的布莱希特的先锋，成为
布莱希特及其史诗剧场的真正的阐释者。

　　费赫尔的研究是深刻而富有启发的，不仅揭示了卢卡奇和本雅明戏剧
理论的差异，更发现了两者的内在联系。本雅明和卢卡奇都属于自由漂浮
的现代知识分子，都持有对现代性的戏剧可能性的思考，但是都带有救赎
的宏大叙事的模式，这是大多东欧新马克思主义所批判的。

三　戏剧作品的批评实践

　　东欧新马克思主义者不仅提出了人类学戏剧观念，对西方马克思主义
戏剧理论加以批判性阐发，而且切入戏剧作品之中，提供了经典的戏剧作
品的不同意义维度，尤其注重从哲学视野来阐发戏剧作品的现代性与后现
代性意义，所以即使涉及普通意义的悲剧作品，也是卢卡奇或者本雅明意
义的非悲剧的戏剧作品。下面从历史发展的视角审视东欧新马克思主义者
对古希腊戏剧、文艺复兴时期戏剧、当代戏剧的评析与阐释。

　　东欧新马克思主义者托马斯是在卢卡奇影响下走向批判理论道路的学
者，他主要关注欧里庇得斯的戏剧作品。古希腊悲剧诗人欧里庇得斯以
《美狄亚》等悲剧作品成为古希腊三大悲剧诗人之一。他成为东欧新马克
思主义者颇为关注的戏剧家，因为他的悲剧与苏格拉底哲学与人的存在状
态有着密切的关联，或者按照卢卡奇所说是属于非悲剧的戏剧。如果说尼
采是反苏格拉底而崇尚真正悲剧精神的诗化哲学家，那么他也是反欧里庇
得斯戏剧的。按照尼采所言，欧里庇得斯的戏剧消解了悲剧，形成了新的
戏剧形式或是说"新的喜剧"，"我们彻底知道了欧里庇得斯的基本意向：
那就是他要把悲剧中的原始而普遍的狄俄倪索斯成分完全除去，同时在非
狄俄倪索斯艺术、习惯和哲学的基础上，重建戏剧事业"。② 尼采认为，

---

　　① Ferenc Fehér, "Lukacs, Benjamin, Theatre", *The Grandeur and Twilight of Radical Univer-salism*, New Brunswick, NJ: Transaction, 1990, p. 312.

　　② ［德］尼采：《悲剧的诞生》，刘崎译，作家出版社 1986 年版，第 67 页。

"欧里庇得斯只是一个化身，而透过欧里庇得斯所表现的神灵，既不是狄俄倪索斯，也不是阿波罗，而是一位叫作苏格拉底的崭新的魔鬼。从那个时刻以后，真正的对立是狄俄倪索斯精神和苏格拉底精神之间的对立，悲剧就在这种冲突之间消失了。"① 托马斯的文章《论欧里庇得斯的戏剧》可以说是因循卢卡奇的反尼采的思路深入戏剧作品的具体分析。托马斯首先批判了尼采对欧里庇得斯的批判。尼采把欧里庇得斯视为一位蹩脚的现代文人，他与苏格拉底相关，尼采憎恨苏格拉底，认为苏格拉底强调了同性恋，表达了乐观主义。托马斯肯定了欧里庇得斯戏剧探索的意义。在他看来，欧里庇得斯的戏剧作品不同于埃斯库罗斯的悲剧，因为宗教和英雄神话被哲学性宗教所取代，神话显示了矛盾性和多样性特征，在他的戏剧中实现了戏剧和思考的结合。他认为，悲剧性和思想的问题成为欧里庇得斯戏剧的核心问题，"思想可以是悲剧的吗？肯定和否定回答的人们都脱离了欧里庇得斯的剧本"。② 虽然托马斯本人关于文艺理论的著述并不多，但是其对欧里庇得斯的思考与悲剧的复杂性的洞见是有价值的。他指出了一种新型的戏剧形态的可能性，这种可能性蕴含在思考与悲剧性的怀疑主义结合的思想中。可以说，在托马斯看来，欧里庇得斯的戏剧是戏剧的新发展道路。普遍认为，戏剧是关于行动的艺术，思辨外在于行动，但是欧里庇得斯的戏剧展示了行动与思辨的内在关联，这主要是在于运用对话性言语，"戏剧以何种方式关乎行动呢？按照主角谈及其行动的方式，通过对话准备行动，通过独白评论其行动。但是这样的言语不得不创造出拥有行动的样子，而不是言语特征。这可以通过戏剧语言达到，因为这种言语暗示了神话，或者说暗示了后来取代神话的共识"。③ 戏剧处于神话语境中只能叙述故事，而不能进入到论辩层次，当神话价值被贬低时，悲剧性时代就来临了，虽然非悲剧时代也有悲剧，但是不再是神秘的悲剧，而是新型的悲剧。哲学本身可以说是悲剧性的，这是欧里庇得斯的悲剧角色。欧里庇得斯的戏剧舞台引入了判断，通过判断引入怀疑主义的不确定性，对道德不确定，对逻各斯不确定，言语的力量的质疑也显示出悲剧性特征。非道德性的命运高高地支配剧中人物的命运，成为恐怖的对象，道德

---

① ［德］尼采：《悲剧的诞生》，刘崎译，作家出版社 1986 年版，第 68 页。

② G. M. Tamás, "On the Drama of Euripides", *Reconstructing Aesthetics*, Eds. Agnes Heller and F. Feher, Oxford：Basil Blackwell, 1986, p. 107.

③ Ibid., p. 107.

性本身变得荒谬与不可能。良知也没有用，它一直是对抗恶魔的荒谬可笑的尝试。悲剧过失也是相对的，责任感被捣毁了。托马斯认为，欧里庇得斯的戏剧深入地反思了这些两难的问题，"我杀我母"可以是一个典型。如果说人是万物的尺度，这表达了一种标准的尺度，那么这也是一种普遍的非理性的尺度，因而包含着野蛮。妇女和奴隶都是人，"《安德洛玛克》、《赫克白》、《特洛伊妇女》向我们显示出，海伦可能比野蛮妇女更坏。《美狄亚》也是如此：一个野蛮人是野蛮行为的人。'内在'与'外在'，'我们'与'你们'之间的分界线发生了变化：这条线变得不再可见，如果它不可见，那么它会是一种调节性的原则，是一种对血缘逻辑设定的秩序加以逾越的规则"。① 因而托马斯认为，欧里庇得斯的戏剧再现了雅典的民主精神，言语思辨性议论在戏剧中极为重要，因为言语本身可能充满邪恶的力量，词语本身会带来不幸，"在索福克勒斯的《俄狄浦斯专制》中，推理、逻辑、理性的词语被用来搞清楚究竟发生了什么事情。而在欧里庇得斯的戏剧中，它们被用来提升命定的东西。主角被自己的言语按照命运的方向引导。欧里庇得斯笔下的主人公的生活充满着许多对话、争吵、辩论与吵闹。言语可以成为任何事物的原由"。② 虽然言语有着民主的可能，但是也是不确定的，虽然有着道德的可能，但是最终难以实现，哲学因而成为悲剧，罪恶始终存在，罪恶可以从善中推论出来，但是善不能从罪恶中产生。托马斯认为，怀疑主义的思辨哲学引入了悲剧，导致了新的意义，也导致了悲剧的瓦解，事实上预示了非悲剧的戏剧的可能性。所以，卢卡奇把欧里庇得斯的戏剧归属为传奇剧或者非悲剧的戏剧的典型类型之中。

　　莎士比亚与马克思主义存在密切的联系，有研究者甚至指出，"在马克思之前很久，莎士比亚就是一位马克思主义者了"。③ 对莎士比亚戏剧的分析是赫勒戏剧的哲学阐释的重点。她60年代的戏剧人类学思想已经涉及莎士比亚的戏剧作品，而在2002年以英文出版的《时间是断裂的：作为历史哲学家的莎士比亚》（2000年以匈牙利语出版）一书中，进一步

---

① G. M. Tamás, "On the Drama of Euripides", *Reconstructing Aesthetics*, Eds. Agnes Heller and F. Feher, Oxford: Basil Blackwell, 1986, p. 111.

② Ibid. , p. 111.

③ Kienan Ryan, "Measures for Measures: Marxism befor Marx", *Marxist Shakespeare*, Eds. Jean. E. Howard and Scott Cultler Shershow, London and New York: Routledge, 2001, p.230.

深化对莎士比亚的戏剧作品的分析，不再是马克思主义复兴视野下的人类学建构，而是在后现代时间意识下对莎士比亚戏剧作品的哲学阐释，虽然我们也看到内在的某种联系。赫勒从历史哲学的角度阐释了莎士比亚的戏剧作品，深入分析了莎士比亚悲剧、历史剧的历史哲学意义、政治哲学意义和人格伦理哲学意义，从而深化了莎士比亚"性格戏剧"（character drama）的研究。赫勒的立足点是莎士比亚戏剧中所展示的"断裂时间"的命题。她从断裂的时间命题出发思考了莎士比亚的自然权力、主体身份建构、审美形式表达等当代文学研究与文化研究的核心问题。莎士比亚的戏剧由于充分地意识到时间是断裂的这一现代性的时间感和历史意识，体现了人与自然的冲突，戏剧较少涉及宇宙时间，体现了历史中作为传统的自然权力与作为人性本身的自然权力的冲突，这带来了莎士比亚戏剧人物形象的丰富性与复杂性。莎士比亚戏剧的人物身份建构是多样化的，由于断裂的时间，"莎士比亚历史剧和悲剧中的主要人物出现了身份的问题。一些人不知道自己是谁，一些人被两个或者多个身份所撕裂，一些人流露出自然的身份，成为新人，然而一些人在某种程度上获得了新的身份"。①这样，莎士比亚突破了亚里士多德作为实体的身份概念。赫勒概括了三种主要的人物身份，前两种是亚里士多德身份概念的变体，这两种人物在时间变化中保持着身份的统一性，第三种人格身份属于莱布尼茨意义的个体身份。个体面临着无限的可能性，面临无限的丰富世界，李尔王、麦克白、理查德二世属于这种身份类型。在戏剧中，不仅莎士比亚而且人物自身把自己的身份处于怀疑状态，人物身份置身于时间断裂所带来的张力之中，导致了身份的复杂性和多样性。古代悲剧没有这些张力，也没有身份的危机。赫勒指出，在莎士比亚的戏剧中，有两种人格的象征符号，即名字和面孔，它们不仅是象征符号也是符码。人们通过面孔和姓名辨识身份。在古希腊悲剧中身份与姓名、面孔是统一的，但是在莎士比亚的戏剧中颇为复杂，"就莎士比亚而言，姓名和面孔具有更为宽泛的象征意义，因为它们不仅是身份辨识的象征符号，而且也是自我—身份建构的指南。莎士比亚在许多戏剧中玩弄这些象征符号，《理查德二世》最为突出，在

---

① Agnes Heller, *The Time is Out of Joint*: *Shakespeare as Philosopher of History*, Maryland: Rowman & Littlefield Publishers, Inc., 2002, p. 33.

《哈姆莱特》中又呈现出'身份游戏'"。①

赫勒很有洞见地分析了莎士比亚戏剧中的角色扮演，进一步反思身份建构的问题。她认为，莎士比亚戏剧展示了丰富多样的角色扮演，展示了戏剧人物的演员角色特性、舞台演员的角色扮演以及作者的创作特性、演员特性之间的复杂关系，这种复杂关系体现了莎士比亚戏剧的特殊性，同时也体现了莎士比亚对戏剧本身的独特探索，"人们不应该忘记，莎士比亚是在写戏剧，而不是小说，他在写英国戏剧，而不是写古希腊戏剧"。②这种现代英国戏剧样式的特殊性呈现出复杂的角色扮演特征。在最初层次的意义上说，世界是一个舞台，日常生活中的人物都是这个舞台上的演员，而莎士比亚的戏剧文本中的人物是第二层次的舞台，在剧本的舞台演出中，呈现为第三层次的舞台，这相应有三种角色扮演。在这里，再现的问题就呈现出复杂性，戏剧人物与历史人物之间的角色再现，可以按照传统神话的再现展开，但也可以发生玩弄性的游戏关系，也就是说，剧本中的人物玩弄历史中的人物。舞台演员与剧本人物也是多元的，前者扮演后者也可以玩弄后者。这些不同层次的演员与作者的关系也是复杂的。因此，在莎士比亚戏剧中，角色多元性得到鲜明揭示，"一个人能够接受传统的角色，一个人能够创造新的角色，一个人能够改变自己的角色，一个人能够设法消除自己的所有角色"。③一些人物不仅仅是戏剧演员，也是舞台经理或者莎士比亚的合作者，他们同作者一起管理舞台，为别人设置陷阱，考验、嘲讽、揭露他人。譬如《哈姆莱特》的圈套场景，就是试图找到国王罪过的证据，把国王置于恐怖之中来审视他，哈姆莱特不仅需要在舞台上而且在观众中展开剧场演出。这种舞台设置本身就是一个演出，一种游戏。戏中戏的设置事实上表达了演员身份的复杂性。在莎士比亚戏剧中，演员身份不仅通过言语行为加以表现，而且充分地运用无声的行动来表现，有时言语行为之后就是无声的动作表演，不过通常是先有无声的行动然后是言语行为，言语行为环绕着无声的行动。这两种行为在莎士比亚的角色扮演中呈现出多元性，因为两种行动的特殊组合塑造了不同的性格身份。在赫勒看来，莎士比亚的军事人物不论是士兵还是将军，都

---

① Agnes Heller, *The Time is Out of Joint: Shakespeare as Philosopher of History*, Maryland: Rowman & Littlefield Publishers, Inc., 2002, p. 43.

② Ibid., p. 57.

③ Ibid., p. 62.

缺乏言语行为和无声的行动的区别，"在言语行为和无声行动之间消耗的时间，在他们的人格方面没有留下任何的痕迹"。① 然而，在善良的政治家那里，在言语行为和行为本身之间保持着距离。无声的行动之后，政治家通常不是讲述故事而是反思其决定，分析决定并置于历史的视角，如亨利五世和凯撒。可以看到，赫勒对莎士比亚戏剧的角色扮演的考察是深邃的、具体的、富有意味的，可以说她把握到了戏剧的戏剧性本身的重要问题，她不局限于戏剧文学文本的解读，而是深入剧场来思考莎士比亚戏剧样式的独特性建构，为戏剧研究打开了诸多的空间。

戏剧的形式是受历史性支配的，这是马克思主义文艺样式理论的基本观点，但是涉及具体的戏剧作品研究的时候，需要研究者对戏剧本身和历史性进行深刻的分析。赫勒对莎士比亚戏剧的分析无疑为我们提供了很好的例子。她认为，莎士比亚戏剧在私人领域和公共领域的关系的表达方面具有特殊性。在古希腊戏剧中，政治剧主要是家庭剧，妻子谋杀丈夫，儿子谋杀母亲，父亲谋杀女儿，叔父谋杀侄子，儿子谋杀父亲，等等，私人领域与政治领域没有区别，私人不是公共的对立面，而是公共的。法国古典戏剧与德国古典主义戏剧体现了私人领域与公共领域的尖锐冲突。不过，莎士比亚戏剧呈现出历史的特殊性，他最重要的历史剧体现出家族之间的悲剧冲突，《哈姆莱特》和《李尔王》是家庭戏剧，其他戏剧有的是家庭剧，有的根本就不是家庭剧，呈现出新的特征。在赫勒看来，在莎士比亚的戏剧中，私人与公共之间的交错，亲密领域和政治领域的交错具有重要的意义，因为"这里显示出历史性是如何构成戏剧的内在组织的"。②历史成为同时发生和接连发生的政治行为的河流，它是一张铺展和折合的网络，人们出入于这种网络。莎士比亚的舞台本身是历史的，演员们不断出入这个舞台。这不是史诗剧场而是历史政治的剧场，因为这张网中的每一个人将参与这张网络的编织和铺展。戏剧的网络使每一个表演者成为历史性的演员。如果说世界是一个大舞台，那么可以反过来说所有的舞台就是一个世界，"因而，历史是莎士比亚历史剧、悲剧以及某些传奇剧和喜剧的媒介"。③

---

① Agnes Heller, *The Time is Out of Joint*: *Shakespeare as Philosopher of History*, Maryland: Rowman & Littlefield Publishers, Inc., 2002, p. 60.

② Ibid., p. 100.

③ Ibid., p. 100.

　　时间问题就成为莎士比亚戏剧的关注点，其戏剧不断揭示时间的斯芬克斯之谜，但是这个谜没有得到解决。赫勒认为，时间是莎士比亚所有戏剧的本质性组织原则。莎士比亚戏剧的时间并不是神话时间和自然时间，而是具有历史性的时间，这种时间构成了戏剧的特有的时间压缩，形成了特有的戏剧时间与故事时间的关系。赫勒借助于卢卡奇的小说时间研究的方法论和当代叙事学、时间现象学的思路，创造性地总结了莎士比亚戏剧艺术的五种主要的时间组织元素。一是时间密度，这既涉及时间延伸，也涉及时间压缩，可以表现在情感、反思和行动层面，譬如凯撒被谋杀的时间处理。二是时间速度，是指事件发生的速度，可以加速也可以减速。莎士比亚戏剧中的行动的异质性极大地促进了不同的速度，不同的事情具有不同的速度。莎士比亚展示特别喜欢或者讨厌的人物时，速度就减慢，例如《哈姆莱特》的坟墓场景。三是张力，这是古希腊戏剧所缺乏的。这意味着对一个人是充实的时间，而对另一方人则是空虚的时间，表现出时间经验的异质性结构组合。麦克白杀死了邓肯（Duncan）却备受鬼魂折磨，强烈的张力消解之后又是新的张力场景。四是时间摇摆，从一个极端瞬间转向另一个极端，有敌友转换的人类关系摇摆，也有伦理道德价值转换的摇摆，有人物情绪转变的摇摆，也有命运变迁的摇摆，或者逐步累积或者突然转变，呈现出时间的不可预料性特征。五是停顿。莎士比亚在创作戏剧艺术时没有叙述者，他重视偶然事件的描绘，所以他必须消除时间本身。我们知道哈姆莱特去英国与回到厄耳锡诺（Elsinor）之间流逝的时间，但是不知道有多长的时间。赫勒认为，停顿是加密的停顿，具有时间意义也具有建构的意义，"停顿（在戏剧中）是虚无，然而它具有解释的开放性。每一个解释的舞台演出（并且每一个舞台演出都是解释的），主要是解释停顿"。[①] 这五种主要的时间组织元素构成了戏剧的情节，并通过情节组织内在于情节之中。赫勒的分析容纳了叙事学和时间现象学，是对莎士比亚戏剧作品的时间形式的现象学考察。

　　赫勒借助于对莎士比亚历史剧文本的细致阐释将这种时间现象学进行具体化，主要通过三部英国历史剧《理查德二世》、《亨利六世》、《理查德三世》和三部罗马历史剧《科里奥兰纳斯》、《朱利乌斯·凯撒》、《安东尼与克利奥帕特拉》来建构莎士比亚戏剧的诗性真理，形成了审美形式

———————————

①　Agnes Heller, *The Time is Out of Joint*: *Shakespeare as Philosopher of History*, Maryland: Rowman & Littlefield Publishers, Inc., 2002, p. 123.

与道德哲学、历史哲学、政治哲学的内在关联，根本上说这可以称为"关于历史的诗性真理"。① 不过，这些历史剧以不同的方式呈现出启示性的戏剧诗性的真理意义，因为"在莎士比亚那里，行为和动机的阐释及其可解释的多元性构成了戏剧本身"。②《理查德二世》以开始缓慢然后加速的时间速度呈现了他从历史政治维度向存在维度的转变，描绘他不断发现自己、建构自己、反思自己的性格建构。这种性格建构不是基于历史的必然性而是来自断裂时间的催动，因而人类存在条件的建构是充满异质、偶然和冲突的，这可以通过赫勒对"镜子"的分析来把握"我是谁"的问题。当理查德从统治者的角色转变为阶下囚而被处决时，他通过他的姓名和镜子中的面孔来确定他是谁，而在深层的镜像解读中，理查德读出了他的罪孽，然而他又不能辨识出镜子中的面容，因为镜子展示着一个年轻的无忧无虑的男人，而他已经成为完全不同的人，按照赫勒所说，"他洞察到另一面镜子。演戏、戏剧——正如我们从哈姆莱特/莎士比亚那里了解到——是真正的镜子。理查德的行为是镜子。他脱离他的时间和他的政治历史去观看，他看着莎士比亚的故事。镜子是戏剧。正是这面镜子给他提供了观看的眼镜。真正的面孔是内在的；然而戏剧、莎士比亚的戏剧反映了罪恶与德行，这种戏剧是内在性的镜子。这里你能够看见你不能看见的东西"。③ 戏剧镜子的复杂性展示了理查德二世存在转向的深刻性。④《亨利六世》三部曲从道德意义看是好人的故事，但是从政治意义看是灾难性的，从审美形式看是巴尔扎克式的人间喜剧的戏剧形式，探索了人类性格和存在的极端性，迥异于古希腊或者布莱希特的史诗剧场。《理查德三世》以戏剧形式呈现出激进的罪恶的典型人物，揭示了专制运作的机制，警示了专制带来的巨大危险，这也是关涉到审美形式的问题。该剧以其简

---

① Agnes Heller, *The Time is Out of Joint*: *Shakespeare as Philosopher of History*, Maryland: Rowman & Littlefield Publishers, Inc., 2002, p. 367.

② Ibid., p. 170.

③ Ibid., p. 182.

④ 在文艺理论意义上，这意味着莎士比亚对传统再现论的挑战，这也影响到马克思的文艺基本观念。虽然马克思在一定程度上认同文艺是现实的再现，但是他对莎士比亚戏剧保持持久的兴趣，使他超越了单纯的再现论思想，强调人的存在意义和主体创造性。所以有学者研究指出，马克思欣赏莎士比亚高雅、低俗混杂的怪诞，"正是莎士比亚戏剧的不纯粹性，正是对经典再现理论的抵制，才是马克思所感兴趣的"。Peter Stallybrass, "Well grubbed, old mole: Marx, Hamlet, and (un) fixing of Representation", *Marxist Shakespeare*, Eds. Howard, Jean. E. and Scott Cultler Shershow, London and New York: Routledge, 2001, p. 21.

单性、直接性获得普遍欢迎，深受观众的喜爱，但是这种单纯性戏剧形式与激进的罪恶专制的机制的表达有机地结合了起来。理查德三世选择自己作为罪恶之徒，是一个没有受虐的施虐狂者。他只玩弄他人、折磨打人、践踏他人，因而在赫勒看来他是一个绝对的孤独者。戏剧以独白的形式突出了其性格的极端罪恶。《亨利六世》的许多独白和当代演出的《理查德三世》的开场白，都表现了亨利六世的孤独性。同时在专制的表现中体现了挑战上帝的撒旦式的魅力，"理查德是撒旦，而且他是专制者；这部戏剧是关于激进罪恶和激进专制的。这种直接性的内容有助于情节的相对简单的结构和主要人物形象相对抽象的典型化"。① 早在 1981 年获得莱辛奖进行演讲时，赫勒阐发莱辛戏剧作品对专制权力批判的深刻性，认为他的戏剧作品《智者纳旦》《爱米丽雅·迦洛蒂》等以启蒙的名义反对基础主义观念，表达了消除专制权力的内在化机制的重要性。引诱也成为专制暴力的内在化的东西，所以"艾米利亚选择死亡，不是因为她不能抵制暴力，而是因为她感到自己太弱小而不能抵制引诱。她知道，倘若她继续生活，她就会把专制者的权力完全内在化，使自己自愿地屈就于谋杀她的恋人的那个男人"。②

　　赫勒对莎士比亚三部罗马历史剧的阐释也遵循着类似的分析模式，但是体现了时间断裂时代的不同表现。这三部戏剧表现了莎士比亚对共和国政治学的思考。正是在罗马共和国的语境下，政治学才始终涉及把解放建构成为完全新的制度，不仅仅把解放作为权力利用的方式。然而时间是断裂的，因而在共和国中，时间本身代表了"断裂"，"因为断裂在这里是政治时间的实质。在共和国里，一切处于持续的流动中；节奏也是断裂的"。③ 赫勒反对一些莎士比亚学者把共和国的大众视为英国式的暴徒的看法，因为她认为在英国历史剧中暴徒被描绘成讽刺性的喜剧形象，但是在罗马历史剧中并非如此，即使大众能够被操纵，也能够发挥真正的力量。而且政治学的等级和历史的等级之间存在张力，政治与道德存在错位。这既体现了历史材料对戏剧人物形象建构的规范性，又显示了莎士比

---

① Agnes Heller, *The Time is Out of Joint*: *Shakespeare as Philosopher of History*, Maryland: Rowman & Littlefield Publishers, Inc., 2002, p. 258.

② Agnes Heller, "Enlightenment against Fundamentalism: the Example of Lessing", *New German Critique*, 1981, No. 23, pp. 13-26.

③ Agnes Heller, *The Time is Out of Joint*: *Shakespeare as Philosopher of History*, Maryland: Rowman & Littlefield Publishers, Inc., 2002, pp. 279-280.

亚的政治诉求和戏剧性创作。《科里奥兰纳斯》呈现出贵族将军科里奥兰纳斯和大众、护民官的冲突，也表现出将军角色和共和国政治家角色的张力，在自我角色和母亲赋予的角色之间充满张力，这是悲剧的内在原因。正是在主人公的悲剧中，莎士比亚成功地展示了基于协商的政治学的新型制度。赫勒认为，"这种制度的建立对这部戏剧的发展来说是最为重要的。纯粹而简单的政治学是利益的政治学，尤其是群众利益的政治学，是相对和平地处置冲突并解决冲突的政治学；它也是关于话语和调解的。一种新的制度的建立不是暂时的策略性调解而是长期的调解"。① 《朱利乌斯·凯撒》也没有呈现极端讨厌的人物，而是表现了人物以话语来表达观念和计划的情形。这些人物在政治学危机关头大多遵循伦理行为的某些底线。赫勒一方面展示了凯撒的自律的辉煌和内在的脆弱，另一方面表达了凯撒死后的共和国的重铸，同时考虑到莎士比亚的现代性审美建构的特征。尤其是，关于卡西乌斯和布鲁图合谋杀害凯撒的情节分析，显示了赫勒深邃而细腻的戏剧审美感受力。赫勒指出，卡西乌斯开始试探布鲁图是否愿意加入同伙，最后说服他成为核心人物，这里的情节速度是相对缓慢的，但之后故事速度骤然提高。暴风雨场景成为分水岭，这个场景表现出时代错误的故意性，耐人寻味。钟的敲击是赫勒关注的焦点。合谋者的时间与凯撒的时间有错乱，显示出莎士比亚"倒计时"的戏剧手法，但是这种时间手法具有深层的历史性意义，"正在敲击的钟声是历史的钟声。钟撞了三次，然后八次，然后九次，这些重复性的声音有助于创造符合要求的张力，给人留下这种印象，即主观世界和客观世界发生了分离。对鲍西亚（Portia）来说，一个小时就是永恒。甚至凯撒和薄皮利乌斯（Popi-lius）的简短谈话对卡西乌斯来说是不可忍受的漫长，他害怕泄露，变得歇斯底里。不过，重要的是，钟没有撞击十次。莎士比亚在两种场景中谈及了钟声——一次是撞击八次，然后九次，他没有谈及十次——这是有意味的。恰恰在九点之后，凯撒的命运结束了。当然，一个普遍的钟一直会撞击的，但是历史的钟声停止了。在加速的顶点之后，钟声的时间不再具有意味"。② 这种时间意味着政治学的共和国重建的开始。《安东尼与克利奥帕特拉》对赫勒来说是最复杂的罗马历史剧，也是莎士比亚最复杂的戏

---

① Agnes Heller, *The Time is Out of Joint: Shakespeare as Philosopher of History*, Maryland: Rowman & Littlefield Publishers, Inc., 2002, p. 289.

② Ibid., p. 317.

剧。它把几种悲剧凝聚为一个剧本，即便在主要的悲剧即安东尼和克利奥帕特拉的悲剧中也交织了几条线索。这不仅是政治戏剧，也是东西文化冲突的戏剧，"莎士比亚的雄心在这里把许多异质性元素浓缩为一个戏剧，这些元素有助于从共和国废墟中诞生出罗马帝国"。①

对比赫勒20世纪60年代的戏剧人类学思想和新世纪的戏剧研究，可以看到其戏剧思想在延续中出现了较大的转型。同样思考历史性、时间、伦理政治问题，60年代的研究确定人的本质的思考，但是新世纪的戏剧批评更为精细、纯熟，更注重对文本和历史性、审美与戏剧形式的内在肌理的把握，发展了马克思恩格斯讨论拉萨尔的历史悲剧《弗兰茨·冯·济金根》所提出的"美学观点和历史观点"②，因为后者更注重宏大历史的真实性，忽视了日常生活基础上的时间的复杂性和现代性的异质性、时间断裂性，忽视个人存在的时间维度。赫勒对莎士比亚戏剧作品的阐释体现了异质性和历史性、道德性、政治性思想，注重从作品的细读中揭示启示性意义，表达了自指性和非自指性的结合，在一定程度上深化了莎士比亚研究，也开拓了马克思主义戏剧理论阐释学，同时也充满后现代特征。虽然在莎士比亚研究领域出现新批评、心理分析、读者反应、女性主义批评、后殖民批评等范式，也涌现了一些从伦理学、政治学、后现代主义视角研究的成果，正如佛克斯（R. A. Foakes）所看到的，出现了从后现代主义、文化唯物主义和新历史主义角度"对文艺复兴时期文学的解构性描述"③，但是并没有赫勒政治学和伦理学的深度，尤其没有她对激进罪恶的解读和极权主义的批判的敏锐性。雷波霍茨（Ronald A. Rebholz）2003年出版的著作主要从《亨利五世》来解读莎士比亚的历史哲学，借鉴了赫勒的2002年的研究，分析了戏剧的历史哲学和伦理道德问题，也探讨"戏剧与当时战争和政府的政治学的关联"，④但是相比之下缺乏赫勒戏剧解释的思想性和存在意义，没有像赫勒那样把握文本形式与伦理政治和历史性的内在复杂关系。赫勒立足于后现代多元主义的立场，通过作品的自

---

① Agnes Heller, *The Time is Out of Joint: Shakespeare as Philosopher of History*, Maryland: Rowman & Littlefield Publishers, Inc., 2002, p. 337.

② 陆梅林辑注：《马克思恩格斯论文学与艺术》（一），人民出版社1982年版，第182页。

③ R. A. Foakes, *Hamlet Versus Lear: Cultural Politics and Shakespear's Art*, Cambridge: Cambridge University Press, 1993, p. 7.

④ Ronald A. Rebholz, *Shakespeare's Philosophy of History Revealed in Detailed Analysis of Henry V and Examined in Other History Plays*, Lewiston: The Edwin Mellen Press, 2003, p. 145.

指性来阐述真理性内容，有着现象学和存在主义的深刻影响。她这种具有后现代特征的马克思主义戏剧阐释在 2005 年出版的《永恒的喜剧》中得到进一步发展。她在此书中在悲剧的参照下关注存在戏剧的哲学分析，主要从构成性反讽和构成性幽默层面来阐释贝克特和尤奈斯库的荒诞派戏剧，"存在喜剧的反讽和幽默颠倒了反讽和幽默的方式、态度或视角"。[①]这些戏剧虽然体现了不同的样式，但是表达了人类存在条件的意义，揭示了此在的偶然性的历史性条件。这既是审美的分析，也是此在的历史性追问。赫勒的戏剧阐释学虽然在一定程度上超越了卢卡奇的戏剧理论，但又是其理论的继承与发展，仍然延续着卢卡奇关于现代性、人类条件的思考。

综上所述，东欧新马克思主义戏剧理论是丰富、新颖的，既有以人的此在的价值诉求为基础的戏剧人类学建构，也有对西方马克思主义戏剧理论的反思与批判，更有从戏剧文本角度对经典戏剧的剖析，融合了戏剧性与历史性、政治性、伦理道德性，尤其是对非悲剧的戏剧的关注在国外马克思主义戏剧理论中有独特的意义；他们对剧场性的关注既切合戏剧样式的特性与当代性，又更新了传统的戏剧理论。这些理论和批评实践对中国马克思主义戏剧理论与戏剧批评无疑是有参考价值的。

第三节　东欧新马克思主义音乐理论

处于深厚的音乐文化体验中的东欧新马克思主义者对音乐样式持有浓厚的兴致，发表了一系列有关音乐问题尤其是歌剧或音乐剧研究的著述，形成了独具特色的马克思主义音乐理论。我们从东欧新马克思主义者关于克尔凯郭尔、尼采、瓦格纳、韦伯、阿多诺等音乐思想的探讨及其对歌剧作品的批评来清理他们的音乐理论。虽然他们大都从哲学立场审视艺术的普遍性问题，但是对艺术类型或样式的差异性更为重视。赫勒的观点具有代表性，有助于理解东欧新马克思主义音乐理论的特殊性。她指出："我发现在普遍意义上谈论艺术是充满问题的。就此而言，不同的艺术具有不

---

① Agnes Heller, *Immortal Comedy*. Lanham：Rowman& Littlefield Publishers, Inc., 2005, p. 103.

同的本质。"①

一　音乐的伦理学

东欧新马克思主义音乐理论受克尔凯郭尔和尼采的音乐美学影响很大，但在批判性对话中发展了新的伦理学维度。

在西方现代音乐美学史中，克尔凯郭尔的思想具有独特的地位，他根据其哲学观念建构了主题与形式的历史辩证法，在质疑黑格尔哲学体系的基础上，赋予了文学艺术经典的合法性解释，从主题与形式、理念与媒介的维度确立了音乐样式的优越性。在他看来，音乐样式体现了抽象理念与抽象媒介的融合，"最抽象的观念从根本上说是感官的。但是它通过什么媒介才可以呈现呢？只有通过音乐"。② 克尔凯郭尔最为推崇的音乐杰作是体现观念与形式完美融合的歌剧作品《唐璜》。可以说，他的音乐哲学及其对莫扎特的《唐璜》的解释奠定了东欧新马克思主义音乐理论的基石。

当然，东欧新马克思主义者对克尔凯郭尔的关注与卢卡奇有密切联系。青年时代的卢卡奇受到克尔凯郭尔存在主义哲学的影响，撰写了文章《索仑·克尔凯郭尔与瑞金·奥尔森》。在此文中，他以克尔凯郭尔与恋人奥尔森的心灵恋爱关系来探究心灵与形式的问题。他认为，"姿态是唯一的飞跃，借助于这种飞跃，心灵从一种姿态过渡到另一种状态，抛弃相对性的生活事实，心灵达到永恒的形式的确定性。总之，姿态是绝对性借以在生活中成为可能的唯一跳跃。姿态是生活的巨大悖论，正是因为固守不变的永恒性包含着短暂的生活瞬间并把这些瞬间变为现实"。③ 赫勒受卢卡奇的影响也遵循着老师的思路写了一篇文章《格奥尔格·卢卡奇与伊尔玛·塞得勒尔》，在文中她认为卢卡奇与伊尔玛的恋爱态度与行为类似于克尔凯郭尔与奥尔森的模式，一种柏拉图的行为，卢卡奇通过随笔书写不断创造自己的梦想，只是在确证他自己的可能性，他者只是一个模糊的

---

① 参见阿格妮丝·赫勒《情感在艺术接受中的地位》，傅其林译，《中外文化与文论》2009年第2辑。译文根据英文原文略有改动。

② Søren Kierkegaard, *Either/Or*. Eds. and trans. Howard V. Hong and Edna Hong, Princeton：Princeton University press, 1987, p. 56.

③ Lukács, Georg. *The Lukács Reader*, Ed. Arpad Kadarkay, Oxford&Cambridge, USA：Blackwell, 1995, p. 12.

轮廓，"克尔凯郭尔存在，但是瑞金·奥尔森并不存在"。[1] 事实上赫勒的哲学美学深受克尔凯郭尔的影响，几乎与他一起生活，她认为他是 19 世纪最伟大最重要的思想家之一，"没有一个现代思想家超越了他"。[2] 赫勒不仅在一定程度上接受他的反黑格尔体系哲学而提出的真理主观性思想，而且在音乐美学上展开深入研究。她在 1965 年的《匈牙利哲学评论》上发表了论文《克尔凯郭尔美学与音乐》，1969 年出版专著《价值与历史》，从历史哲学视野关注克尔凯郭尔的音乐美学，1972 年的长篇论文《走向马克思主义价值理论》也探讨了他的音乐思想，2006 年发表论文《在萧伯纳的喜剧中的莫扎特的〈唐璜〉》，2008 年发表论文《〈唐璜〉的解释》等。赫勒主要关注克尔凯郭尔对莫扎特歌剧《唐璜》的伦理分析，对道德伦理与音乐的问题颇为感兴趣。赫勒在克尔凯郭尔音乐美学的启示下也展开了对莫扎特的《唐璜》的分析，认为该歌剧具有现代性意义，歌剧中的主人公之一奥特塔维奥与维特、圣保罗一样是正派的、有爱心的市民，他诚实可爱，抛弃复仇模式，虽然平庸但是值得信赖，他更多地考虑他人而不是自己，"这个人物被启蒙运动所创造，是第一个不确定的然而也是新型的中产阶级典型代表，他许诺一个更为安全的道德秩序，不是通过行动，而是通过他的纯粹性存在"。[3] 但是歌剧的主人公唐璜体现了人格价值的矛盾性，"他作为人格——价值无疑具有偏爱性的观点；他是这部歌剧中最实质性的人物。但是根据道德内容，他的'伟大'是否定性的，作曲家反对他，拒绝他"。[4] 唐璜强大的、伟大的人格是自私自利的伟大，没有考虑他者。这符合赫勒的人格伦理学的界定，充满着个体的魔力，具有引诱特性，"促使人们去模仿的引诱性灵韵笼罩着人格伦理学所有典型的现实生活的主人公身上"。[5] 赫勒还将克尔凯郭尔有关美的概念运用于《唐璜》的理解，她认为《或此或彼》表达了一种新的反黑格尔式的美的概念，即是"美的生活行为"，虽然创作艺术或者把生活转变为艺术、自发性生存或者反思性生存是审美领域的观念和实践的呈现，

① Agnes Heller, "Georg Lukács and Irma Seidler", *Lukács Revalued*, Ed. Agnes Heller, Oxford: Basil Blackwell, 1983, p. 27.

② Agnes Heller, "Living with Kierkegaard", *Enrahonar*, Num. 29, 1998, pp. 73-74.

③ Agnes Heller, "Kierkegaardian Aesthetics", pp. 356-357.

④ Agnes Heller, "Towards a Marxist Theory of Value", *Kinesis/ Graduate Journal in Philosophy*, Eds. And trans. Andrew Arato, Vol. 5, Num. 1, Fall, 1972, p. 44.

⑤ Agnes Heller, *An Ethics of Personality*, Cambridge: Basil Blackwell, 1996, p. 14.

但是克尔凯郭尔最感兴趣的是生活行为，它只是在现代性中存在。前现代人从一诞生就接受了一种生活方式，其偶然性是尽可能接近其自身所设定的目的。相反，现代人的生活行为属于单个人。赫勒指出："克尔凯郭尔认为，莫扎特的《唐璜》不是他阶层的代表，而是一个独特的人。只有独特的偶然的个人才能被视为感性天才的再现，他的实质才能够通过音乐的媒介来加以理解。"① 因此，虽然审美阶段是一个存在的阶段，体现了审美领域和生活行为的结合，但是没有选择的意义，唐璜无疑是生存于审美领域之中的。这并不是美的生活。因为唐璜只注重瞬间的表象、印象感觉，而从外部呈现之后就瞬间消逝，"在审美领域，美是绝对短暂的"。② 伦理生活虽然短暂，但是与美的生活有本质的差异，它不仅吸引眼球，还涉及心灵。赫勒从美的视角来理解唐璜的罪恶是较为新颖的。

正是从人格伦理学出发，赫勒深入地探讨了尼采和瓦格纳人格及其音乐创作之间的复杂关系，1994 出版了著作《尼采与帕西法尔》，后来整合到 1996 年的《人格伦理学》一书之中，成为该书的第一部分，可以说这是其人格伦理学的宣言。赫勒把尼采视为人格伦理学实践的典范，并从人格伦理学角度反思哲学家人格伦理与艺术家人格伦理的关系。尼采认为，不同类型的创作实践需要不同类型的伦理学，哲学家的人格伦理学不同于艺术家的人格伦理学，尼采作为哲学家与其生活是同一的，把哲学人格化，相反艺术家从他的作品中缺席了。赫勒解释说："艺术家能够创作完全不同类型的作品，没有一部作品将会呈现或者表达他的人格。然而，虽然艺术家的人格不在其作品中呈现，但是，如果一位艺术家依据人格伦理学生活，那么这也会在其作品中呈现：他从来不会在作品中撒谎。这将是瓦格纳事件中，对尼采而言的敏感点。既然一个艺术家不像他的主人公那样，不像他的作品那样，那么瓦格纳的卑微和非本真性不会让尼采烦恼，只要他认为他的作品一直是本真的。"③ 尼采对瓦格纳最重要的指控是他在音乐中撒谎，反对瓦格纳这位颓废艺术家。赫勒并不认同这种简单的观点，而是从人格伦理学角度深入到尼采的人格伦理学和瓦格纳的歌剧《帕西法尔》的人格伦理学核心，寻找内在的差异性及其密切的联系，因此其

---

① Agnes Heller, *The Concept of the Beautiful*, Ed. Marcia Morgan, Lanham, Md: Lexington Books, 2012, p. 114.

② Ibid. .

③ Agnes Heller, *An Ethics of Personality*, Cambridge: Basil Blackwell, 1996, p. 18.

关注的主题是理解尼采对《帕西法尔》的迷醉，从而表达一种独特的歌剧伦理学批评模式。

赫勒首先引述尼采的《人啊》中的两段话来阐发尼采与瓦格纳的断交，因为尼采认为瓦格纳构成了他成为自己独立人格的病症，成为最大限度成就自己道路上的巨大障碍。在瓦格纳死的那天，另一种反瓦格纳的音乐，一种关注永恒重复的新音乐诞生了，"尼采把他的《查拉图斯特拉》视为新的趣味的新音乐，视为神秘出现的反瓦格纳的作品，但是《论道德谱系学》从一开始就被当作标准的反—瓦格纳的作品，更准确地说，当作《反—帕西法尔》"。① 但是赫勒认为，尼采日益走向自己本身的人格伦理存在，就日益迷醉于瓦格纳，尤其是瓦格纳死后"瓦格纳—尼采关系"变成了"瓦格纳—尼采共生关系"（Wagner-Nietzsche symbiosis）。赫勒从音乐学和人格伦理学的结合点上详细分析了这种复杂的共生关系，探讨了瓦格纳的歌剧《帕西法尔》的人格伦理学思想以及作为歌剧意义的《论道德谱系学》的人格伦理学，正如她所说，"尼采的著作《论道德谱系学》是作为一出歌剧，更准确地说是作为一部音乐戏剧而写成的，这是具有《序曲》的三幕剧。正是在他写作的具有音乐意义的散文—歌剧之中，尼采'回应'（take back）了瓦格纳的《帕西法尔》"。② 尼采的《论道德谱系学》的《序曲》表达了整部歌剧的主题，对欧洲文化传统的同情的、怜悯的批判，对好人道德的颓废与虚伪的揭示。而在瓦格纳的歌剧《帕西法尔》中，好人的代表人物古内曼兹被尼采视为非反思性的表现，因而尼采颠覆了瓦格纳的符号。但是《帕西法尔》和《论道德谱系学》的第一幕都讨论善与恶、好与坏的问题。帕西法尔因射杀天鹅而被古内曼兹进行道德教育，又被花妖式的女人昆德丽以恋母情结的心理分析方式进行道德教育，但是道德教育均告失败，帕西法尔仅仅是孤独的狮子，一种愚蠢的、天真的、无知的动物而已。而《论道德谱系学》以善的概念开始，把善视为高贵的东西，把坏视为他者，视为低级的笨蛋。尼采把帕西法尔和耶稣等同起来，从而与瓦格纳走着不同的道路，"在罗马和耶路撒冷之间的'永久战斗'中，瓦格纳坚决支持耶路撒冷而尼采支持罗马。这就是他们如何（而且为何）在世界舞台上大动干戈"。③ 但是在第一幕

① Agnes Heller, *An Ethics of Personality*, Cambridge: Basil Blackwell, 1996, p. 27.
② Ibid., p. 50.
③ Ibid., p. 54.

中，尼采和瓦格纳都失败了，病态和堕落在世界上到处蔓延。在第二幕中，两者都思考着内疚、坏的良知等问题，但是也有差异。尼采的人格伦理学表达了对自由个体的看重，重视本能和良知的融合，把歌德、拿破仑和狄奥尼索斯作为典范，这不是《帕西法尔》的伦理学。然而尼采和瓦格纳的帕西法尔都认识到痛苦的伦理学意义，都受到叔本华的深刻影响。帕西法尔不是通过道德教育而是在痛苦中获得认知，从天真的蠢货转变为道德之人。痛苦具有伦理意义和道德意义的区别，尼采认为自己的痛苦是人格伦理学的痛苦，而瓦格纳的帕西法尔的痛苦体现了道德意义，彰显了犹太—基督教—康德的道德性，因而他与瓦格纳分道扬镳。但是赫勒认为，帕西法尔和尼采都强调了理性和本能的结合，帕西法尔从本能和情感的承诺中抽出坏的良知的线，以怀旧的责任去营救神圣的该隐，具有远景的责任。虽然面对昆德丽的女性色诱，陷入恋母情结的幻象，但是他立即找回了自己，成就了他自己，从天真的蠢蛋转变为苦行僧，拯救了圣矛，成为圣杯之王。因而，帕西法尔可以成为人格伦理学的载体。但是帕西法尔以同情方式走向苦行僧，而尼采痛恨同情。不过在第三幕，尼采和帕西法尔又回到核心的问题，即"苦行理想主义"："'苦行理想的意义是什么'这个问题概括了《反—帕西法尔》第三幕的主题，更准确地说整部作品的主题，而且也概括了《帕西法尔》第三幕乃至整个瓦格纳歌剧的主题。"① 因此，虽然尼采与《帕西法尔》有着不同的人格伦理学观点，但是他的《反—帕西法尔》不是激进地反对《帕西法尔》，而是具有内在的联系，尽管尼采敌视瓦格纳晚年的作品。赫勒认为："在尼采的《反—帕西法尔》的第三幕中，他既坚持帕西法尔又反对帕西法尔。事实上，他比瓦格纳更现代地写作了一部关于帕西法尔的歌剧。"② 但是赫勒认为尼采的人格伦理学存在着形式与内容的悖论，有着时间性和非时间性的张力，甚至以自律的名义消除一切的道德性，包括康德的道德应然律令，从而成为审美化的艺术作品。瓦格纳的《帕西法尔》从音乐角度解决尼采的人格伦理学的困境，他以现代性的真理意义和新型的总体性概念达到了对尼采人格伦理学的张力的消解，因而《帕西法尔》的简单故事比尼采做出了更好的事情："真理是实践的，它在道德意义上是实践的。真理是同一性，但不是主体和客体的同一，而是主体与主体的同一。这里有总体

---

① Agnes Heller, *An Ethics of Personality*, Cambridge: Basil Blackwell, 1996, p. 62.

② Ibid., p. 67.

性，实践中的总体性，总体的自我抛弃，但是在总体地把自我融入到个人自己命运的同时，也是在总体地融入他人的命运之中。瓦格纳这位魔法师表演了他的魔术。他（而不是尼采）解决了张力，更准确地说，解决了人格伦理学的形式概念和它的实质限度之间的错位。"① 可以说，尼采与瓦格纳的关系是人格伦理学的发现与解决的关系，对赫勒来说，尼采的音乐剧紧紧地遵循瓦格纳的《帕西法尔》，他重估《帕西法尔》的价值，但是他最后并没有成功地"回应"《帕西法尔》。可以看到，赫勒揭示了音乐形象及音乐家的人格伦理学，深入地把音乐与伦理学结合起来，这既有助于伦理学的探讨，又深化了音乐的研究。尤其是关于尼采与瓦格纳事件的阐释，不同于以往的心理分析、民族性批判、宗教批判、纯审美的批判，而是从伦理学和审美角度切入《论道德谱系学》和《帕西法尔》的关联，建构了哲学文本和音乐文本的关联性，显示出赫勒卓越的音乐感受力和深邃的哲学智慧，在某种意义上她对音乐研究做出独特的贡献，也就是她提出的"歌剧阐释学"。

当然，我们也可以看到，虽然赫勒立足于《帕西法尔》的审美性体验，但是并没有特别关注歌剧本身的审美形式问题，这并不意味着她忽视对音乐的独特性的思考。赫勒认为，纯音乐与文学、绘画不同，是一种完全非确定性内容的艺术样式，音乐的情感效果能够作为好的也能够作为坏的东西来使用，它能够赋予谎言以力量，加强丑恶的本能，甚至罪恶的本能，然而也有疗效的作用，能够化敌为友，但不能避免情感的模糊性。但是歌剧不是纯音乐，"在某种意义上歌剧是较不纯粹的音乐，因为它是来自其观念时代的总体艺术作品。今天，它更加成为总体艺术作品。音乐演奏、文本、情节、歌唱、扮演、舞台处理、导演、指挥，所有这些都是我们在歌剧院里所欣赏的歌剧"。②

二 对理性化音乐理论的分析

东欧新马克思主义者颇为关注音乐与理性、现代性的关系，主要体现在对韦伯、阿多诺、布洛赫的理性化音乐理论的分析之中，费赫尔的研究是这方面的代表。

① Agnes Heller, *An Ethics of Personality*, Cambridge: Basil Blackwell, 1996, p. 89.
② 阿格妮丝·赫勒：《情感在艺术接受中的地位》，傅其林译，《中外文化与文论》2009 年第 2 辑。

　　费赫尔作为东欧新马克思主义者，对韦伯1911年的论文《音乐的理性的和社会的基础》展开深入研究。这篇论文对阿多诺和布洛赫的音乐哲学产生了重要影响。在费赫尔看来，韦伯的音乐理论不是纯粹的音乐解释，而是立足于其历史哲学即社会行为理论基础之上的。韦伯从纯粹行为理论出发，看到基于数学的可计算的目的合理性与西方音乐之间的内在而独特的联系，把理性化的西方文化视为西方目的理性战胜非理性化的前现代音乐的重要文化形式，"目的理性音乐行为是数学理性的产物。它们的合法性来自这种环境，即新型的数学与新型的物理学能够完成特殊的任务，就是把纷繁复杂的声音简化成为数学上可以操控的公式"。[1] 韦伯以理性的名义与尼采的非理性音乐精神形成鲜明对照，但是在费赫尔看来这种理性化音乐的辩证性特征已经被韦伯所洞察到了。韦伯看到了系统化的合理性具有局限性，虽然这种系统在理性意义上是封闭的单元，但是它还需要不和谐的因素。完全理性化的音乐并不是由规则支配的人工制品，而是需要非理性的元素带来张力，它是一个具有张力的有机体。理性化的音乐继承了数学规则，但是同样需要奇特的个体，需要具有审美性的艺术鉴赏家，"脱离规则的艺术鉴赏家就理性化的艺术作品而言，是非常必要的"。[2] 费赫尔认为，虽然韦伯的理性化音乐理论不乏辩证性，但是最终是保守的，因为韦伯认为西方音乐的多样性具有三种形式，即现代和弦音乐（modern chordal harmony）、对位复调音乐（contrapuntal polyphony）与和弦主调音乐（harmonic homophonic music）。巴赫时代是西方音乐处于经典的不可超越的阶段。尽管现代音乐不断违背并反对理性化音乐规则，但是并没有超越这个原则，只是在不断深化而已，也没有超越其水平。费赫尔指出韦伯的音乐理论的严重问题，认为他的"音乐行为理论"关注音乐理性与自律的地位，关注目的行为而忽视了行为者，事实上就行为者而言，韦伯的理论的特点是神秘的、几乎是匿名的，因而他的理论具有自身的限度。

　　在分析韦伯的理性化音乐理论的基础上，费赫尔对阿多诺和布洛赫的音乐哲学进行了批判性探讨。他认为阿多诺和布洛赫把韦伯的理性化音乐作为一种否定性的刺激物来发展自己的独特的音乐美学思想。布洛赫反对

---

① Ferenc Fehér, "Weber and the Rationalization of Music", Agnes Heller & Ferenc Fehér, *The Grandeur and Twilight of Radical Universalism*, New Brunswick, NJ: Transaction, 1990, p. 351.

② Ibid., p. 355.

韦伯的理性化音乐理论，而主张从神秘—音乐自我论（mystical-musical egology）来确定音乐发展的类型学。他把音乐发展区分为四种类型。第一种类型或者阶段是"微小的在世自我"阶段，这体现为古希腊式的和谐自我，这种自我并不熟知形而上学的内驱力，此阶段以莫扎特的音乐为代表。第二种类型是"微小的精神自我"，体现出狭小的自我与虔诚的融合，以巴赫音乐为代表。第三种类型以贝多芬、瓦格纳等人为代表，体现为巨大的在世自我，彰显公众性和英雄性，挑战超越性。第四种类型期待出现的巨大的精神自我类型。这四种类型或者阶段确立了自我的黑格尔式的发展轨迹，以反韦伯的方式遵循着理性的发展逻辑。对费赫尔来说，这包含着悖论，尤其是把历史时间作为价值标准，把莫扎特评价为低于巴赫，这显示出布洛赫音乐理论的严重问题。

费赫尔认为，阿多诺的音乐哲学与韦伯的理论具有相同点，但是也有差异。阿多诺跟随着韦伯的步伐，强调音乐历史的进步主义特征，"音乐是中产阶级的，因为它完全被理性化，不断出现并自我完善的理性化正是称之为现代或者中产阶级的时代的实质，就此而言，阿多诺与韦伯是一致的"。① 但是阿多诺的音乐哲学又挑战了韦伯的理论模式，以否定的辩证法指出了韦伯的音乐理性化概念的错误，因为在理性化的历史过程中，昨天的成绩变成了今天的困境，历史辩证法暴露了传统音乐世界的限度，创造了新的自由空间。阿多诺的最终选择只有两条道路，要么西方音乐抛弃十二音系统，选择一些不确定的新的自由的音乐道路，要么音乐终结。在费赫尔看来，阿多诺对韦伯的批判存在一些严重的不公正，他把韦伯的辩证法转变为否定辩证法的令人痉挛的圆圈。理性在阿多诺的新音乐理论中获得了新的更为深层的维度，它不再是目的行为的结果，而是被置入黑格尔意义上的以自由为目的的历史过程。自由成为衡量理性的尺度，因为理性占据主导，自由从理性化对象中消失了，理性化的浪潮压制了自律的音乐主体，如果这样，理性化就成为压抑性的趋势，就与西方启蒙运动的意图背道而驰了。

立足于否定辩证法，阿多诺在一系列论文中构建了他自己的理性化音乐历史，对此费赫尔进行了细致的剖析。就西方现代理性音乐的主要趋势而言，费赫尔概括了阿多诺对巴赫、海顿、莫扎特、贝多芬、瓦格纳、勋

---

① Ferenc Fehér, "Weber and the Rationalization of Music", Agnes Heller & Ferenc Fehér, *The Grandeur and Twilight of Radical Universalism*, New Brunswick, NJ: Transaction, 1990, p. 358.

伯格等音乐家创造的讨论，在形成阿多诺的理性化音乐变迁史的同时，指出了阿多诺音乐批评的问题。阿多诺认为巴赫的音乐体现了音乐技术理性化在当时的最高成就，辩证地融合了和声的普遍的男低音（harmonic general bass）和复调原则，虽然巴赫拒绝无名的集体性，但是吸收了来自无名集体性的个体，表现了解放的个体性。费赫尔认为，阿多诺对巴赫的理解忽视了巴赫音乐的宗教特征与有机的集体性，是从其哲学中得出的具有偏见的认识。阿多诺对维也纳古典主义音乐家海顿、莫扎特、贝多芬的创作进行了肯定性分析，认为他们的音乐创作体现了资产阶级进步时代与个体自由的高度，但是费赫尔认为，阿多诺对古典主义音乐的态度是模棱两可的，他对贝多芬的理解带着极为明显的传统观点，没有认识到贝多芬音乐所带来的新的时代意义，即音乐事实与社会事实的关联，也就是贝多芬独特的音乐和雅各宾主义精神的联系。费赫尔还批判了阿多诺以黑格尔的世界历史精神对贝多芬的历史性评价，因为这种评价否认了西方音乐的可能性，否认了贝多芬之后个体自由与创造世界的总体性的可能性。这样，阿多诺的音乐史从贝多芬之后转向了堕落史。瓦格纳的音乐创作也就必然成为否定性的，体现出现代音乐的堕落，与法西斯主义有着密切的联系。费赫尔认为，阿多诺遵循着尼采对瓦格纳的批判，对阿多诺的指责并不是对音乐作品政治的诋毁，而是基于音乐分析的。阿多诺认为瓦格纳的音乐强烈地对抗维也纳古典主义，不再是音乐主题的理性化阐述，只是由病态扩张的管乐团队所支持的宏大叙事主题的不断重复，隐藏着音乐的贫困和无政府主义。瓦格纳的音乐是一种指挥者的音乐，试图表达把一种独自可见的目的强加于所有乐器之上，创造一种虚假的伟大。瓦格纳对歌剧的更新而进行试验的音乐剧没有真正的风格，只是风格化的样式主义。尽管费赫尔在很大程度上认同阿多诺的这些分析，但还是认为阿多诺把瓦格纳的前法西斯主义的狂妄自大追溯到他的病态的反闪米特主义然后追溯到他的波西米亚的起源，显示出阿多诺狭隘的个人化的社会阐释，没有认识到任何普通的中产阶级的正派性，这是因为阿多诺把自己的哲学立场非法地扭曲地引入到话语之中，从而不公正地把瓦格纳的作品同质化。因此，费赫尔如同赫勒一样充分肯定了瓦格纳的音乐创作，认为瓦格纳人格化地统一了左派和右派的德国激进主义，成为歌德之后德国艺术家的唯一代表。阿多诺对以勋伯格为代表的新音乐的批判再次强化了西方音乐的绝望的命运，认为勋伯格的十二音体系的实验，敌视现代公众和音乐趣味，排斥以前的作曲家的"动物式温柔",强调声音理性的最大化,结果导致的是主体性和个体自由的丧失。费赫尔对阿多诺的西方音乐史的勾勒类似卢卡奇的小说类型学,从不同样式的分析中指向堕落的趋势,走向绝望和终结的可能性。

在梳理阿多诺的音乐理性化变迁史之后,费赫尔还批判性地分析了阿多诺对音乐困境的解决方式,即音乐哲学的设想方案。阿多诺把韦伯的音乐社会学激进地加以推进。韦伯认为价值理想没有进步可言,高度审美质性的音乐作品始终是价值理性的呈现,始终不缺乏听众,进步只存在于创作音乐的技术或者工具理性、乐器制作、接受者的学习与教育等。阿多诺认为,这种日益增长的技术理性是资本主义精神,但是发展到极致就使音乐作品的存在不再可能或者充满问题。价值理性处于危机之中,唯一的解救药方就是哲学感受者、新型的音乐哲学家,这种哲学家能够阐释音乐密码并把意义传递给接受者,这事实上确立了阿多诺的物化与解物化的音乐哲学思路。费赫尔进一步探询阿多诺的哲学实质,指出他的整个哲学工具是透过卢卡奇的物化理论而获得的黑格尔—马克思的概念。虽然阿多诺接受卢卡奇的非异化的牵连意识,但是不认同卢卡奇的集体性概念,而是注重克尔凯郭尔的哲学和黑格尔的"不幸福的意识"。阿多诺的哲学可以称为音乐物化哲学,这种哲学努力与音乐作品的意义拼搏,形成一种独特的音乐符号学。费赫尔指出,阿多诺的音乐语言观是充满问题的,音乐语言的非概念性、普遍性与私人性、地方性与跨民族性只是展示了交往符号系统,并不是严格意义的语言,因此音乐语言是一个模糊性的隐喻。现代是单子的存在,阿多诺讨厌共通感哲学,如何可能通过比较阐释作品的意义呢?尤其是,当物化在现代性中普遍盛行时,哲学在何种意义上不是被异化的呢?费赫尔敏锐地看到,阿多诺的哲学本身走向异化,他的音乐符号学使它不得不接受结构主义的解决方式,阿多诺对现代理性化的复仇走向了反面,这可以说是一种反讽式的复仇。阿多诺关于音乐接受类型观也是持有精英主义的立场,他把听众区分为专家、音乐爱好者、文化消费者、怨怼听众(listener out of resentment)。费赫尔就此提出了三点反对意见。第一,阿多诺所设想的精英是指技术精英还是哲学精英?如果是指技术精英,那么就不需要哲学的解释,这种听众根据阿多诺的类型学就降到低一级的听众层次;如果是指哲学的精英,那么又与其总体异化的理论相矛盾。第二,阿多诺对接受中的情感进行了否定性的描述,没有认识到情感与认知构成的积极意义。费赫尔借助于赫勒的情感理论，认为，"情感和认知的重新整合对感情来说不是外在的东西。没有社会意义阐述的概念系统（语言、行为习惯、规范的表达形式），情感就根本不存在"。① 第三，阿多诺的音乐接受的等级类型是受虐狂的，因为它排除了艺术作品颠覆聆听音乐的退化特征的可能性，没有看到艺术作品与听众相互影响这种复兴音乐的希望。这样，阿多诺自己的音乐哲学沦为否定辩证法的实例。这也是韦伯音乐社会学和阿多诺的音乐哲学的差异，前者虽然看到技术理性的现代性膨胀，但是充分认识到现代性的多元价值规范带来音乐的多种可能性，并不像后者那样绝望。基于对阿多诺的音乐哲学内涵的批判，费赫尔提出自己的音乐哲学，调节本雅明的充满问题的民主主义和阿多诺充满问题的精英主义，这就是多元主义的哲学观，突破了阿多诺的哲学模式，寻觅到突破异化的可能性，"多元性突破了阿多诺称之为音乐物化的东西"。②

事实上，东欧新马克思主义者对阿多诺的音乐哲学的批判在20世纪六七十年代就展开了，在1968年的一次学术会议上，赫勒目睹了青年人对阿多诺、卢卡奇等"神圣家族"成员的不满。1975年由赫勒和费赫尔共同发表的《美学的必要性与不可改革》一文中，他们认为阿多诺对集体主义音乐的批判本身就是一种偏见，是像卢卡奇美学一样属于大写的历史哲学的呈现，从而以哲学的偏见忽视了音乐存在的可能性与现代音乐的积极性，"企图超越这个既定的世界即'超越资产阶级冷酷'，是有些缥缈的、有些无用的危险的幻觉"。③ 结果是音乐艺术的终结，这种观点"使他对创造性成果倍感惊讶，因为这些创造性成果纯粹不能从他的优势地位中得到预见"。④

另一位东欧新马克思主义者马尔库斯也针对阿多诺的音乐理论进行了批判，从阿多诺的《瓦格纳的试验》的阐释中洞察阿多诺音乐美学的价值及其内在的悖论。阿多诺肯定了瓦格纳的先锋主义音乐剧试验，这种试

---

① Ferenc Fehér, "Weber and the Rationalization of Music", Agnes Heller & Ferenc Fehér, *The Grandeur and Twilight of Radical Universalism*, New Brunswick, NJ: Transaction, 1990, p. 345.

② Ibid. , p. 349.

③ Ferenc Fehér and Agnes Heller, "The Necessity and the Irreformability of Aesthetics", *Reconstructing Aesthetics*. Eds. Agnes Heller and F. Feher, Oxford: Basil Blackwell, 1986, p. 7.

④ Ferenc Feher, "What is Beyond Art? On the Theories of Post-Modernity", *Reconstructing Aesthetics*. Eds. Agnes Heller and F. Feher, Oxford: Basil Blackwell, 1986, p. 70.

验体现了对个体化的审美自律的追求，捣毁了古典音乐传统，获得了对音乐作品内在性的关注。这成为阿多诺音乐批评探索的重要基础，也就是突破意识形态批判而建立"内在批评"的范式。阿多诺不局限于形式主义注重技巧的内在批评，而且以之为基础通过音乐分析的中介走向音乐作品与资本主义社会历史的融合，可以说是建立了音乐形式意识形态的范式，这事实上成为卢卡奇到詹姆孙的西方马克思主义艺术研究的基本范式。但是，马尔库斯深刻地指出了阿多诺对瓦格纳音乐批评的悖论，因为阿多诺没有建立起内在批评、商品分析和意识形态批评的内在联系，"特殊性批判被消解为抽象的普遍性，摆脱同一性思维又导致了最极端的同一化"。① 马尔库斯还将阿多诺的音乐理论与文化工业、艺术自律联系起来考察，认为阿多诺是从音乐角度来建构起艺术自律、文化工业观念的。阿多诺尤其关注对传统高雅音乐的当代演奏与接受，关注碎片效果、声音感官的物质性、表演技巧的完美性，这样在古典喜爱者和轻松的音乐热爱者之间的差异在审美上被消除了。在马尔库斯看来，文化工业起源于现代性，起源于瓦格纳歌剧所体现的审美现代主义，正如阿多诺所言，"把歌剧委托给艺术家的自律掌握是与文化工业的起源联系在一起的"。② 自律解放的艺术观念走向了其反面即文化工业。阿多诺的研究显示了 19 世纪艺术音乐发展的内在商业化，以及延续到 20 世纪大众文化的过程。为克服文化工业的拜物教化和物化，现代音乐只能追求对经济和市场的否定，最后只能走向哲学思想，否定审美愉悦，这样就否定了本真音乐的可能性。十二音体系消解时间与动力，把时间转变为空间，消除了感官直接性的音乐，从而使音乐作品失去了意义，完全的自由转变为完全的不自由，本真艺术与大众音乐文化获得了类似性，"它们彼此互为镜像"。③ 阿多诺的音乐悲观主义根本上是西方马克思主义传统中的激进主义、宏大叙事的结果。因而，阿多诺对瓦格纳的音乐解释同样是误解的，"阿多诺阐释瓦格纳的基础是一种误解的基础，其所追求的内在性批判最终转变为自己反对的意识形态批判，这也许就是阿多诺所批判的启蒙辩证法的逻辑，如果说现代性在阿多诺看来是充满悖论的，那么阿多诺的美学也是如此，这无疑是一种恶性延伸，充满问题的现代社会导致充满问题的艺术作品，充满问题的艺术作

① György Markus, "Adorno's Wagner", *Thesis Eleven*, Num. 56, February 1999, pp. 25-55.
② C. F. György Markus, *Culture, Science, Society*, Leiden, Boston: Brill, 2011, p. 609.
③ György Markus, *Culture, Science, Society*, Leiden, Boston: Brill, 2011, p. 625.

品导致了充满问题的美学理论"。①

　　我们可以看到，赫勒、费赫尔、马尔库斯等东欧新马克思主义者对阿多诺音乐美学解读的类似性，但是他们的批判忽视了阿多诺的音乐理论在马克思主义音乐理论建构中的独特意义。尽管阿多诺在内在批评和商品分析、意识形态批判的结合点上存在一些问题，但是这种基于作品个体与普遍性的分析不能不说是美学研究的基本范式，诚如费赫尔和赫勒自己提出的美学重构思想一样，在归纳艺术批评和演绎批评之间找到一个合法性的基点："就艺术作品的个体性和特殊性来说，演绎批评不得不质问它的价值判断的有效化的过程。同样，就超越现在的判断价值来说，归纳的艺术批评不得不质问它的特殊判断的有效性。艺术的价值和关于它的审美判断的有效性应该统一，这是对艺术的一种设想。"② 更何况，阿多诺对音乐本身的切身体验与实践提升了其音乐理论的有效性，在某种意义上说，阿多诺的音乐理论也是其人格伦理学的体现，呈现出其独特的思想力量与责任选择。问题在于，不只存在一种人格伦理学，可以有多种人格伦理学，这是东欧新马克思主义者对之批判的重要价值与宝贵的启示，尤其是在对尼采和阿多诺批判瓦格纳的洞见中看到了瓦格纳音乐的独特价值。

三　歌剧样式的合法性问题

　　关于音乐伦理学批评和理性化音乐理论批判包含着东欧新马克思主义独特的音乐理论，涉及对音乐样式尤其是歌剧样式的思考，但主要侧重于人格伦理学和历史哲学的批判性分析，对歌剧样式本身的关注还不够深入具体，更多是研究的研究，属于一种元语言的分析与评价，建构其多元主义的音乐理论。事实上，东欧新马克思主义者没有忽视对音乐文本与音乐样式本身的研究，这主要体现在歌剧样式、经典歌剧作品及其演出的细致解读之中，实现了理论建构与文本分析实践的结合，重新建构了历史与形式的结合。东欧新马克思主义者佛多尔（Géza Fodor，1943—2008）和赫勒的歌剧分析，确立歌剧诗学与歌剧阐释学的思路，从而为歌剧样式奠定了合法性的基础。

　　佛多尔是在卢卡奇影响下走向新马克思主义道路的，卢卡奇逝世之后

---

① 傅其林：《宏大叙事批判与多元美学建构——布达佩斯学派重构美学思想研究》，黑龙江大学出版社 2011 年版，第 109—110 页。

② Ferenc Fehér and Agnes Heller，"The Necessity and the Irreformability of Aesthetics"，*Reconstructing Aesthetics*，Eds. Agnes Heller and F. Feher，Oxford：Basil Blackwell，1986，p. 22.

他参与卢卡奇早期的《海德堡美学》的编辑校对工作。他是匈牙利当代著名的音乐哲学家，长期对歌剧理论进行建构，推进歌剧批评实践。从20世纪六七十年代东欧马克思主义复兴的年代起，佛多尔就展开了歌剧或音乐剧的研究，1974年出版专著《音乐与戏剧》（Zene és Dráma），1975年出版《莫扎特歌剧的世界观》（A Mozart-Opera Világképe），之后写作《歌剧日记》（Operai Napló, 1986）、《音乐与剧场》（Zene és Színház, 1998）、《绝望的杰作：音乐哲学论文集》（Das hollnungslose Meisterwerk Essays zur Musikphilosophie, 1999）、《歌剧全景》（Az Opera minden, 2007）、《私人剧场》（Magánszínház, 2009）等，发表了一系列有关音乐戏剧的文章，成为当代东欧最著名的新马克思主义歌剧理论家之一。他在重建美学的意识下对歌剧进行合法性探讨，主要是通过对莫扎特歌剧文本分析来进行的。与东欧其他新马克思主义音乐理论家不同，佛多尔从音乐文本与戏剧语词的行动表现展开对莫扎特歌剧世界观念的探究，这立足于对《唐璜》作为歌剧样式的阐释。他遵循克尔凯郭尔对《唐璜》的解释，从音乐结构的细读中审视歌剧的历史性的形式建构，揭示歌剧的音乐赋形的特殊性，检视音乐形式如何表达感性欲望、心灵与人类存在命运。在佛多尔看来，《唐璜》以丰富的音乐形式、技巧、独特的结构表现了现代初期的人类存在状态，肯定了日常生活的世俗价值、道德规则和法律秩序，体现了现代性的历史意识。歌剧因而获得了合法存在的历史性基础。但是佛多尔不同于传统音乐研究者，他突破了克尔凯郭尔关于内容和形式统一的理想化评价。克尔凯郭尔把《唐璜》置于所有音乐之上的最高位置，认为它体现了理念与形式的融合，"在莫扎特的《唐璜》中，我们拥有理念及其相应形式的完美融合。但是恰恰因为这个理念是如此抽象，并且媒介也是抽象的，所以莫扎特完全有可能是独占鳌头的"。① 当代一些音乐学者亦是充分肯定《唐璜》的内容与形式的统一性，音乐与舞台戏剧获得了内在的统一，从而确立了《唐璜》作为歌剧合法性的经典意义。但是佛多尔的认识挑战了这些观点，他指出，《唐璜》的内在结构存在悖论，歌剧本身有内在的张力，"《唐璜》是戏剧和歌剧作品中具有独特性的代表作，是18世纪唯一的包含着历史性的杰作。它本身作为基本样式必然灭亡，当时歌剧从潜能中创造了极为独特的形式，但是这种形式几乎

---

① Søren Kierkegaard, *Either/Or*, Eds. and trans. Howard V. Hong and Edna Hong, Princeton：Princeton University press, 1987, p. 57.

不能承受其自身的内在张力"。① 可以看到，佛多尔沿着卢卡奇样式理论的思路，从文本结构出发以《唐璜》为例揭示了歌剧样式的内在悖论，其中最核心的悖论是音乐与戏剧的统一性问题。

可以说，歌剧样式的合法性存在是建立于音乐与戏剧的统一基础之上的，按照佛多尔引用席勒的话说，"歌剧摆脱了所有对自然的模仿，理念能够潜入舞台"，佛多尔解释说，"内在于歌剧样式中的要求是，音乐剧和舞台是一致的，在音乐发展中的所有细节都应该在舞台演出的剧本里找到其相应的戏剧部分"。② 歌德和克尔凯郭尔都把《唐璜》视为最成功的歌剧样式，但是佛多尔看到了这部歌剧的根本问题，它没有获得音乐和戏剧的有机统一，而是充满歧义、异质，没有解决音乐和戏剧的统一性问题，"在《唐璜》中，这种内在的原则本身成为问题"③。他指出，在一些最精彩的部分都没有解决这个统一性问题。譬如，安娜在认出谋杀父亲的凶手唐璜时的音乐与戏剧表演，她所唱的 D 大调咏叹调成功地表达了个体存在之本体，咏叹调开始是管弦乐可怕的轰隆声和暴力的姿态表达，是语词乐句的巨大的音调和切分的节奏，这些音乐准确地表达了安娜的激情。但是安娜的咏叹调不能充分地在舞台上表现，安娜所展示的矛盾性格在舞台上消失了，"因而在咏叹调的英雄质性和安娜的无能之间存在着一条裂缝，这不能在舞台上传播出来。自然，这些问题在音乐中得到了解决，但是关键在于，安娜的音乐剧不能合符逻辑地回到舞台上。正是在咏叹调中，我们首先面临这种现象——在《费加罗的婚礼》中还不为人知——音乐剧和舞台剧的统一被打破了，两者的状态搅合在一起，音乐本身逐步脱离舞台的基础"。④ 因此这就突破了音乐再现和舞台再现统一的歌剧样式的基本要求。安娜的恋人奥特塔维奥的再现更有问题，舞台人物的意义和音乐的意义不一致，在 G 大调咏叹调"我依赖于她的幸福"之中，咏叹调的戏剧性因素包含着奥特塔维奥形象的渺小身材和他音乐的伟大之间的矛盾。G 大调的弦乐和音以及由和音转变的旋律呈现了男高音的总体之美，美直接以旋律来表达，旋律也成为最个人化的表现，表达了人类的结

---

① Géza Fodor, "Don Giovanni", *Reconstructing Aesthetics*, Eds. Agnes Heller and F. Feher, Oxford: Basil Blackwell, 1986, p. 245.

② Ibid., p. 178.

③ Ibid., p. 179.

④ Ibid..

构、道德的和谐和生活方式的风格，可以说音乐成为人性实质的媒介。但是舞台的情景则不同，只呈现出一个心胸狭隘的羸弱的形象，"音乐—戏剧本身日益脱离歌剧舞台，似乎新的戏剧关系、新的关联正在音乐中形成，然而这不能在舞台上被表达出来。在音乐戏剧中形成的结构性价值——兴趣不能转换到舞台上，这些价值—兴趣只能被扭曲"。① 对作品的主人公唐璜的再现同样存在这些根本问题。唐璜的感性天赋可以以音乐来表达，但是其恶魔本质不能以音乐直接表达而只能间接地加以表达，然而从根本上说恶魔本质不能直接在戏剧中表现。唐璜形象的再现突破了艺术作品的统一性原则，舞台和音乐的联系也被打破了。例如，唐璜面对侍从立波锐罗和以前抛弃的女人艾尔维拉所唱的 C 大调三连音，可以说具有不可抵挡的诱惑力，在研究者阿贝特看来体现了"戏剧和音乐的令人佩服的统一"，但是佛多尔认为，"这种完美构想的音乐行为不能轻易地转变为圆满的舞台结构"。② 舞台表现的喜剧性贬低了音乐的象征和悲喜剧意义，唐璜的音乐表现不容忍艾尔维拉和立波锐罗的出现，"这里只有唐璜，仅仅有感性之天才，它犹如一束高高飞跃的火焰。然而，舞台呈现的逻辑，扮演最终立足于交往角色的人物基础上的场景要求，与这时的展示是相矛盾的"。③ 可以说，《唐璜》并没有实现歌剧样式的完美要求，而纯粹是本真的音乐艺术。如此，歌剧样式的合法性存在就成为问题，就犹如歌德所说，《唐璜》在歌剧历史上只是孤立的现象，之后则是消失，"随着莫扎特之死，所有对类似的东西的希望都化作泡影消失了"。④ 显然，佛多尔通过歌剧的研究解构了克尔凯郭尔的音乐美学。但是，费赫尔并没有抛弃歌剧，而是关注现当代歌剧，从贝多芬、威尔第等音乐家的歌剧到当代的歌剧演出都进行了研究，从剧场和音乐角度思考歌剧的独特的历史形式，形成了具有东欧新马克思主义特征的"歌剧诗学"（opera poétikája）。⑤

在东欧新马克思主义音乐理论家中有效地为歌剧样式奠定基础的，无疑离不开赫勒。进入 21 世纪后，赫勒在后现代视野下继续歌剧研究，尤

---

① Géza Fodor, "Don Giovanni", *Reconstructing Aesthetics*, Eds. Agnes Heller and F. Feher, Oxford: Basil Blackwell, 1986, p. 185.

② Ibid. , p. 204.

③ Ibid..

④ Ibid. , p. 245.

⑤ Géza Fodor, "Tükhé-Anagnóriszisz-Katharszisz. Verdi: Simon Boccanegra", *Holmi*, December, 2007.

其是借助于当代歌剧演出的审美体验和当代阐释学思想，提出了歌剧阐释学理论，从而为当代歌剧样式提供了合法性基础。赫勒看到，"歌剧样式在 60 年代从死亡的边缘获得新生，走向综合艺术"。① 赫勒的歌剧阐释学与克尔凯郭尔、伽达默尔的理论密切相连。克尔凯郭尔确立了音乐理念与形式、媒介融合的历史性观点，伽达默尔更新了传统阐释学的基本模式。歌剧阐释学融合了当代的历史精神与阐释学思想。当代的历史精神是后现代追求异质性、当代性、多元性的精神，是消解宏大叙事的偶然性时代。传统阐释学强调作者的原初意义，强调意义的唯一性。施莱尔马赫的阐释学在传统阐释学中占据主导地位，这种阐释学认为解释意味着理解大师所表达的意图，只有这样的忠实解释才是真实的。赫勒指出，以伽达默尔为代表的当代阐释学瓦解了这种观点，因为所有解释都是现在同过去的对话，这种新型阐释学在克尔凯郭尔、阿多诺、布洛赫、托马斯·曼、萧伯纳、康定斯基等不同人的著作中得到了体现。这种阐释学对当代歌剧的解释带来了革命的意义，"新的解释转向为歌剧打开了一种新的历史"。② 作为综合艺术的当代歌剧与当代历史性获得了内在的关联。歌剧作为综合艺术本身是多种元素汇聚的马赛克，并没有内在统一的总体性与完整性。它的综合性表现为音乐、剧本、表演、灯光效果、运动、装饰、建筑、视觉艺术等，不仅是聆听歌剧，而且是观看歌剧，实现了人类多种感官的综合。但是这种综合多种元素的歌剧并不追求稳定的统一的意图，而是具有多元性、异质性，音乐、文本、运动、空间组织、灯光效果彼此对立，获得了差异性，"综合艺术的再现是去稳定的、摇摇欲坠的、碎片式的，通常是解构的，绝不是总体化的"。③ 可以说，歌剧作为解释的再现体现了后现代时代精神的异质性，也表现了解释者的性情特征，带有歌剧演出的独特的个人性，而不是简单地重复固定的模式。在舞台上，演员作为阐释者以自我为媒介，进行自我解释，体现出偶然性特征。赫勒认为，当代歌剧强调当代性，再现当下的历史性，注重在场性，因为歌剧再现总是以当代的历史意识对既有的作品进行具体化，进行不同方式的具体化即创新解释，正如克尔凯郭尔所说，"一部音乐作品不可能这样上演，即这种演

---

① Heller Ágnes, "Korszerü Operarendezés Mint Összmüvészet És Hermeneutika", *Holmi*, 2001, május.

② Ibid.

③ Ibid.

出——无论好坏——不带有我们自己的生命感受、我们自己的人格、我们的经验以及我们的时代特征"。① 因此，每一场演出都是一种新的解释，每一种解释都是基于当下的解释。如果仅仅注重过去，忽视当下，那么作品是无意义的；如果忽视历史的过去，只注重当下，那么解释是肤浅的。现当代歌剧中所呈现的，是有意识地把当下生活和作品联系起来，把有些东西置于前台，也把有些东西推向后台，使作品呈现出新鲜的光彩。解释无疑成为一种新的解释，对总体性的解构也是对歌剧作品的历史性的具体化。走向解构的具体化极为多样，"因为在剧场中，与作品的对话是从不同的导演、不同的指挥者、不同的剧场图画设计者等视角展开的"。②

对赫勒来说，歌剧的呈现即演出也是对歌剧作品的具体化，是一种新的解释。由于解释是现在与过去的对话，那么所有的歌剧演出就是现在与过去的对话，这种基于克尔凯郭尔、伽达默尔的艺术哲学的歌剧阐释学打开了歌剧演出的丰富的意义空间，尤其突出了当代歌剧演出的后现代历史意识与多元主义特征，建构了当代歌剧样式的理论基础。赫勒通过对瓦格纳的《尼伯龙根的指环》和莫扎特的《唐璜》的当代导演、指挥演出的分析，具体地阐发了作为综合艺术的歌剧演出的独特解释。她既揭示了克尔凯郭尔和瓦格纳之间的联系，也彰显出当代歌剧演出与克尔凯郭尔的解释学模式的密切关联，还建立了当代歌剧演出与当代后现代哲学的链条。

赫勒指出，现当代对同一歌剧作品的演出展示出不同的解释性对话。她感受到，2000 年在德国拜罗伊特市上演的由菲利姆（Jürgen Flimm）导演、辛诺波里（Giuseppe Sinopoli）指挥的歌剧《尼伯龙根的指环》，是当代对瓦格纳作品的具体化，是当代人与过去的对话。在演出中，诸神及其黄昏是一方面，人类的痛苦、情爱、探索的故事是另一方面，两者的联系纽带是极为脆弱的。剧场画面也呈现出两重性、荒诞性，此歌剧系列之一《诸神的黄昏》表现出神并非战胜人类世界的条件，突出了人类自己的矛盾。20 世纪 80 年代由穆梯（Richardo Muti）指挥、恩格尔（Engel）导演的《女武神》，90 年代由巴伦博伊姆（Daniel Barenboim）指挥、库普菲尔（Harry Kupfer）导演的《尼伯龙根的指环》都呈现出去总体化特征，

---

① C. F. Heller Ágnes, Heller Ágnes, "Korszerü Operarendezés Mint Összmüvészet És Hermeneutika", *Holmi*, 2001, május.

② Heller Ágnes, "Korszerü Operarendezés Mint Összmüvészet És Hermeneutika", *Holmi*, 2001, május. .

凸显喜剧性，淡化悲剧性冲突。1999 年由美国实验剧场威尔逊（Robert Wilson）导演的瓦格纳歌剧《罗恩格林》（Lohengrin）则强调演员与哑剧的联系，运动和姿态依循音乐的目的在剧场中表现，空间组织、灯光也具有新的意义，一起受到运动的主宰，体现出当代性。赫勒分析的重点是1976 年法国夏侯（Patrice Chéreau）导演的《尼伯龙根的指环》系列中的《诸神的黄昏》和 1995 年华纳（Warner）导演的莫扎特歌剧《唐璜》。这两种演出虽然有不同之处，但是有着明显的联系。《尼伯龙根的指环》的抽象理念是权力欲望、炫耀欲望和占有欲望，而《唐璜》的理念是无法满足的爱欲，体现了欲望的象征符号。这些演出突破了以往的本质基础模式，体现出个体性情特征。演出中的唐璜和齐格弗里德没有自我，没有记忆，处于"绝对现在的时间之中"。① 其社会身份是模糊的，爱欲与暴力彼此联系在一起。唐璜不仅是感性的自由的引诱者，而且借助于暴力实施强奸，杀戮或者强奸犹如饮食一样自然而然。赫勒认为，华纳的唐璜融合了性欲吸引力与无耻的暴力，里波锐罗与艾尔维拉两个角色是唐璜的两个奴隶，前者不是奴仆而是主人，一方面由于恐惧而归属于唐璜，另一方面由于暴力的吸引力的眩惑；后者是性的奴隶，她始终追随唐璜，不顾一切去接触、谈论他。这两个人对唐璜的迷醉都是无条件的，是爱欲与权力、暴力的融合，是欲望与强制性的融合。在赫勒看来，华纳导演的歌剧演出的欲望展示与法国哲学从 20 世纪 50 年代以来对欲望研究的热潮有密切相关，体现出对当代性的关注。赫勒认为，瓦格纳歌剧演出的齐格弗里德与唐璜的共同性还在于情感深度的丧失，只是对刺激做出本能性反应，没有记忆、想象力，不懂得遵守诺言，也不懂得良知。华纳导演的《唐璜》展示的奥特塔维奥是复杂的，他全部献身于安娜，但是不能理解安娜，"导演是这样解释奥特塔维奥和安娜之间的最后场景的，这两人深深地爱着彼此，但是不能彼此理解"。② 赫勒的解释与前面佛多尔的不同，后者立足于音乐文本提出了超越唐璜的现实世界的真正爱情的存在："相互交织的有机的男高音和女高音旋律，时而相互追逐，时而融为一体，犹如奥

---

① Heller Ágnes, "Korszerü Operarendezés Mint Összmüvészet És Hermeneutika", *Holmi*, 2001, május.

② Ibid.

特塔维奥和安娜的音乐精华，是他们真实关系的音乐概括。"① 华纳对
《唐璜》的解释也不同于萧伯纳的戏剧性解释，后者在戏剧作品《人与超
人》中颠覆了所有传统角色，"萧伯纳遵循喜剧样式的规则，然而，他的
颠覆性角色都促进了唐璜神话的解构"。② 萧伯纳通过尼采和瓦格纳的视
角对《唐璜》进行解释，把它视为性的决斗。在戏剧中，唐璜成为尼采
的代言人，"萧伯纳把'非反思的、直接的感性的唐璜转变为反思感性的
唐璜'"。③ 华纳的解释也不同于阿多诺的自由与欲望的辩证法，后者强
调调和与命运的辩证法。

　　同样是对歌剧《唐璜》的解释，赫勒与佛多尔的区别是很明显的。
佛多尔从音乐文本的解读中看到了歌剧样式的合法性危机以及莫扎特对现
代性问题的洞见，而赫勒看到当代歌剧的后现代解释，事实上是重新建立
后现代歌剧样式的合法性。赫勒认为，歌剧作为综合艺术并没有走向死
亡，而是切合了后现代时代精神，表达了后现代的解释精神。虽然一些学
者仍然坚持歌剧的音乐和剧场、音乐与语词的完美切合，譬如把瓦格纳的
《特里斯坦和伊索尔德》视为克尔凯郭尔视野下的《唐璜》，认为瓦格纳
在该作品中经典地整合了音乐和戏剧，而不是让音乐屈就语词文本，"瓦
格纳主张，在男人和女人之间，在诗人和作曲家之间，主题与感官内容之
间存在着完满的搭配"。④ 显然，这种认识对赫勒和佛多尔来说只是完美
的幻想，并不能说明歌剧样式内在的矛盾与张力，正如佛多尔清楚地指出
的，《唐璜》在某种意义上是本真的音乐，与剧场难以切合。但是备受争
议的歌剧样式在后现代兴盛，无疑顺应了后现代时代精神。如果说佛多尔
质疑歌剧的合法性，那么赫勒以解释学的视角重建了歌剧作为综合艺术的
合法性。无疑，赫勒的歌剧合法性阐释解决了歌剧样式长期困扰的问题，
也可以说尼采与瓦格纳断裂的原因之一，是有关歌剧合法性问题的分歧。

---

① Géza Fodor, "Don Giovanni", *Reconstructing Aesthetics*, Eds. Agnes Heller and F. Feher, Oxford: Basil Blackwell, 1986, p. 242.

② Agnes Heller, "Mozart's Don Giovanni in Shaw's Comedy", *The Don Giovanni Moment: Essays on the Legacy of an Opera*, Eds Lydie Goehr and Daniel Herwitz, New York: Columbia University Press, 2006, p. 182.

③ Ibid., p. 184.

④ Lydia Goehr, "The Curse and Promise of the Absolutely Music: Trsitan und Isolde and Don Giovanni", *The Don Giovanni Moment: Essays on the Legacy of an Opera*, Eds. Lydie Goehr and Daniel Herwitz, New York: Columbia University Press, 2006. p. 145.

瓦格纳以自己的创作实践确定了歌剧的合法性存在，而尼采以音乐的绝对精神否定了歌剧样式的合法性，对歌剧样式进行了尖锐的批判。尼采认为，歌剧结合着叙唱，叙与唱不能和谐，两者是拼嵌式的结合，与狄奥尼索斯、阿波罗精神相对立，因而"歌剧是理论型的人的产物，是彻底门外汉而非艺术家的产物"。① 尼采认为，"从根本上，音乐和戏剧立于对立的关系之中：音乐乃宇宙的基本表象，而戏剧只是这个表象的反应而已"。② 不过，尼采对歌剧的历史性揭示是有启发性的，他认为歌剧与苏格拉底文化、现代性联系在一起，"描写苏格拉底式文化特色的最好方法是把它称之为歌剧文化"。③ 如果说尼采以纯音乐的狄奥尼索斯精神否定了现代性与现代歌剧样式，那么赫勒则从现代性、后现代性历史精神充分肯定了歌剧样式的合法性。可以用东欧新马克思主义者科拉科夫斯基的话来阐明充满矛盾张力的歌剧样式的重要性，"正是价值的冲突而不是诸神价值的和谐才让我们的文化永葆活力"。④

事实上，赫勒的后现代歌剧理论与波兰的新马克思主义者莫拉洛夫斯基（Stefan Morawski）的后现代音乐美学立场是一致的，他们虽然都看重后现代性，但是并不认同极端的后现代主义立场，而是认同强调人的创造性与多样性的后现代主义音乐。后者认为，波兰音乐家潘德列夫茨基（Krzysztof Penderecki）的歌剧《黑色的面具》（*The Black Mask*）和《乌希王》（*King Uhu*）体现了多元的风格，表现出对传统的再阐释。在莫拉洛夫斯基看来，波兰作曲家辛曼斯基（Pawel Szymanski）的音乐引述玛格丽特的震惊技巧，又把他视为天真的人物，具有后现代主义特征，"许多引述被用来建构一种相当熟悉然而又很陌生的音乐语义学或者句法学。每一种被挪用的经典相互阐释，因而它们突破了音乐的叙述"。⑤ 譬如，他1983 年创作的音乐作品《关于长笛和器乐组合的附录》如万花筒一般地呈现表现质性元素，诸如葬礼进行曲、华尔兹、打击乐独奏等的拼贴，1990 的音乐作品 Quai una sinfonietta 的序曲主题在时间过程中突然消失。

---

① ［德］尼采：《悲剧的诞生》，刘崎译，作家出版社 1986 年版，第 103 页。

② 同上书，第 116 页。

③ 同上书，第 100 页。

④ Leszek Kolakowski，*Husserl and the Search for Certitude*，Indiana：ST. Augustine's Press，2001，p. 85.

⑤ Stefan Morawski，*The Trouble with Postmodernism with a Forward by Zygmunt Bauman*，London and New York：Routledge，1996，p. 107.

这些作品表现出后现代主义音乐的特征，即圆润声音、标点主义、系列主义的否定，风格与惯例的错位、平庸音乐与传统主题的混合，传统音乐的滑稽模仿，等等。虽然坚持后现代主义，辛曼斯基却坚持最大可能的创造性意识并强调不可预见性或者不可计算性，他处于艾柯、巴思（Barth）、艾伦（Woody Allen）等具有先锋思想的后现代知识分子行列。正是因为对人的重视，所以莫拉洛夫斯基虽然看到社会主义马克思主义面临诸多困境，但是仍然坚持认为"社会主义意识形态不会终结"。① 东欧新马克思主义者费赫尔也关注后现代与音乐的联系，他认为历史性的崩溃创造了后现代对现在时间的强烈关注，当代最伟大的作曲家之一格拉斯（Philip Glass）对此审美原则进行了最鲜明的表达。这种表达集中体现为他 20 世纪 70 年代创作的杰作《12 段音乐》（*Music in 12 Parts*）。按照作曲家本人的评论，"在创作这部长时段的作品时，我的意图是直接对抗音乐音阶（或者时间）的问题。音乐被置于常规时间范围之外，取代了应得其所的非—叙述的延伸的时间意义。可以说，有些听众怀疑常规的音乐结构（或者标志），这些结构可以把听众引向他们自己，这些听众事实上在感受这种音乐时也许体验到某些原初性的困难……希望人们能够把音乐感受为'现在'，摆脱戏剧结构，感受为一种纯粹的音乐媒介"。② 这种后现代性具有雅诺斯面孔的两重性，具有非政治性和政治性，费赫尔、赫勒等新马克思主义者试图在后现代人类存在条件下寻找音乐样式的可能性，在批判极端后现代主义基础上确立现代性与后现代性的相关性，从而探寻基于人的自由选择基础上的多元主义音乐理论。因此，虽然东欧新马克思主义音乐理论有后马克思主义、后现代主义的维度，但是仍然坚持马克思主义复兴对人的创造性、人的自由、人的尊严与人格伦理的探索，把握音乐尤其是歌剧的历史性与伦理性，并没有陷入极端后现代主义的虚无之中。

---

① Stefan Morawski, *The Trouble with Postmodernism with a Forward by Zygmunt Bauman*, London and New York: Routledge, 1996, p. 116.
② Ferenc Fehér, "The Status of Postmodernity", Agnes Heller & Ferenc Fehér, *The Grandeur and Twilight of Radical Universalism*, New Brunswick, NJ: Transaction, 1990, p. 543.

结语

东欧新马克思主义文艺理论的意义及启示

  本书在已有的布达佩斯学派文艺理论和美学研究的基础上推进当代东欧新马克思主义文艺理论，主要定位于对"二战"以来东欧新马克思主义文艺理论。我们主要涉及匈牙利的布达佩斯学派、南斯拉夫的实践派、捷克的科西克、斯维塔克、波兰的科拉考斯基、沙夫等人的新马克思主义文艺理论思想的核心问题。这些核心问题的研究对中国马克思主义文艺理论建设可以提供一些参照。

  国内外学术界日益重视对东欧新马克思主义的研究，虽然主要集中于哲学、政治学、社会学层面，但也有一些研究其文艺理论与美学的文献。第一，国外学术界对东欧新马克思主义的研究开始于 20 世纪 50 年代末，主要是针对布达佩斯学派的最重要成员阿格妮丝·赫勒的伦理修正主义的批判。乔治在 1966 年发表了关于东欧新马克思主义的伦理学、道德性等方面的论文，1968 出版了《新马克思主义：1956 年以来的苏联与东欧马克思主义》一书。1978 年拉考斯基出版的《走向东欧马克思主义》关注东欧新马克思主义哲学对个体性、社会主义的理解。1980 年丹戈洛出版了《当代东欧马克思主义》一书，涉及东欧新马克思主义哲学、经济理论、社会理论等重要问题。奥勒斯朱克 1982 年发表了《东欧的异端马克思主义》一文，这实质上是研究东欧的新马克思主义。国外还出现了东欧具体的新马克思主义流派与学者的研究，尤其是南斯拉夫的实践派、波兰的科拉考斯基和布达佩斯学派的研究。匈牙利最重要的新马克思主义流派布达佩斯学派在 20 世纪 60 年代就已经产生了影响，既有对布达佩斯学派的整体性研究，如布朗的《走向激进民主：布达佩斯学派的政治经济学》，又有对此派单个成员的思想研究，其中关于赫勒的需要理论、社会哲学、现代性理论与伦理学研究专著颇多，如卡塔纳的《改革与需要》，伊巴雷兹的《阿格妮丝·赫勒：激进需要的满足》，托米的《阿格妮丝·赫勒：社会主义、自律与后现代》，等等。

在国外研究中也出现了文艺理论与美学方面的研究，1967年米莉柯丁撰写《南斯拉夫马克思主义美学的修正》一文，涉及南斯拉夫传统的马克思主义文艺理论与批评和实践派等新马克思主义文艺理论，尤其对格尔里奇、考斯、卢基奇、坎格尔加的文艺理论给予了重视。马尔科维奇编著的《南斯拉夫"实践派"的历史和理论》一书，梳理了实践派的历史发展及其基本的理论问题，其中涉及文艺理论问题，尤其是集中于文艺的辩证法、文艺的人学特征、文艺功能等方面。1988年苏佩齐齐的《美学与音乐艺术》一文中强调了格尔里奇文艺理论的重要性。2005年格鲁姆雷出版了专著《阿格妮丝·赫勒：历史漩涡中的道德家》涉及文艺理论、文化现代性理论，2010年澳大利亚学者鲁恩德尔编辑出版了《现代性和美学：阿格妮丝·赫勒论文集》，集中于赫勒的美学现代性思想。

在国内，学界日益重视对东欧新马克思主义的研究。1982年贾泽林出版的专著《南斯拉夫当代哲学》以扎实的第一手文献研究了南斯拉夫马克思主义哲学发展及其核心问题，其中重点涉及实践派的哲学观，也涉及新马克思主义文艺理论与美学问题。近年来以衣俊卿为主的东欧新马克思主义研究团队逐步形成，出版了《人道主义批判——东欧马克思主义述评》等系列专著，在进行哲学研究的同时不断出现一些学者关于布达佩斯学派的文艺理论与美学的研究，诸如傅其林著作的《阿格妮丝·赫勒审美现代性思想研究》（2006年巴蜀书社）、《宏大叙事批判与多元美学建构——布达佩斯学派重构美学思想研究》（2011年黑龙江大学出版社）、《东欧新马克思主义美学研究》（2016年商务印书馆）孙建茵的专著《文化悖论与现代性批判——马尔库什文化批判理论研究》（2011年黑龙江大学出版社）等。总体看，国内外对东欧新马克思主义的哲学（其中涉及政治哲学、伦理哲学、社会哲学）的研究取得了一些有价值的成果，但是其文艺理论与美学的核心问题没有得到系统而全面的研究，这就是本书所尝试性完成的工作。

东欧新马克思主义具有丰富的、深刻的文艺理论和美学研究著述，初步统计，涉及文艺理论的专著百余部，论文上千篇。南斯拉夫实践派对文艺问题颇为关注，1963年出版两卷本《人道主义和社会主义》论文集，

其中第一部分就是"人道主义、哲学和艺术"，并且专题举办研讨会探讨
"技术时代的艺术"（1965）、"创造性与物化"（1967）、"哲学、历史与
文学"（1973）、"现代世界中的艺术"（1974）等问题。主要成员之一格
尔里奇 60 年代发表了《艺术和哲学》《自律或者社会控制下的音乐》《哲
学与音乐》《何为艺术》《尼采的反审美主义》等系列著述，70 年代出版
《美学》四卷本（1974—1979），发表了《作为艺术回归的平等之永恒回
归》《社会组织和舞台》《资产阶级的艺术和社会主义的艺术存在吗》等
论文，1986 年出版《否定性的挑战：阿多诺的美学》，对马克思主义文
学、音乐、电影等艺术理论进行了深入探讨，成为实践派文艺理论的重要
代表。达米扬诺维奇、苏佩克、坎格尔加、马尔科维奇、日沃基奇等都
发表了有关文艺理论方面的著述。布达佩斯学派作为一支具有世界性影响
的新马克思主义流派，其美学和文艺理论思想异常丰富，主要哲学家赫勒
1950 年发表论文《别林斯基美学研究》之后，发表了《奥尼尔与美国戏
剧》《克尔凯郭尔的美学与音乐》《卢卡奇美学》《美学的必然性与不可改
革》《不为人知的杰作》《奥斯维辛之后能写诗吗?》《一个正直人的伦理
与审美的生活形式》《友谊之美》等文艺理论论文，其《文艺复兴时期的
人》《日常生活》《激进哲学》《情感理论》等专著都涉及重要的文艺理
论问题，90 年代后期以来赫勒思想开始了美学与艺术转向，发表了《美
的概念》《人格伦理学》《时间是断裂的：作为历史哲学家的莎士比亚》
《永恒的喜剧》《美的概念》《当代历史小说》等著述；费赫尔发表了
《卢卡奇海德堡艺术哲学中对康德问题的转型》《悖论的诗人：陀思妥耶
夫斯基与个体性危机》《小说是充满问题的吗?》《魏玛时期的卢卡奇》
《超越艺术是什么：论后现代性理论》《否定性音乐哲学》《卢卡奇与本雅
明》等美学理论与文艺批评著述；马尔库什发表了《马克思主义与人类
学》《生活与心灵》《文化与现代性》《黑格尔与艺术的终结》《论意识形
态批判》《文化的悖论统一》《阿多诺的瓦格纳》《语言与生产》等著述；
瓦伊达发表了《绘画中的审美判断与世界观》《后现代的海德格尔》等著
述。捷克存在人类学派的科西克的《具体的辩证法》、斯维塔克的《人与
世界》等著述直接涉及文学艺术问题，波兰新马克思主义哲学人文学派也
有关于文化和文艺理论的研究，科拉柯斯基展开了神话理论与文化拜物教
批判，沙夫的著作《作为社会现象的异化》《历史与真理》等论述了艺术
与异化这一重要问题。

　　基于东欧与中国有相似的文化政治语境，通过东欧新马克思主义文艺理论的研究可以反观中国马克思主义文艺理论建设，为中国化的马克思主义文艺理论建设提供重要的理论资源。东欧新马克思主义文艺理论是基于对现存社会主义的反思而提出重要的文艺理论问题，这对我国社会主义的马克思主义文艺理论的建构，对中国当代的社会主义文化建设的反思与重建是具有参照作用，可以突破马克思主义文艺理论研究的一些困境和僵化局面。

　　21 世纪初，中国马克思主义文论遇到国内外学界的巨大挑战，同时还有来自世界马克思主义文论内部的漠视。但是，作为新世纪世界最为重要的社会主义国家的文论，中国马克思主义文论拥有以往所没有充分利用或根本没有的诸多机遇。在东欧新马克思主义文艺理论的参照下，对新机遇的深入思考有助于推进中国当代马克思主义文论，激发其在新的现实语境的创造力和阐释的活力及效力。

　　第一，是中国马克思主义文论关于人的全面发展的问题。马克思主义主旨不论是辩论唯物主义，还是政治经济学，抑或科学社会主义，其中的内核都在于现实社会的人的问题。人的身体和精神之存在，人的自由与解放，人的个体完善与集体交往，皆是马克思所表述所阐发的震撼人心的命题。这在当代马克思主义文论中依然闪耀着灼目的光芒。中国马克思主义文论理应深深扎根于此，真正地推进对人的问题之思考，为人的自由解放，为人的全面发展提出中国之路径。在这里，中国现实经验，中国社会主义实践，中国当代人的存在状况，中国人可能的世界，都是奠基性的文论源泉。因此，关于人的问题既是全球化的，也是中国本土化的，同时赋予了中国马克思主义文论界以新的理论意义、现实情怀以及价值功能。虽然国外马克思主义文论可以深入推进人之思考，但是它们缺乏现实的基础和更多的激情和冲动。中国社会主义现实经验、日常生活与人的全面发展的涌动为中国马克思主义文论带来源源不断的活力和理论灵感。事实上，中国新世纪文学在不同程度上探索人的新现实及可能性的世界，思索当代中国人的存在经验，扣问人生之门。作品之多，不胜枚举。譬如，进行维吾尔族语和汉语书写的双语作家阿拉提·阿斯木 2013 年发表在《当代》第三期上的长篇小说《时间悄悄的嘴脸》，探索当代中国人的"嘴脸"。具有隐喻意义的"嘴脸"成为人的存在状况的揭示，人为物所役，口是心非，人的面具式生存取代了本真的生活体验，而反讽的是，人的嘴脸式生存只能以变嘴脸在中国消失而假装移居到国外的主人公艾莎麻利来揭示，主人公所做的完美整容手术使他能够以他以前的朋友身份与朋友、家人交往。该小说的价值在于思考新世纪中国人的存在意义的问题，审视人的生存困境。这种文学经验是中国马克思主义文论重要的阐释对象。立足于人的问题阈的中国马克思主义文论也因对中国本土的思考而具有世界意义，彰显出中国马克思主义文论的独特声音，占据当代马克思主义文论的话语空间。

基于对人的问题的解答，中国马克思主义文论应在汉语语言符号方面深入思考，提出具有中国特色的马克思主义符号学。诚然，中国学者在符号学研究领域已做出了出色的贡献，尤其在理论符号学、叙事学、形式主义论等方面昭然可见。但是中国马克思主义符号学仍然是初步的探索，原因在于过去大多把符号学和马克思主义文论视为水火不容的两种东西，从而影响了马克思主义尤其是中国马克思主义文论的理论缺位。实质上，语言符号与人的问题紧密相关，人的存在离不开语言符号，语言符号内在地规训、定格、整理人的经验，包括人的情感、想象，在某种意义上思维与存在的交互统一的命题仍然是马克思主义文论所要深入研究的，汉语语言符号系统与中国审美文化传统、中国人的存在经验应该充分地整合到中国当代马克思主义文艺理论形态之中。

第二，中国马克思主义文论的全球对话问题。这个问题在全球化时代具有崭新的意义，也带来了中国马克思主义文论之意义生发的增长点。

一般认为全球化的过程是西方化的殖民或后殖民的过程，尤其是美国模式的渗透与影响之推进。事实并非全如此，全球化过程也同样意味着中国本土的全球化，因为它是在力量的角逐中展开的，是话语的力量或权力中呈现的。其中，全球对话问题显得尤为重要与迫切，中国马克思主义文论不能再忽略全球对话的问题了。历史证明，没有对话就没有生命活力，就没有发展动力，就没有文化繁荣，也就不可能形成话语公共领域，更不可能在这个公共领域发出真正的声音，最多是别人代言，最终受制于代言人。应该说就经济和科技领域而言，中国全球化对话能力提升较快，尤其在经济领域，全球化声音比较多，也逐渐占据突出地位，不能不受到世界关注。文化的全球化对话能力主要表现在中国传统文化经典方面，这在某种意义是中国历史遗产被国外活人理解和吸纳，其中不乏误解。中国活人的文化领域对话能力是微弱的。

马克思主义文论作为全球化的产物，它本身是在全球化对话中形成、发展、深化的，它可以为中国文论的全球化对话能力提升找到某种突围的路径。纵观中国马克思主义文论发展轨迹，其全球化对话能力逐渐增强。
20世纪初期到50年代它从对日本、苏联、欧美的马克思主义接受走向创
造，形成了主流意识形态的社会主义国家话语，也构建了中国与苏联的对
话联盟，这种国际化对话能力较强，也是深度的、现实的，但主要在于领
导式政治权力话语的文学演绎，缺乏具有知识谱系学和学术规范的对话。
新时期以降，中国马克思主义文论逐渐跨出苏联模式，从知识学视角在真
正意义的全球化路径上探索，提出了具有中国特色的文论命题，如文学审
美意识形态论、新理性精神、实践美学、实践存在论美学等，并逐步参与
国际对话，构建具有全球意义的文论公共领域。哈贝马斯、詹姆逊、伊格
尔顿、德里达、赫勒、齐泽克、贝内特等一大批国外马克思主义文论家放
眼中国学界，与中国学者展开对话，对话深度和能力是前所未有的。但是
中国马克思主义文论的全球化对话能力仍然有限，还远远不能完全作为一
个真正的主体参与全球马克思主义文论的自由对话，这是我国马克思主义
文论发展的瓶颈。苏联学者卡冈所编撰的《马克思主义美学史》一书居
然没有中国的马克思主义文论和美学的一点声音，而诸如罗马尼亚、波
兰、捷克等东欧国家的马克思主义美学却在著作中熠熠生辉。这种评价性
的缺失不能不令中国马克思主义文论家、美学家震撼。

　　中国马克思主义文论的全球化对话能力提升至少有三个方面，一是更
为深入地研究国外马克思主义文论，真正地触摸到他们思考的关键问题，
到底在何种意义上推动了马克思主义文论，又陷入了什么样的理论困惑，
这是全球化对话中知彼的维度，彼之不知，如何对话，即便进行对话，对
话也是浅层的，没有人愿意去聆听。二是知己的维度，即中国马克思主义
文论自己做了什么事，对国外马克思主义文论而言研究了什么问题，提出
了什么新问题，建构了什么新理论，表达了什么样的文学经验，等等。这
需要中国马克思主义文论家进行长期不懈的思考、探索，在世界马克思主
义文论空间中找到自己的问题意识、理论话语、阐释模式、文化传统和现
实意义。三是对话能力的提升的维度或机制。中国马克思主义文论主体要
不断在马克思主义文论的国际舞台上传达自己的声音，展示中国学者的在
场，有中国话语的表达空间。这些需要跨文化交际的能力和意识。这一方
面需要学者个体的跨文化交际能力的提升，作为马克思主义文论家应该追
随马克思本人。马克思没有狭隘地局限于母语阅读，而是研究不同语言写
作的文献，他能够阅读所有欧洲语言写就的著作，对拉丁语、法语、英语

尤为纯熟。匈牙利的卢卡奇作为20世纪最重要的马克思主义美学家、文论家，不仅以母语写作，而且熟练地用德语阅读和书写，他早期的手稿《海德堡美学》就是典型的例子。当代世界活跃的东欧新马克思主义文论家赫勒，不仅以匈牙利母语，而且以娴熟的英语、德语、法语表达自己的文艺美学思想，尽管进入耄耋之年也仍然频繁地全球性地传播她的学术声音。只有熟练地进行多语种的阅读和书写，才能推进中国马克思主义文论的全球化，才能使学者们积极地活跃在国际马克思主义文论的公共领域，发表论文，出版专著，参与会议，展开合作研究。对中国学者而言，这无疑是一个漫长而又必须认真对待的问题。另一方面则涉及中国马克思主义文论界文学制度建设的问题，这关乎世界性的马克思主义文论刊物的建设，以学术刊物吸引更多国外的原创性马克思主义文论的研究成果来首次发表，也涉及重要的国际会议的组织，邀请更广泛的世界马克思主义文论家共同探讨重大文论问题，形成中国本土良好的学术公共领域，不断实现马克思主义文论中心的东方位移。在国外马克思主义文论大师相继退位的格局下，中国将可能是世界马克思主义文论的潜在中心，中国马克思主义文论应充分地抓住这些潜力，不断促进潜力的现实化。

第三，中国马克思主义文论的建设性和批判性双重品格的问题是全球化和本土化过程中绕不开的另一命题。这是由马克思主义文论的内在特性和中国现实历史所赋予的学术立场和言语行为。

马克思的理论是建设性和批判性的结合，它通过对以往意识形态话语和资本主义社会深入肌理的剖析与批判，提出了新型社会形态以及生存方式和文化价值理念。西方马克思主义文论由于萌生于发达的资本主义国家，所以对现代性社会有着切身的生存体验，更多地发展了马克思的批判性品格，形成了不同话语形态的社会批判理论，诸如霍克海默和阿多诺对资本主义大众文化工业的批判，马尔库塞对单向度人之工具生存的现实原则的批判，哈贝马斯对资本主义的伪公共领域的批判等。而萌生于西方马克思主义的东欧新马克思主义文论和美学同样以张扬马克思的批判性而享有世界性声誉，赫勒、科拉科夫斯基、科西克、齐泽克等一大批思想家、文论家展开对苏联和东欧现存社会主义文化政治的反思和批判，成绩斐然可观，具有极强的全球化和本土化特征。虽然这些国外马克思主义文论不乏建设性，但其影响力被批判性言语行为所冲淡。批判性带来了马克思主义及文论的源源不断的锋芒，赋予了它面对现实的无穷勇气，激发了它不断更新的创造活力，这无疑也形成了马克思主义文论的充满现实感和锐气的话语模式，具有先锋之意义。中国马克思主义文论缺少这种朝气蓬勃的批判性，在全球化语境下，它需要充分地发展马克思的批判性品格，使之在新的现实面前犹如一把利剑劈出一条条崭新的道路，真正体现个体智慧和群体协作的话语表达潜力，发挥马克思主义文论的阐释能力和面对文学现象的有效性，从而超越教条主义的僵化的马克思主义文论。

中国马克思主义文论不同于西方马克思主义或东欧新马克思主义文论之处在于，它是建基于社会主义政治制度的文论形态，它历史地承担着与现实的密切关联。这就是中国马克思主义文论的建设性品格，这已经是现存社会主义文论的标志性特征。苏联的社会主义现实主义文论无疑是建设性文论的重要表现，它指向正面的社会现实，为社会主义目标而探索，发掘并肯定生活中的积极形象和价值理念。这是建设社会主义或共产主义的马克思主义文论，这也是现实地历史地实践马克思主义的文论，具有理论性和实践性相统一的特征。中国马克思主义文论的建设性也是突出的，从毛泽东提出文艺为工农兵服务的《讲话》到蔡仪基于典型的新美学、周扬的马克思主义文艺科学的思考，都透视出积极的现实的建设性特征，带来中国马克思主义文论话语的特有的现实体验、理论激情、崇高美学形态以及宏大叙事特征。

但是中国马克思主义文论要慎重地对待建设性问题，因为一旦建设性转变为现实，变成制度性力量，它将极大地影响中国现实生存和精神空间，甚至导致严重的负面效应，从而阻碍中国马克思主义文论的发展。因此以下两个问题是不能回避的。一是中国马克思主义文论的建设性并非一种模式，而是具有多种可能性，它随着研究者个体的文化选择和趣味的不同，随着中国现实的丰富性、具体性、偶然性，随着中国现实格局的历史性演进，呈现出中国马克思主义文论建设的诸多潜在因素和可能性机遇。因此中国马克思主义文论应具有多种现实可能性，各种可能性之间也许存在冲突、矛盾、争论，也有各自的阐释限度，在充分的内部对话中展示最大限度的话语力量。二是建设性中不能缺失批判之维，在批判中建设，在建设中批判，既张扬马克思的批判品格以及言语行为之尖锐力量，又实质性地思考现实进程和理想形态的距离、转化之可能性，真正实现中国马克思主义文论的独特使命。这既是中国马克思主义文论的全球化，也是中国本土化的充分表达。

参考文献

A. 东欧新马克思主义文艺理论著述

（一）外文著作

Fodor, Géza, *Zene es drama*, Budapest: Magveto, 1974.

Heller, Agnes, *The Concept of the Beautiful*, Ed.Marcia Morgan.Lanham, Md: Lexington Books, 2012.

——.*A Short History of My Philosophy*, Lanham: Lexington Books, 2011.

——.*A mai történelmi regény*, Múlt és Jövö, 2010.

——. *Immortal Comedy*, Lanham: Rowman& Littlefield Publishers, Inc., 2005.

——.*The Time is Out of Joint: Shakespeare as Philosopher of History*, Maryland: Rowman & Littlefield Publishers, Inc., 2002.

——.*A Theory of Modernity*, London: Blackwell Publishers, 1999.

——.*An Ethics of Personality*, Cambridge: Basil Blackwell, 1996.

——.*The Challenge of Diversity*, Eds.Rainer Baubock and Agnes Heller, Aldershot: Ashgate, 1996.

——.*Biopolitics. The Politics of the Body*, *Race and Nature*, Eds.Agnes Heller and Sonja Puntscher Riekmann, Aldershot, Brookfield USA, Hong Kong, Singapore, Syndey: Avebury, 1996.

——.*A Philosophy of History in Fragments*, Oxford and Cambridge, MA: Blackwell, 1993.

——.*The Grandeur and Twilight of Radical Universalism* (with Ferenc Feher）, New Brunswick, NJ: Transaction, 1990.

——.*Can Modernity Survive?*, Cambridge, Berkeley, Los Angeles: Polity Press and University of California Press, 1990.

——.*From Yalta to Glasnost* (with Ferenc Feher), Oxford: Basil Blackwell Ltd., 1990.

——.*A Philosophy of Morals*, Oxford, Boston: Basil Blackwell, 1990.

——.*General Ethics*, Oxford: Basil Blackwell, 1989.

——. *The Postmodern Political Condition* (with Ferenc Feher), Cambridge, New York: Polity Press, 1989.

——.*Beyond Justice*, Oxford: Basil Blackwell, 1988.

——. *Eastern Left-Western Left* (with Ferenc Feher), Cambridge, New York: Polity Press, 1987.

——.*Doomsday or Deterrence* (with Ferenc Feher), Armonk, New York, London, Englang: M.E.Sharpe Inc., 1986.

——. *Reconstructing Aesthetics*, Eds. Agnes Heller and F. Feher, Oxford: Basil Blackwell, 1986.

——.*The Power of Shame*: *A Rationalist Perspective*, London: Routledge and Kegan Paul, 1985.

——. *Radical philosophy*, Trans. James Wickham, England: Basil Blackwell, 1984.

——.*Everyday Life*, Trans. G. L. Campbell, London, Boston, Melbourne and Henley: Routledge & Kegan Paul, 1984.

——. *Lukacs Revalued*, Ed. Agnes Heller, Oxford: Basil Blackwell, 1983.

——.*Dictatorship Over Needs* (with Ferenc Feher and György Markus), Oxford: Basil Blackwell, 1983.

——.*Hungary*, 1956 *Revisited*: *The Message of a Revolution A Quarter of a Century After* (with Ferenc Feher), London, Boston, Sydney: George Allen and Unwin, 1983.

——.*A Theory of History*, London: Routledge and Kegan Paul, 1982.

——. *Marxisme et Democratie* (with Ferenc. Feher), Paris: Maspero, 1981.

——.*A Theory of Feelings*, Assen: Van Gorcum, 1979.

——. *Renaissance Man*, Trans. Richard E. Allen, London, Boston, Henley: Routledge and Kegan Paul, 1978.

——.*On Instincts*.Assen: Van Gorcum, 1979.

——. *The Humanisation of Socialism* (with Andras Hegedus and others, London: Allison and Busby, 1976.

——.*The Theory of Need in Marx*. New York: ST.Martin's Press, 1976.

——. *Az Erkölcsi Normák Felbomlása: Etikai Kérdések Kosztolányi Dezsö Munkássában*, Budapest: Kossuth, 1957.

——.*Cserniservszkij Etikai Nézetei*, Budapest : Szikra Kiadó, 1956.

Kolakowski, Leszek, *Main Currents of Marxism*.Oxford University Press, 1978.

——. *Husserl and the Search for Certitude*, Indiana: ST. Augustine's Press, 2001.

Kosik, Karel, *Dialectics of the concrete*, D. Reid Publishing Company, 1976.

——. *The Crisis of Moderntiy*, Ed.James H.Satterwhite, London: Rowman & Littlefied Publishers, Inc., 1995.

Markovic, Mihailo, *Dialectical Theory of Meaning*, Trans.David Rougé, Joan Coddington and Zoran Minderovic, Holland: D. Reidel Publishing Company, 1984.

Márkus, György, *Culture, Science, Society*, Leiden, Boston: Brill, 2011.

——.*Marxism and Anthropology*, Trans. E. de Laczay and G. Márkus. Van GORCUM ASSEN, The Netherlands, 1978.

——.*Language and Production: A Critique of the Paradigms*, Dordrecht: D.Reidel Publishing Company, 1986.

——.*A Budapesti Iskola: Tanylmányok Lukács Györgyrol*, 1997.

Radnóti, Sándor, *The fake: forgery and its place in art*, Trans. Ervin Dunai.Lanham: Rowman & Littlefield Publishers, 1999.

Schaff, Adam, *Marxism and the human individual*, McGraw-Hill, 1970.

——.Structuralism *and Marxism*, Pergamon Press, 1974.

——.*History and Truth*, Oxford：Pergamon Press，1976.

——. *Alienation as a social phenomenon*, England：Pergamon Press Ltd.，1980.

Sviták，Ivan，*The Unbearable Burden of History*：*The Sovietization of Czeckoslovakia*，*Vol.*3：*The Era of Abnormalization*，Academia Praha，1990.

——.*Man and His World*：*A Marxian View*，Trans.Jarmila Veltrusky. Dell Publishing Co.，Inc.，1970.

Vajda，Mihaly. *The State and Socialism*，London：Allision & Busby，1981.

（二）外文论文

Fehér，Ferenc，"Die Geschichtsphilosophie des Dramas，die Metaphysik der Tragödie und die Utopie des untragischen Dramas.Scheidewege der Dramentheorie des jungen Lukács"，Agnes Heller，Ferenc Fehér，György Markus，Sándor Radnóti，*Die Seele und das Leben*，Suhrkamp，1977.

Fodor，Géza，"Tükhé-Anagnóriszisz-Katharszisz.Verdi：Simon Boccanegra"，*Holmi*，2007，December.

——. "Don Giovanni"，*Reconstructing Aesthetics*，Eds.Agnes Heller and F.Feher，Oxford：Basil Blackwell，1986.

Heller，Agnes，"Autonomy of art or the dignity the artwork"，此文系赫勒教授在复旦大学 2007 年 6 月 30 日举办的 "马克思主义文艺理论的当代发展：中国与西方" 国际学术研讨会上的发言。

——. "Enlightenment against Fundamentalism：the Example of Lessing"，*New German Critique*，1981，No.23.

——. "Preface"，载于傅其林《阿格妮丝·赫勒审美现代性思想研究》，巴蜀书社 2006 年版。

——. "Towards a Marxist Theory of Value"，*Kinesis/ Graduate Journal in Philosophy*，Eds. And trans. Andrew Arato，Vol. 5，Num. 1，Fall，1972，p.44.

——. "Korszerü Operarendezés Mint Összmüvészet És Hermeneutika"，*Holmi*，2001，május.

——. "Living with Kierkegaard"，*Enrahonar*，Num.29，1998.

——. "Mozart's Don Giovanni in Shaw's Comedy"，Eds.Lydie Goehr and

Daniel Herwitz, *The Don Giovanni Moment: Essays on the Legacy of an Opera*, New York: Columbia University Press, 2006.

——. "Theorie und Praxis", *Individuum und Praxis*, Suhrkamp, 1971.

——. "The Role of Emotions in the Reception of Artworks", 此文系赫勒于 2007 年 7 月 2 日在西南民族大学的演讲。

——. "Mi a modernitás?" http://origo.hu/mindentudasegyeteme/doc/Hel_ nyomtathato.rtf.

——. "Mi a posztmodern-húsz év után." http://www.debrecen.com/alfoldszerkesztoseg/2003/200302/heller.htm

——. "The Unmasking of the Metaphysicians or the deconstructing of Metaphysics?" *Critical Horizons*, Vol.5, Num.1, 2004.

——. "A tentative answer to the question: Has civil society cultural memory?" in *Social Research*, vol.68, Issue.4, 2001.

——. "The Unmasking of the Metaphysicians or the deconstructing of Metaphysics?", *Critical Horizons*, 2004, Vol.5.

——. "The Absolute Stranger: Shakespeare and the Drama of Failed Assimilation", *Critical Horizons*, 1: 1 (2000).

——. "Friction of Bodies, Friction of Minds", *Hermeneutics and Science*, Ed.Marta Fehir, Kluwer Academic Publishers, 1999.

——. "Post-Marxism and the ethics of modernity" (with Simon Tormey), *Radical Philosophy*, No.94, 1999.

——. "The essence is good but all the appearance is evil", An Interview with Agnes Heller by Csaba Polony, *http://www.wco.com/⌒leftcurf/lczzwebpages/heller.html.*1997.

——. "Omnivorous Modernity", *Culture, Modernity, and Revolution: Essays in Honour of Zygmunt Bauman*, Eds.Richard Kilminster and Ian Varcoe, Routledge, 1996.

——. "Where are we at home?" *Thesis Eleven*, No.41, 1995.

——. "Existentialism, alienation, and postmodernism: cultural movements as vehicles of change in the patterns of everyday life", *The Postmodern Reader*, Eds.Joseph P.Natoli and Linda Hutcheon, Albany: State University of New York Press, 1993.

——. "Unknown Masterpiece", *Philosophy and Social Criticism*, Vol.15, No.3, 1990.

——. "Can Everyday Life Be Endangered?", *Philosophy and Social Criticism*, Vol.13, No.4, 1988.

——. "Can Cultural Patterns Be Compared?", *Dialectical Anthropology*, Vol.8 No.4, April 1984.

——. "The Power of Shame", in *Dialectical Anthropology*, No.6, 1982.

——. "Towards an Anthropology of Feeling", *Dialectical Anthropology*, Vol.4, No.1, 1979.

——. "The Necessity and Irreformaility of Aesthetics" (with F. Feher), *The Philosophical Forum*, Vol.7, No.1, 1977.

——. "The Two Myths of Technology", *The New Hungarian Quarterly*, Vol.9, No.30, 1968.

——. "The Aesthetics of Gyorgy Lukacs", *The New Hungarian Quarterly*, No.7, 1966.

——. "Shakespeare Our Contemporary (On Jan Kott's Book)", *New Left Review*, No.2, 1964.

——. "Living with Kierkegaard", *Enrahonar*, No. 29, 1998.

——. "The Beauty of Friendship", *South Atlantic Quarterly*, 97：1, 1998.

——. "Shakespear and History", *New Left Review*, No.32, 1965.

Heller, Agnes and F.Feher, "Comedy and Rationality", *Telos*, St.Louis, No.45, Fall, 1980.

Heller, Agnes and Mihaly Vajda, "Communism and the Family", Agnes Heller, Andras Hegedus and others, *The Humanisation of Socialism*, London：Allison and Busby, 1976.

Markus, *György*, "Walter Benjamin or The Commodity as Phantasmagoria", *New German Critique*, Spring/Summer2001, Issue 83.

——. "The paradigm of language：Wittgenstein, Lévi-Strauss, Gadamer", *The Structural allegory*, Ed.John Fekete, Minneapolis：University of Minnesota Press, 1984.

——. "The Paradoxical Unity of Culture：The Arts and the Sciences",

Thesis Eleven, Vol.75, No.1, 2003.

——. "Adorno's Wagner", *Thesis Eleven*, Vol.56, No.1, 1999.

——. "On ideology-critique—critically", *Thesis Eleven*.Issue 43, 1995.

——. "The Hegelian concept of culture", *praxis international*, Vol.6, No. 2, 1986.

——. "Adorno and Mass Culture: Autonomous Art agains Culture Industry", *Thesis Eleven*, No.86, August, 2006.

Tamás, G.M., "A legacy of empire", *The Wilson Quarterly*, Vol. 18, Winter 1994.

——. "What is Post-fascism? " 14−9−2001, http://www.opendemocracy.net/people-newright/article_ 306.jsp.

Fehér, Ferenc, "The Transformation of the Kantian Question in Lukács' Heidelberg Philosophy of Art", *Graduate Faculty Philosophy Journal*, Vol.16, No.2.

——. "Lukács, Benjamin, Theatre", *Theatre Journal*, Vol.37, No.4, Dec.1985.

——. "The Pan-Tragic Vision: The Metaphysics of Tragedy", *New Literary History*, Winter, 1980.

——. "István Bibó and the Jewish Question in Hungary: Notes on the Margin of a Classical Essay", *New German Critique*, No. 21, Issue 3, Autumn, 1980.

——. "The Swan Song of German Khrushchevism, with a Historic Lag: Peter Weiss' Die Ästhetik des Widerstands", *New German Critique*, No.30, Autumn, 1983.

——. "Lukács and Benjamin: Parallels and Contrasts", *New German Critique*, No.34, Winter, 1985.

——. "Negative Philosophy of Music: Positive Results", (with Zoltan Feher), *New German Critique*, No.4, Winter, 1975.

——. "The Last Phase of Romantic Anti-Capitalism: Lukács' Response to the War", (with Jerold Wikoff), *New German Critique*, No.10, Winter, 1977.

——. "Review: Grandeur and Decline of a Holistic Philosophy ", *Theory and Society*, Vol.14, No.6, Nov.1985.

——. "Review: Wolin on Benjamin", *New German Critique*, No.28, Winter, 1983.

——. "Review: Arato-Breines and Löwy on Lukács ", *New German Critique*, No.23, Spring, 1981.

Kolakowski, Leszek and Danny Postel, "Dialogue between Leszek Kolakowski and Danny Postel", *Daedalus*, 2005.

Marković, Mihailo, "Dialectic Today", *Praxis: Yugoslav Essays in the Philosophy and Methodology of the Social Science*, Eds. Mihailo Marković and Gajo Petrovic, D.Reidel Publishing Company, 1979.

——. "Introduction", *Praxis: Yugoslav Essays in the Philosophy and Methodology of the Social Science*, Eds.Mihailo Marković and Gajo Petrovic, D. Reidel Publishing Company, 1979.

——. "Preface to the English edition", *Dialectical Theory of Meaning*. Trans. David Rougé, Joan Coddington and Zoran Minderovic, Holland: D. Reidel Publishing Company, 1984.

Rádnóti, Sándor, "Benjamin' Dialectic of Art and Society", *Philosophical forum*.15, (1983-84), 1-2.

——. "Lukács and Bloch ", *Lukacs Revalued*, Ed. Agnes Heller, Oxford: Basil Blackwell, 1983.

——. "Mass Culture", Agnes Heller and F.Feher, *Reconstructing Aesthetics*, Trans.Ferenc Feher and John Fekete Oxford: Basil Blackwell, 1986.

——. "A Critical Theory of Communication Agnes Heller's Confession to Philosophy", *Thesis Eleven*, No.16, 1987.

——. "A FILOZÓFIAI BOLT", *holmi*, 2007, július.

——. "SZABADSÁG A JELENSÉGBEN", *holmi*, 2007, július.

——. "A Critical Theory of Communication Agnes Heller's Confession to Philosophy", *Thesis Eleven*, No.16, 1987.

Supek, Rudi, "Freedom and Polydeterminism in Cultural Criticism", *Socialist Humanism: An International Symposium*, Ed.Erich Fromm, Garden City, NY: Doubleday, 1965.

Tamás, G.M., "On the Drama of Euripides", *Reconstructing Aesthetics*. Eds.Agnes Heller and F.Feher, Oxford: Basil Blackwell, 1986.

Vajda, Mihály, "The Limits of the Leninist Opposition: Reply to David Bathrick", (with Andrew Arato), *New German Critique*, No.19, Special Issue 1, Winter, 1980.

——. "Aesthetic Judgment and the World View in Painting", *Reconstructing Aesthetics*.Eds.Agnes Heller and F.Fehér, Oxford: Basil Blackwell, 1986.

——. "Man in Transcendental Homelessness: in Memory of Ferenc Fer-her", *Thesis Eleven*, Num.42, 1995.

——. "Marxismus, Extentialmus, Phänomenologie", *Individuum und Praxis*, Suhrkamp, 1971.

（三）中文著述

［匈］阿格妮丝·赫勒、费伦茨·费赫尔：《美学的重建——布达佩斯学派论文集》，傅其林译，黑龙江大学出版社 2014 年版。

［匈］阿格妮丝·赫勒：《日常生活》，衣俊卿译，重庆出版社 1990 年版。

［澳］阿格妮丝·赫勒：《人的本能》，邵晓光、孙文喜译，辽宁大学出版社 1988 年版。

［匈］阿格尼丝·赫勒：《现代性理论》，李瑞华译，商务印书馆 2005 年版。

［匈］阿格妮丝·赫勒：《对后现代艺术的反思》，傅其林编译，《四川大学学报》2007 年第 5 期。此文系根据赫勒 2007 年 6 月 29 日、7 月 1 日分别在复旦大学、四川大学的演讲《什么是后现代——25 年之后》编译的。

［匈］阿格妮丝·赫勒、傅其林：《布达佩斯学派美学——阿格妮丝·赫勒访谈录》，《东方丛刊》2007 年第 4 期。

［匈］阿格妮丝·赫勒：《艺术自律或艺术品的尊严》，傅其林译，《东方丛刊》2007 年第 4 期。

［波兰］科拉柯夫斯基：《柏格森》，牟斌译，中国社会科学出版社 1991 年版。

［波兰］莱斯泽克·柯拉柯夫斯基：《形而上学的恐怖》，唐少杰等译，生活·读书·新知三联书店 1999 年版。

［波兰］沙夫：《人的哲学》，林波等译，生活·读书·新知三联书店 1963 年版。

［波兰］亚当·沙夫：《语义学引论》，罗兰、周易译，商务印书馆1979年版。

［波兰］亚当·沙夫：《结构主义与马克思主义》，袁晖、李绍明译，山东大学出版社2009年版。

［南］《〈实践〉的宗旨何在?》，载《南斯拉夫哲学论文集》，生活·读书·新知三联书店1979年版。

［南］弗兰尼茨基：《马克思主义多样化意味着什么》，见衣俊卿、陈树林主编《当代学者视野中的马克思主义哲学·东欧和苏联学者卷》，北京师范大学出版社2008年版。

［南］马尔科维奇、彼德洛维奇编：《南斯拉夫"实践派"的历史和理论》，郑一明等译，重庆出版社1994年版。

［南］穆·菲利波维奇：《论哲学的社会作用及其与社会的关系》，载《南斯拉夫哲学论文集》，生活·读书·新知三联书店1979年版。

［南］普·弗兰尼茨基：《马克思主义史》，生活·读书·新知三联书店1963年版。

［匈］阿格妮丝·赫勒：《情感在艺术接受中的地位》，傅其林译，《中外文化与文论》2009年第2辑。

［匈］马尔库什：《生活与心灵：青年卢卡奇和文化问题》，载阿格妮丝·赫勒主编《卢卡奇再评价》，衣俊卿等译，黑龙江大学出版社2011年版。

［南］苏佩克：《社会实践的辩证法》，载《南斯拉夫哲学论文集》，生活·读书·新知三联书店1979年版。

B.东欧新马克思主义文艺理论研究著述

（一）著作

Boros, János and Mihály Vajda (eds.), *Ethics and Heritage：Essays on the Philosophy of Ágnes Heller*, Pécs：Brambauer, 2007.

Burnheim, John (ed.), *The Social Philosophy of Agnes Heller*, Amsterdam：Rodopi, 1994.

Gardiner, Michael, *Critique of Everyday Life*, London and New York：Routledge, 2000.

Grumley, John, Paul Crittenden and Pauline Johnson (ed.), *Culture and*

Enlightenment：*Essays for Gyorgy Markus*，Ashgate，Aldershot，2002.

Grumley，John，*Agnes Heller：A Moralist in the Vortex of History*，London：Pluto Press，2005.

Tormey，Simon，*Agnes Heller：Socialism，autonomy and the postmodern*，Manchester and New York：Manchester University Press，2001.

傅其林：《东欧新马克思主义美学研究》，商务印书馆 2016 年版。

傅其林：《宏大叙事批判与多元美学建构——布达佩斯学派重构美学思想研究》，黑龙江大学出版社 2001 年版。

傅其林：《阿格妮丝·赫勒审美现代性思想研究》，巴蜀书社 2006 年版。

傅其林：《审美意识形态的人类学阐释》，巴蜀书社 2007 年版。

孙建茵：《文化悖论与现代性批判——马尔库什文化批判理论研究》，黑龙江大学出版社 2001 年版。

（二）论文

Arato，Andrew，"The Budapest School and actually existing socialism"，*Theory and Society*，No.16，1987.

Bastias-Urra，Manuel H.，"From Silence to Action：The Political Theory of Agnes Heller"，http：//wwwlib.global.umi.com/dissertation/fullcit/9024605.

Blechman，Max，"Revolutionary Romanticism：A Reply to Agnes Heller"，*Radical Philosophy*，No.99，2000.

Brown，Doug，"Karl Polanyi's Influence on the Budapest School"，*Journal of Economic Issues*，Vol.21，No.1.Mar 1987.

Coop，Barry，"*A Philosophy of History in Fragments*，Agnes Heller"，*History of European Ideas*，Vol.18，No.5，1994.

Despoix，Phillippe，"On the Possibility of a Philosophy of Values：A Dialogue Within the Budapest School"，*The Social Philosophy of Agnes Heller*，Ed. John Burnheim，Amsterdam：Rodopi，1994.

Falk，Barbara J.，*The Dilemmas of Dissidence in East-Central Europe：Citizen Intellectuals and Philosopher Kings*，Budapest：Central European University Press，2003.

Frankel，Serge and Daniel Martin，"The Budapest School,"*Telos* 17，Fall，1973.

Fu Qilin, "On Agnes Heller's Aesthetic Dimension: From Marxist Renaissance to Post-Marxist Paradigm", *Thesis Eleven*, Dec.2014, Num.143, Vol.4.

——. "Budapest School Aesthetics", *Thesis Eleven*, Aug.2008, Num.94, Vol.1.

——. "A Study of Agnes Heller's Thoughts about Aesthetic Modernity", *Comparative Literature: East and West*, 2006, Num.2.

Gaiger, Jason, "*The Fake: Forgery and its Place in Art* by Sándor Radnóti". *British Journal of Aesthetics*, Jul.2001, Vol.41, Issue 3.

Gardiner, Michael. "A postmodern utopia? Heller and Ferenc's critique of Messianic Marxism", *Utopian Studies*, Vol.8, No.1, 1997.

Gransow, Volker, "Heller, Agnes", *Biographical Dictionary of Neo-Marxism*, Ed.Robert A.Gorman, Westport, Connecticut: Greenwood Press, 1985.

Grumley, John, "Negotiating the 'double bind': Heller's theory of modernity", *European Journal of Social Theory*, Vol.3, No.4, 2000.

——. "Heller's Paradoxical Cultural Modernity", *The European Legacy*, Vol.6, No.1, 2001.

——. "From the Agora to the Coffee_ House: Heller's Quest for Philosophical Radicalism", *Critical Horizons*, Vol.2, Issue.2, 2001.

Hall, John A., "*Beyond Justice* by Agnes Heller", *The American Journal of Sociology*, Vol.95, No.5, 1990.

Harrison, Paul R., "*The Grandeur and Twilight of Radical Universalism*, by Agnes Heller and Ferenc Fehér", *Contemporary Sciology*, Vol.21, Issue.4, 1992.

Hell, Judit, Ferenc L.Lendvai and László Perecz, "György Lukács, die Lukács-Schule und die Budapester Schule", http://www.lukacs-gesellschaft.de/forum/online/gyorgy_ lukacs.html.

Howard, W., "Heller, Agnes, Modernity's pendulum, Thesis Eleven, 1992, 31, 1–13", *Sociological Abstracts*, Vol.40, No.5, 1992.

Kammas, Anthony, "Introducing Agnes Heller: The Radical Imagination of an unhappy consciousness", *East European Politics and Societies*, Vol.17, Num.4, 2003.

Köves, Margit, "Ferenc Fehér (1933–1994), Reflections on a Member of the Lukács School", *Social Scientist*, Vol.23, No.4/6, Apr.-Jun., 1995.

Löwy, Michael, "Introduction: Le bilan globalement négatif", Agnes Heller and Ferenc Feher, *Marxisme et démocratie*, Trans.Anna Libera, Paris: Maspero, 1981.

——. "Individuum und Praxis. Positionen der 'Budapester Schule'by Georg Lukacs, Agnes Heller, Ferenc Feher", *New German Critique*, No.7, Winter, 1976.

Lukács, George, "The Development of the Budapest School", *The Times Literary Supplement*, No.3615, June 11, 1971.

Murphy, Peter, "Agnes Heller and Ferenc Feher, The Grandeur and Twilight of Radical Universalism", *Theory and Society*, Vol.22, No.4, 1993.

Nordquist, J., "Agnes Heller and the Budapest School: A Bibliography", *Social Theory*, No.59, 2000.

Roberts, David, "Between Home and World: Agnes Heller's the Concept of the Beautiful", *Thesis Eleven*, No.59, 1999.

Roucek, Joseph S., "The Humanization of Socialism: Writings of the Budapest School", *Social Forces*, Vol.56, No.3, Mar.1978.

Ruffing, Reiner, "Heller Ágnes és Lukács György", http://www.swif.uniba.it/lei/scuola/heller.htm.

Ruffing, Reiner, "Heller elmélete a filozófiai diskurzusban", http://www.c3.hu/~prophil/profi004/RUFF4.html.

Rundell, John, "The postmodern ethical condition: A conversation with Agnes Heller", *Critical Horizons*, Vol.1, No.1, 2000.

Satterwhite, James H., "Editorial Preface", Karel Kosik, *Dialectics of the concrete*, D.Reid Publishing Company, 1976.

Shusterman, Rechard, "Saving Art from Aesthetics", *Poetics Today*, Vol.8, No.3/4, (1987).

Stalnaker, Nan, "The Fake: Forgery and Its Place in Art by Sándor Radnóti", *The Philosophical Quarterly*, Vol.50, No.200, Jul.2000.

Tamás, Attila, "*Könyv a szépség problémaköréről*: Heller Ágnes: A szép fogalma", http://gizi.dote.hu/~hajnal/alf9812/tamas.html.

Tosel, André, "Azidös Lukács és a Budapesti Iskola", http://eszmelet.

freeweb.hu/60/tosel60.html.

Turner, Bryan.S., "*Can Modernity Survive*? By Agnes Heller", *Contemporary Sociology*, Vol.21, No.1, Jan.1992.

Tosel, André, "The Late Lukács and the Budapest School", *Critical Companion to Contemporary Marxism*, Eds.Jaques Bidet and Stathis Kouvelakis, Chicago：Haymarket Books, 2009.

Vardys, V.Stanley, "The Humanization of Socialism：Writings of the Budapest School", *The American Political Science Review*, Vol. 73, No. 2, Jun.1979.

Waller, William, "Towards a Radical Democracy：The Political Economy of the Budapest School by Douglas M.Brown", *Social Science Journal*, 1991, Vol.28, Issue 4.

Wolin, Richard, "Agnes Heller on Everyday Life", *Theory & Society*, Vol.16, Issue.2, 1987.

Wolin, Richard, "A Radical Philosophy by Agnes Heller", *New German Critique*, No.38, Spring, 1986.

Zoltán, Kalmár, "König Róbert 'útikönyve'", http：//www.argus.hu/ 1999_ 01/ke_ kalmar.html.

傅其林：《后现代历史意识与审美形式》，《文学评论》2014 年第 6 期。

——.《论东欧新马克思主义的喜剧美学》，《中外文化与文论》2014 年第 27 辑。

——.《中国马克思主义文论的全球化与本土化问题》，《华南师范大学学报》2014 年第 4 期。

——.《从存在向此在的嬗变——赫勒摆脱卢卡奇框架的新马克思主义美学》，《文艺理论研究》2014 年第 2 期，人大复印资料《美学》2014 年第 9 期全文转载。

——.《论东欧新马克思主义美学》，《苏州大学学报》2014 年第 1 期，人大复印资料《美学》2014 年第 7 期全文转载；《高等学校学术文摘》转摘。

——.《论东欧新马克思主义对反映论美学模式的批判》，《马克思主义美学研究》2013 年第 16 辑。

——.《喜剧的异质性存在及其哲学意义》,《文艺争鸣》2011 年第 11 期。

——.《论赝品对现代艺术界定的解构与建构》,《社会科学研究》2011 年第 5 期,人大复印资料《文艺理论》2012 年第 1 期全文转载。

——.《论布达佩斯学派对现代雅俗文化结构的批判与重构》,《中外文化与文论》2011 年第 18 辑,人大复印资料《文化研究》2011 年第 9 期全文转载。

——.《论布达佩斯学派对历史哲学的批判》,《求是学刊》2010 年第 5 期。

——.《布达佩斯学派的后马克思主义之路》,《中外文化与文论》2009 年第 18 辑。

——.《激进普遍主义美学的困境》,《文艺理论研究》2009 年第 2 期 人大复印资料《文艺理论》2009 年第 7 期全文转载,《新华文摘》2009 年第 14 期论点摘录。

——.《艺术概念的重构及其对后现代艺术的阐释——论阿格妮丝·赫勒的后马克思主义美学》,《现代哲学》2008 年第 4 期,人大复印资料《美学》2008 年第 12 期全文转载。

——.《论布达佩斯学派对卢卡奇总体性美学的批判》,《马克思主义美学研究》2008 年第 11 辑。

——.《阿格妮丝·赫勒的美学现代性思想》,《中国图书评论》2007 年第 3 期。

——.《阿格妮丝·赫勒论市场制度对文化传播的影响》,《廊坊师范学院学报》2007 年第 4 期。

——.《论布达佩斯学派对艺术制度理论的批判》,《中南大学学报》2005 年第 3 期,人大复印资料《文艺理论》2005 年第 10 期全文转载。

——.《论布达佩斯学派的重构美学思想》,《外国文学研究》2004 年第 2 期。

张征文、杜桂萍:《艺术:日常与非日常的对话——A·赫勒的日常生活艺术哲学》,《文艺研究》1997 年第 6 期。

C.其他参考文献

（一）中文著作

［德］阿多诺：《美学理论》，王柯平译，四川人民出版社 1998 年版。

［斯］阿莱斯·艾尔雅维茨：《图像时代》，胡菊兰、张元鹏译，吉林人民出版社 1999 年版。

［苏］巴赫金：《巴赫金全集》第四卷，白春仁等译，河北教育出版社 1998 年版。

［古希腊］柏拉图：《文艺对话集》，朱光潜译，人民文学出版社 1983 年版。

［英］鲍曼：《立法者与阐释者：论现代性、后现代性与知识分子》，洪涛译，上海人民出版社 2000 年版。

［英］鲍曼：《现代性与大屠杀》，杨渝东、史建华译，译林出版社 2002 年版。

［德］彼锝·比格尔：《先锋派理论》，高建平译，商务印书馆 2002 年版。

［法］波德莱尔：《1846 年的沙龙：波德莱尔美学论文选》，郭宏安译，广西师范大学出版社 2002 年版。

［日］初见基：《卢卡奇物象化》，范景武译，河北教育出版社 2001 年版。

［德］弗里德里希·尼采：《看哪这人：尼采自述》，张念东、凌素心译，中央编译出版社 2000 年版。

郭军编：《论瓦尔特·本雅明：现代性、寓言和语言的种子》，吉林人民出版社 2003 年版。

［德］汉斯—格奥尔格·加达默尔：《真理与方法》，下卷，洪汉鼎译，上海译文出版社 2004 年版。

［德］黑格尔：《精神现象学》，贺麟、王玖兴译，商务印书馆 1983 年版。

［德］黑格尔：《历史哲学》，王造时译，生活·读书·新知三联书店 1956 年版。

［德］康德：《判断力批判》，宗白华等译，商务印书馆 2000 年版。

［德］康德：《论优美感和崇高感》，何兆武译，商务印书馆 2003

年版。

　　［德］康德：《实用人类学》，邓晓芒译，重庆出版社 1987 年版。

　　［德］卡尔—奥托·阿佩尔：《哲学的改造》，孙周兴、陆兴华译，上海译文出版社 1997 年版。

　　［英］克莱夫·贝尔：《艺术》，周金环、马钟元译，中国文联出版公司 1984 年版。

　　［德］马丁·海德格尔：《林中路》，孙周兴译，上海译文出版社 1997 年版。

　　［德］马丁·海德格尔：《尼采》，孙周兴译，商务印书馆 2002 年版。

　　［德］马丁·海德格尔：《诗·语言·思》，彭富春译，文化艺术出版社 1991 年版。

　　［联邦德国］马克斯·霍克海默、特奥多·威·阿多诺：《启蒙辩证法》，洪佩郁、蔺月峰译，重庆出版社 1990 年版。

　　［德］马克斯·韦伯：《新教伦理与资本主义精神》，彭强、黄晓京译，陕西师范大学出版社 2002 年版。

　　［英］乔治·奥威尔：《一九八四年》，刘子刚、许卉艳译，中国致公出版社 2001 年版。

　　［匈］乔治·卢卡奇：《历史与阶级意识》，张西平译，重庆出版社 1989 年版。

　　［匈］乔治·卢卡奇：《卢卡奇自传》，李渚青、莫立知译，桂冠图书股份有限公司 1990 年版。

　　［匈］卢卡契：《审美特性》第一卷，徐恒醇译，中国社会科学出版社 1986 年版。

　　［匈］卢卡契：《审美特性》第二卷，徐恒醇译，中国社会科学出版社 1991 年版。

　　［法］让—弗朗索瓦·利奥塔：《非人——时间漫谈》，罗国祥译，商务印书馆 2001 年版。

　　［法］让—弗朗索瓦·利奥塔：《后现代道德》，莫伟民等译，学林出版社 2000 年版。

　　斯马特：《后现代性》，李衣云等译，巨流图书公司 1997 年版。

　　［德］特奥多·阿多尔诺：《否定的辩证法》，张峰译，重庆出版社 1993 年版。

［英］特里·伊格尔顿：《美学意识形态》，王杰等译，广西师范大学出版社 1997 年版。

［芬］尤卡·格罗瑙：《趣味社会学》，南京大学出版社 2003 年版。

［英］休谟：《论趣味的标准》，吴兴华译，载古典文艺理论译丛编辑委员会编《古典文艺理论译丛》第五册，人民文学出版社 1963 年版。

［德］谢林：《先验唯心论体系》，梁志学、石泉译，商务印书馆 1977 年版。

［德］尤尔根·哈贝马斯：《交往行动理论》，洪佩郁、蔺菁译，重庆出版社 1994 年版。

［德］尤尔根·哈贝马斯：《作为"意识形态"的技术与科学》，李黎、郭官义译，学林出版社 1999 年版。

［德］尤金·哈贝马斯：《瓦尔特·本雅明：提高觉悟抑或拯救性批判》，载郭军、曹雷雨编《论瓦尔特·本雅明：现代性、寓言和语言的种子》，吉林人民出版社 2003 年版。

［澳］约翰·多克：《后现代主义与大众文化：文化史》，吴松江、张天飞译，辽宁教育出版社 2001 年版。

［德］瓦尔特·本雅明：《德国悲剧的起源》，陈永国译，文化艺术出版社 2001 年版。

［德］瓦尔特·本雅明：《本雅明文选》，陈永国、马海良编，中国社会科学出版社 1999 年版。

［德］瓦尔特·本雅明：《发达资本主义时代的抒情诗人》，张旭东、魏文生译，生活·读书·新知三联书店 1989 年版。

［德］瓦尔特·本雅明：《经验与贫乏》，王炳钧、杨劲译，百花文艺出版社 1999 年版。

［德］瓦尔特·本雅明：《迎向灵光消逝的年代》，许绮玲、林志明译，广西师范大学出版社 2004 年版。

［德］埃德蒙德·胡塞尔：《哲学研究》第二卷第一部分，倪梁康译，上海译文出版社 1998 年版。

［德］恩斯特·卡西尔：《人论》，甘阳译，上海译文出版社 1985 年版。

［德］汉斯—格奥尔格·加达默尔：《真理与方法》，洪汉鼎译，上海译文出版社 2004 年版。

［德］卡尔—奥托·阿佩尔：《哲学的改造》，孙周兴、陆兴华译，上海译文出版社 1997 年版。

［德］康德：《实用人类学》，邓晓芒译，重庆出版社 1987 年版。

［德］康德《判断力批判》，宗白华等译，商务印书馆 2000 年版。

［德］马丁·海德格尔：《存在与时间》，陈嘉映、王庆节译，生活·读书·新知三联书店 1987 年版。

［德］尼采：《悲剧的诞生》，刘崎译，作家出版社 1986 年版。

［俄］托尔斯泰：《艺术论》，丰陈宝译，人民文学出版社 1958 年版。

［加］本·阿格尔：《西方马克思主义概论》，中国人民大学出版社 1991 年版。

［美］C.W.莫里斯：《开放的自我》，定扬译，上海人民出版社，2010 年。

［美］苏珊·朗格：《艺术问题》，滕守尧等译，中国社会科学出版社 1983 年版。

［美］詹姆逊：《马克思主义与形式》，钱佼汝、李自修译，百花洲文艺出版社 2010 年版。

［日］初见基：《卢卡奇：物象化》，范景武译，河北教育出版社 2001 年版。

［苏］格·尼·波斯彼洛夫：《论美和艺术》，刘宾雁译，上海译文出版社 1981 年版。

［苏］赫拉普琴科：《赫拉普琴科文学论文集》，张捷等译，人民出版社 1997 年版。

［苏］里夫希茨：《马克思论艺术和社会理想》，吴元迈等译，人民出版社 1983 年版。

［苏］卢那察尔斯基：《论文学》，蒋路译，人民出版社 1983 年版。

［匈］卢卡奇：《历史与阶级意识——关于马克思主义辩证法的研究》，杜章智等译，商务印书馆 1992 年版。

［印］泰戈尔：《泰戈尔的诗》，郑振铎译，中国画报出版社 2013 年版。

［英］奥格登、［美］理查兹：《意义之意义》，白人立等译，北京师范大学出版社 2000 年版。

［英］鲍曼：《立法者与阐释者》，洪涛译，上海人民出版社 2000

年版。

　　〔法〕柏格森：《笑——论滑稽的意义》，徐继曾译，中国戏剧出版社
1980 年版。

　　〔英〕齐格蒙特·鲍曼：《作为实践的文化》，郑莉译，北京大学出版
社 2009 年版。

　　《列宁专题文集·论辩证唯物主义和历史唯物主义》，人民出版社
2009 年版。

　　《卢卡契文学论文集》（一、二），中国社会科学出版社 1981 年版。

　　《罗素文集》第 2 卷，何兆武等译，商务印书馆 2012 年版。

　　《罗素文集》第 3 卷，晏成书译，商务印书馆 2012 年版。

　　《马克思恩格斯文集》第 1 卷，人民出版社 2009 年版。

　　《马克思恩格斯文集》第 8 卷，人民出版社 2009 年版。

　　《马克思恩格斯文集》第 9 卷，人民出版社 2009 年版。

（二）外文著述

Adorno, Theodor W., *Philosophy of Modern Music*, Sheed & Ward, London: The Seabury Press, 1994.

Anderson, Perry, "From Progress to Catastrophe: The Historical Novel", *London Review of Books*, Vol.33, No.15, 28 July, 2011.

Ayer, A.J., "A Defense of Empiricism", *A.J.Ayer: Memorial essays*, Ed.A Phillips Griffiths, Cambridge University Press, 1991.

Ayer, A.J., *Language, Truth and Logic*.Penguin Books, 1971.

Baen,Joachim T., "Leszek Kolakowski's plea for a nonmystical world view", *Slavic Review*, Vol.28, No.3, 1969.

Bauman,Zygmunt, *Postmodern Ethics*, Oxford, UK & Cambridge, USA: Blackwell, 1993.

Belting, Hans, *Bild und Kult.Eine Geschichte des Bildes vor dem Zeitalter der Kunst*, Munich: Beck, 1990.

Benjamin, Walter, "The Paris of the Second Empire in Baudelaire", *Selected Writings*, Ed.Micheal W.Jennings, Cambridge, Massachusetts, and London, England: The Belknap press of Harvard University press, 2003.

Bergeson, Henri, *Laughter: An Essay on the Meaning of the Comic*, Kessinger Publishing, 2004.

Bernstein, Richard J., *Habermas and Modernity*, Cambridge, Massachusetts: The MIT Press, 1985.

Black, Max, "More about Metaphor", *Metaphor and Thoughts*, Ed. Andrew Ortony, Cambridge Univerisity Press, 1979.

Black, Max, "Vagueness. An Exercise in Logical Analysis", *Vagueness: A Reader*, Eds. R. Keefe, P. Smith, MIT Press 1997.

Bottomore, Tom (ed.), *A Dictionary of Marxist Thought*, Cambridge, MA: Harvard University Press, 1983.

Bourdieu, Pierre, *Distinction: A Social Critique of the Judgement of Taste*, Trans. Richard Nice, London, Melbourne and Henley: Routledge & Kegan Paul, 1984.

Bowie, Andrew, *Aesthetics and Subjectivity: From Kant to Nietzsche*, Manchester and New York: Manchester University Press, 1990.

Buck-Morss, Susan, *The Origin of Negative Dialectics: Theodor W. Adorno, Walter Benjamin, and the Frankfurt Institute*, New York: The Free Press, 1977.

Castoriadis, Cornelius, *The Imaginary Institution of Society.* Cambridge: Polity Press, 1987.

Crocker, David A., "Marković on critical social theory and human nature", John P. Burke, Crocker, Lawrence and Lyman Howard Legters, *Marxism and the Good Society*, Cambridge University Press, 1981.

Danto, Arthur C., "The End of Art: a Philosophical defense", *History and Theory*, Vol.37, Num.4, 1998.

Davies, Stephen, "Definition of Art", *Routledge Encyclopedia of Philosophy*, Ed. Edward Craig, Vol.1. London and New York: Routledge, 1998.

De Man, Paul, *Blindness and Insight: Essays in the Rhetoric of Contemporary Criticism.* Minnesota: University of Minnesota Press, 1983.

Dutton, Denis (ed.), *The Forger's Art: Forgery and the Philosophy of Art.* California: University of California Press, 1983.

Elsom, John (ed.), *Is Shakespeare still Our Contemporary?* London: Routledge, 1989.

Foakes, R.A, *Hamlet Versus Lear: Cultural Politics and Shakespear's Art.* Cambridge: Cambridge University Press, 1993.

Gardiner, Sir Alan, *The Theory of Speech and Language*, The Claredon Press, 1932.

Goehr, Lydia, "The Curse and Promise of the Absolutely Music: Trsitan und Isolde and Don Giovanni", *The Don Giovanni Moment: Essays on the Legacy of an Opera*, Eds. Lydie Goehr and Daniel Herwitz, New York: Columbia University Press, 2006.

Goodman, Nelson, *Languages of Art—An Approch to a Theory of Symbols*, Indianapolis, In: Bobbs-Merrill, 1968.

Guyer, Paul, "Kant, Immanuel (1724 – 1804)", *Routedge Encyclopedia of Philosophy*, Ed. Edward Craig, Vol.5, London: Routledge, 1998.

Habermas, Jürger, "Modernity versus postmodernity", *The Continental Aesthetics Reader*, Ed. Cluvre Cazeaux, London and New York: Routledge, 2000.

Habermas, Jürger, "On Levelling the genre distinction between philosophy and literature", *Continental Aesthetics: Romanticism to Postmodernism: an Anthology*, Eds. Richard Kearney and David Rasmussen, London: Blackwell Publishers Inc./Ltd., 2001.

Habermas, Jürger, *The Philosophical Discourse of Modernity*, Trans. Frederick Lawrence, Cambridge: Polity Press, 1987.

Hausman, Carl R., *Charles s. Peirce's Evolutionary Philosophy*, Cambridge University Press, 1993.

Henrich, Dieter, *Aesthetic Judgment and the Moral Image of the World: Studies in Kant*, Sanford, California: Sanford University press, 1992.

Howard, Jean. E. and Scott Cultler Shershow (eds.), *Marxist Shakespeare.* London and New York: Routledge, 2001.

Husserl, Edmud, *Logical Investigation*, Trans. J. N. Findlay, Routledge, 2001.

Jameson, Fredric, "Reflections in Conclusion", *Aesthetics and Politics*, Ed. and Trans. Ronald Taylor, London: NLB, 1977.

Jay, Martin, *Marxism and Totality*, California: University of California Press, 1984.

Johnson, Pauline, *Marxist Aesthetics: the foundations within Everyday Life for an Emancipated Consciousness.* London, Boston, Melbourne and Henley:

Routledge & Kagan Paul, 1984.

Kierkegaard, Søren, *Either/Or*, Eds.and trans.Howard V.Hong and Edna Hong.Princeton: Princeton University press, 1987.

Kierkegaard, Søren, "The Difference between a Genius and an Apostle", *Without Authority*, Eds.and Trans.Howard V.Hong and Edna H.Hong, Princeton: Princeton University press, 1997.

Kott, Jan, "*King Lear* or *Endgame*", Russ MaDonald, *Shakespear: An Anthology of Criticism and Theory* 1945−2000, MA, OX: Blackwell Publishing Ltd, 2004.

Lukács, Georg, *The Historical Novel*. Trans.Hannah and Stanley Mitchell, Lincoln and London: University of Nebraska Press, 1983.

Lukács, Georg, *The Lukács Reader*, Ed.Arpad Kadarkay, Oxford & Cambridge, USA: Blackwell, 1995.

Lukács, Georg, *The Theory of the Novel*, Trans.Anna Bostock, London: Merlin Press, 1971.

Lukács, Georg, *Soul and Form*, Trans.Anna Bostock, Cambridge, Massachusetts: The MIT Press, 1974.

Lyotard, Jean-François, *The Lyotard Reader*, Ed.Andrew Benjamin, Oxford: Blackwell Ltd., 1989.

Mackenzie, Ian, "Gadamer's Hermeneutics and the Uses of Forgery", *The Journal of Aesthetics and Art Criticism*, 45, No.1, 1986.

Maslow, Abraham H, *Toward a Psychology of Being*, D.Van Nostrand, Princeton, 1962.

McBride, William.L., *From Yugoslav Praxis to Global Pathos: Anti-hegemonic Post-post-marxist Essays*, Roman & littlefield publishers, 2001.

McNay, Lois., *Foucault——A Critical Introduction*, Cambridge: Polity Press, 1994.

Moore, G.E., *The Elements of Ethics*, Temple University Press, 1991.

Morawski, Stefan, *The Trouble with Postmodernism with a Forward by Zygmunt Bauman*, London and New York: Routledge, 1996.

Morris, Charles, *Signs, Language and Behavior*, New York: Prentice Hall, 1946..

Perecz, László, "Hungary, philosophy in", *Routledge Encyclopedia of Philosophy*, *Vol.*4.London: Routledge, 1998.

Petrilli, Susan and Augusto Ponzio, "Adam Schaff: from Semantics to Political Semiotics", *www.susanpetrilli.com/.../2._HommageAdamSchaff.pdf*.

Rebholz, Ronald A., *Shakespeare's Philosophy of History Revealed in Detailed Analysis of Henry V and Examined in Other History Plays*, Lewiston: The Edwin Mellen Press, 2003.

Ricoeur, Paul, "The Model of the Text: Meaningful Action Considered as a Text", *New Literary History*, Vol.5, no.1, Aut., 1973.

Roberts, David, *Art and Enlightenment: Aesthetic theory after Adorno*, Lincoln and London: University of Nebraska press, 1991.

Russel, Bertrand. "Vagueness", *Vagueness: A Reader*, Eds. R. Keefe, P.Smith, MIT Press, 1997.

Schaeffer, Jean-Marice, *Art of the Modern Age: Philosophy of Art from Kant to Heidegger*, Trans. Steven Rendall, Princeton, New Jersey: Princeton University Press, 2000.

Scheibler, Ingrid, "Effective history and the end of art: From Nietzsche to Danto", *Philosophy&Scosial Criticism*, Vol.25, No.6, 1999.

Whitehead, Alfred North, *Symbolism: Its Meaning and Effect*, Cambridge: Cambridge University Press, 1985.

Wolin, Richard, *Walter Benjamin: An Aesthetic of Redemption*, New York: Columbia University Press, 1982.